春台既明

桃籽儿 著

TAO ZI ER WORKS

江苏凤凰文艺出版社
JIANGSU PHOENIX LITERATURE AND ART PUBLISHING

他经常会在图书馆看到她，抱着很厚一摞书在自习室闷头苦读，一个人来又一个人走，
几乎每天都待到图书馆闭馆。
那时他根本不知道这个傻气的女孩子偷偷为他做了多少事。

感官被放大，身边这个人的存在不仅占据她的余光还侵占了她的意识，她能感觉到他就在离她很近的地方，仔细听还能听到他的呼吸。她四肢僵硬，做什么都不自然，明明知道对方并没有在关注她，可还是紧张得动也不敢动一下。

Love

他的目光在她脸上停留得更久了一些，一种奇妙的气氛正在悄无声息地漫溢，
她有点想躲，又有点不想，结果就是直挺挺地掉进了他好看的眉眼里。

一 个 女 孩 十 年 的 爱 情 独 白

目录
CONTENTS

目录
CONTENTS

第一章

再遇见，像很久以前

1.

车子开进 A 大校门的时候，外面正在下雨。

那是三月初，正儿八经的早春，春雨贵如油，总不会招人讨厌，细密的雨丝轻轻刮在车窗上，映着 A 大老校区葱郁的树色，显得格外宁静安谧。

坐在汽车后排右侧的那个女人更安静，她正低着头翻看自己手上的材料，一目十行，扫得很快，白皙的手一页一页翻过去，稳定而富有条理。

坐在她身边的是一个年轻女孩儿，也许大学毕业才不久，也就二十二三岁的样子，一张圆圆的苹果脸，此刻正很紧张地盯着坐在自己身边的美丽女人看。

“尹老师……”她的手一直在捏自己的衣角。

“请问还有什么问题吗？”尹孟熙抬起眼睛淡淡看了她一眼，接着随手合上了文件夹，尽管后面的十几页她还根本没看过。

“没什么问题。”她的声音更淡，就像此刻窗外的雨，“挺不错的。”

女孩儿“哦”了一声，乖乖地点头，似乎暗暗松了一口气，然而看着尹老师淡漠地把文件夹搁在一边的样子心中有些惶恐，且还莫名浮起了一阵失落。

她默默把文件收回了包里，那时尹老师已经又偏过头去看向窗外了，美丽的丹凤眼倒映着细雨中的校园，人好像在这里，又不在这里。

从校门开到综合楼大概花了五分钟。

门厅处已经有人在接她们了，同样是个年纪不大的女孩儿，很热情地帮她们开门撑伞。

“几位老师好。”她的态度十分客气，“辛苦你们百忙之中来到我们学校。陈部长已经在会议室了，请直接跟我上去吧。”

尹孟熙点点头，同样客气地跟对方道了谢，正要进门，车前排又下来一个男孩子，单肩背着一个大包，左耳戴着一枚黑色的耳钉，是小女孩儿们大多都会喜欢的那种帅。

“孟熙姐。”他笑眯眯地看着尹孟熙问，“我要一起去听会吗？”

话是这么问，可他不等得到什么答复就已经关了车门走到大家身边了，还从那位学校的年轻女老师手里接过了伞帮尹孟熙撑着，眼睛一直盯着对方看。

“那就一起听吧。”尹孟熙还是淡淡的，“也许学校在摄像方面也会有特殊的要求。”

负责与尹孟熙一行接洽的是A大宣推部的行政老师们。

宣推部的部长陈峰是个四十多岁的男人，不胖也不瘦，人很严肃。坐在他身边的还有几位女老师，也许是副部长或者其他什么职位，在尹孟熙一行到之前一直在低头看文件，时而摇头时而皱眉。

听到门口的动静他们就一齐看过来了，尹孟熙还是平平静静的，并不为他人的注视感到局促，可跟在她身后的女孩子姚安琪就没那么自然，尴尬得走路都快同手同脚了。那个带着一只耳钉的男孩子魏驰心态倒是挺稳，在姚安琪差点儿把自己绊倒的时候还能顾得上揶揄地朝人家扫上一眼。

“陈部长，李老师。”姚安琪努力镇定地跟学校的领导们打招呼，同时又扭身向他们介绍，“这是我们台里的金牌制片尹孟熙尹老师，之后就负责带咱们这个项目，会从头盯到尾的。”

女孩子的语气十分真挚，尤其在讲到“金牌制片”这四个字时还下意识加重了语气，似乎在努力证明自己所言非虚，却没发现彼时，尹老师的脸色有一瞬间的僵硬。A大宣推部的领导们看起来也不甚买账，陈部长的眉头还微微皱起来了，问：“那罗老师呢？往后他就不做了？”

“这个……”姚安琪额头都要冒汗了，“罗老师最近比较忙。”

很不聪明的回答。

果然陈部长的脸色更不好看了一些，可在场面又不好说太多，暂且也就抬抬手对会议桌另一侧的椅子比了比，说：“几位请坐吧。”

两边各自寒暄了几句。

“这个项目是为我们学校文学院建院百年大庆做的，书记和校长都非常重视。”陈部长很严肃地说，“我们需要贵台出一部精良的片子，一小时左右。历史、当下、人物、故事，这些都要有。要有人文色彩，表现出那种关怀。当然，也要突出我们学校的红色底蕴……”

他又强调了一遍要求，接着话锋一转，又变得更严肃：“院庆的时间在六月份，现在时间已经很紧，可这个方案我们还有不少意见，再这样下去拍摄都要拖到什么时候了？”说到这里，他又不轻不重地敲了一下桌子，直接把姚安琪吓得缩起了脖子，“我希望大家都能充分重视这个项目，A 大是教育部直属的顶尖大学，文学院院庆的宣传是要推到全国去的。我不知道你们罗老师是在忙什么其他更重要的事情，但是我们这个片子已经拖了这么久，现在的优先级难道不应该往上调吗？现在临时换负责人是什么意思？能保证我们片子的进度和质量吗？最后要是项目出问题谁能负责？”

好了，甲方发火了。

这要是搁在七八年前，尹孟熙必然也会像此刻的姚安琪一样战战兢兢，可眼下她已在这个行业里摸爬滚打了多年，二十九岁的尹老师已经处变不惊，就算碰上那种私企的恶霸甲方也能淡然处之，更别说这些温文尔雅的大学行政老师。

何况她现在根本就……不在意这些事了。

“陈部长，我很理解您的顾虑。”

职业性的微笑完美无瑕，场面上的尹老师不会输给任何人。

“罗老师在纪实频道深耕多年，而我刚调来这个部门不久，接手项目也比较突然，的确容易让人不安，但我对这个片子很感兴趣，也是很真诚地想要把它做好。您可能不知道，我也是 A 大毕业的，对母校非常有感情。”

这个近乎套地让陈部长挑了挑眉，随即脸色也有些缓和。

“尹老师也是我们学校的？哪一届？哪个院？”

“老师不敢当，在母校我永远是学生。”尹孟熙的语气听上去十分真诚，“15 届的，新闻学院。”

在宣推部工作的老师大多也都是新院毕业，这么一说大家都是前后辈的关系，彼此间的距离倒是一下拉近了不少。

“方案上的问题我们今天可以再敲，这个项目台里非常重视，一定会尽全力做好。我们的摄像师今天也带设备来了，学校同意的话今天就可以先采一些空镜，以及约几位教授下次做具体访谈。”

她井井有条不紧不慢，没渴望向别人证明自己的意图，也没什么急于平稳事态的迫切，反而因此更能取信于人，让宣推部的几位老师神色都有些缓和了。

“那就先这样吧。”陈部长叹了口气说。

2.

从综合楼出来就是两小时以后的事了，时间是上午十一点。

宣推部的人把她们送出来，文学院的老师又来把她们接上了，说：“陈部长打过招呼了，说今天要采空镜是吧？来吧来吧，可以先拍点课堂，正好有几位在采访名单上的老师现在在上课。”

尹孟熙点了点头说好，跟对方确认起了拍摄地点，姚安琪一直眼睛发光地盯着她的背影，心想尹老师真不愧是从大热档综艺那边调过来的，能力就是不一般。

感慨一阵，又偷瞄了一眼正从后备厢往外抗设备的魏驰，被对方帅气的样子迷得红了脸，又想这样的帅哥往年可不会跑到她们冷清的纪实频道来，估摸着也是扑着尹老师来的吧。

时间临近饭点，采课堂的景要尽快，她们于是坐着学校保卫处调来的观光车从老校区的东边跑到了西边，那里是主要教学楼所在的位置。A大的老校区历史悠久，文学院所在的地方就更显得古朴雅致，碧绿的爬山虎爬满了三层小楼的墙面，幽深的绿意在雨声中显得特别悠远沉静。像是一场美丽的梦。

“就是这里了。”文学院那边的对接人引导着她们一行进了楼，“麻烦架机器的时候声音小一点，不要影响到学生上课。”

其实这都不用嘱咐，顶级学府的肃穆天然就具有某种强烈的感染力，会使走进其中的人不自觉变得谨慎起来，人类永远对知识和理性抱有敬畏，这或许是这个族群最大的优点和希望。

教室里果然在上课。安静的走廊并不特别明亮，连绵的雨天使它的色调有些黯淡，可也正因此显得与回忆更贴近，像一部无声的画质不够清晰的老电影。

走过一间教室，里面传来一个男人清淡又平稳的声音，仔细去听，好像在讲什么三苏。

内容是听不太懂的，可他的声音却很容易让人流连，有那么一刻她没有绷住，让自己的视线比同事的镜头更先一步穿过窗口钻进了教室，于是便看到了站在讲台上的那个男人。

浅灰色的衬衫，没有打领带，右手正拿着粉笔在黑板上写字，寥寥几笔后便回头看向台下坐得满满当当的学生们，似乎在确认他们是不是听懂了，一种下意识的细致与体贴。

她是有些入了神，脑海中一瞬划过许多过去的画面，没人知道那个英俊的男人几乎存在于她大学时代的所有角落，她曾悄悄在他身后走过许多个地方，最后又在一间跟这差不多的教室与他无声告别。

“错了错了，不是这间……”

负责对接的老师走过来纠正她：“肖老师不接受采访的，是隔壁那间。”

她听到这句话了，教室里讲台上的那个男人也同样听到了，也许他不太喜欢在上课中途被人打扰，因此眉头微微皱起，向发出噪声的窗口看了过来。

“嗒——”是目光相遇时她的心弦微微颤动的声音，也是他手中的粉笔意外断开的声音。

3.

倘若几小时前在车上的时候尹孟熙能将手上拿的文件翻到最后，那么就必然会从拟邀名单中看到“肖至”这个熟悉得令人有些难受的名字，而且还会发现旁边标注了一句：**已拒绝访谈，争取中。**

姚安琪直到挪去下一个教室拍摄时还一直在遗憾地小声抱怨，说道：“唉，那位肖老师为什么不接受采访呢？他真的很合适啊！”

“才三十一岁，学校里最年轻的副教授，学术那么强，长得又那么好看，要是拍出来营销一下，没准儿还能火呢。”

火？读书的时候就是这样，学校里的女孩子有几个没有偷偷跟人议论过肖学长？尤其他当助教的那几年，文学院的通选课难抢得要命，教务处一再收到各院系学生的选课申请，都是要求课程扩容要跟着去蹭课的。

现在呢？他已经是正经的老师，明明资历跟那些老教授根本不能比，可学生们就是爱选他的课，教务处分给他的教室是可以容纳两百人以上的大阶梯，一眼望去竟然都坐满了，座无虚席。

一旁的魏驰也透过窗口扫了一眼，接着又收回目光看向尹孟熙，沉默了一会儿，忽然问："孟熙姐觉得呢？"

尹孟熙回过神："嗯？"

"就那老师，"他努了努嘴，眼神有些微妙，"你觉得他帅吗？"

这话问得让尹孟熙皱了皱眉，脸色比今天上午坐车来学校时更冷清；她也没回答，直接朝隔壁那间教室走去了。

"工作时间不要闲聊。"她的语气有些刻板，"做事吧。"

在隔壁上课的教授五十多岁，姓葛，是教古文字的。也许学院提前跟他打过招呼，他今日的着装颇有些正式，看到镜头出现在门口时难免不自在，说话的语气也变得有些僵硬。课堂上的学生不多，三三两两分散在后排的角落，拍出来不太好看。

这情况让文学院的对接人也有些尴尬，搓着手不知道怎么办才好，搓着搓着下课铃响了，再过一会儿学生们便从一个个从教室鱼贯而出。葛教授的教室一眨眼就没人了，他自己出了一额头的汗，十分不自在地走到门口跟尹孟熙一行人打招呼，又转头跟对接人说："我实在不适合做这个……要不你们再跟肖老师说说，拍他去嘛。"

"哎呀，这个事情……"对接人也跟着出汗了，支支吾吾半天也给不出个令人满意的答案。

僵持的工夫隔壁阶梯教室的门也开了，"吱呀"一声，不轻不重，大家都回过头去看了，只有尹孟熙没回头，可勤恳的余光却将那个人从门里走出来的身影原原本本传递给了她，还让她看到他身边簇拥的许多女学生。永远是这样的，他身边总是有那么多人。

"肖老师——"这时葛教授出声了，越过对接人直接叫住了他，尹孟熙的脊背已经在无意识间僵硬了起来，余光继续尽职地工作，告诉她那个人正在一步一步向她走近。

"葛老师。"他的声音终于出现在她耳边。

上一次像这样与他靠近是什么时候呢？好像都是七年前的事情了。

在小红顶的剧场里，他们一起坐在黑暗的观众席，台上的故事精彩极了，可她的注意力却始终被牵在坐在自己身边的他身上，男人的眼睛倒映着舞台之上的浮光掠影，就像一个浮沉于世界之外的旁观者，难以形容的魅力。

"你觉得好看吗？"散场之后他这样问她。

“当然。”她看着他的侧脸轻轻地回答。

现在她却不看他了，只听着他跟别人对话。

“肖老师啊，你来得正好。”葛教授擦擦额头上的汗，语气都有点急了，“这个电视台的采访院里跟你说过吧？听说你给拒了？哎呀，这种事情还是得让你们年轻人来啊，我们这帮老头子都赶不上时代了。我比贾先生也小不了几岁，你能让贾先生来跟着折腾吗？

“会？什么会啊？哦，那个唐宋的会？你让赵老师替你去吧？这个百年院庆的事情更重要嘛。”

一连串的劝。

“你看，电视台的人就在这儿。”葛教授又忽然掉过头来牵线了，“你们聊一聊，我看今天就把这个事情定下来最好。”

按理说，此刻就该是尹孟熙这个项目负责人应当站出来说话的时候了。

形势一片大好，她该顺着葛教授的话继续往下说，恳切地表达一番他们台里的诚意与盛情，最好还要再赞美一番肖老师的年轻有为。

然而这回她这个“金牌制片”却不合时宜地保持了沉默，眼睛甚至很难直接注视那个站在自己面前的人，只能很悬浮地看着他的肩膀，让一旁干看的姚安琪十分着急。

“是是是，如果肖老师能拨冗受邀，那我们也会非常感激。”此刻，她只好代替自己的尹老师开口了，“我们保证不会占用您很多时间的，只要约采个两三次就好。”说着，又偷偷拽了拽尹孟熙的手臂，问，“是吧，尹老师？”

那人于是又朝她看过来了，目光很明确地落在她身上。

她觉得自己的喉咙有点干，也没想到多年后他的注视依然会对她造成这么大的影响，她觉得自己有些狼狈，又不想被人看得太明白，于是只好也跟着开了口。

“是的。”她用整整七年锻炼出的职场经验维持着自己的稳健，“很期待肖老师可以赏光。”

至此她终于抬头看他了。

英俊的男人还跟过去一样出挑，用当下的话说是典型的浓颜系，天生的浓眉有种直观的深邃感，眼窝深陷下去，眉目之间是山峦一般绝妙的起伏。他还有美人尖，无论谁第一眼看过去都会觉得他好看，而且越看越好看。

很神奇，既欧式又古典的样子。

此刻他也在沉默，看着她的眼神有点复杂，过一会儿又扫了眼她身后的机器，问：“大概什么时间？”

旁边的姚安琪一听眼睛就亮了，这是有门儿的意思！

鬼知道她去年刚进项目组的时候给这位肖老师的办公室打过多少次电话，回回都被拒，一点儿余地都没有，今天可算给她逮到了，这机会要是抓不住那就活该她吃一辈子死工资！

“我们可以配合您的，您定时间就可以！”她激动地抢了上司的话，“或者您方便加一下我们的联系方式吗？之后随时联系！”

越级真是职场大忌，可对眼下的尹孟熙来说却是极大的利好，她正好可以不再说话，也不必担心会露怯。

过了好大一会儿，她才听到那个人回答：“好。微信可以吗？”

淡淡的询问，彬彬有礼。

“可以的，可以的！”姚安琪有些激动地点头，小小一张苹果脸都涨红了。

“滴”的一声，已经添加成功。

他却还没收起手机，目光又再次落回她身上，不知道是不是在暗示也要加她。她的心跳变得诡异，那可不是应该在一个二十九岁的女人身上出现的反应。

她犹豫了一下，忽然也想去口袋里掏手机，可惜在她有所动作之前，教学楼门口又传来一阵脚步声，来人还在招呼：“肖至——”

这又是熟悉的声音……尹孟熙扭头看过去，果然看到了唐霏。

这位学姐也没怎么变，大概留在学校里的人总是不容易变老，她仍跟七年前差不多，一样漂亮，一样热情饱满，一样跟她的肖至形影不离。

尹孟熙淡淡笑了一下，手再也不试图伸进口袋里了。

“葛老师您也在？”唐霏笑容满面地走过来和老师打招呼，寒暄几句后又扭头看向肖至，问，“我下课了，一起去吃午饭？”

问完，她才注意到旁边还有人，扫了一眼，还以为是一群缠着肖老师问问题的学生，可定睛一瞧却忽然发现了尹孟熙，当即人也安静了，表情很是复杂。

这实在是没意思的事，尹孟熙只感到一阵无聊，更无聊的是她发现这么多年过去，自己居然还是会因为看到这两个人站在一起而感到酸涩，这让她不想继续在这里待下去了，只觉得这个早春的雨天压抑得让人有些不舒服。

“那么今天就先这样吧！”她一锤定了音，“外面的雨恐怕还要下很久，校园的空镜也不太好采，下次我们再约时间进来。”

顿一顿，她转头又跟魏驰说：“记得申请个无人机，拍点儿全景。”

“好嘞。”魏驰答应得又乖又快，“都听姐的。”

嘴还甜呢。尹孟熙点了点头，再没朝那人看上一眼，转头谢过葛教授和文学院对接人今日的配合，便带着姚安琪和魏驰一起走出了教学楼。

外面还在下雨，身后的那道目光迟迟没有散去。

4.

从A大坐车回台里又花了一个多小时。

传媒系统大多在市中心，离宁静的大学区可有一段距离，从那边开回来就像渐渐从云里落回地上，那感觉也说不清是好还是不好。

办公楼是前几年新建的，有二十多层高，打眼一看十分气派光鲜，且由于这几年他们台做出了好几档极具国民度的节目，这幢建筑也就渐渐成了A市的新地标，俨然已是时尚与前沿的代名词。

然而这也掩盖不了人文纪实频道的冷清。

他们呀，一年到头也搞不出什么项目，分到的大多是不得不做的硬性任务，播了没人看，自然拉不到什么赞助，给台里创不了收，怎么可能得到重视？在人家其他部门热火朝天地搞真人秀、搞影视剧的时候，他们就只能眼巴巴地看着，每个月固定拿六七千的死工资，在A市这样的大都市就差一步饿死。

连办公室都分不到好的。在视野狭窄的五层，从电梯出来拐进去里面一片死气沉沉，格子间里坐的同事人手一款休闲小游戏，消消乐、斗地主、纸牌扫雷、当空接龙……玩什么全看年龄分层。

坐在最里面的那位正捧着手机看财经信息的就是纪实频道的负责人罗华老师，A大的项目本来是他在带，可尹孟熙年后从节目中心调过来后就把这事儿囫囵推给了她，对外说他在忙别的事。

好笑，他们频道的人，又有什么可忙的呢？

果然他又在捧着手机看着一片绿的股市，屏幕离半花的眼睛老远，眉头打成一个结，尹孟熙几人回来的时候他连眼皮都没抬上一抬，就跟没发现似的。

“尹老师，”最有热情的大概就是姚安琪这个小新人了，从A大回来这一路上都激动地两眼放光，“脚本我这边再出一稿新的吧，最晚后天就能交给您，到时候您再给我提修改意见！”

她看上去十分有干劲，也不知道是不是因为约到了一位新的受访者而备受鼓舞，这样的热情尹孟熙也曾有过的，只是现在一切都渐渐变得不同了。

“好，你改吧。”她淡淡地回答，“也不用太急，周末前出来就可以。”

姚安琪一个劲儿点头，抱着文件夹就冲回了自己的格子间，尹孟熙默默看着她离开，过了一会儿才回自己的工位整理了一下东西。打开电脑翻了翻，并没有什么工作要做，在节目中心忙碌紧张的生活节奏似乎只存在于上辈子，现在陪伴她的只有空虚和无趣。

空虚？这可是糟糕的东西，很容易引发思绪的漫溢，假如此刻她能忙碌一些，也许就没机会想今天偶然重逢的那个人了，或者至少……不会想得那么细。

她想起了跟他第一次见面的时候，也是在A大的老校区。

那时候她才大一，刚从南方的一个小城千军万马过独木桥考到A市，大都市的繁华会迷了人的眼，她从火车站一出来心里就在胆怯，总觉得自己与这里的一切都格格不入。

她甚至不会坐地铁，因为当年她的家乡还并没有如此发达的公共交通，唯一会坐的只有公交车，可又没有A市当地的公交卡，于是最后只好打了出租车，到学校一共花了83块钱，足够抵得上她三四天的饭钱。

好不容易到了校门口，心里的害怕却变得更多。

身边的人来自五湖四海，可最多的还是A市本地人，他们在说她听不太懂的方言，那种语言明明很日常，可在一个有些自卑的外地人听来却似乎象征着某种高不可攀的优越性，让她不敢接近了。

她深吸一口气，用伪装出来的冷漠掩饰内心的慌乱，面无表情地拖着自己灰蒙蒙的行李箱走进了陌生的校园——那是迎新日，热闹极了，在校园中央的大草坪上各个院系都摆了迎新的摊位，要给新生发迎新物资，还要给每个人拍照留念。

她的家乡太小了，全市只有她一个考来了A大，甚至往前数三四届都没有学长学姐能考上，她于是成了举目无亲的独苗苗，得靠自己在这座巍峨的学府中试探摸索。

这可真不容易，因为学校实在太大了，作为全国顶尖的综合性大学，A大专业科系的类目多不胜数，她走在人头攒动的大草坪上，根本找不到新闻学院的摊位。

可她却在那个时候忽然看到了他。

就在人群的那头，安静地坐在一张长桌子后面，九月的 A 市还很炎热，刺眼的阳光是有些烫人的，偏偏他的眉眼像是绿意盎然的山谷，一抬一敛之间像能生出沁人的清风。

她大概也是昏了头，居然就被那一眼勾住了，拖着箱子直愣愣地朝他走，旁边有个学生皱着眉把她拉住，说：“同学，排队啊。”

“啊……对……要排队的。”

她向对方道了歉，然后就站到了队伍里，一分一秒等得很焦心，大概过了二十分钟才好不容易排到前面去，这时她才回过神来，想到要看看这是不是新闻学院的摊位了。

没想到正正好，摊位旁边有棵树，树上正好挂了“新闻学院”的牌子，她心里忽然一松，又莫名有种喜悦，潜意识里总觉得这是一种奇妙的缘分，或许正是一个很好的开始。

转过头来的时候终于轮到她了。

那个好看的男生正在低头标注什么东西，过了几秒才抬头从身边其他负责迎新工作的同学手上接过一个大大的文件袋，接着抬头看向她，好看的眼睛直直与她对视。

“你好。”他开口对她说了第一句话，“欢迎来到 A 大。”

多普通的一句话，他一定已经跟许多人说过了，她却还是心跳起来，就跟这不是一句程式化的问候似的。

他真好看，还有美人尖。

她走神走到了离谱的地步，让他不得不又叫了她两声“同学”，回神以后她尴尬得涨红了脸，心也因此跳得更快了。

“请把录取通知书给我。”他微笑着看着她说，“登记过后就可以到旁边领物资了。”

她“哦”了一声，连着点了三个头，接着立马从书包里翻找起被自己翻来覆去欣赏了一整个暑假的录取通知书，往外掏的时候余光又看到他身后走来另一个男生，也许是他的朋友吧，很熟稔地随手搭上了他的肩。

“嚯，不愧是文科院系啊！”那个男生吹了声口哨，“美女就是比我们那边多。”

美女？是说她吗？

她翻东西的动作更快了一些，这次连耳朵根都红了。

他却依然还是淡淡的，好像并没有注意到她的异常，一边从她手上接过通知书，一边回头跟他的朋友说："微电子系没有新生？赵书记没事让你做？"

她没留心他的朋友是怎么回答的，只在仔细听他说话的声音，有一点低沉，还透着温和的笑意，大概是个脾气很好的人吧？他并没有说A市那令人望而却步的方言，是很标准的普通话，可是她却能断定他一定是A市本地人，也不知道为什么，反正就是很确信。

这时候摊位上另一位迎新的学姐往她手上递了一个大袋子，估计装的就是迎新物资了。还有一支缠着细彩带的铁艺书签，很小巧很精致，上面写着"A大文学院"的字样。

文学院？她愣了一下，忽然有种不祥的预感，果然下一刻又听他叫了她一声"同学"，她紧张地向他看去，心跳得越来越快。

"你走错了。"他无奈地笑了笑，"这是文学院的摊位，新闻学院在隔壁。"

说着，伸手指了指旁边，她跟着扭头看过去，才发现那棵挂着"新闻学院"牌子的树后还有一张长桌子，那才是她的院系所在的位置。

"啊？我……真、真对不起……"

她的脸都红透了，血液都在往上涌，当时只记得一个劲儿鞠躬道歉。其实干吗要鞠躬呢？跟个没见过世面的中学生似的，而且一看就是从小地方来的，一定很容易惹人笑话。

果然他又笑了，好看的眉眼是清凉的山泉，可以洗去所有人的不安和忐忑。

"没关系，到那边去吧。"他很礼貌地说，"还是恭喜你来到A大。"

"恭喜"的话那个暑假她听过太多次了，家乡的亲戚、邻居、老师、同学……人人都对她说"恭喜"，可她却觉得只有眼前这个人说的最特别，可以让她清清楚楚地记上许多年。

"谢谢。"她回答着，一边尴尬地把手上拿的文学院物资放回了他们的桌子上，一边又从他手上取回了自己的录取通知书。本来还应该还书签的，可不知道为什么那一刻她犹豫了，把书签扣在自己手心里，没人看得清。

他也没发现，已经又继续去给排在她后面的同学做登记了，像对她一样温和地对那些人说"欢迎来到A大"，从始至终都是彬彬有礼。

其实那个时候你就该明白的，他对你从没有什么特别。

只是……对谁都一样客气而已。

她闭了闭眼，把自己从不应当陷入的回忆中扯出来，扭头看看办公室窗外并不怎么开阔的风景，勉强定了定自己的心。

接着她又去了一趟茶水间，给自己倒了一杯咖啡，喝完之后唇齿之间留下淡淡的苦涩，于是清醒也跟着变得更多了一些。这苦涩给予了她一种力量，让她主动回办公室找了一次罗华。

“罗老师。”她很客气地向对方问候，在他放下手机抬头看向她时又单刀直入地说明了自己的来意，“我想退出 A 大的项目。”

“退出？”罗华挑了挑眉，“为什么？”

这个问题必须好好回答，否则很容易被领导轻飘飘挡回来。

“我对纪实题材的拍摄思路还很不熟悉，也很少做宣传片性质的东西，现阶段容易把项目带歪。”她很谨慎地说着，“A 大这个片子影响力太大了，我直接上手会耽误事。”

多么合理的阐述，简直是无懈可击的托词。

“耽误事？”可惜罗华却不买账，“你们节目中心的人是什么水准我心里有数，何况你是何主任亲手带出来的，怎么会耽误事？”

尹孟熙皱起了眉，又说：“但是……”

“没什么但是。”罗华大手一挥，已经又低下头去看股市了。

“小尹啊，你不用多想。”他十分随意地安排着，“这个工作我已经交给你了，你就大胆去做，做成了是你的，做没了是我的，别有心理负担。”

尹孟熙：“……”

这罗华可真不愧是职场上的老油条，瞎话说得比她还顺溜，什么“做成了是你的，做没了是我的”，他是负责任的人吗？负责任的人会为了甩锅而把重大项目推给手底下的新人去做？负责任的人会一天到晚在台里带薪摸鱼？

尹孟熙抿了抿嘴，依然没放弃自己的诉求，如果是别的项目她或许咬咬牙就去做了，可 A 大……她很确信自己已经没有多余的心力再去面对那个人了。

“罗老师，”她再次尝试，“我……”

“小尹啊。”没想到罗华又一次打断了她。他抬头抬起眼皮看着她，脸上的神情是似笑非笑的，好像正在探究她，又好像早就已经看穿了她，“你在闹情绪？”他很直白地问，“因为输给了郑泽，被他截了台里新综艺制片人的位置，所以怄气？还是因为穿了孙建彬给的小鞋，被从节目中心踢出来了，所以不满？那你打算怎么着？不干了？辞职？还是以后就这么混日子，一直耗到退休？”

一句又一句，简直要扎烂人的心。

尹孟熙的脸色猛地苍白了下去，脑海中又飞速闪过一串糟糕的影像，酒柜被撞倒的碎片、迎面飞来的一只女士手包、酒店走廊上往来的人们调侃轻蔑的眼神……历历在目。

罗华却并不在意她的痛苦，依然优哉游哉地看着下级惨淡的脸色，顿一顿，又说：“我五十多岁了，耗得起，再坚持几年就能回家领退休金。你还不到三十岁，你耗得起吗？小尹，都说你很有能力。怎么，现在何主任退了，保护伞没有了，你就没办法做事了？那么你以前的成功是靠你自己的能力，还是靠的何主任她老人家的提携？”

……

5.

傍晚五点，下班时间到了。

其他部门的人可忙呢，该敲的嘉宾还没敲定，该搭的舞台还没搭完，该出的外景还没收工……人人都有事可做，也就他们纪实频道冷清，真还就能做到朝九晚五。

尹孟熙几乎是踩着秒针走出办公室的，压抑的气氛让她透不过气，多一刻也在那里待不下去了，快步走到走廊上人才清醒了一些，坐上电梯看向窗外，外面居然还在下雨。她面无表情，表面上一切如常，所有烦躁和阴郁都妥帖地缩在心底。

电梯“叮”的一声到了一楼，她快步走了出去，没想到抬头时却在门外碰到了正要一起进电梯的郑泽和刘晓婷，可见“冤家路窄”这四个字的确有严丝合缝的科学道理。

“哟，这不是尹老师吗？”郑泽的声音比他那张像被人用拳头砸进去的蠢脸还要令人恶心，高不高，低不低，说话的语气还一跳一跳，让人觉得听他说话本身就是一种酷刑。

“这么早就下班啊？”他还非要继续说不可，一双大小不一的眼还带着笑，自以为运用了高妙的讽刺，“我真羡慕你啊，到纪实频道轻松多了吧？哎呀，我们就命苦了，节目马上就要开拍，各种筹备麻烦得要死！我前几天还跟晓婷说呢，我们啊，就是劳碌命。你看看，这个节目叫《永不停步的我们》，好家伙，果然这个工作做起来是永不停步了！”

说完，又自以为幽默地大声笑了起来。

人在职场上或许总要碰到几个像这样的同事，油腻愚蠢、傲慢、可笑，永远有着坚不可摧的自信，还总爱抢夺别人手上的东西。你以为这样的蠢货很快就要被社会教育，可是偏偏他才是那棵常青树，比老实巴交的你混得好上起码五百倍。

“可不是。”一旁的刘晓婷也接话了，配合着笑得花枝乱颤，“孟熙就是命好，孙主任照顾她嘛，一看要忙了就把她调出去躲清闲了，别人都羡慕不来。”

啊对，还有这样的奇葩，一无是处，干什么什么不行，可是特别会附和赔笑，必要的时候还能舍出一身皮肉，从此就成了无往不利的“女强人”，对外是一副职业女性的体面模样，背过身来扯下遮羞布也不知道是个什么东西。

要是这两种人碰到一起那可真是绝了，前者能把你恶心死，后者能让你在被恶心死以后再被恶心得活过来，继续忍着恶心干受罪。

尹孟熙深吸一口气，本来是想继续忍的，然而今天经历的一切已经让她的忍功接近溃败，很难兜得住了。

“我是挺清闲的，不过郑老师应该也没多忙吧？”她微笑着看向郑泽，“据我所知，这节目现在用的方案还是我原来在节目中心出的那版，你也没有什么产出，这也能累着？”

郑泽一听脸色就变了，这种男人可没有什么风度，很容易就会发火，真急了说不定还要动手打女人。

“你……”

尹孟熙却没什么怕的，也不信众目睽睽之下他敢把她怎么样，扭过头又看向了他身边的刘晓婷，嘴角一勾又是一句辛辣的讽刺：“不过晓婷你应该挺忙的吧？除了要跟郑老师一起工作，还得抽出时间去帮孙主任的忙，精力够吗？”

一个脏字也不带，可是却把听的人的自尊心戳成了个筛子。

“你……”

尹孟熙轻蔑一笑，心想这对狗男女还真是天造地设的一对，当面回起话来都只会说一个“你”字，可在背后嚼舌根的时候又总是花样百出。她实在没什么兴趣了，转身便要朝大厅门口走，那两人却似乎还要跟她理论。尤其刘晓婷，像是要来揪她的头发了。

“叮——”这时旁边另一架电梯发出了声音，门打开，是魏驰从里面走了出来，一看到尹孟熙就眼前一亮，笑眯眯喊了一声：“孟熙姐，我刚还在上面找你呢，你怎么就走了？”

他就跟没看见郑泽和刘晓婷似的，径直走到了尹孟熙身边。

“咱们吃饭去吧，上回不是说好了吗？我还欠你一顿饭。”

年轻的男孩子是真不懂看眼色，也搞不清现场是什么气氛，贸然的闯入却刚好使略显紧张的气氛被打了个岔，不再那么一触即发了。

尹孟熙却也没理他，只说了一声：“改天吧。”接着，就头也不回地继续向门外走去，美丽的长直发伴随着她的步伐轻微摇摆，曼妙得很。

“别下次啊！”魏驰已经追了上去，“这都下次多少回了？”

“这个尹孟熙！”刘晓婷狠狠跺了下脚，还在原地愤愤地骂，“不知死活的玩意儿！活该她穷一辈子！”

郑泽其实生气，可是周围来往的人已经开始用异样的眼光打量他和刘晓婷了，他一个事业处在上升期的新任制片人还要顾忌影响呢，可不能跟着一块儿骂街，于是也就顺嘴劝了一句：“算了算了，她那也是狗急跳墙。”

“嘴上厉害有什么用？得罪了孙主任，这辈子她别想在台里翻身了！”

6.

即便到了下班时间，台里的地下车库依然被塞得满满当当。

这里简直像个小型豪华车展，叫得上名字的，叫不上名字的车全都停在一起，那些奇形怪状的，一看就价值不菲，偶尔有常规些的保姆车出入，从车上下来的都是脸熟叫得上名字的艺人，到台里录完节目又匆匆而去。

当然也不是所有人都能过上这么风光的生活，譬如尹孟熙，她就只有一辆十几万的二手白色奥迪 A4。

说起来好像不够厉害，可对一个普通人来说其实已经很不容易。一个家在南方小城的普通女孩儿，没有父母的支持独自来到 A 市读书，大学毕业后最大的梦想就是攒钱在这里买下一个属于自己的小房子，可是一平方怎么也要五万块的天价却让人望而却步，拥有“家”成为最奢侈的妄想，她能做的也就只有给自己一个好一些的代步工具，于是两年前狠心买了一辆车，终于不用再每天起早贪黑地挤地铁了。

它对她很重要，可以维持一个都市丽人，尤其是一个媒体人基本的体面，只要有它在，她身上平均150块钱一件的快消品牌服装看上去有几百块钱，可以让人放心大胆地出门了。

此刻她就坐上了它，刚系上安全带，副驾驶的门又被人从外面打开了，魏驰嬉皮笑脸地坐了进来，左耳上的黑色耳钉在地下车库暗色的灯光下依然泛着淡淡的光亮。

“你干什么？”尹孟熙的眉头皱起来，带一点烦躁。

魏驰聪明着呢，也看出尹孟熙情绪不好，本来是要缠着她去吃饭，现在就忽然改了计划开始装可怜，说：“姐姐，外面下着雨呢，你送送我呗，我就在五川路下，一点儿不绕。”

“姐”和“姐姐”有本质的区别，前者是职场中下级对上级套近乎，后者则是一个男人对女人暗示的撒娇，现在的男孩子是比过去灵巧得多了，嗲起来也要命的。

“你的车呢？”可惜尹孟熙却不解风情，“没开来？”

魏驰有辆银色的奔驰轿跑，拉风得很，比她的二手A4好多了。

“嗐，我爸不让我开了。”他一边解释一边给自己系上安全带，“说在台里要低调，不让我招眼。”

这倒是，一个小摄像，开的车比领导都贵，不是戳人眼珠子吗！可魏驰他真的需要所谓的“上升空间”吗？一个家里有钱的小开，有点摄影爱好就异想天开要做什么导演，跑到台里来工作无非是为了攒人脉，估摸着往后也是要自己出去单干的，何必还在意领导怎么想？

这种身后有倚仗的孩子，一定很幸福吧？

车子开到马路上，下班时间自然堵得水泄不通，连绵的阴雨让人心里窝火，车里一片安静。

“你跟那俩人吵架了？”魏驰忽然开口问，“为什么事儿？还是他们截和那事儿？”

尹孟熙没说话，到路口打了个转向灯。

魏驰耸了耸肩，想了想又安慰她：“你也别太生气了，反正明眼人都知道这是怎么回事儿，他们那个节目是你一手做的前期，怪就怪孙建彬那孙子不干人事，让郑泽和刘晓婷钻了空子……”

不干人事？确实。那孙建彬半年前才刚刚坐上节目中心主任的位置，就迫不及待要换掉他的前任何亚蓉主任一手带起来的人。尹孟熙呢？打从刚毕业就跟着何主任一起工作，跟这位女领导的关系一直都很亲厚，自然要跟着紧张的。

可孙建彬却没有立刻换掉她，相反早期还待她十分和善，偶尔还会当着同事们的面夸她两句。

后来渐渐有些不对劲，他会在开会的时候偷偷在桌子下蹭一下她的脚，在她与他错身而过时悄悄碰一下她的胳膊，若有若无的侵犯，让她想抓都抓不到痕迹。

她之前没碰到过这样的事，不知道怎么处理才最恰当，她不想丢了工作，也不想让自己的路难走，于是她接连忍了好几次，也许就是这样的避让使孙建彬误以为自己可以更进一步，那天他带着她一起去酒店参加《永不停步的我们》的招商会，散会之后把她堵在宴会厅外的小角落，四五十岁的这个男人身上总带着一股奇怪的臭味，他就用那么恶心的一种姿态勾她的下巴，眼中的暗示已经明白得不能再明白。

“小尹啊，我是很欣赏你的，这个节目我可以给你，以后竞聘总监助理我也可以帮你，但是你不能让我伤心呀，何主任在的时候你跟她那么亲，现在也不好厚此薄彼吧？”

他很胖，一双手更是又短又粗，他试图用它摸她的大腿，还想隔着她的衬衣解开她内衣的暗扣。她恶心地起了一身鸡皮疙瘩，当场就想扬起手狠狠给对方一个耳光，可同时她又知道自己不能这么做。

如果她还想在台里混下去，如果她还想在A市安下一个家，如果她还想让自己的职业生涯继续发展……那么她就必须聪明地解决这个问题。

她拼命忍耐，身体已经开始应激性的颤抖，僵硬的大脑尚且还未计算出解决这种烂事的方案，一个跟孙建彬差不多胖的女人便从酒店走廊的那头冲来了，她手包突然迎面狠狠撞上了她的鼻梁，在血流出来之前女人响亮的耳光又到了。

“狐狸精”“勾引男人的下贱货”“你不得好死”等，每句话都历历在目。

回忆到此结束。

后面的事不是没有，只是她已经不想再回忆了，最终的结果就是她被孙建彬从节目中心踢到了人文纪实频道，她手上所有的项目和资源都被拆给了不同的人，而郑泽则拿到其中最大的那块蛋糕。

天知道她为《永不停步的我们》付出了多少心力，高烧烧到三十九度还在办公室做方案、联系团队，她指望着它能一炮而红，从此让她赚大钱买房子过上真正优渥的生活，可因为一场性骚扰这一切都化成了泡影，她的一切都被夺走了。

手紧紧攥住方向盘，此刻的尹孟熙是具有攻击性的，但她不想随意迁怒于人，魏驰很无辜，不该在此刻平白躺枪。

她不说话，心里的弦硬绷着，只有用力踩着油门飞快地开车，魏驰于是也不说话了，只能时不时悄悄看一眼女人冷艳的侧脸。

其实她的五官线条很温柔，有一双很柔美的丹凤眼，笑起来的时候嘴角会有浅浅的酒窝。是紧绷的神情使她看起来冷艳，他很少看她放松，此刻还忍不住在想她究竟什么时候才会真正开心地笑。

这样的女人啊……笑起来会很美的。

把魏驰丢在五川路，尹孟熙掉头就回了自己租的房子。打开门，房子里灯是黑的，与她一起合租的室友闵瑞还没回来，或许是还在加班，也或许是出去玩儿了。

闵瑞跟她可不一样，她潇洒得多，永远能把日子过得很舒服。

把包放回房间，尹孟熙进浴室洗了一个热水澡，整整半个小时才从里面出来，打开浴室门的时候白气氤氲，她已经有些头晕了。

脚步不太稳地走回房间躺到床上，魔幻的一天已经让她筋疲力尽，明明这样的生活比当初在节目中心清闲得多，可她的疲惫感却被放大了几百倍，连手指头尖儿都觉得酸麻。

刷一刷手机，在热搜上看到了《永不停步的我们》的预热，官宣了几个明星嘉宾，粉丝们一片“啊啊啊哥哥”，业内对节目新锐的视点也有很高的期待，这一切荣誉本都应该是属于她的，而现在她只能在一个不知名的角落默不作声地旁观。

真该死！她恼火地丢掉了手机，因为太贵又不舍得真的用力摔，只是扔在厚厚的地毯上，心里的憋屈并未得到纾解。

她翻个身想干脆睡觉算了，刚闭上眼睛，门口就传来了一阵响动，是她的室友闵瑞回来了。

她心里一松，想出去找她聊聊，却听到男人喘粗气的声音，看来室友是把男朋友带回来了，眼下可没空跟她闲聊。

于是，又躺回了自己的床上，目光发直地盯着头顶的天花板，房东不允许她们这些租客改动墙面，因此那里是一片光秃秃，可她不喜欢光秃秃，她很喜欢绿色，如果这是她自己的房子，她一定会把天花板也绘上葱郁的小树。

“叮——”发愣的工夫手机又振动了，她好半天没动，根本懒得看，心里又在觉得怅惘，不知道谁还会联系这个连事业都失去了的自己。

过了好一阵，她才伸手到床下把手机捡起来，点开，发现是姚安琪发来了几条新信息，一个word标题为《【0304】A大文学院宣传片脚本更新》的文件，还有几句留言：

尹老师，脚本文件我更新过啦，麻烦您再看看，如果有修改意见请随时联系我，我一直在线。

另外我刚才跟文学院那边对接过啦，潘教授和张教授要下旬才能腾出时间，肖教授时间敲定了，明天就可以。

那明天我们就一起过去好吗？

打扰尹老师休息了，辛苦您啦！

最后是一个可爱的“晚安”表情包。一种典型的多到让人不得不怜爱的新人式的热情。

可……明天她又要再次见到那个人了吗？

尹孟熙闭上眼睛，忽然觉得世界变得更加狭窄逼仄了。

第二章
远处的他

1.

次日还是雨天。

三四月的早春是一年之中最美的时节，可在 A 市却恰巧撞上连绵的雨季，潮湿的水汽带来微微的寒意，多少会让人感到一些不快，可微雨与 A 大的校园又总是显得特别契合，车子一开进校门就仿佛进入了另一个世界，蓊郁的樟树带来铺天盖地的深绿，朦胧的雨水使世界看起来像是一幅漂亮的故事插画。

“尹老师，你们学校真美……”

姚安琪扒在车窗上往外看，一路上都在啧啧赞叹，偶尔还要抱怨一下自己的学校是怎么的相形见绌。尹孟熙微笑着应了两声，话还是很少，透过窗子看到文学院的小楼渐渐近了，手心的温度也跟着渐渐凉了下去。

久违的紧张。她在心里无奈地摇头，这么多年过去她还是走不出那段模糊不清的过去，明明七年没见过了，可那个人还是这么容易就能影响她的心情。

文学院的办公楼位置特别僻静。是很老的那种建筑，也许最早兴建于 20 世纪五六十年代，现在已经翻新，可看上去还是古朴，就像一本尘封多年的旧书，即便小心地扫去了扉页上的灰尘，看的人也会一眼发现它已经上了年头。

半弧形的楼宇，内里环抱着一个小巧的花园，长长的回廊上盘着紫藤花，现在时令未至还未开，可尹孟熙却还能想起它盛放的样子，优雅的粉紫色最适合春日，是校内所有情侣最钟爱的约会地点。

她半低下头，不像姚安琪和魏驰一样新奇地东张西望，只径直走进办公楼在门卫处做了登记，再走几步深入门厅，又转过头来问姚安琪：“约在几楼？”

“3楼，3楼。”姚安琪好像有点激动，眼睛亮晶晶的，“肖老师说我们可以直接去他办公室。”

肖老师……尹孟熙静静点了个头，心中奇怪的感觉跳了一下，接着便带身后两个小孩儿向楼上走，盘旋的楼梯同样厚重古朴，每一步都好像踩在历史上。

“311……311……”走廊是安静而幽深的，几乎没有一点动静，只有姚安琪一边看手机一边查房号的小声嘀咕。她们在环形走廊里绕了半圈，终于在靠东一侧找到了311办公室，门的侧边有一张不大的牌子，写着：副教授肖至。

门是半开的，里面传来一阵说话声，似乎是他的学生在里面。

“南北朝文人寺居现象研究是个不错的选题，但这个我更推荐你去找金老师做指导。”他的声音轻轻传出来，永远那么清晰平稳。

“或者也可以找陶老师，他最近开了一门佛教社会文学的课，对你做这个选题很有帮助。”

学生却好像不愿意，一直说自己就想找肖老师做指导，他似乎有些无奈，想了想还是说：“那么你先写个开题吧，我需要大致知道你要往哪个方向做。”

他松了口，学生就很高兴，似乎能够被他指导是什么值得庆祝的事情。他又转而去跟另外几个学生说话了，似乎在给她们推荐参考书目，每一本的名字都很长很拗口，也难为他居然都能记得清清楚楚。

姚安琪一直在门外听着，一边听一边啧啧感叹，大概也在佩服里面那位肖老师。尹孟熙却早已习以为常，她是知道那个人的，只要涉及学术就永远认真到极致，文学院的资料室和学校的大图书馆，总有一个地方能找到他。

他到底看过多少书？估计都要数不清了。

出神的工夫办公室里的谈话已经结束，门里传来窸窸窣窣的声响，是学生们在陆续往外走。门被推开，年轻的女孩子们说说笑笑，一多半儿的脸上都浮着微妙的红晕。是啊！很难不喜欢他的，对吧？

他的目光也紧接着到了。在门开的那一刻就落到了她身上，带一点点重量，让她心里也跟着一沉。她默默吸了口气，端出昨晚练了一晚上的客气架势，努力坦然地对他露出了一丝笑，只是当撞进对方那双山谷清风一样的眉眼时嘴角还是难免有些僵硬了，这是美中不足。

“肖老师。”还是姚安琪先出声，把学生们让出去后便大步跨进了门，很热络地朝肖至伸出了手，连着说，“感谢您百忙之中拨冗接受我们的采访，真是辛苦您了麻烦您了。”

他是随和的人，尤其不会为难小孩子，果然就把目光从她身上移开，转到了姚安琪身上，礼貌地跟她握了手，客气地说："没有，你们也辛苦了。"

声音清淡，与他浓颜的长相截然不同。

说着，门口又传来一阵敲门声，门本身就是开的，大家一回头就看到了一位男老师，也许是做行政的，敲过门后跟大家都点了个头，又看着肖至说："肖老师，今天拍摄还是在文图二楼，场地已经布置好了，等您跟电视台的老师们沟通好后就招呼我一声，我带各位一块过去，那边也有学生干部在配合的。"

"好的。"他又点了点头。

说完那位行政老师就风风火火地走了，房间里没人再说话，短暂的冷场。

但今天跟昨天毕竟不一样，起码尹孟熙有了要见他的准备，此刻又可以撑一撑场面了。她朝他走近了两步，努力压着心中难以解释的紧张和涩味，抬头看着他说："麻烦肖老师确认一下采访提纲，我们这边昨天应该发给过您。"

"肖老师"是一个于他们彼此而言都十分陌生的称呼，他低头看着她，眼神有些晦涩。

"好。"可他还是答应了。

她松了一口气，示意姚安琪把打印好的文件拿出来，转手又递给他。他伸手接过，要走到桌子边去看，在此之前又对他们说："请坐吧，我看一下。"

姚安琪连连点头，尹孟熙也顺着他的话在办公室里找了个位置坐下，唯独魏驰一个觉得无聊，大概因为这部分跟他没什么关系，于是干脆没坐，转头跟尹孟熙说："姐，我出去抽根烟。"

尹孟熙也知道他坐不住，就点了点头，他冲她笑笑，又问："你渴吗？我给你带杯咖啡？"

殷勤和客气是有本质区别的，年轻的男孩子不懂掩饰也不想掩饰，很容易被人看穿他的意图。他在试图追求她。

"不用，"尹孟熙淡淡地回答，"你能找到文图的话就直接过去吧，先把机器架上。"

"行。"魏驰答应了一声，也没顾及礼节，甚至没跟肖至这个主人打一声招呼就走出门去了，没规矩的样子让人有些尴尬。

"不好意思，"尹孟熙不得不代魏驰道歉，"他做事太没规矩了。"

好像要对他负责似的。

"没关系。"肖至淡淡看了她一眼，接着就垂下眼睛去看她们的采访提纲，再没说什么了。

办公室内再次安静了下去，那男人一直有这样的魔力，只要他不说话周围的环境就闹腾不起来，都得随着他静默。

他是有些过分漂亮了，垂着眼睛看东西的样子尤其如此，眼睑很薄睫毛很长，像是一幅昂贵又细致的画。她默默地看着，又想起当年见他的第二面。

那是开学的第二周，某个中午，在学校后面的小吃街，她和同寝的三个室友一起出去团建，四个人里有三个南方人，于是就挑了一家云南菜吃汽锅鸡，小店的评价很好，来的大多都是学生。一进门她就看到他了，坐在靠窗的位置，身边还有几个男生，大概都是他的朋友。他正垂着眼睛看菜单，九月的阳光落在他的眉目间，看起来特别温柔和煦。

她的心跳一下子变快了，迎新那日不明出处的局促感再次左右了她，她不知道为什么不敢靠近那个人，可又偏偏特别想到他身边去。她不动声色，若无其事地引导着室友一起坐到他身后的那桌，坐下的时候睡她下铺的汪雪茹还在激动地小声议论："你们看到了吗？旁边那桌有个男生长得好帅啊！"

她都听到了，心里不知道为什么感到一点点骄傲，明明他跟她根本没关系，她也不知道自己到底在骄傲些什么。结果一整顿饭她都吃得心不在焉，汽锅鸡的美味半点儿都没留在她记忆里，相反却把他们那桌说的话记得一清二楚。

"外文的那个吴思思是不是在追你啊？"她听到一个男生促狭地问他。

"吴思思？是哪个？"另一个男生抢着问，"是看起来特清纯的那个吗？"

"不是，你说的那个是社政的。"又一个男生接话，"吴思思是很辣的那个。"

你一言我一语说得带劲，偶尔还要调侃地笑两声，是让女孩子听了都会觉得有点不舒服的那种议论。

只有他一个人不接话，看上去对这种话题完全不感兴趣，她莫名松了一口气，觉得他果然是不一样的。可……

"什么吴思思呀，天降还能打过小青梅？"他的朋友又在高谈阔论了，"人唐霏就在旁边看着呢，其他谁还能有机会？"

啊？小青梅？唐霏？刚刚松下去的气又再次提起来，这回更是千百倍地紧，她像被冰块冰了一下，又像被看不见的针头刺进了肉里，微妙的难受在不讲道理地扩散，前调是懵懂，中调是疼痛，后调是茫然。

"一共就是这些问题了对吗？"正走神，他却忽然开口说了话，她赶紧从回忆里抽身逃出来，七年后的肖老师代替七年前的肖学长出现在她面前，正用那双过分好看的眼睛凝视她。

“预计要拍多久？一小时够吗？”

2.

说够也不够。姚安琪写的采访提纲昨天晚上尹孟熙已经看过了，他们这一行，新人老人做出来的活儿差得太大，小姑娘罗列的几个问题都很浅，也就是按着一般程序走，问不出什么打动人的东西。何况他们台里资深的老师在做访谈时根本很少按着大纲来，都是像朋友一样跟受访者聊天，聊着聊着自然东西就出来了，水到渠成。

她很清楚这份提纲的毛病，可她却没有修改，或许是因为她对这份工作完全不上心，也或许是因为她根本没打算和他聊得深入，此刻听到他问，就直接答：“差不多够了。”

跟你再相处一个小时，实在太够了。

他“嗯”了一声，把提纲还给她，接着神情淡淡地站起来，说：“那我们就过去吧。”

对接的行政老师姓陈，办事也靠谱，在尹孟熙他们下楼时已经在门口等着了，手上还拿着几把伞，递给他们。

“图书馆就在旁边，三四百米远。”陈老师还跟尹孟熙解释了一句，“我们走过去可以吗？还是您想坐车过去？”

她当然知道图书馆在哪里，当年上学的时候她可是那里的常客，经常在那个人身后的某张桌子上一坐一整天。

“我知道。”她微微一笑，“走过去就好。”

那一笑很模糊，透着淡淡的回忆的味道，浅浅的酒窝露出来一点，就像黑咖啡里加的一点糖。

他看了她一眼，她没有发现。

雨伞撑开，走进雨幕里。

宁静的校园是有些太迷人了，在深绿的樟树之外还有高高的杉树，只是现在天气还有些凉，叶子不多，等到了夏日就会显得生机勃勃，到了秋季叶子变黄校园里又会染上一抹金色，漂亮极了。

她走在他后面一点的位置，看着他撑伞的背影。仔细想想她真的看了很久他的背影，从大一到大四，现在离开学校七年，回来还是看他的背影。

他很高，学生时代比现在更清瘦，很好的骨相。姿态也好，绅士般的挺拔，永远不会不合时宜，是最恰如其分的内敛和沉静。雨天特别适合他，她不知道自己为什么会得出这样的结论，可每次看他撑伞她都会觉得心动，又偷偷想自己什么时候也能出现在他的伞下。

现在呢？能跟他一起撑伞的人出现了吗？依然是唐学姐？他们结婚了？

淡淡扫一眼他左手的无名指，没有戒指。以防万一看一看右手，同样干干净净。没结婚？还是仅仅因为他没有佩戴戒指的习惯？不知道，也跟她没关系。

没一会儿就走到图书馆了。

雨天固然浪漫，可却有些麻烦，走路的时候鞋子带起泥水，弄脏了她白色的铅笔裤。她没带纸巾，问了姚安琪她也没带，她暗暗叹了口气，觉得自己进入了一个过于漫长的水逆期。

走进图书馆，熟悉的场景又扑面而来了，一楼挑高的大厅里摆了一百多年前他们首任老校长的塑像，左右两侧都是高高的楼梯。她还记得呢，从右边上去往最深处走是他当初最常去的文学艺术书库，而左边的深夜自习室同样经常留下他的身影。

现在她又跟着他一起往楼上去了，空气中飘荡的都是纸墨的味道，绕过一排排高大的书架和安静穿梭的学生们，他们走进了一间独立的大资料室。

魏驰已经在了，摄像机已经架好，可他看上去有点烦躁，正在资料室里走来走去地打电话。

“对，灯出问题了，得换个灯……我怎么回去拿？一来一回得两三个小时，谁等我？别废话，你让川子给我送过来，抓点紧。”说完就撂了电话。

一回头看见尹孟熙他们都到了，魏驰愣了一下，接着几步走近，看着尹孟熙叫了一声“姐”，又有点尴尬地说：“有个灯出了点问题，光不够……我刚才调了一下还是不行，得让人给我调个新的来。”

这……尹孟熙眉头紧皱，第一反应就是质问：“你来之前没有确认过设备状况吗？都到采访现场了怎么能出这种纰漏？”

很严厉。魏驰噎了一下，脸色讪讪地，闷了一会儿又解释：“台里给咱们频道分的设备都上了年头了，设备间也没有多的，我已经挑了最好的几个带过来了。”

这也是实话。

尹孟熙心里无奈，同时又因为那个人在旁边看着而越发感到狼狈。他会怎么想她？会不会觉得她不专业？会不会……觉得她落魄不体面？

这真让人难受。她的脸都烧热了，此刻只好借装忙来掩饰局促，皱着眉问魏驰：“灯从哪里调？跟其他部门借？”

“不用，我找我朋友借，”魏驰赶紧找补，“他的工作室就在附近，大概三四十分钟就能送到。”

三四十分钟……她越发觉得抬不起头了，脸色是难以掩饰的难看，沉默了两三秒，还是得硬着头皮扭头跟那个人解释，她僵着脖子抬头看他，在他平静深邃的眉眼中无地自容。

“可、可能要耽误一会儿。”她甚至打了个磕巴，“肖老师方便等一会儿吗？”

他还没说话，旁边的陈老师已经有些不满地皱起了眉头，上前两步看了看那个坏掉的灯，又折回来抱怨：“尹老师啊，不是我说，你们这个工作未免太不仔细了。我们肖老师是百忙之中抽出时间来配合你们工作的，本来他都应该到苏州去开学术会了。”

这更让人汗颜，在微寒的早春尹孟熙的额头甚至出了一层汗，她也不知道该说什么，只好连着讲了几遍“抱歉”。他呢？好像看了她一眼，又好像没有，过一会儿抬起左手看了看手表，说：“那你们做调整吧，调好以后再开始。”

说着，对在场的各位淡淡点了个头，当着她的面转身走出了资料室。

再一次，留给她一个冷清的背影。

3.

魏驰去拿灯了，为了防止他朋友找不到路耽误时间，直接冒着雨去校门口等。

尹孟熙从资料室出来，到图书馆走廊上透气，姚安琪也跟了出来，一直低着头小声道歉。

“孟熙姐，真对不起。”小女孩儿都快要哭出来了，“我应该也确认一次的，都怪我，学校这边该对咱们有意见了。”

其实哪是她的错呢？明明都是尹孟熙这个上司的错。

她过去工作多么认真啊，每一个细节都要反复推敲确认，制片人就该这样，否则凭什么吃这碗饭？如果今天她还在节目中心，还在做《永不停步的我们》，那她还会像今天这样在出外景之前连设备状况都不确认吗？是她的散漫和破罐子破摔造成了今天的尴尬。完全是自作自受。

“没关系，这不是你的错。”她对姚安琪笑了笑，又伸手拍了拍小孩儿的肩膀，神情透着浅浅的疲惫。

“是我太疏忽了，没有尽到我应尽的责任。下次我也会注意。”

姚安琪乖巧地点点头，心里却还是有点过不去，嘴巴瘪着像是要哭鼻子，尹孟熙吸了口气，想了想说：“再去确认一下流程吧，时间耽误了，要重新排一下今天的计划。”

可爱的新人就是这样，只要被分到活儿就会重新元气满满，姚安琪立马顾不上难过了，一听上司吩咐就转身跑回资料室重新出排程，十分讨人喜欢。

尹孟熙淡淡一笑，看她就像在看大学刚毕业的自己，只是现在的她已经没有了那样的力量，变得既世故又计较，都不肯踏踏实实地认真做事了。

她叹了口气，重新扭回头去看向窗外，连绵的阴雨在图书馆的窗户上留下一道道水痕，就像微观的河道支流各自分散着流向四面八方，也不知道最终又要汇聚到哪里去。多像她和她大学时代的同学们，原本都是从一个校园走出去的，可如今却都千差万别了。就比如她和他。

他会怎么看她呢？会看出她的敷衍和不得志吗？还是只觉得她差劲？他刚才毫不犹豫地转身走了……是生气了吗？怪她和她的同事耽误了他的时间？

生气也是应该的，她的确做得太差了。

阴雨还在继续，就像窗外浓郁的深绿一样恒定，也不知道多久之后身后忽而传来一阵脚步声，她本以为是从自习室出来接热水的学生，笃定对方一定是路过，没想到声音却停在她身后，像是专程来找她的。

她奇怪地回过头，才发现竟然是他回来了，英俊的男人比学生时代更加成熟迷人，此刻手中正拿着一包还没开封的湿巾。

“擦一下吧，”他把它递给她，语气就跟多年前一样温和，“脏了。”

说着，好看的眼睛微微垂下，扫了一眼她沾上泥点的裤脚。

她的心脏又在不合时宜地乱跳了。

所以……他刚刚是去为她拿湿巾了吗？不是生气了？她有点蒙，看着他手里拿的湿巾发愣，过了一会儿又听到男人叹气，问她：“不要？”

这才让她回过神，飞快地抬头看他一眼，又更快地低头从他手上接过湿巾，声音轻轻地回答："谢谢。"视线狭窄到只能看见他修长干净的手。

她很喜欢他的手，打从学生时代起就喜欢，过去还曾偷偷拿相机拍过。

现在她也不敢多看，就闷着弯下腰去擦裤脚，微凉的湿巾很好用，略用一点力气就把污渍擦掉了，只留下一点淡淡的痕迹。

她擦完了，直起腰，余光却注意到他还没走，身形颀长的男人同样站在窗前，与她只隔着不到半米的距离。

啊，这……她该说话吗？还是直接安静地走掉更好？

"我变了很多吗？"踌躇间却忽然听他开了口，一贯温和的声音中带一点模糊的无奈，不太清楚。

她一愣，下意识地抬头看他："嗯？"

他也低头看向她，眼中倒映着玻璃上的雨水，补了一句："你看起来像是不认识我了。"

这话真揭短，她有点噎，又觉得现在再不顺坡下似乎就会显得不知好歹，因此在沉默了三秒钟之后还是有点艰难地开口叫人："学长。"

他"嗯"了一声，这回眉眼间带了一点笑，不浓不淡的，让人摸不准他的意思，也不知道是因为她太愚蠢还是他本身的确太难懂。

更糟的是接下去他又不说话了。她不知道怎么处理这种状况。节目中心的尹老师虽然一向以工作能力强著称，可她能协调的困难绝对不包括"在多年后与断了联系的他谈笑风生"。

"灯的事情我们很抱歉。"她于是只好跟他聊工作，"应该提前确认好的，现在要耽误学长时间了。"

他没说什么，又侧过脸去看向了窗外。她身为媒体人的判断十分准确，这男人的确最适合雨天，窗外的浅灰和深绿衬得他更加漂亮，此时的画面如果拍下来会很具有故事性。

"没关系，"他淡淡地回答，语气很舒缓，"工作能完成就好。"

她点了点头，打算再说句感谢的话应付场面，他却又回过头来看了她一眼，眼神很清透，像能一眼看到她心底。

"做得开心吗？"他忽然问，"电视台的工作。"

这问法是有些亲切了，好像他们是很久没见的老朋友，久别重逢后还可以安安静静地谈谈心。

可她该怎么回答呢？开心？不开心？本来很开心，现在不开心？倒也不必这么老实地跟人家掏心窝。

“挺好的。”她于是淡淡笑了笑，把成年人的疲惫和苦涩全都藏在心底，“工作嘛。”

后面那三个字真是包罗万象，明明什么都没说，可又好像把一切都说尽了。

他的目光在她身上留得更久了一些，过了好半晌才接了一句：“是吗？”

“可你以前好像做得很开心。”他似乎也回想起一些往事了，但并没有展开，“还是开心一些好。”

那一刻，她忽然想起了过去闵瑞跟她说的一句话——暗恋会把傻瓜变成哲学家。

“哲学家嘛，就是想得多的人啊！”闵瑞举着啤酒杯在她们的出租屋里高谈阔论，“普通人都是吃饭、喝水、睡觉，只有他们会想我是谁？我从哪里来？到哪里去？暗恋别人的人都会变成这样。他说蓝色好看，你就会怀疑他最近看上了一个穿蓝色裙子的女孩儿；他说不喜欢小狗，你就会觉得他在暗示你太‘舔’了；他说今天天气真好，那直接完蛋，你一定会觉得他在说‘我也喜欢你’。上辈子作孽这辈子暗恋，老娘绝对不沾这憋屈玩意儿。”闵瑞撂下话，掷地有声，“世上男人千千万，一个不行咱再换！来，嘻嘻，干！”

那晚的酒她喝了，闵瑞的话她也听进去了，可当肖至出现在她面前的时候她就觉得自己又要不行了。他是什么意思？他还记得她以前的样子吗？他在意吗？“还是开心一些好”是他希望她开心吗？

淅沥的雨声是造梦的机器，站在学生时代的图书馆，她觉得自己像是误入了某个不可理喻的时间闭环，过去的人事勾起了过去的记忆，同时又使过去的心动故态复萌。

“我……”职场上优秀干练的尹老师又变成十几年前那个在迎新草坪上口讷无措地小女生了。

“姐。”虚假的错觉总要被打破的，一声“姐”就足够她从十八岁变成二十九岁，偏过头时她看到魏驰扛着装着灯的大包从走廊那头跑来了，年轻的男孩子身上还淋了雨，看上去有些狼狈和可怜。

“灯来了！”男孩儿还在喘粗气，看来一路上跑得很急。他平时可不会这么卖力气工作，家里有钱的孩子一贯娇气，也就是今天看她发了火才肯这样卖乖，兴许还指望她的心情能转好。

她于是又变成大人了，还是一个要负责任的小领导，看了一眼对方扛着的大包，点点头，又说：“进去调试好吧，要抓紧时间开始拍了。”

魏驰抹了一把脸上的雨水，应了一声“好”，扭身要进资料室前又回头看了一眼尹孟熙和站在她旁边的肖至，明明两人并没有什么不正常的接触，可还是下意识地觉得有些奇怪。

说不上来哪里奇怪，但反正就是……奇怪。

当时他没机会去探究这种感觉从何而来，大家都要忙着工作，尹孟熙也在魏驰进资料室后转头看向了肖至，抿了抿嘴，说：“学长，我们也进去吧？”

片刻之前含混的气氛已在无形间消失不见，此刻他们之间的气流又恢复成了原本的刻板，唯一的改变也就是她对他的称呼，没法再从“学长”变回生硬的“肖老师”了。

“好。”他点了点头，和她一起往资料室走，“我下午还有其他安排，大概只能再留半小时，时间够吗？”

当然是不够的。

“要不我们先拍着吧？”她想了想，又皱着眉提议，“要是弄不完下次就补采一次，正好我们之后也要来采其他老师，到时候我们再跟学长约时间？”

他们一起进了资料室的门，几个灯都已经架好，明亮的暖色灯光在晦暗的雨天显得特别温柔舒适，她被晃了一下眼，因此没看到他在听到“下次”两个字时眉眼间的波动。

“好。”他又答应了，“那就再约吧。”

4.

灯光就位，镜头开启。

画面中出现了一个英俊的男人，他正安静地坐在一把原木色的椅子上，被暖色的灯光笼罩着，背景是图书馆内一排又一排高大的书架，画面显得沉静又幽深。

“能先请您说说自己跟A大文学院的渊源吗？”一个女人的声音来自画外，“您在这里学习工作多少年了？”

“我的本科教育就是在A大文学院完成的，后来也在本校申请了‘直博’，毕业后留校工作。”他按部就班地回答着，温和而有条理，“到现在的话……大概有十四年了。”

“那么您做老师已经有六年了？”

“七年。”镜头中的男人耐心地纠正，“本科提前毕业一年，博士毕业后直接任教了。”

“很了不起。”

“只是很幸运。”他谦逊地微笑。

“您太谦虚了，您是学校最年轻的副教授，这是非常惊人的成就。”

“谢谢。”他像是有些无奈地接受了这句赞扬。

“您为什么选择学术道路？又为什么选择留在A大文学院成为一名老师？”

“因为感兴趣，也觉得自己可以做好。”他很直白地回答，“学术是很纯粹的东西，只要认真去做总会有新的发现，即便是很笨拙的人也能得到诚实的回馈。我比较喜欢简单的事情。至于留在院里做老师……”他在此处顿了顿，不像在斟酌答案，仅仅像在回忆过去，“大概也是一种习惯，自然而然的结果。”

“那么您喜欢授课吗？这跟做研究是完全不同的事情吧？”

“是有一些区别。做研究是一个人的事，上课就需要跟学生交流。”

“您一定很擅长这个，所以选您课程的同学特别多。”

“也没有。”他笑了，淡淡地，“只是尽力。”

这就是谎话了。采访中的尹孟熙默默地想。因为她一直都知道，他是个特别好的老师。她上过他的课，就在大一那一年。

其实那年他本该读大四的，但因为申请了提前毕业所以直接升入了研一，研究生的实践学分来自他们去做本科生课程的助教，他那时就是给他的导师贾莘膺先生打下手。她到现在还记得，那门课叫《宋代文学源流》，是文学院开的公共课，往年也都有的，并不是很热门。可他做助教的那一年却特别难抢，原本60人的选课上限被抢得扩容到了150人，教务处都帮着给换了好几间大教室了，依然还有一大堆人抢不上。

“好家伙，这课咋这么难抢？”寝室里室友们都在议论，任薇薇的抱怨最多，因为她已经决定要从新闻学院转到文学院去，想抢这门课作为未来的专业课。

“因为这课给分特别好还是怎么的？”

“不是不是，是因为肖学长呀！”汪雪茹坐在下铺的床上狂刷选课页面，“就我们上次吃饭的时候碰到的那个帅哥，他是这门课的助教。”

“上次那个？”闵瑞转了转眼睛，也想起来了，“确实挺帅的，哈哈，那我也抢个试试。”

任薇薇和汪雪茹一听都是笑，调侃闵瑞怎么吃着碗里的还想着锅里的，都有男朋友了还想勾搭学长。

“第一，金阳不是我男朋友，我们就是玩玩儿。”闵瑞义正词严，已经打开电脑了，“第二，肖至那样的人是全世界的共有财产，我就要看。”

至理名言引发啧啧声一片。

“嘻嘻，你不抢吗？”闵瑞贼兮兮地回头看着安安静静坐在自己书桌前的尹孟熙，“去看看呗，不看白不看。”

尹孟熙抿抿嘴，当时就“哦”了一声，好像根本不怎么上心似的，后来被室友们劝了好几句才装作勉为其难地登上选课系统，仿佛是被撺掇得没办法才要去抢的。

可其他人又怎么会知道呢？那门课，早就悄悄躺在她的课表里了。

文学院的贾莘膺先生那年已经六十八岁了，他是研究宋代文学的大家，国家一级教授，退休后被A大返聘，一直留在学校里带学生。老先生仙风道骨，据说但凡跟宋代沾边的东西就没有他不清楚的，只是年岁渐大精力毕竟不比年轻时候，如今已经深居简出，连讲座都很少再办。

肖至是他收的最后一个学生，刚读研究生就发了一篇C刊，老先生特别高兴，逢人就夸自己这个学生是做学术的好材料，往后一定会有大造诣。

但很显然，学术圈的事情怎么样选课的本科生们都不太关心，尤其女孩子们来上课的目的很单纯，就是为了欣赏肖学长的美貌。

他真的很出挑。每次上课都会提前十分钟到教室，到讲台上帮贾先生提前调好PPT，低头整理点名表时侧影出奇的好看，台下坐着的学生都在悄悄看他，一半是看他山峦一般深邃清俊的眉眼，另一半则是看他漂亮的美人尖。

他似乎并不太在意他人的目光，也或许是早就习惯了被注视，该干什么干什么，从不会和本科生们多说什么话，整理好讲台就到第一排最左侧的位置上坐下，打开笔记本电脑，做他自己的事情。

这个课本来就难抢，教室位子不够坐，他常坐的位置附近就更成了要命的抢手货，据说管理学院有几个女生特别豁得出去，提前一上午跑到教室里占座，把他周围一圈的位置都给锁死了。

“好家伙，这么疯呢？”蹭课的任薇薇啧啧摇头，“这也太拼了，追这么猛能好使吗？”

“好使什么！”闵瑞不屑一顾，顺手撩了撩自己迷人的长卷发，语气十分笃定，“男人这种生物，你硬追他就觉得你不值钱，就得吊着他。”

汪雪茹十分捧场，赞扬了闵瑞的清醒发言，又问：“具体怎么吸引？闵姐能把他拿下吗？”

“瞧着吧！”闵瑞自信一笑，又靓又飒，“还没有男人能逃得出老娘的手掌心儿呢。”

她撂下豪言壮语，当天下课也没跟着其他小姑娘一块儿殷勤地跑过去找肖学长要QQ号，只在回寝室之后给他留下的助教邮箱发了封邮件，煞有介事地向人家咨询唐宋文学相关的专业内容，还说自己有意向要转专业到文学院，想知道学长能不能给出什么建议。

眼巴巴地等了两天，肖学长回复了，内容都是专业性的，简要介绍了唐宋文学研究的学界概况，推荐了几本入门书，又说她要转专业的话还是先去咨询教务和其他转成功的学长学姐，他给不出比他们更好的建议。

闵瑞就这样又给他发了几次邮件，到十月中旬时终于去找肖学长“刷脸”了，明艳动人的大一学妹可是校园里最靓丽的风景，平时挑个眉招个手都能让理工科院系的那些男生看得直了眼，偏偏肖至她搞不定。他倒是还记得她给他发的邮件，可线下见面时对她的态度却跟对其他人没有任何不同，一样温和礼貌但又疏远客气，甚至后来闵瑞不信邪约他出去吃饭他都拒绝了。

大美女非常无语，受挫之后也觉得有些丢脸，为了挽回颜面，一回寝室就开始给小姐妹们洗脑。

“这学长有问题！”闵瑞言之凿凿，“要么就是假正经。你们瞧着吧，没准儿过两天能在什么交友软件上看到他，这种人我见得多了！”

小姐妹对她肯定是哄着让着，也跟着一块儿说肖学长难搞，好不容易才把闵大小姐的气给顺下去。她倒也潇洒，发现追人不成以后也没往心里去，过几天干脆退了这门课，还换了个新的男朋友，又去当她鲜艳迷人的小花蝴蝶了。

尹孟熙跟闵瑞截然相反，她远不像她那么果断大胆，却比她更加顽固坚持。

她没去跟肖至要微信，也没有给他的邮箱发过邮件，更从没有起大早去抢他身边的座位，就是规规矩矩按部就班地上课下课，与他没有任何交集。

她在他的课前还有另一门课，上课的地点相隔很远，她每次只能踩着上课铃进教室，每次屋子都挤满了，必须费很大力气才能在犄角旮旯找到一个位置，有时甚至得到隔壁搬把椅子坐在过道上。他却坐在最前面，从她的视角只能看到他的背影，清晰的肩胛骨线条特别好看，可惜经常会被中间坐的其他人挡住。

她发现自己很想把他拍下来。也许是新闻人的职业病吧！

她总觉得像他那么好看的人就应该被影像认真地记录，但她就只是想一想，还不至于真的做这么奇怪的事，除了在上课下课时偶尔看他几眼，剩下的时候她依然在认真地听课。

宋代文学是一座瑰丽的殿堂，诗词、古文、话本，三苏、王安石、欧阳修……即便不是为了他，贾先生讲的课本身也很好听，一个繁盛的时代像画卷一样徐徐在眼前展开，文学便是它的根骨，即便那个皇朝的血肉早已在历史的沙尘中化作了尘埃，却总归还会有遗迹在。

他在研究的就是这些古老又灿烂的东西吗？他……喜欢它们吗？

5.

或许是出于好奇，或许也出于兴趣，那学期尹孟熙在文学院的课上花了很多心思。

这其实不太容易，毕竟她们新闻学院的课程压力也不小，她又报了校团委艺术团做宣传采编，陌生的学生工作同样给她带去了不少困难。大学生活非常新鲜，让来自南方小城的她经常感到难以适应，可能别人中学阶段就会的东西，她却要默默努力很久才能勉强跟上。比如标准的英语口语，比如用软件做海报，比如自然地表达自己的想法与感受。

一切都是快节奏的，每天都有新东西要接触，她吃力地追赶，唯恐自己被人落下，一片兵荒马乱中似乎只有文学院的那门课与众不同。它是那么舒缓、安静，丰富又轻盈。

她发现自己好像有点喜欢上了苏轼。

这名字一点儿不陌生，中学阶段就有很多他的必背篇目，可那时她对这位大文学家的了解却仅仅停留在考纲，从不知道他的生平和趣闻。

他其实是个很有趣的人：爱书画、美食，仗着自己才学非凡还有点爱显摆，和理学家程颐关系很差，跟宰相王安石还有一段“相爱相杀”的经历。

她听得特别投入，头一回觉得那个遥远缥缈的时代是真实存在的，生活在那里的人也跟时下的他们一样有血有肉，一千多年前的一个大文豪忽然成了她的朋友，她可以无限接近他那坎坷多艰又异彩纷呈的一生。

十月下旬接近期中季，照理教授们都要给学生打个平时成绩，贾先生人很随和，一般都是无限 B+，期中也没有要专门布置论文的意思。

“关于期中考核……感兴趣的同学就报名做一个专题报告吧，只要是跟宋代文学相关的都可以。这不是强制的，不想做也没问题，只是做的同学平时成绩可以酌情加分。”

这种时候主动跳出来报名做专题报告的一般就是“卷王”了，管他对宋代文学感不感兴趣，能刷平均分就行，于是对保研和出国有追求的同学纷纷举起了手，能有小二十人。

尹孟熙也举手了,明明她一直不是那种能在大庭广众之下侃侃而谈的人，而这门课又不是她本专业的课。可鬼使神差地，她还是举起了手。

“好，好……”贾先生看学生们报名积极，似乎也颇感欣慰，人在讲台上端起茶杯喝了口水，又抬眼看了看坐在教室左侧的肖至，“下课以后给报名的同学做个登记吧。”又和蔼地对肖至缓声说，“期中汇报也由你来评。”

于是尹孟熙就意外获得了第二次跟那个人说话的机会。

那是下课的时候，课上举手报名的同学都聚到他那里登记名字了，她从教室后排一点点往前走，与他之间的距离越缩越近。

心跳在一点点加快，她感觉自己的手心都开始出汗了，难以解释的紧张搅乱了她的脑子，等终于排到他跟前时她的呼吸都已经有些不稳。

“姓名？”他没有抬头，只垂着眼睛在记录，眉峰的弧度特别好看，是会让人出神的。

她答慢了一拍，这就引得他抬起了头，清冽的眼睛撞上她，让她的心脏差一点儿就要跳出胸膛。

“尹孟熙。”她干巴巴地回答，心中却悄悄冒出了大胆的念头，猜测他会不会记起她，他们曾在迎新那天说过两句话的。

“请问具体是哪几个字？”可他却让她失望了，好看的眉眼间仍是一片淡色，只用礼貌的态度询问她名字的写法。

“尹就是尹，”她的声音有一点低，“孟是孟春的孟，熙是熙光的熙。”顿一顿，怕他以为是“曦”，又改口，“熙熙攘攘的熙。”

他点了点头表示知道了，随即便行云流水一般在纸上写下了她的名字，收笔前又问：“大致的选题方向有了吗？”

其实还没有的，可她不想在他面前露怯，于是就不得不逞强。

“有的。”她尽力装作淡然，“想做苏轼。”

他再次点头，又在她名字旁边落下“苏轼”两个字，一边干净地收笔又一边淡淡地叮嘱：“注意选好切口，不要做得太大、太空。”

然后就没有了。

她走了，而他则继续按部就班地去为下一位排队的学生做登记。

那之后她就成了图书馆的常客。

举手一时爽，真要做起报告就是火葬场，她一个新闻专业的学生传播学还没闹明白呢，就在这里搞什么苏轼，何况跟她一起报名做期中报告的全都是文学院的人，有的还都大三了，最后她一定会被虐到“妈不认”。

可她真的不想在那个人面前丢脸。

她把自己架树上了，不甘心下来，于是只好费劲在树上做窝，泡图书馆成了唯一的选择，那段时间寝室各种团建她都参加不了，下了课，做完团委的学生工作就跑到图书馆自习，离社科的馆藏区八丈远，一直在文史哲区打转。

文学艺术书库是A大图书馆里最大的一个库，他们专业要看的书特别多又特别贵重，几个大资料室都建得特别大且幽深，一进门就能闻到淡淡的纸墨香，一些上了年头的大部头会翻着淡淡的陈色，就像存在于另一个古朴的时空。

她每次进去，心都会不自觉地变得沉静，拉开椅子放书包的时候动作也会特别小心，倒热水、支电脑、打开桌子上的小台灯，没一会儿，她就会给自己安排出一个舒服的位置，接着一口气在这里坐上三四个小时。

去架子上找书的时候也会很认真，提前就列好一个单子，一本一本逐个去找。有时找着找着又会偶然碰到两本看起来很有帮助的书，再额外把它借出来。

那天她又去借，在有一人半高的大书架前慢慢地边看边找，没花多大力气就发现了自己书单上王水照先生所著的《苏轼传》，取下来以后又往前走了几步，一抬头在书架最顶上发现了一部全套十六册的《宋会要辑稿》。

这个……看起来好厉害，要是写在参考文献里应该挺能撑场面的吧。

她抿了抿嘴，决定先看一下这套书的目录，这样就可以只借涉及苏轼的那本，可惜伸手去够的时候才发现那位置高得自己踮脚都够不到，且手伸到一半还意外和另外一个人的手碰在了一起。

一扭头，看到了肖至。他也看到她了。

书架间的光不太亮，暗暗的样子却反而更能显出浓颜系的美，他好看的眉眼半垂着，深色的瞳孔里倒映着她的影子。

“需要那本书？”他声音低低地问她。

喉咙一下收紧，手心也紧跟着出了一层汗，她不知道自己的心脏到底在搞什么，为什么每次一见到这个人就会跳得乱七八糟的。

“没、没有。”她连忙摇头，“你、你用吧。”

像个奇怪的小结巴。他挑了挑眉，又看了她一眼，接着抬头看向摆在书架最顶上的那套书，想一想伸手从中抽下了两本。这动作由一个身材颀长的男生来做特别好看，她感觉到他的高大，低下头的时候脸悄悄红了。

没过几秒，视线里又出现了他的手。修长的，干净的，过于漂亮的，正拿着那套大书中的一本，似乎是要递给她。

她迷茫地抬起头：“这……”

“苏轼研究是吧？”顾及是在图书馆里，他的声音保持得很轻，“‘宋会要’主要是史料，应该不太会有你直接用得上的东西。这一卷里有苏姓史料，可以简单看看。”顿一顿，又补充，“如果要查职官、方域、道释这些具体的内容，还要到别的卷里去找。”

说完，他把手上的书轻轻递给她，拿着他自己需要的那一卷转身走了。

直到坐回自己的自习座位，尹孟熙的脸还在持续地发烫。他记得她？他还记得她。他记得她的样子，甚至还记得她的选题是苏轼研究。

他……强烈的愉悦感像海浪一样在她心底不断起伏，十八岁的女孩子从没把什么人偷偷放在心底，更从没有体验过恋爱的感觉，那时却好像已经得到了什么结果，甘甜的滋味让她头晕目眩。

翻开他亲手递过来的书，明明很珍贵的，她却有些读不进去，没过多久就用书遮着脸偷偷用目光在偌大一间资料室里逡巡，指望能再看到那个人的身影，让这个近乎神奇的自习夜再多一点美妙的报酬。

啊，找到了。在资料室另一头靠窗的位置，离她很远，而且不巧还是背对她的，清淡的背影也很好看，像是一幅精心描摹的画，也像是一场无声的电影。

“不行！不能再看了，你是来自习的。”

她这样告诫自己并强行收回了流连的目光，一边摊开书一边打开文档做笔记，只是在调整电脑角度的时候她把它摆得稍稍歪了一点，这样就能在光标闪烁和台灯橘调的光影间，看到远处的他。

第三章
从图书馆开始的故事

1.

之后他们就经常在图书馆遇见。

很频繁，一周起码有四五次，到的时间虽然合不上，可却基本都会留到晚上十点闭馆才走，《回家》的音乐声一响两人就会在两张不同的桌子旁同步开始收拾东西。

他是个生活很简单的人，而且的确一心扑在学术上。

看书可以一看一下午，写论文就更专注，手机一直反扣着放在旁边，从来不会随意拿起来刷，也就是中途出去倒水的时候会简单看两眼，回完一些信息又扣上，继续做事。

有时也会有朋友陪他来，都是男生，有些看起来像文学院的，有些看起来像外系的，无论谁都是坐一阵就走，顶多两个小时吧，只有他一个人能从白天坐到晚上，而且日复一日，周而复始。

就像一个稳定的钟摆，安定得让人很难不信赖。

到了十一月天气渐冷，期中季的压力也变得越来越强，图书馆的人多起来了，到周末甚至很难找到座位，得提前预约才不至于白跑。

闵瑞大美女平时都在花花世界里飞来飞去，不到截止日期前两天绝不会动笔写作业，最近就是临时抱佛脚，不得不跟她男朋友和暧昧对象们暂别，跟着尹孟熙一起泡图书馆。可她早上起不来床，占座的工作只好由尹孟熙完成，那天她到图书馆的时候是上午八点，拿了个笔袋放在自己旁边的位子上占住，接着又习惯性地抬头看向了窗边的位置，却发现坐在那里的人不是他。

她默默地又在资料室里看了一圈，还是没有那个人的影子。

他呢？今天不来了吗？她心中浮起一阵淡淡的失落，就像看到一块表忽然不转了，于是对时间的概念也要跟着模糊。这想法真怪，她摇摇头把它甩开，拿出电脑插上充电器，打开文档继续写她的苏轼报告。

她的选题已经确定，是做《东坡乌台诗案》供状文本研究，讲稿写了七千字了，完全可以当论文交，可她还是不满意，总觉得要再改。

登上知网搜论文，半天才找到一个值得参考的，看到一半忽然感到身后有人经过，接着又感到自己的椅背被轻轻敲了敲。

她回过头……又看到他。

"不好意思……"他的声音依然很轻，又指了指她身边的空座，"请问这里有人吗？"

啊！这……时钟又转起来了，她的脑子却罢了工，明明是给闵瑞留的位子，可那时居然拎不清地说："没有。"

他点点头，又扫了一眼她放在椅子上的笔袋，她反应过来，像被烫着一样很快伸手把它拿开放回了包里。那时他似乎对她笑了一下，好像山谷间吹过一阵清风，树梢微微颤动。

"谢谢。"他坐到了她身边。

这……有点儿太近了。肩膀和肩膀只隔着三四十厘米，甚至轻轻一动就可能碰到对方的手臂。她不能适应这样的距离，她的习惯是从教室的最后面看到最前面，或者从资料室的这一头看到那一头。

感官被放大，身边这个人的存在不仅占据她的余光还侵占了她的意识，她能感觉到他就在离她很近的地方，仔细听还能听到他的呼吸。她四肢僵硬，做什么都不自然，明明知道对方并没有在关注她，可还是紧张得动也不敢动一下。

整整半个小时，报告一个字没写，论文一个字没看。

要不还是走吧，这……真有点儿顶不住。

她在心里举白旗，打算收电脑走人，刚侧过身要拿挂在椅背上的包，视线又跟他撞在一起。

两人都愣了一下。她是因为没想到他在看她，而他大概是因为没想到她会忽然侧身。蜻蜓点水一样错开，他已经把目光收回去了，她的心跳得更快，把书包抱进怀里的当口他已经低头写了一张字条，用修长好看的手轻轻推到她面前，她低头一看，上面写着：写得很好。供状的言说策略问题可以再展开。

这是在给她的报告提建议吗？他刚才在旁边看了？因为她一动不动半小时显得很奇怪，所以他觉得她需要帮助？

“写得很好。”他夸她了。

血液疯狂上涌，她确定自己脸红了只是不知道有多明显，尴尬、紧张、快乐、悸动……乱七八糟的感觉全来了，就像赤橙黄绿青蓝紫一股脑都搅在一起混出一团乌蒙蒙的颜色，让人分不清它的构成。

“谢、谢谢。”她匆匆地低着头回答，甚至不敢抬起眼睛看他，只在收拾东西的时候突然大胆了一下，装作不经意地把他推过来的那张字条跟着自己的书一起收进了包里。因为怕被当场逮捕，她的动作特别快，收完就站起来往资料室门外走，要不是因为觉得直接用跑得太傻太显眼，她现在应该已经溜到图书馆大门外了。

回到寝室的时候她的脸依然还是烫的，而扬言要自习赶 due（赶在期限之前完成某事）的闵大小姐却还躺在床上睡觉。尹孟熙轻手轻脚地把自己的包放好，又小心地从书本间取出那张被她匆忙卷走的字条，看着上面他亲手写的“写得很好”四个字，耳朵根又悄悄地热了。

她想把它收起来，又舍不得折，看了一圈还是小心地把它夹在了自己的日记本里。而那里，还有一枚文学院的迎新纪念书签呢。

十一月六号是正式做报告的日子。

尹孟熙特别紧张，也不知道是害怕做报告本身还是害怕在那个人面前丢丑，课前就自己坐在位子上一遍遍地看稿子，明明都做得很认真了，可还是越看心越虚。

终于熬到上课铃响，贾先生没有来，只有他来了，也许因为这次要点评，他没有像以往那样坐在教室左侧，而是直接坐在了第一排中间。

“就按学号顺序来可以吗？”他很随和，用商量的口吻和本科生们说，“2008级先开始吧。”

他是个很好的倾听者。

整场下来十几个人做报告，他每个都从头听到了尾，即便其中有个别的几位明显没有用心做，连尹孟熙这种外系人都能听出粗糙，他也没有不耐烦地打断，到问答环节才会指出汇报人的问题。

“糟糕”“差劲”一类的词他是不会说的，只会就着具体的不足给出自己的意见，而且往往具有建设性，似乎并不是在给对方下评判，只是在建议人家怎么做才会更好。

温和得让人心安。她的紧张褪去了一点，但心还是揪着，接近下课的时候终于轮到她了，他就坐在教室最前面叫她的名字："尹孟熙同学到了吗？"

当然到了。她提着一口气往讲台上走，经过第一排时他没有抬头，只是有条不紊地在纸上写着什么，或许是在给上一个做报告的同学记录成绩；她抿了抿嘴，上台打开自己事先拷好的 PPT，直接开始了报告。

"大家好，我是 2011 级新闻学院的尹孟熙，我的报告主题是'《东坡乌台诗案》供状文本层次性研究'……"

说到这里他抬起了头，大概是要写的东西都已写完，要专心听她讲了，好看的眉眼很认真地看着她，同时又隐约有些鼓励的意味，像是一个大人在鼓励一个孩子做算术，总会让人感到熨帖。

她的心提起来又放下，很顺畅地把准备很久的内容讲清楚了，过程中偶尔看他，会发现他依然断断续续地做着记录，好在眉头没有皱起来，还点过两次头。

"以上就是我报告的全部内容。"她紧张地给自己收着尾，"请老师和同学们批评指正。"

台下响起稀稀拉拉的掌声，一大半都是上课摸鱼没在听的人，只有他全听了，而且听得清清楚楚，知道她所有起承转合精心排布，也知道她所有力不从心遗憾缺漏。

"贾先生今天没来，在场的也没什么老师。"他微笑着看着她，永远那么礼貌温和，"谈不上批评指正，只是有一些建议可以一起探讨。你的整体思路是好的，以时间先后为序重新整理了供状中涉及的文本，也比较了苏轼对御史台的解释和诗歌原意之间的差别，资料整理得很清楚，看得出花了很多工夫。不过在层次性的划分上也许可以再细一点。九月三日这天苏轼讲了与孙觉有关的那几首诗和《大悲阁记》《王远之画像赞》这几篇文章，对于御史台来讲是收获比较丰厚的一天，'再勘方招'应当算这一系列审讯中的一个高点，形势会比供述《日喻》《祭文与可文》这些文章时更紧张一些……"

他讲得特别细，似乎不管什么他都知道。她讲的苏轼乌台诗案他知道，前面的学长学姐讲的宋代东京声音景观、唐宋踏歌风俗、宋代笔记辨体评述他也都知道，不管多生僻多复杂的领域他都了解得一清二楚，而且还能敏锐地指出大家研究中的不足。

不愧是研一就发核刊的人啊！简直比宋代人还了解宋代。

她仔细地听他给自己的报告指出问题，提出建议，到那一刻才意识到他是一个真正的学者，浩瀚广阔的知识星空就笼罩在他身侧，让他看起来是那么深邃又平和。

“总体来说非常不错。”他还很宽容，知道要对别人的勤勉给出真诚的赞赏，“可以得到今天的最高分。”

她不确定那一刻他是不是对她笑了，山谷间的清风又在吹乱人的心，让她像春末的繁花一样从枝头悄然坠落，一路落进了他春和景明般的眼波。

2.

当晚尹孟熙失眠了。

躺在上铺的床帐里，脑子里转的全是那个人对她微笑的样子——他又夸她了，知道她做得认真，还给了她最高分。

那么多人做报告呢，她是外系的，才读大一，依然得了最高分。

开心、得意，还有一点点难以解释的甜蜜。她亢奋得完全睡不着，情况已经离谱到他不在眼前，她也会心脏乱跳了。

怎么这样啊！她悄悄捂住了自己的脸，在床上翻了个身。

闭上眼睛还是毫无困意，心里还升起一团莫名的焦躁，某一刻她又忽然想起在大学路那个云南菜馆偶遇他和他朋友的那天，他们似乎提到了一个女生的名字……是真的吗？他有女朋友了？

本来没那么想知道答案的，那一刻她却决定挖地三尺追查到底，女孩子大概都是天生的神探，只要是自己在意的事情无论怎么都能查得水落石出。

她找到了学校的表白墙。

每天都有，一天大概会写四五十条，像他这样惹人注目的人每隔几天就会得到几条匿名表白，有的直接带他的名字，有的则会说“文学院11级硕士班的X学长”“宋代源流课的助教学长”……反正都是他。

有一条是这么写的：真的好喜欢文学院的X学长啊，今天又在南体看到他了，这半个月我都偶遇他三次了！这么多巧合是不是上天在告诉我可以冲了！求好心人透露下他到底有没有女朋友啊？知三当三我还是不会做的……

然后第二天的表白墙就有好几个回这条。

回昨天的表白21: 有的吧，不就是2008级的TF？副书记的女儿哦。

回昨天的表白21: 没有，我朋友是X学长同门师姐，她说他从来没谈过。

回昨天的表白21: 本人肖至室友，可以证明他现在没有女朋友，但是过段时间有没有就不好说了，机会稍纵即逝，必须抓紧把握！现面向全校销售肖至QQ，转账二百即可拥有，先到先得，童叟无欺！早买早享受！

这……到底是有还是没有呢?

应该没有吧? 只有一条说有，其他都说没有……而且像他那么出名的人，如果真的有女朋友一定全校都会知道的。

没有的，一定没有的。她关了手机，又在床上翻了个身，床帐内的世界在一片黑暗中显得特别寂静，只有她那颗小小的心躁动得惊人。

期中季在一周后终于平平稳稳地过去，图书馆里的人一下子少了很多，又恢复成原来不需要抢座的状态了。

宋代文学课的报告已经做完，照理说尹孟熙也该回自己的社科馆，可她依然每天到文学艺术书库打卡，并依然始终在离他不远不近的地方自习。这渐渐成为她的一种习惯，碰到下雨天也会去，碰到来例假身体不舒服也会去，碰到学生工作很多很烦的状况也会去……而只要她去了那个人就会在，似乎永远不会缺席。

他让她觉得治愈。也不知道为什么，看到他就很踏实，就可以静心，哪怕他们根本不说一句话，坐的位置又总是隔得很远，毫无关联的相处居然也可以显得很浪漫，也不知道是他本身真的有那么好，还是她……对这段朦胧的情愫太上头了。

那天下雨了。十一月末的雨很冷，远不像春雨那么滋润，她在综合楼参加团委的一个活动，一直拖到晚上八点三刻才结束，出门的时候雨已经下大了，最好的选择其实是直接回寝室，可她斟酌一下还是觉得想见他，于是跟部门里的同学说了再见，撑开伞就朝图书馆的方向跑去，还依稀听到大家在身后调侃她是大学霸。

到图书馆的时候已经是九点过两分，离闭馆也就只剩不到一个钟头，幸而他还在，橘调的灯光映照着他的侧脸，有种别样的温暖感；她安静地在不剩几个人的资料室里坐下，累得没力气再开电脑，于是干脆借了本书装样子，其实一直在盯着他的背影瞧。看了好一会儿才发现他今天也有些走神，时不时就会朝窗外看上一眼，像是……有些发愁。

他怎么了？是没带伞吗？

她有些拿不准，就又观察了一阵，果然发现越临近闭馆他看向窗外的频率就越高，大概真的是没带伞，研究生宿舍离图书馆也很远，他不知道该怎么回去了。

她抿了抿嘴，坐在位子上想了想，打开手机看了看表，发现时间是九点三十七分，如果她现在跑出去到七教旁边的那个小卖部去买伞，应该还来得及在闭馆前赶回来。

这真是很傻的想法。

其实干吗要去买伞呢？明明应该把自己的伞分享给他，跟他一起打，这样他们就可以一起走一段下着夜雨的路，运气好的话说不定还能因此熟悉起来。可她完全没想到这些，或许因为那个时候她还没有勇气接近他，也或许因为她本来就不懂得动这些小心思，十八岁的女孩子有一种过分的纯情，愿意用最干净的心去干最傻的事。

她真的悄悄跑出去了。

雨很大，又很冷，撑着伞也会淋到身上，等跑到七教附近的时候她左边的袖子都快湿透了。好在小卖部还没有关门，她花十块钱买了一把普通的黑伞，又赶紧夹着它匆匆往回跑，这回因为方向改变，右边的袖子又湿透了。

九点五十七分她赶回去了。

快步爬上二楼平复一下呼吸，又悄无声息地走回资料室坐下，他果然还没走，《回家》的音乐声却紧跟着响了，这下他要收拾东西了，大概一分钟以后从桌子边站了起来。她慢吞吞地，故意比他晚一些起来，等他走出资料室才开始往外走，这样的节奏刚刚好，当他站在图书馆的门厅看着外面越下越大的夜雨皱起眉头时，她就可以装作若无其事地出现了。

“学长？”她像刚看见他，一点点意外的语气，心中却因为第一次主动开口叫他而感到近乎玄妙的悸动。他侧过脸来看她了，好看的眉眼在图书馆门厅的灯光下显得特别迷人，连绵的夜雨只是给这令人心动的一眼加的氛围背景音而已。

“你怎么没走？”她明知故问。

“忘记带伞了。”他对她点了个头算是打招呼，身影被灯光拖得很长，“等雨小一些再走。”

她“哦”了一声，很高明，顿了一会儿才像刚想起来似的，回手从自己包里掏出那把她新买的黑伞。包装纸已经拆掉了，回来的路上她还刻意把它揉皱了一些，努力不想被他看出这是她专门为他新买的伞。

“我正好还有一把，是我室友上次落在我这儿的。”她努力自然地扯谎，“学长要用吗？”

她伸手把伞递到他面前。

他挑了挑眉，也不知道是不是感到意外，接着看了她一眼，斟酌着问：“可以吗？那你室友……”

“可以的。”她赶紧说，“今晚她也用不到，明天就还给她了。”

说着，又把手伸得离他更近了一点。

雨没有要停的意思，淅淅沥沥地一直下，他又看了一眼外面，大概也没更好的办法，于是最后还是从她手上接过了伞，有一瞬间指尖和她离得很近，差一点点就要碰到。

“谢谢，”他说，“那我明天还给你。”

明天？听起来就像一场约会似的。

她的脸又悄悄地红了，心里也像在下雨，滴滴答滴滴答，到处都是一片潮湿。

“好的。”她安静地点头，“我都在图书馆。”

一直坐在你身后。

他同样点了点头，却不知道她在心里悄悄补上的那后半句话，与她淡淡地说过一声“再见”后就撑开伞走进了雨里，挺拔而略显清瘦的背影渐渐消失在朦胧的夜色中，变成一抹她看不清的影子了。

回到寝室的时候他的室友郭跃还在打游戏，隔壁寝室的周信哲和王宇也在，估计是凑了个三人局，地上还有好几个空的啤酒罐。

“我说什么来着？我就说不用给肖老师送伞，他肯定能好好回来！”

郭跃大马金刀，在那儿嘻嘻哈哈地跟另外两人调侃。

“还用你说？”周信哲吐槽，“那么多妹子盯着呢，咱肖老师能淋雨吗？”

王宇更直接，看着肖至手上拿的伞咧嘴笑，还贼兮兮地问：“说说吧，肖老师，这又是哪个妹子送的？我们见没见过？”

什么跟什么。

肖至叹了口气没搭话，摆摆手让周信哲和王宇从他床上起来，那两人却还不算完，一个劲儿追问他今晚是跟谁一起回来的？是哪个漂亮女孩儿又跟他献殷勤了。

他皱了皱眉说没有，只是正巧碰到了一个选贾先生课的本科学妹，她只是正好有两把伞，随手借他一把，没有他们想的那些乱七八糟的事。

三个人都不信，郭跃手最欠，直接从肖至手上把伞抢过去了，展开略微看了两眼就发现了不对劲，人笑得特别鸡贼。

“这商标还在呢，还说什么‘正好’？”他大呼小叫，“得是人家妹子专门给你买的吧？”结果立刻引得另外两人大呼小叫。

“好家伙，肖老师现在都不说实话了！”

“这又是哪个小姑娘啊？下次你给指指！”

几个男生七嘴八舌地调侃，笑声和说话声挤满了房间，肖至却因为忽然看见了那枚簇新的商标而有些走神，且眼前又忽然划过了片刻之前那个女孩儿两只袖子都淋湿了的样子。

她……他微微垂下了眼睛。

3.

不幸的是第二天尹孟熙就生病了。

秋冬之际的雨毕竟还是太冷了一些，那天凌晨她的体温就开始往上蹿，早晨从上铺下床的时候差点腿软掉下来，得亏闵瑞一把把人扶住，一摸额头又发现温度不对，找出体温计一量，三十八度二。

“今天的课你别上了吧，我帮你跟老师请假？”

任薇薇和汪雪茹也很担心她，一个给她找药一个给她倒热水，都建议她别去上课了。

“沈牛牛的课有什么好听的，天天吹牛说自己见过布什。”闵瑞一个劲儿翻白眼，“你就在寝室里捂着被子发发汗睡一觉，很快就好了。”

顿一顿，又抱怨：“我也真是服了你，昨天又不是没带伞，怎么还能搞得身上湿漉漉的？”

尹孟熙其实也没力气去上课了，可是她想到昨天跟肖至的那个约定就觉得自己今天一定要出门，否则上午翘课下午又跑到图书馆，室友们肯定会觉得奇怪，还不如上午也出去，该干什么干什么。

因此最后她还是强忍着不舒服去了新闻楼上课，汪雪茹啧啧赞叹，打赌说尹嘻嘻这学期 GPA 会直接冲 4.0，国奖也要非她莫属。她烧得没力气搭腔，台上沈老师滔滔不绝讲频道专业化问题的声音都有点模糊了。

吃过午饭她又上床睡了一会儿，下午体温降到三十七度八。她觉得好了一些，但还是跟团委那边请了假没去参加当天的内培，三点钟从床上爬起来，梳了梳头发准备去图书馆。

照镜子的时候她第一次认真地审视自己的外貌：好像还不错，过去也有不少人说她漂亮，五官是周正的，只是没那么立体，不像浓颜系的人有种第一眼惊艳的效果，最有特色的大概就是眼睛，狭长的丹凤眼，眼尾微微上挑，多少有点别致。

她是不是应该学一下化妆？都读大学了，整天素颜出门也不太好吧？

跟谁学？找闵瑞？

化妆品什么的，应该都有点贵。她抿了抿嘴，看着镜子里自己苍白的脸色犯愁，伸手搓半天也搓不红，最后还是放弃了，默默背上包出了门。

到图书馆的时候他已经在了，依然坐在原来的位置，似乎在写论文，看起来特别忙。她想了想，觉得贸然上前打扰不太妥当，于是就坐在旁边等，打算等他发现她然后主动提还伞的事。这也容易，借本书翻翻就能打发时间了，只是人在低烧时精神总不会太好，那天下午她一直提不起劲儿，头也晕晕的，后来身上还一阵一阵的冷，等了没有半个小时就不知不觉趴在桌子上睡着了。

还是他叫醒她的。

那是下午四点钟，秋末冬初罕见的阳光透过图书馆的窗子照进来，橘调的色彩总会更容易让人感到温暖；他就站在她身边弯着腰看她，眉头微微皱着，一只手搭在她身后的椅背上，一种关切的姿态。

“你发烧了？”他问，声音和气息都离得很近，把她的思绪搅成一团糨糊。

“嗯？”她又不会说话了。

“去校医院看一下吧，”他的眉皱得更紧了一些，“然后回寝室休息。”

脑子依然不转，她蒙得来不及回答。

“很不舒服？”他的腰弯得更低了一些，“站不起来？”

哪有那么夸张？只是低烧而已。

她回过了神，赶紧从椅子上站起来，似乎想要向他证明自己一切都好，还画蛇添足地解释：“没、没关系的。”又成了小结巴。

他“嗯”了一声，好像放心了一点，看着她站起来收拾好书包，又侧身示意她从位子里出来，说：“那走吧。”

这是要陪她一起去校医院的意思吗？她忽然觉得自己晕得更厉害了。

校医院离图书馆不太远，基本只能算个摆设，作用就是开药和开转诊单，空荡荡的小楼里就坐着几个值班医生，冷清得很。

她就是着凉发个低烧，其实也不用看的，可她又不知道该怎么拒绝他，心里又想跟他一起多待一会儿……他还去挂号处帮她做了登记，好像他们是关系很近的朋友，让她忍不住偷偷觉得自己赚了大便宜。

“右转第二间，”他拿着挂号单回到她身边，“门诊就可以。”

她愣愣地点头，都听他安排，不声不响地跟着他在安静幽深的走廊里走，转进门诊室看见里面坐着一位女医生，四五十岁的年纪吧，正在用办公电话跟人聊天，看见他们进来了才依依不舍地挂断。

“谁看病？”对方语速很快地问。

尹孟熙正要回答，却先听到肖至说了一个“她”，接着又示意她到医生旁边坐下，就像……是她的监护人。

她的脸悄悄地红了，顺着他的意思过去坐，医生已经在问她：“哪里不舒服？”

她很老实，就回答：“头晕，嗓子有点疼，可能是发低烧。”

医生看了她一眼，顺手拿起电子温度计在她额头前“嘀”了一下，特别快。

“三十八度一。”她在病历上龙飞凤舞地记录，“给你开个退烧药和感冒药，退烧药一天一片，感冒药一次两片，一天三次。”

说完，又熟练地追问：“要开请假条吗？”也是看多了学生翘课补条子的套路了。

“不用的。”尹孟熙赶紧摇头，又下意识地看了肖至一眼，不自觉就解释了一句，“我从来不翘课也不请假。”

什么鬼？为什么要说这个啊！

她局促地捏紧了自己的手，也不知道他会不会觉得自己奇怪，接着听到医生“嗯”了一声，随后要把开药单递给她，并嘱咐：“去前面付款，报销流程你们辅导员都说过吧？”

她还没来得及回答，站在身边的他已经把单子接过去了，小小一个简单的动作就把她撩拨得心跳加速，又听到医生笑了一声，调侃：“男朋友不错，挺称职的。”

啊，男朋友？她的？脸“刷”的一下涨红，这次是确确实实红到耳朵根了，明明想要反驳解释的，可到要开口的时候又舌头打结，还是他先跟医生说明，说他只是她的学长，不是其他关系。

医生可不关心这些，眼神只在他们之间打量了一圈，随后就有让他们走人的意思，估计也是急着继续打电话。尹孟熙也不好碍人眼，立刻就从椅子上站起来了，跟着肖至一起走出了门诊室。

很快他就帮她开好了药。

“药和病历都在里面了，”他把袋子递给她，“记得按时吃。”很简单的话，语气也很平整，可由他来说不知道为什么就会特别令人心动，让她感到既甜蜜又局促。

“谢谢。”她谨慎地双手接过，板正得就差给他鞠一躬，“麻烦学长了。”

他挑了挑眉，或许是不太适应这样的架势，顿了顿说：“不用这么客气，我只比你大几届。”

可不是？减掉提前毕业的那一年，他只比她高三届。

她“哦”了一声，点头的时候看起来更乖，让他想起刚才她对医生说自己从不翘课请假的样子，眼中不自觉就划过了一丝笑意。

“你住哪栋楼？”他随口问，“我送你回去吧。”

作为一个已经十八岁的女孩子，尹孟熙当然也是幻想过恋爱的。

她没什么经验，高中的时候一门心思拼命读书，连偶像剧和言情小说都很少看，现在对恋爱的了解基本也都来自她的室友闵瑞。她有很多追求者，很多男生都会来讨好她，而她只会承认其中个别的几个为自己的男朋友，那几个男生就可以拥有送她回寝室楼的特权。

“跟男生一起回寝室楼等于谈恋爱了。”她早已推导出这样一个过于朴素的等式。

此刻肖至就在陪她一起回去，英俊出挑的男生总是校园里受人瞩目的焦点，她能感觉到周围来来往往的人都在看他，而她走在他身边，难免也会受到这些目光的波及。

她甚至还听到了一些窃窃私语——

“那是肖至吗？”

“哇，他真的好帅！”

“走在他旁边的那个女生是谁啊？他女朋友？”

“啊？不会吧，不会吧，肖学长有女朋友了？”

“那女生也没有很好看吧！”

议论纷纷。尹孟熙其实也不是没有被议论过，在家乡那座小城她也是被人关注的对象，只是没有被这类带有评判和审视意味的眼光打量过，因此难免感到一些尴尬和紧张。

可说实话那也不是当时她心里唯一的感觉，在那么多别扭之中分明还有一丝难以解释的快乐和悸动在作怪，她不知道那是不是所谓的虚荣，只是的确感到能和他一起被议论是一件值得开心和亢奋的事情。

即便，那些议论根本都不是真的。她的心情起起落落曲曲折折，从校医院到寝室楼短短一段路居然走出了跌宕起伏的味道，只有身边的人一直平静安稳，他的存在本身似乎就是世界美好的证明。

“我到了。”她在寝室楼下来来往往许多人的注视中有些不舍地对他说。

“嗯。”他应了一声，语气还是很温和，“上去休息吧。”

她抿了抿嘴，心里知道十二点的钟声就要敲响，马车即将变回南瓜，无论有多不情愿都还是要跟眼前这个人分开，当时能做的也就只有安静地点头，并对他说一声“谢谢”。

她转过身往楼里走，用自己的学生卡刷开了门禁，努力掩饰着这个小小的告别对自己而言有多么大的难度。

这可真不容易，连回头看的时机都要小心把握，爬楼梯爬到一半才敢小心翼翼地回头看，那时他早已转身向远处走去，修长挺拔的背影在橘调的黄昏中显得特别好看，即便隔着一道宿舍楼的玻璃门也依然能清清楚楚地刻印在她心里。

怎么办？她好像真的很喜欢他。

4.

“欸，你们听说了吗？”

晚上洗完澡，汪雪茹一边坐在床上刷手机一边对室友们兜售八卦。

当时尹孟熙正在吹头发，闵瑞正在给她男朋友发分手短信，也就任薇薇比较有空，削着苹果问：“听说什么？”

“就肖至啊！”汪雪茹情绪很激动，“他有女朋友了！”

“啪嗒”一声，吹风机的开关被失手按掉，噪音停止，寝室里陷入一片短暂的安静。

“什么？”

“什么？！”

两道声音同时冒出来，前一个纯粹惊讶的属于任薇薇，后一个带点恼火的属于闵瑞。

“他还真有女朋友？”闵瑞“腾”的一下从椅子上站起来，气得短信都不发了，“把老娘拒了转头就脱单了是吧？我倒要看看他女朋友是什么仙女下凡！有图吗？”

“有有有，我发群里。”汪雪茹在手机上一通操作，“不过有点糊，没拍到正脸……”

“叮——”几个人的手机提示音同时响起来，尹孟熙僵着没动，闵瑞和任薇薇已经火速抓起手机去看了。

“这拍照的人行不行？怎么就拍了个背影？”

“就是就是！什么都看不见！”

“不过这个地点……我怎么觉得这么像我们宿舍楼下？”

“啊？真的是！”

“等会儿，这个女生的衣服我好像有点儿眼熟？”

“真的眼熟，好像今天早上就在哪儿见过……”

议论的声音戛然而止，三个人一齐缓缓扭头看向僵硬地拿着吹风机不动的尹孟熙，对视。

“我，我可以解释……”小尹同学扛不住事，当场不战而降，“我真不是他女朋友。”

在接下来的一刻钟里，尹孟熙原原本本地向三位室友交代了事情的原委：她是怎么借的伞，怎么淋的雨，怎么生的病，肖学长是看她脸熟并出于人道主义的立场才送她去校医院的，之后送她回寝室也都是顺路。

三个室友齐齐抱着手臂审她，架势像开庭，汪雪茹还是叽叽喳喳的，很兴奋地说：“我寻思能跟肖学长那种高岭之花传回绯闻这大学也算没白读！以后他是不是有可能成为咱们宿舍的女婿啊？会不会像金阳那样请我们吃饭啊？”

越扯越远，也就闵瑞比较会抓重点，单刀直入地看着尹孟熙问：“所以你喜欢他？”

尹孟熙一愣。

“你喜欢他，要追他？”闵瑞的眉头皱起来了，“我就说嘛，天天跑去文学艺术书库待着，早该看出你不对劲儿！”

气氛突然微妙起来，汪雪茹也不激动了，只跟围观的任薇薇面面相觑，担心闵姐要跟嘻嘻闹矛盾。唉，美女脾气大，没准儿还在计较之前被肖学长婉拒的事，现在该不会为了这个跟嘻嘻闹别扭吧！

“我可要劝你一句。”没想到闵瑞却是话锋一转，突然语重心长起来，“追人这种事儿你得慎重，先不说能不能追到手吧，就算真追到了你觉得你能开心吗？谈恋爱就是图个高兴，与其找自己喜欢的，不如找喜欢自己的，省得天天巴巴地围着他转，贼没劲。那肖至一看就不是什么会迁就人的人吧？到时候真要谈起恋爱了你还得看他脸色？凭什么？”

倒还真是没有闹别扭，大大方方地给尹孟熙提人生建议呢。

这下别说当事人，就是任薇薇和汪雪茹这两个吃瓜群众都忍不住默默赞了一句“闵姐大气”，尹孟熙也下意识松了一口气，想了想又说：“其实我也不是要追他的。”

她哪有那么勇敢？她就只是喜欢他。

闵瑞一眼把她看了个透，难免又是叹气又是摇头，说：“你这样的就更不能追人了，太纯情了，要是真被拒绝了还不得在心里难受一辈子？我都怕你有阴影。”

说完又试图给她洗脑，告诉她谈恋爱就是个调剂，三条腿的蛤蟆难找，两条腿的男人还不是遍地走吗？肖至固然好，可也犯不着一颗心扑在他身上，差不多就得了。一直劝到大半夜。

而在校医院的事情发生过后，尹孟熙对肖至的感觉也的确变得更复杂了。

更喜欢也更想靠近，可心里的胆怯和犹豫却又同步多起来，既渴望再一次得到他细致体贴的关切，又唯恐上次那样的特例往后再也不会发生。

她搞不懂自己，正好那几天团委也忙，有一个和隔壁友校一起办的大活动，她作为采编记者要跟全程，所以一连好几天没去图书馆。

见不到他的时候她会松一口气，可淡淡的落寞也同样会从心底钻出来，只要一闲下来就会克制不住地在陌生的活动场馆回想熟悉的图书馆，想象他此刻会在做什么，看书还是写论文。

多美好。

5.

下一次见面是在课上。

她又是踩着上课铃到的，位置依然只剩后排，他还是坐在最前面，背影跟送她回寝室的那天一样出挑好看。贾先生的课还是生动有趣，她却难得走了神，也许是因为一连好几天没见过他了吧，她发现自己会忍不住看着他发呆。

“丁零零——”很快两节课过去，前后左右的同学纷纷收拾书包站起来离开，讨论中午去哪个食堂吃饭，她就慢吞吞地，想等看到他走了再走。

这可要等一会儿，毕竟每节课下课都会有漂亮的小学妹围在肖学长身边请教问题，他永远都很耐心负责，别人问他就回答，每次起码接近半小时。

他怎么对谁都这么好啊？

如果那天是其他的学妹生病了，他也会送她们去校医院，送她们回寝室吗？

奇怪的念头钻出来，把她一颗心搞得酸酸胀胀的，其实都是没道理的想法。他是助教啊，本来就要回答学生的问题，难道人家去问他还能不回答吗？

她垂下眼睛，心里的落寞又多了一点，那时才忽然意识到闵瑞说的是对的，她的确没办法追人，太不洒脱，难过会留在心里一辈子。

收拾包的动作在不经意间加快，她想悄悄离开教室，偏偏站起来的时候他回了头，好像早知道她在那里，她看到他对自己点了点头，又回过头去跟那几个围在他身边的女生说：“不好意思，稍等一下。”说完，转身朝她走了过来。

“扑通！扑通！”暗恋者的心是这世界上最容易起伏的东西，只要有一点来自对方的反馈就可以像坐跳楼机一样上天入地，几秒钟之前她明明还患得患失觉得天都暗了，可现在看他主动走过来了，她就再次觉得阳光明亮世界可爱。

“学长。”她强压着悸动向他问好。

“嗯。”他应了一声，清隽的眉眼温和又迷人，伸手从自己包里拿出了上次她冒雨去为他买的那把黑伞。

“上次就该还给你，后来不小心忘记了。”他把它递给她，“不好意思，谢谢。”

周全的礼节永远让人如沐春风，仔细看还会发现那枚被她不慎漏掉的标签也已经被他体贴地撕掉了，可以免去彼此很多意外的尴尬。

“哦，好。”她赶紧伸手接过来，其实也早就忘了这件事，“没关系的。”

他沉默了一下，又看了她一眼，问：“身体已经好了？”

令人心软的关怀。

“都好了。”淡淡的甜味在空气里弥漫，她的眼睛微微闪着光，“谢谢学长上次送我去校医院。”

他点了点头，像是放心了一点，似乎要跟她说再见了。她忽然很不舍得又很不甘心，尤其当意识到他离开她以后又要再回到那些女生那里继续回答她们醉翁之意不在酒的问题，那种奇怪的感觉就又变得很强烈了。

“学长——”她把即将转身的他叫住，他再次看向她，那些还在前排等着的女生也在看向她，她紧张得手心又出了汗，闵瑞苦口婆心的提醒还在耳边呢，可她却已经管不了那么多了。

“我可以加一下你的 QQ 吗？”她很突兀地开口问，眼睛被那股出处莫名的勇气烧得越来越亮。

确实挺勇敢的，都没有给自己编造一个理由，比如请教学术问题，比如答谢他上次的帮助，就直接这么问了，跟直接的表白就只隔着一条线而已。

他似乎愣了一下，没有立刻给答复，深邃的眼神看起来有点晦涩，还未经历过初恋的她是很难懂的。她只知道时间隔得久了他却还是没有点头，热切的勇气就这样一点一点消散，跳楼机在升到顶点时突然掉下去，留给她心脏漏跳的空洞和窒息。

是她太唐突了吧。那要不还是算了，她……

“好。”答案却在此时不期而至，他在她回神前拿出了自己的手机，点了几下，调出自己的 QQ 号。

她却愣住了，不知道该做出怎样的反应，站在他身后不远处的那些女孩子都在议论纷纷，她也几乎听不见。

他看她不动，大约也觉得有点奇怪，眉头挑了挑，问：“不是要加吗？”

她这才如梦初醒，赶紧手忙脚乱地拿出自己的手机，解锁的时候指尖都有点颤，也不知道是出于紧张还是亢奋。

一个一个输入他的号码，当着他的面点击了验证申请。他也同样当着她的面点击了通过。

然后，他走了。

跳楼机又把她抛到顶点了。

6.

新的夜晚，新的失眠。

尹孟熙再次躺在自己的床帐里翻来覆去，手机屏幕在黑暗中亮着，页面是一个空荡荡的对话框，上面只有刚加上好友时一句干巴巴的系统提示。

“未至”是他的 QQ 昵称，头像是一幅古画的局部，她查了一下，是取自北宋范宽的绢本墨笔画《溪山行旅图》。

简单又雅致，有点疏于经营，确实很像他的风格。

她弯了弯眼睛，又点进他的空间，发现背景墙是系统自带的，“说说 6、日志 0、相册 3、留言 357、访客 13276”。具体看“说说”，三个带图的都是唐宋古画，另外三个是转发的学术会议纪要。

实在太过简单了，她也不嫌弃，依然觉得有趣，完完整整把他发的东西都看完了，尽管其中那些专家发言她一个外行人来看真的很费劲。读完以后又倒回空白的对话框，看一个白板好像能看出花来，也或许心中还藏着一个不切实际的幻想，指望他会忽然发来一条让她心跳的信息。

这怎么可能呢？现在已经凌晨一点了。何况他根本就没什么事要找她。

她抿了抿嘴，手指无数次地点上输入框，打招呼的话输一遍删一遍，删一遍又输一遍，来来回回也不知道有多少次。其实那时都凌晨了，她也知道自己根本不可能发出任何一条消息，却还是要重复这个无意义的行为，只为了排遣内心难以平复的悸动和兴奋。

她好想跟他说话啊！或许明天，她可以给他发一条信息吗？

睡了一个不太踏实的觉，第二天早上起床的时候尹孟熙忽然有了灵感。

她可以给他发个红包。

上次在校医院买药的钱是他付的，她那时烧得脑子有点晕，居然忘记了要还他钱的事，现在正好可以把这当借口，发出与他之间的第一条消息。

大着胆子往红包里塞了三十块钱，点击发送的时候心又在怦怦跳，期待回复的情绪前所未有的强烈，可十分钟过去聊天框内还没有任何变化；她有点失望，但还不至于落寞，毕竟根据这段时间在图书馆的观察，她也发现他不是个经常看手机的人，也许是在忙什么事吧，要过一阵子才会回的。

她于是跟室友们一起去上专业课了，整堂课余光一直留意着手机，它每一次亮起来她的心都要跳一下，总觉得是他。到中午他还没回，去食堂吃饭的时候她差点要幻听，总觉得自己QQ提示音响了，反复低头确认，依然没回音。

“等短信呢？”闵瑞眼最尖，一下就发现她不对劲，一边吃着食堂三窗口抢手的油泼面一边调侃她，“加上肖至QQ了？”

尹孟熙脸一红，也不好意思接话，闵瑞就一直说她是“女大不中留”，正要再教育她几句，尹孟熙的手机却突然亮了，抓起来一看，这次真是肖至，就回了一个问号。

这是什么意思？疑惑她为什么要给他发红包吗？

尹孟熙惴惴不安地放下了筷子，一心一意地捧起了手机，闵瑞看得直摇头，在旁边劝：“你别这么快就回啊，你都等他一上午了，也让他等等呗。男人得钓着，你不能这么没脾气。”

结果也没劝动，尹孟熙已经噼里啪啦地开始打字了。

她：上次在校医院学长帮我垫付了药的费用，我一直忘记还了，很不好意思。

这次他没让她等很久，很快回复了。

他：没关系，举手之劳。

然后就没了，她等了大概两分钟，他还是没领她的红包。

她：学长把红包收了吧。

又过去半分钟还是没动静。

她：那我下次给学长现金？

此刻的食堂二楼，肖至也在。

他刚在窗口打了饭，一边端着餐盘往室友们坐的位置上走一边回她的信息，刚坐下就被周信哲调侃：“谁找你啊？又是唐霏？”

郭跃就坐在肖至旁边，直接不把自己当外人，抻着脖子瞄了一眼：“不是不是不是，昵称是三个字的，看头像是个妹子！”

“好家伙，那不能怪人唐霏盯得紧啊！”王宇也开始了，“就得怪肖老师忒招学妹稀罕，她这学期又在东大交流，肯定没安全感。”

“这回的学妹又是什么套路？”周信哲一边抢王宇餐盘里的糖醋排骨一边嘻嘻哈哈地问，“还是探讨学术问题？”

“不是，这回路子野。”郭跃嘿嘿笑，“人妹子给肖老师打钱了！”

“什么鬼？”周信哲差点笑喷，“包养肖老师？”

几人一唱一和搞得热闹，肖至根本懒得搭话，架不住王宇趁他没注意直接把他手机薅走了，一边笑一边起哄：“我倒要看看这妹子多野，我们肖老师可值钱了。”

说完，不等肖至拦就把红包给收了。

显示30元。

“啊？这咋才30啊？”

“笑死！传下去，肖老师就值30！”

“尹孟熙？这名字你们听过吗？哪个院的？”

7.

尹孟熙从食堂离开的时候发现红包被领取了，过一会儿又收到了一个来自他的红包。

他：没有那么多。

这是在给她补差价吗？她抿着嘴笑了笑，没领这个红包，于是该着急的人就变成他了。

他：真没有那么多，领一下吧。

她的笑容更大了一点，露出两个甜甜的小酒窝，想了想，只回了一个可爱的小兔子表情包。

当天晚上她去团委交完了新闻稿，终于又能去图书馆了。

八点多他还在，闭馆的时候还看到她了，两人在出口正好碰上，打了个招呼以后就顺理成章地一起往外走。

“上次那个药只花了十几。”他还没忘记这件事，“校医院报销比例很大，没有三十。”

她“哦”了一声，默默掏出自己的校园卡在刷卡机上签退，也不搭他这个茬儿。

他沉默了一下，好像是有点无奈，过会儿看了她一眼，又催促：“收一下红包。”

这时他们一起走出图书馆的大门了，十二月初的寒风真是冷到骨头里，无论怎么用手套围巾严防死守也还是免不了要受冻，她一出门就不由自主打了个哆嗦，只觉得A市的气候比她的家乡糟糕太多。

“还是不了。”她一边搓着手一边回答他，“学长送我过去也很麻烦。”

摆明是怎么都不会收那个红包。

肖至叹了口气，也没再说什么，她不知道他是不是有点不高兴，心里微微不安，在路口转弯的时候又察觉到他沉默着从她的右侧站到了左侧，正好挡住了从那边吹过来的冷风。

这是巧合吗？还是……她的心又软得一塌糊涂。

“想吃东西吗？”他忽然问。

她愣了一下，有点没反应过来，抬头看他的时候又见他朝马路那边扫了一眼，她跟着看过去，发现那里有一个卖烤红薯的小摊，这个时间已经没什么人去买了，可晚上五六点的时候是很有人气的，很多去上晚课的学生都会在路过时顺手买一个。

他……这是要请她吃烤红薯？换个方式把多出来的钱还给她？

她偷偷抿着嘴笑，心里觉得他执拗得可爱，尽管她并没有吃夜宵的习惯，心里也不想占他这个便宜，可最后却还是没有经受住诱惑，回答：“想。”

他“嗯”了一声，带着她一起等红灯过了马路，那时卖红薯的大爷正好也快收摊了，烤炉上只剩几个特别大特别胖的红薯。

“同学，来两个吗？”大爷很热情，三轮车上的烤炉在冬日的寒夜里散发着暖意。

“一个就好。”肖至回答，又低头看她，“挑一个？”

其实也没什么挑的空间了，剩下的每个都大得离谱，这种掰开以后里面的瓤一般都烤不透，反而不如那些瘦瘦小小的红薯香甜入味。

她只能选了一个个头相对最小的，大爷帮她用小塑料袋包好，递过来的时候她用两手接住，热乎乎的烤红薯本身就像一个小暖炉，把她冰凉的手心都焐热了，特别暖。

肖至付了钱，然后又带着她一起回学校，她看看手里大大的烤红薯和身边的他，试探着问：“学长吃吗？”

他摇头：“你吃吧。”

“我一个人吃不掉，”她抬起手向他展示这个红薯到底有多大，“要不，还是分一下？”

他看了一眼，确实是很大，而她看他没立刻拒绝，就直接大着胆子隔着塑料袋掰红薯了，正好分成一大一小的两半，递给他大一点的，小一点的留给自己。

“一起吃吧！”她的脸红红的，小小的酒窝若隐若现，“很好吃的。”

十点过后的冬夜安谧宁静，寒冷的空气中散逸着烤红薯甜蜜的香气，少女的眼睛清透干净，倒映着学校门口路灯的光亮，璀璨又美好。

他接过来了，像她一样感到一阵暖，她的脸有一点红，已经悄悄低下头去吃红薯了，小口小口咬，文静又可爱。

“好吃吗？”她听到身边的他在问。

其实并不是很好吃，就跟她之前预料的一样，太大太胖的红薯不容易烤透，里面味道很淡，可那个宁静的夜晚本身太过于美妙，路灯的光亮拖长了他们的影子，她就跟他站在一起，影子藏在他的影子里。

“好吃。”她小声地回答。

甜味漫开了。

第四章
偷偷心动

1.

十二月一到，期末季的氛围就渐渐浓起来了。

尹孟熙的大学适应期过得比较顺利，这学期又在读书上花了很多工夫，对考试倒不是很担心，只是一年一度的体测也赶在这时候来，中考过后她就再没怎么认真锻炼过了，现在跑八百米就是很难顶。

其他室友也没比她好多少，汪雪茹甚至跑不进五分钟，四个人一合计，觉得直接挂了也不得行，为了评下学年的奖学金多少还得捞一捞，于是约定周五、周六、周日三天下午去南体复健，好歹得跑进四分半的及格线。

这可太难了。操场一圈四百米，看着也没多大，八百米也就是跑两圈，说起来挺容易，可跑起来就很难，第一圈刚结束几个女生就不太行了，第二圈到底的时候人均头晕耳鸣眼冒金星，低头一看表，最快的才四分四十秒。

"我……我真是去他大爷个腿！"闵瑞心态崩了，刚过终点线就倒在塑胶跑道上骂人，那个前不久刚被她甩了的前男友金阳还没放弃追她，拿着水瓶凑过来伺候人，一边哄着她喝水一边劝她跑完长跑不要立刻坐下，对身体不好。

闵瑞懒得搭理他，挥挥手就让他走，架不住人家痴，怎么驱都驱不散，鞍前马后的样子看起来倒还真是挺体贴挺靠谱。

任薇薇也有情况。她有个高中同学也考到了 A 大，两人读高中的时候没擦出什么火花，最近却忽然看对了眼，目前正处在暧昧试探的阶段；那男生今天也来了，只是没金阳追闵瑞那么露骨，有点儿害羞地一直站在操场边，时不时往任薇薇这里看。

“嘻嘻，你看明白了吗？咱俩就是这个寝室食物链的最底层。”汪雪茹一个劲叹气，挽着尹孟熙的胳膊慢慢在操场上走，“八百米跑不进及格线就算了，跑完也没人关心两句，连瓶水都没有喝，渴死了谁知道？”

尹孟熙笑笑，拍了拍她的手，发现自己也没带水杯，想了想就说：“要不我去买两瓶水吧，给你也带一瓶？”

南体旁边五百米有个学生超市，走一会儿就到了。

“真的吗？”汪雪茹一听这个眼睛亮了，“好啊好啊，我都渴死了！”停一停又补充，“要是有热拿铁你也帮我带一杯！要零糖的！”

尹孟熙答应了一声：“好。”拿着校园卡往南体外面走了，跑完步以后身上热热的，但被冷风一吹还是透心凉，她裹着衣服很快地走，忽然也想去学校超市买杯热饮料，走到半路却忽然听到一阵热闹的欢呼声。

南体大操场旁边有好几个球场，篮球排球羽毛球网球，再旁边还有一个乒乓球馆，此刻热闹的是篮球场，一群男生在那里打球，周围有很多人在看。

新生杯之类的比赛应该早就已经结束了，尹孟熙一时也想不出为什么会有那么多人在围观那场球，去学超买过饮料后出来人群还没散去，她忍不住好奇就绕了几步路过去瞄了一眼，结果正好看到了……肖至。

那是她第一次看到他打球。其实在她过去的印象里读文科的男生一般不太擅长体育的，喜欢球类运动的也不多，他那么有书卷气的一个人，看起来也不像是很会运动的那种人。可实际上他打得很好。

她不懂篮球，只是直观上觉得他打得巧，不常跟场上其他人发生激烈的肢体冲撞，更多会在离篮筐稍远的位置投三分，优越的身高是他的优势，不怎么费力就可以投出优雅漂亮的弧线，手上的球似乎也特别听他的话，只要投出去，十有八九都会中。

他本来就很惹眼了，打起球来就更招人，那天穿了一件白色的毛衣，看得出本来不是要打球的，或许是半途被什么人拉上了场，这才随意地跟朋友们玩一玩。周围的人都在看他，女孩子们更都在为英俊的学长尖叫，他生活在所有人的注视中却早已习以为常，没有任何要炫耀伪装的意思，很自然地跟朋友交谈玩笑。迷人极了。

她呢？站在篮球场高高的护栏隔离网外面，离他大概只有不到十米远，某一瞬间觉得自己是特别的，因为得到过他给的最高分，被他亲自送回过宿舍，跟他一起在夜里十点吃过图书馆马路对面的烤红薯……

可某一瞬间又觉得自己跟其他人没有任何不同，都只能在不远不近的地方默默看着他，然后在心里某个角落悄悄喜欢他，他不会在人群中一眼看到她，她也没办法堂而皇之地走到他身边去。

那一刻她忽然羡慕起闵瑞和任薇薇了。

明明以前从没羡慕过身边脱单的人，那一刻却忽然特别想恋爱，希望他可以像她室友的男朋友一样陪她吃饭自习、陪她连麦聊天、陪她漫无目的地在校园里散步，成为在这个既繁华又陌生的大城市里一个可以让她感到慰藉的锚点。

这有可能吗？他会喜欢她吗？

闵瑞一直劝她不要去追他，可一直保持沉默又怎么才能得到一个结果？

喜欢就是喜欢啊，表面伪装得再稳妥再精细，心里还是喜欢。

要不干脆对他说吧？或者至少有点更明白的表示？比如今天她是不是可以留下等他？他刚打完球，送一瓶水给他可以吗？

没有经验也没有技巧，无法询问也难以确认，她不知道自己有多么懵懂被动，人生中唯一的一次暗恋同时赋予了她无穷的勇气和懦弱，她在两极之间兜来转去，成了一个不知所措的小陀螺。

最后还是勇气占了上风，因为有悸动在为它助攻，她的手紧紧捏住了刚从学超买来的矿泉水瓶，已经打算好要在哨声吹响时第一个走进球场去找他。

可在她之前已经有人进去了。

是一个漂亮高挑的女孩子，穿一件精致高档的浅驼色大衣，站在很多穿着笨重棉服羽绒服的学生中间显得尤其招眼。她有一双很亮的大眼睛，明艳的样子跟闵瑞有一点相似，又比闵瑞更多了一点知性优雅的味道。

她大大方方地穿过篮球场的小门走到场内去了，球场上的很多男生似乎都认识她，纷纷笑着跟她打招呼，还有的用调侃的眼神去看肖至，起哄的声音不绝于耳。

尹孟熙在场外看着，看到那个漂亮的女生走到了他的身边，手上拿着一瓶饮料，那么自然地递给他，还笑眯眯地跟他说："我是去日本交流又不是去火星交流，看我回来至于这么惊讶？"顿一顿，又对他撒娇，"我一下飞机就来找你了，你就不能表现得再惊喜一点吗？"

当时他是怎么回答唐霏的她没听清楚，只记得他伸手接过了对方递给他的水，好看的眉眼永远沉静温和，对谁都是彬彬有礼。

就好比现在，他也是一样客客气气地应对着她的采访。

“您在学术道路上遇到过什么困难吗？”

十八岁的尹孟熙被二十九岁的尹老师完全覆盖了，即便回忆还在此起彼伏地折腾人，她说话的语气也依然平整稳定，可以按部就班地照着采访提纲一句一句问下去。

“困难？”镜头中的男人斟酌着答案，思考问题的样子也跟学生时代没什么差别，熟悉的图书馆狡猾地模糊了时空的边界，总会让她误以为他还是当年那个做她助教的肖学长。

“也是有一些的。”他开了个头，可是具体的内容却说得很慢，不知道是他还没想好该怎么说，还是他其实根本没有碰到过什么困难。

“你这么问他还怎么答？”镜头外忽然传来一句带笑的调侃，回头看才发现是回忆中的另一个人也来到现实中了。十一年后的唐霏学姐还是那么时尚又美丽，只是妆容比过去更浓艳一些，显得更成熟也更妩媚。

“他是天生就要做学术的人，能遇到什么困难呀？”

2.

采访到此戛然而止。

魏驰和姚安琪原本都在机器旁看着画面，这时突然听到画外传来噪声难免都要皱一皱眉，魏驰的脾气更差一些，直接不满地“啧”了一声，在安静的房间里听得特别清楚。

唐霏当然也听到了，明艳的脸上很快划过一丝尴尬，她调整了一下，对大家道歉：“不好意思，没注意到你们在拍摄。”

这话其实该对他们这些电视台的人说，可她道歉的时候却一直看着肖至，没意思的感觉又冒出来，尹孟熙多少是有点不耐烦了。

“没关系。”她很有涵养，还是可以得体地说一些场面话，转头又看向魏驰，“机器先关一下吧。”

魏驰当然是听她的，答应一声就关了摄像机。

“提纲上的问题我们都会问到，但后面不一定都剪进去，有的问题如果学长觉得不太好回答可以先跳过，我们先采后面的部分。”她低头看着自己手上的文件语速很快地说着，既不看肖至也不看已经慢慢走到他旁边的唐霏。

“或者我们休息一会儿，学长再准备一下？”很正常的语气，只是到底有点硬，不像采访开始前跟他一起站在窗口看雨时那样软和了。

“没关系，继续吧。”他的回答也到了，“抱歉刚才耽误了进度。”

这是什么意思？是在为刚才没有回答好那个问题而道歉？还是在替突然闯入的唐霏向他们这些工作人员道歉？

尹孟熙不确定，也懒得再确定，含混地点了点头说了声“辛苦”，刚要示意魏驰再把机器打开就听到唐霏对他开了口，在说：“还要继续拍吗？我妈让我叫你过去，你忘了你答应她中午要过去吃饭了？”

声音不大，但足够被在场所有人听到。

“我妈”“过去吃饭”……这真是熟悉的场景，仔细想想当年读书的时候也是这样，大概青梅竹马本来就了不起一些，动不动就是你爸你妈我爸我妈。

现在他又要到她家里吃饭了？

就说嘛，他只是暂时没戴戒指而已，到底还是好事将近。

尹孟熙继续垂着眼睛，竭力避免看到任何自己不该看的画面，低头打开手机看一看，时间已经是十一点过五分。

“如果学长还有其他事情的话下次换时间约采也行的。”她干脆免掉了他的为难，直接大方地给他和唐霏腾地方了，“今天就先到这里。”说着，已经合上手中的文件夹从椅子上站了起来。

啧，多随意的工作，从电视台跑到学校路上来回都要三小时，结果现在采了不到半小时就要打道回府，可见她这个制片真是消极工作浑水摸鱼第一人，比那个整天撂挑子看股市的罗华也好不了多少。

这是因为什么呢？因为她对这份人文纪实频道的倒霉工作抱有抵触情绪？还是……时至今日她依然不能接受他跟其他人在一起？

她不太敢探究这个答案，现在的本能就是想走，就像十多年前她在南体篮球场边看到唐霏给他递水时的第一反应也是掉头就跑一样，喜欢躲避的习惯是很难改掉的。转身向魏驰和姚安琪他们走过去，她已经打算让他们收拾东西，可人刚走出两步却忽然听到他在身后叫她：“小熙——”

很清淡的一声，以至于显得过分日常，他大概是很有平常心的，她却不得不因为这样一个称呼而晃神顿足。

去哪里说理呢？他们之间从来都不公平，过去彼此最亲密的时候他也会像这样叫她，如今都分开这么多年了，他还是这样叫她。

“等一等。”他好像在叹气，又补了后一句。

她也不知道自己怎么就那么听话，他让她“等一等”她就真的不动了，可能因为他曾做过她的助教，学生就天然有了顺从老师的习惯。魏驰和姚安琪都是一脸惊讶地看着她，一方面因为他们没想到她跟肖至还有这样的交情，另一方面也因为他们不习惯一向在项目里说了算的尹老师会像这样听别人的话。

肖至呢？明明是他把她叫住的，可转头却又对着唐霏说话了，尹孟熙没回身，只有耳朵一直竖着，听到他对她说：“上午我跟周部长联系过了，说会晚一刻钟过去，他没跟阿姨说吗？”

“可能说了吧，我不知道这事。”唐霏回答，“就是看时间差不多了，顺路来找你。”

“嗯。”他答应了一声，“着急的话你先过去吧，其实青教午餐会我去不去都一样，院里的事更急一些。”

青教午餐会？他不是要去唐霏家里吃饭？是要去参加学校统一的活动？

“啊，那也好。”唐霏答应了，声音却有点迟疑，“或者我等你一起过去吧，这边不是也要结束了吗？”

尹孟熙不知道是不是自己太小人之心了，总觉得这话是冲着她来的，不舒服的感觉又在轻轻翻腾，此刻她觉得憋屈又无谓。

“是结束了。”她主动抢了肖至的话，转回身去的时候明显是一边端着架子一边破罐子破摔，似乎想向谁证明自己早就从过去里走出来了，“学长先去忙吧，我们没关系的。”

他看着她，眉头微微皱起来了，她不知道他是不高兴了还是怎么的，只觉得那时他的神情十分复杂，好像当她是个不懂事的小孩子，有一点责备，还有一点无奈。

“也可以。”可他还是顺着她说了，过一会儿手又伸进口袋拿出了手机，深邃的目光凝视她，跟他漂亮的美人尖一样具有吸引力。

“加一下微信？”他很礼貌地询问，就像很多年前她问他要QQ一样直白，同样没有给这个行为编造多余的理由作为掩饰，这让她的心立刻皱成一团，也让旁边默默围观的人们五味杂陈。

可……

“我手机没电了，下次再加吧。”她一脸坦然地扯谎，可不像多年前的他一样好心又大方，“学长应该有小姚的联系方式？之后她会联系你再约时间的。”

3.

回台里的路上，车里气氛一直很怪。

尹老师一向话少，坐在后排很安静，今天却连魏驰都不说话了，开车的时候一直闷着，脸还有点臭。姚安琪年纪小看不太明白，只知道气氛是僵的，吓得也一路没敢说话。

到了台里尹老师先下车上楼了，姚安琪跟魏驰一起到地下车库停车，下车搬机器的时候她多了一句嘴，劝："没事儿，尹老师人很好的，不会一直揪着灯的事情不放，你别自己给自己添堵。"

魏驰听后撇了撇嘴，左耳的耳钉泛着淡淡的暗光，就回了一句："不是这事儿，你别管。"

尹孟熙从一楼下了车，一进门就看到台里接近十米的挑空大厅里悬挂着《永不停步的我们》的巨幅宣传海报，这是他们台这个季度最重要的项目，黄金档播出，所有资源都给了最好的，就算是头猪也能把它做爆。

她真是一点儿也不想看，只后悔刚才没有跟着两个小朋友一起去地下车库停车，又想接下来小半年都不能再经过大厅了，否则一定会被刺激到神经衰弱；低着头快步往电梯口走，没走出几米就察觉到对面有一大群人在朝自己迎面走来，下意识一抬头，才发现又是冤家路窄。

郑泽、刘晓婷，一大堆《永不停步的我们》制作组的工作人员，还有被他们众星捧月围在中间的节目中心主任孙建彬。

齐活了。尹孟熙真不知道自己今年究竟是得罪了哪路神仙，明明离本命年还差一截子，可那倒霉糟心的事却是一茬一茬地出现，她就一个出外勤回办公室的工夫都能碰上这群冤家，而且居然还能碰得这么全。

想遁已经来不及了，距离太近只能硬着头皮站在原地等待领导走近后问好，孙建彬这个老油子也真不愧是做领导的人，脸皮早已厚过城墙拐，见到她完全面不改色，不单没有丝毫尴尬和愧疚，甚至还非常坦然地主动跟她打招呼："欸，小尹。"倒是比招商会那晚被他老婆抓包的时候板正多了。

糟糕的记忆又涌上来，尹孟熙已经感到胃里在翻腾，偏偏郑泽和刘晓婷还在一旁用幸灾乐祸的表情看她，那表情仿佛在说：去死吧穷鬼，你的东西都是我们的了。

就这么一个前后加起来不到二十秒的照面，让尹孟熙难受了整整一天。

她不断地想，想孙建彬对她做的那些恶心的事，想郑泽和刘晓婷小人得志的下作嘴脸，想《永不停步的我们》光鲜亮丽的巨幅宣传海报，想她自己失去的宝贵至极的职业发展机会和难以估计的财富……

为什么会这么糟啊？当一个成年人，本来就是这么困难的吗？

在死气沉沉的办公室熬到五点，刚要下班手机铃却响了，低头一看，是家里打来的。

尹孟熙深吸了一口气，不想暴露自己糟糕的状态，略微调整了一下才接起来："喂？"

"熙熙啊。"电话那头传来妈妈熟悉的声音，带着她们家乡方言的风味，有一点小地方的土气，可又的确亲切而温情，"你下班了吗？最近忙不忙啊？"妈妈还在那边追问，间或传来一点炒菜做饭的声音，"吃饭了吗？"

"正要下班，都挺好的。"尹孟熙回答着，尽量使自己的声音听起来像带着一点笑意，"爸在做饭呢？"

"对对对，他做着呢，我们马上吃饭了，"妈妈笑呵呵地，"你注意休息，别累着自己……"

"知道。"尹孟熙笑了笑，收拾好桌子上的东西走出了办公室。

"今天定的那个约会你没忘吧？"这时电话那头却话锋一转，"就在你们台附近的一个餐厅，那小伙子特别好，跟你一样大，是搞金融的，你一定要去见见，好好跟人聊聊！"

对了，还有这件事。其实对于一个二十九岁并依然保持长期单身的女性来说被家里安排相亲再正常不过，在她们家乡那座小城二十岁就结婚的女孩子比比皆是，尹孟熙的初中同学有一多半孩子都会打酱油了，只有她一个至今还单着，每年回家街坊四邻都会悄悄议论，说尹家那个姑娘当年是有出息考到了A大，可又有什么用？找不着对象，未来的日子也不知道该怎么过。

前两年她妈妈勉强还能坐得住，近几年眼看着她就要三十了终于也再难保持冷静，开始拼了命地托人给她介绍对象，越来越像流水席。

"今天这个特别好，真的。"电话那头还在继续说和，"这是你彭阿姨给介绍的，你可千万好好相，我得给人家交代的知不知道？"

绕开人群走进安全通道，尹孟熙一口气走到了地下车库，幸好这偏僻的地方没贴《永不停步的我们》的海报，不然她真要打电话报警了。

"知道知道，我这就过去了。"她顺从地回答着，"会好好聊的，正好我也饿了。”拒绝有用吗？没用。

有那来回扯皮的工夫饭都已经吃完了，还不如顺着长辈的意思老老实实去做个样子，面子都给到位，礼貌也都别短少，客客气气跟对方过个场面，没准儿还能交个朋友。至于恋爱结婚，那都是跟她没关系的事了。

下班时间路上很堵，车子开到餐厅的时候已经比约好的时间晚了十分钟，男方先到了，在门口不太耐烦地等待，看到她的奥迪 A4 似乎撇了撇嘴，大概是不以为然；她没在意，熄火后下了车，对方看到她的脸，脸色好了一些，似乎又满意起来了。

“尹小姐？”他上前一步，西装革履的样子一看就是在 CBD 工作的商务人士，个子不高，大概不到一米七五，一张平平无奇的脸，眼中精光闪烁。

二十九岁的尹老师已经在职场上见过很多人，来来往往形形色色，看上去千奇百怪各有不同，可其实真要分的话也就那么几类。她清楚地知道眼前这位男士大概是怎样的人，并预感到今晚的这顿饭不会很让人愉快。

“你好，我是尹孟熙。”她还是客气地跟对方问了好。

“尹小姐是在电视台工作？”点的牛排还没上桌，坐在对面的男士已经耐不住要查她的底了。

“听说你是制片人，不知道我是否恰巧看过你做的节目？”

“应该没有吧，”尹孟熙得体地微笑着，“我没做过财经类的节目。”

“商业性强的也可以，”对方继续追问，“访谈啊，真人秀啊，我也看。”

“也没有，我是做人文纪实的，比较冷门。”尹孟熙也继续微笑，“本来要做一档真人秀，但后来不幸被换掉了，算是晋升失败吧。”

“哦……”对方沉默了一会儿。

尹孟熙拿起杯子喝了一口水。

“那么兴趣呢？”他很快又发问了，这次就迂回一点，“尹小姐有没有什么兴趣爱好？也许我们会有共同话题。”

“我的生活很无趣，下班以后就回家睡觉，没什么爱好。”她平平整整地回答，“有时间会看书，偶尔看展，没别的了。”

“哦……”对方又沉默了一会儿。

“尹小姐今年是二十九岁了吧？”对方的语气略微凉了一些。

“是的。”尹孟熙坦然地点头。

“为什么会单身到现在呢？你的条件看起来也不差，为什么一直没有恋爱结婚？是一直没有碰到合适的人？还是被上一段感情耽误了太久？”

这就是连珠炮了。尹孟熙在心里夸了一句自己的眼光，果然没有预判错形势，这顿晚餐的确难以让人感到愉快。

“缘分一直没到吧。”她安静地给出答复，“没遇到喜欢的人。”

说到这里对方笑了一下，好像她说了什么值得被耻笑的话。

“尹小姐，大家都是成年人，有些话没必要遮着掩着，我就直接说了。”

对方整理了一下自己的领带，正经的架势看上去像要做年终述职。

“我们这个年纪，出来相亲肯定是奔着结婚去的，喜不喜欢这样的话说着没意思，也容易耽误时间。其实今天我本来不想来的，我们是同岁，可你也知道在结婚这个问题上男人不会像女人一样着急，如果不是阿姨反复打电话，我也不会专门抽出时间过来。你的条件还不错，但据我所知目前你在A市没有房产，收入上应该也跟我有比较大的差距，如果要结婚的话，我还是需要了解清楚你未来的人生规划和职业发展前景，两个人的步调要配合好，否则无法组成一个家庭。另外……”他又咳嗽了一声，像个领导一样，在提醒听他说话的人注意他要讲重点内容了，“我个人有情感洁癖，还是有必要了解下你过往的情感经历。你谈过几次恋爱？上一次恋爱是在什么时候？跟对方发展到哪一步？最后是因为什么分手？”

“……”尹孟熙大胆猜测了一下，像她相亲对象这种CBD金融从业者大概率会是个PPT熟手，各种图表攒在一起堆出一个精彩绝伦的天价报告，此刻她在他眼中就是一个需要用图表数据分析的样本。年龄多少，打分；收入多少、打分；感情经历多少，打分；职业前景多少，打分……

林林总总的项目加起来就是她的总分了，目前来看应该还能及格，否则他一定会转身就走，而把她拉上及格线的两项数据大概是她的外貌和学历，其他都是给她减分的。

她能怪他吗？不能。无论男女，在相亲市场上都不是一个人，只是一块挂着各种标签需要被衡量价值的猪肉，是瘦肉吗？哪个产地产出的？生产日期是哪天？彼此合适的就物物交换，不合适的就下个市场见。

没有喜欢更没有爱，纯情的悸动是天方夜谭，更是会被人嘲讽不实惠的奢侈品。可她不是想要这样的。她曾得到过这世上最干净的感情，她喜欢的那个人曾用最温柔的眼神看她，低头亲吻她时曾给她带去过最极致的心动。

他们本可以很幸福地在一起，只是不知道为什么，忽然就走散了。

“我……”她终于要开口了，总得挤出几句废话搪塞对方，对她来说不难，毕竟这些年也遇到过不少这样的场面，这次的不同却在于半途又被人打断——

“姐，我真服了你。”带点恼火的抱怨突然出现在耳边，年轻的男孩子人还没到声音就先到了，“你不跟我吃饭却跟这种人吃饭？你到底什么眼光啊？”

4.

魏驰这个人，多少是有点儿莽劲在身上的。

或许是太年轻了，也或许是家里有靠山所以无所畏惧，他完全不懂得察言观色人情世故，想干吗干吗，想说什么说什么，横冲直撞不管不顾。

“尹小姐，”果然CBD先生不满意了，第一反应却不是跟魏驰正面刚，而是冲着尹孟熙兴师问罪，“他是谁？你的前男友？”

今天的不愉快已经堆积了很多，从在A大采访见到肖至与唐霏，到回台里遇到孙建彬、郑泽、刘晓婷，再到刚才接到妈妈的电话，这些人她一个都不能对他们发泄情绪，只有眼前这位相亲对象是她不用买账的。她找不出一个要忍耐他的理由，此刻面对质问已经打算硬气一些，怒斥回去，只可惜还是慢了魏驰一步。

“关你什么事？你又是她什么人敢这么跟她说话？”魏驰已经直接发火了，“问这问那毛病一堆，看不出这里没你事儿了？现在还赖着不走，当自己多招人待见还是怎的？”

CBD先生大概跟上流社会打多了交道，反而不太会应付魏驰这样不循套路不讲武德的人了，脸色难看得要命，可凭借加上鞋垫才勉强够一米七五的身高又实在不敢跟人高马大的魏驰硬碰硬，于是最后还是只能对着尹孟熙放狠话，说：“今天的事我会全部如实对你家里人说明的！”

然后就气势汹汹地离席而去。

可巧，他刚走点的牛排就上了，尹孟熙看了一眼，发现卖相不错，就对魏驰抬了抬下巴示意他坐，说：“吃过晚饭了吗？没吃就坐下吃点吧。”说着，自己已经拿起刀叉了。

魏驰真是无语，一屁股坐在她对面，头上还在冒火呢，盯着她质问：“跟那种男的一块点的菜你还吃得下去？我要是你，刚才就掀桌子了！”

掀桌子？那是小孩子才会做的事，成年人要讲迂回的，总要彼此留面子。

“不吃怎么办，把他叫回来买单？”尹孟熙叹了口气，“钱都花了，别浪费。”

看上去倒是很冷静，说话的工夫牛排都切好一半了。

正主这么淡定，衬得魏驰这个局外人的怒火有点不伦不类，他心里憋了一口气，干脆也开始切牛排，好像上辈子跟牛有仇，把人家的肉切得乱七八糟的。

“你到底为什么要相亲啊！”切到一半，他实在憋不住了，刀叉一撂又忍不住要追问，动静还不小，“相亲就算了，还是跟那种人。跟他吃饭你不糟心？”

其实他问的问题尹孟熙都想过的。从第一次被家里安排相亲就开始了。人都说相亲是面照妖镜，可以清清楚楚地照出自己在媒人眼中的斤两，介绍的阿姨都是好心，可她们给她介绍的对象也就是那个样子，说明在她们眼里她只配那样的男人，二十九岁了，找不到更好的了。

一开始生气，后来也就是无力，拒绝又拒绝不了，答应又答应不下，最后就在中间别别扭扭地扛着，得等到双方中的一方耐性被耗尽才能彻底了结。

“你不懂。”这里面的人情世故太复杂了，现在尹孟熙只能这样打发魏驰，“再长大点你就懂了。”结果这话让魏驰听了更冒火。

“你才比我大几岁？”魏驰把盘子往前一推，气笑，“我都二十三岁了，你也就比我大六岁，天天说我是小孩儿有意思吗？我怎么就不懂了？

“行，你是大人你厉害，就你懂，你懂你在这儿受气？你懂你看不出来我喜欢你？还相亲呢！我就是条件再差也比刚才那人强多了吧？你相的要都是这种人，那你干脆跟我处得了！”

尹孟熙其实也不是不知道魏驰对她有特殊的感情。起初他家里是把他安排在节目中心锻炼的，也是核心项目组，很吃香，她跟他合作过一段时间，后来出了孙建彬那茬事儿，她就被踢到人文纪实了，谁想到魏驰也跟着她出来了，嬉皮笑脸说要跟着她学习，其实都是打马虎眼。

年轻的男孩子总是很有勇气，不会掩饰也不打算掩饰，她偶尔会觉得这样的表达很难得，可更多的还是觉得有负担。

“魏驰，我当你是很好的后辈，很好的合作伙伴，未来或许还可以是很好的朋友。”此刻她同样放下了刀叉，看着坐在自己对面的男孩子，神情非常严肃，“但我对你没有感觉，我们的关系只会到这里为止。”直接得要命。

魏驰虽然莽，心理承受力也算强，可面对如此直接的拒绝也还是难免要感到狼狈。他被噎得心里一堵，眼神都有些黯了，沉默了好久好久。

“你真的喜欢过人吗？你确定你知道什么才是有感觉吗？”

过了大概五分钟他才重新找回自己的声音。

“也许你只是没往这方面想过，如果你试一下，别把我当小孩儿，就把我当个可以交往的男人来看，没准儿就会发现我们之间是有可能的，就会喜欢我。”

他说得很认真，乍一听好像也有道理，可尹孟熙却知道不是这样的。

她是喜欢过别人的，她知道动心的感觉是什么样，知道对一个人有感觉是什么样，那种悸动太强烈了，十级台风也没它的本事大，只要发生了就无法躲避无法压抑，一定要爆发出来才肯消停。

“我们真的不可能。”她只好再次拒绝他，“魏驰，我能看懂我自己。”

“那你对谁有感觉？”魏驰被她的坚决搞得有点逆反了，“或者以前你喜欢过谁？”说到这里顿了顿，看着她的眼神变得有些微妙，声音也低下去，带点试探的味道，问，“那个肖老师？你们过去认识？他……是你前男友？”

最不能被提起的秘密忽然被提起，心底最隐蔽的那个地方难免就要悄悄疼一下，失败的初恋是伤筋动骨的疮口，每逢阴雨天气就会旧疾复发。

她皱了皱眉，重新拿起刀叉切牛排，叉起一块放进嘴里，味同嚼蜡。

“所以真的是？”魏驰的声音带了点苦笑，“我就说你们之间气氛不对……他还叫你小熙。你很喜欢他吗？在一起很久？最后为什么分手了？”

一句接一句，简直跟刚刚那个被他骂走的 CBD 先生一样刨根究底。

“这跟你有关吗？”尹孟熙有点不高兴了，脸色沉下去，忽然又以对待下属的方式对待他，“别人的事情不要瞎打听。”

魏驰看她有点恼了，也不敢再追问，倒不是因为下属怕上司，只是不想惹自己喜欢的人生气，顿一顿又自己给自己解围：“不打听就不打听，我还不稀罕知道呢！”

停一停，也学着尹孟熙的样子拿起刀叉来好好吃饭了，牛排还热乎，口味其实真的不错，他却也同样吃不出什么味道，犹豫半天还是忍不住要再说：“你们应该也很多年没联系了吧？好马不吃回头草，你总不会跟他复合的吧？”

“我看他也有女朋友了，就今天来找他那个女的就……也挺好的，是吧？”

这又是很结实的一刀，正巧扎在那疮口的正中央，尹孟熙抿了抿嘴，心情跌到这一整天的最低谷，好像全世界所有糟糕的事都在朝着她挤过来，偏偏她却不能发作，只能把这些压抑照单全收。

“工作最重要，项目做完就都结束了。”她看起来非常坦然地说，“你别有那么多乱七八糟的心思，把自己的事情做好，这样还能早一点结束。”

魏驰一听这话就乐了，知道尹孟熙是在敲打他上午那个灯的事，心想姐姐这个前男友应该也没多大威胁，瞧她还有心思想工作呢，心里的戒备略微一松，嘴巴里的牛排也变得更为味美可口了。

“知道了姐，下回我去之前肯定检查八回。”他殷勤地对她笑着，“瞧好吧，我多一分钟也不浪费！”

从餐厅出来，尹孟熙又开车把魏驰送回了五川路，回程路上特别堵，一眼望去全是红色的尾灯，马路成了停车场，她被卡在中间一动也不能动。

等待的工夫她随意瞄了一眼手机，看到微信上有几个新消息，其中一条是姚安琪发来的，另外通讯录那里也有一个新的小红点，她优先点开了小姚的对话框，因为知道那是工作相关，却没想到对方只发来了两句话——

尹老师，刚刚我找肖老师约过下次补采的时间了，他说周四下午可以。

另外肖老师说想加一下您的微信，我已经把名片推过去啦。

奇怪的感觉忽然从一片虚无中冒出来，她说不清那究竟是什么，只有手指最清醒，已经比她的大脑先一步点开了通讯录上的小红点，在“新的朋友”那里果然出现了一个新提示。名称依然是“未至”，头像依然是《溪山行旅图》的局部，验证消息也很简短，只有两个字：肖至。

她在发愣，好像忽然不认识字了似的，车后传来一阵喇叭声，抬起头时才发现堵住的车流被疏通了，前面的车已经开出了十多米。

她赶紧关掉手机发动车子，眼里象征“停止”的红色尾灯变得越来越少，道路渐渐通畅，也许再开二十分钟就可以到家。

世界还是那个世界，生活还是那个生活。

她却似乎忽然可以稍稍喘上一口气了。

5.

到家洗了一个热水澡，时间还不到晚上八点。

闵瑞没回来，家里只有她一个人，吹干头发躺到床上，第一件事就是拿出手机继续看着那个人的好友验证消息发愣。

她还没通过他。为什么不通过？难道不想跟他恢复联络？

当然不是。分开七年，中间有无数次她都想豁出去回头找他，即便是刚刚洗澡的时候也一直心神不宁，把沐浴露当洗发水搓到头发上，心里想的全是他，好像再慢一步那条好友申请就要失效了似的。

现在呢？现在她拿到手机了，却没勇气把那个“通过验证”的绿色按键按下去，具体在担忧什么也不知道，一种过度的亢奋还在同时推搡她，让她对点击通过以后要发生的事抱有无比强烈的期待。

还是通过吧。至少要知道他想对她说什么。深吸一口气屏住，心跳已经在不知不觉间加快。按下按键——

你已添加了未至，现在可以开始聊天了。

十一年前的QQ界面忽然跳进脑海，与此刻微信上的系统提示交叠在一起，细碎的回忆总是很容易让人感到恍惚，在这一点上二十九岁的她也不能免俗。

然后呢？要发条信息打个招呼吗？还是不要了。是他要加她，又不是她主动，为什么要由她开这个头？她开的头太多了，如今也已经没有多余的力气再去做类似十几年前那样的傻事。

她没动，连个表情包也没发，就靠在床头裹着自己软绵绵的被子，捧着手机盯着光秃秃的微信界面等，心想这应该要等很久，毕竟那个人一向很少看手机，只会在工作的间歇偶尔瞥一眼……

没想到这次却不是。她刚通过他不到一分钟，对话框上端就出现了“对方正在输入”的字样，那一瞬间她的心跳变得更快了，打从离开校园离开他以后她就再也没有过这样的反应，如今却好像时光倒转，她又变得经不得事了。

在忙吗？他发来了三个字。

这真是让人难以回答的问题。如果回“在忙”就会显得过分冷淡，一下就会切断继续聊下去的可能，可如果回“不忙”又会显得太过主动，好像她一直盼着他联络她，或者至少是希望能跟他继续聊下去。

她变笨了，一瞬间将职场上处理人事的技能忘了个光，也许在他面前她永远是个小女孩儿，没办法跟他耍心眼儿。她甚至是呆住了，看着那几个字不知道该怎么回，拿着手机的手越攥越紧。

过了大概五分钟吧，他又发来一条新的：小熙？

又是那个把人心折腾得乱七八糟的称呼。她抿抿嘴，心里忍不住抱怨，一是怪他没分寸，都分手那么久了居然还用过去的称呼叫她；二是怪自己没出息，都分手那么久了居然还会为这个既熟悉又陌生的称呼心动。

又过一会儿，活动一下已经有点僵硬的手指，她终于回：在的。

而他这次依然回得很快：方便通话吗？

通话？为什么要通话？那太考验人了。声音比文字更私密，更容易暴露一个人的心，而她完全不想在他面前露怯。可她又的确很想听到他的声音。就像过去一样，每当糟糕的事情发生她都会特别渴望到他身边去，他会给她以温柔的抚慰，让她疲惫的心感到罕见的松弛和甜蜜。现在呢？她还能得到这些吗？

好。迟疑着，最终还是这样回复他。

消息刚刚发出去，那边的语音电话就打来了，熟悉的头像在屏幕上闪烁，奇怪的感觉便跟着再次漫溢，明明几小时前她还对魏驰宣称能够看懂自己，谁想到几小时后现实的打脸就接踵而至。

“喂。”按下接听键，她尽力使自己的声音听起来平静又镇定。

电话那边没有很快传来复音，只有他平稳的呼吸被网络信号清晰地传递过来，就像过去在她身边时一样，区别只在于没有温度。

过了一会儿才听到他的声音，在问她：“打扰到你休息了吗？”

说不清是体贴还是客气。她的心没来由地空了一块，忽然就有点儿难过，只能声音低低地回答他：“没有。”顿一顿，又问，“学长找我有什么事吗？”

“是关于下次约采。”他的声音一贯沉静，“下周四时间可以，但我刚接到通知说那天图书馆要办其他活动，不知道更换场地会不会影响拍摄？”

果然在聊工作。她在电话这头默默垂下了眼睛，不恰当的失落都是自己一个人的，给答复的时候还是可以做到得体，说：“没关系的，中间可以接一些空镜或者结合访谈内容切其他画面，换一个相似的背景问题也不大。”

“嗯。”他在那边应了一声，然后就没下文了。她耐心地等待了二十秒，还是没等到他开口再说别的。大概也就这样了。

“如果学长没有其他事情了的话我就先挂了。”她的声音更低了一些，落寞都藏在暗处，“周四我们这边会……”

“小熙。”他却打断了她告别的场面话，依然还是那样叫她，声音同样比平时更沉一点，“等一等。”

手心一片潮湿，心底也像下起了雨，她有点想哭，自己默默裹紧了被子，接：“怎么？”电话那边有一瞬的安静，也许那一刻他也有些彷徨和局促，并不像她以为的那样游刃有余。

“我跟唐霏只是朋友……”他终于还是说，“一直都只是朋友。”

“跟我说这些做什么？”她的语气有点生硬，听上去好像刀枪不入，可其实眼眶已经变得湿润，也许人被哄了以后脾气总会变得坏一些，因为知道自己的折腾还会有人买单。

“也没什么……”他的声音里夹着一点叹息，似乎也拿她没办法了，“只是觉得应该对你说。”狡猾的回答。

“你呢？”他又问。

“什么？”她没懂。

“跟别人在一起了吗？”他不再跟她打谜语。

啊？她没想到他会问得这么直，雨声停了一会儿，雾气在升腾，她的嘴巴有点干，抿了一下又问他：“你问这个干吗？”

“所以真的跟别人在一起了？”他的语气有了一点变化，像水面泛起淡淡的褶皱，“是跟你一起工作的那个人？”

谁？魏驰？她应该回答“没有”的，可她却被微妙的情绪的挑拨了，对他说：“他今天对我表白了，说喜欢我。”答非所问。

电话那头再次陷入一片静默，她的心跳越来越紧，冒险般的刺激在背阴处激荡，她期待得到某种强烈的反馈，可又无法替他想出一个接话的方法。

“我还去相亲了。”她只好继续去说奇怪的话，像在一个摇摆的天平上不断增加砝码，“对方有点讨厌，他就来帮我，我们一起吃了晚餐。”

都是实话，可这么一说就感觉不太对味，尤其因为省略了拒绝对方表白的那一段，就使这番描述听上去更为暧昧。

“那么你答应他了吗？”他还是很会抓重点，好像在听她答辩，一点模糊的空间都不肯给，她一动小心思就会立刻被发现。

她顿住了，不知道该怎么答，他也就很耐心地等，好像在给一个被质询的学生整理思路的时间。

“没有。”她终于还是实话实说。电话那边的人好像笑了一下，声音很轻。她不能确认，只觉得那声音像羽毛，把她的心撩拨得很痒，她很希望现在他就在她身边，这样她就可以在他胸口靠一靠，然后轻轻打他一下。

“为什么没答应？”他又继续问，“你不喜欢他？其他人呢？也不喜欢？”

这能叫提问吗？明明就是诱导。他已经知道答案了，现在要反过来教她看清自己的心。

“不知道。”她能做的也就只有嘴硬，最多再悄悄对他发泄一点委屈，“不想跟你说了。”过去整整七年，她还没忘怎样对他撒娇。这次他笑了，温和低沉的声音传过来，在过去还会伴上一个柔情似水的吻，落在她微凉的嘴唇上。

“说下去吧，”肖老师又在带着学生解决难题了，一步一个脚印，“我们还有很多话没说。”

“没有。”她不配合，委屈暴露得更多了一点，“我再也不要跟你说。”

好像马上就要哭出来。他似乎听出了她的泪意，呼吸有一点不平，也许是在担心她吧，下一刻又问：“你在哪里？我过去找你？”

手心里微凉的潮湿不知道什么时候已经变成了热汗，其实那时她唯一的愿望就是立刻见到他，然后扑到他怀里肆无忌惮地哭一场。

“我……”这时门口忽然传来一阵响动，是闵瑞回来了，大概是喝了点酒有些上头，一进门就大声喊：“嘻嘻——”

他听到这边的声音了，就问她：“谁来了？”

“我室友，”她小声地吸吸鼻子，“闵瑞。”

他想了想，好像想起了什么：“你本科时候的那个室友？”

原来他还记得。她心里暖和了一点，雨变得更小，轻轻“嗯”了一声，又说：“我得去看看她，她可能有点不舒服，先挂了。”

“真的不用我过去？”他却又问了一遍，“我有点担心你。”

过分温柔的话语是招致眼泪的祸首，她真的会绷不住，同时也会更想他，想过去那个对她那么那么那么好的他。

“不用。”她悄悄把眼泪擦掉，“反正周四还要到学校去，到时候见吧。”说着，她单方面匆匆挂断了电话。这又是令人费解的举动了，她到底在怕什么呢？难道还像过去一样，怕自己越来越爱他吗？

第五章
多么“调皮”的月色啊

1.

周四那天难得没有下雨，但依然是个看不见太阳的大阴天。

八点钟尹孟熙从房间出来准备出门，刚拐进厅里就看到闵瑞坐在沙发上涂指甲油，茶几上还摆着两份早餐。

“起这么早？”尹孟熙很惊讶，“你做的饭？”

“不是我还是谁？”闵瑞专心涂指甲，头也不抬，“过来尝尝。”

尹孟熙笑笑，过去看了一眼，还挺丰盛，炒鸡蛋、小米粥、煎香肠。

“吃不了了，要去台里，”她有些遗憾地说，“你自己吃吧。”

“不是吧，这才八点就要出门？”闵瑞无语，“你不是都从节目中心调出来了？他们还这么剥削你？”一副替她打抱不平的样子。

“没有，今天特殊。”被朋友关心总会让人感到熨帖，尹孟熙的语气比平时更柔，“十点要出外勤，八点半先到台里交个文件。”

“行吧，反正你们台一直挺有意思。”闵瑞撇嘴，“用人是往死里用，分钱的时候又不讲按劳分配。”说着放下指甲油，已经自己拿起勺子喝粥了，停了一会儿又问：“出的什么外勤啊？节目什么时候播？”

正在门口收拾包的尹孟熙动作一停，一时也不知道是否应该把重新遇见肖至的事告诉闵瑞，低头看看时间已经有点不够，就打算等晚上回来再跟她细说，当时只简单带过，答：“大概五月底出成片，六月能看到吧。”

闵瑞“哦”了一声，其实也没多感兴趣，问了一句尹孟熙晚上要不要回来一起吃饭，得到肯定的答复就美美地继续喝粥吃炒蛋了，目送尹孟熙出门打工。

到台里正好八点半。

尹孟熙回办公室把下季度的企划排程放到了罗华桌子上，但其实也不确定这位摸鱼大王最后会不会翻开看。去茶水间的冰箱里拿了两瓶咖啡，打算一会儿到地下车库见到两个小孩儿的时候给他们喝。

坐着电梯下到负二层，刚出电梯间就听到外面传来一阵交谈声，一男一女，男的声音她没听过，女孩儿的声音倒很熟，是姚安琪。

“怎么样，在人文纪实憋屈不？”男的问，语气有点幸灾乐祸，“刚工作就养老，挣的钱够交房租吗？”连嘲带讽，让尹孟熙不禁皱了皱眉。

“我们部门氛围很好的。”姚安琪试图反驳，“现在做的这个片子规格也很高，不比你们做的质量差……”

“氛围？规格？”男的发出一声嗤笑，“这些玩意儿有什么用啊？你们做的东西播出来有人看吗？自娱自乐而已，亏你还是咱们那届成绩最好的，结果就憋在那么个破地方虚度光阴。”

“我劝你一句，别犟了，赶紧想办法托人找找关系，看能不能调到别的地方去，否则以后有你哭的时候。你们部门那个尹老师原来还是节目中心的呢，结果跟领导处不好关系，照样啥也不是。干这一行嘛，不灵通就得完蛋！”

“你别乱说了行不行！”姚安琪好像有些生气了，着急地替人辩白，“我们尹老师能力很强的，做什么都会有成绩，再过一段时间就肯定能……”

“小姚。”尹孟熙从电梯间拐出来了，神情和语气都是淡淡的，好像没有听到两人刚才的对话。

“尹老师……”姚安琪一看到她就乖乖地跑到她身边了，那个说话的男孩子看上去年纪也不大。

同样是二十二三岁，估计是台里刚进的小编导，背后嚼舌根却不巧碰上正主，此刻脸色也有点尴尬。

“尹老师……”他试图向她问好。

尹孟熙也没有为难人，对这个嘴碎的后辈点了点头，考虑到自己身上还担着一个“老师”的虚名，也难得起了说教的兴趣，对那个孩子说：“说得挺好，干这一行是要灵通一些，不过能想办法托关系的人咱们台里有很多，最后真的做上去的却很少，做上去以后能在那个位置上待住了的人更少，你可以想想这是为什么。”说完，再次礼貌地点一个头，带着姚安琪一起去找他们的车了。

2.

在开车去 A 大的路上尹孟熙的手机亮了一下，低头一看，竟然是孙建彬给她发的信息。文字内容很简单：小尹，在人文频道适应得还好吗？

后面配了一个只有四五十岁的中老年男性才会使用的“微笑”表情。

他居然还有脸联系她。一个领导总不至于对下属落井下石，那就是假惺惺地关心她？然后呢？装作慷慨地施恩，接着顺理成章地把她骗上床？

冷笑浮现在眼底，尹孟熙直接按灭了自己的手机，转头时正撞上姚安琪胆怯的眼睛。小姑娘估计也看出来她生气了，还以为是自己刚才跟别人闲话才惹得尹老师不高兴，怕得脸色都白了。

尹孟熙吸了一口气，心被这个小朋友磨软了。她哪里有错？是她这个老师不好，倘若她能得势一些，就不会让这个踏踏实实做事的孩子被人嘲讽奚落了。

“没事。”她对姚安琪笑了笑，从后排伸手到副驾驶拍了拍小女孩儿的肩膀，“我们做好自己的事就行了。”

到了学校，还是先去文学院的办公楼。跟肖至约的时间是下午两点，上午他们要先采一位教比较文学与世界文学的女教授，四十多岁，姓张，人很随和，即便外貌并不出众也依然让人觉得很美，大概就是所谓的腹有诗书气自华。

“今天图书馆有活动，暂时用不了。”张老师很和气地跟他们沟通着，“陈老师跟我说可以去小红顶用学生剧场，你们看方便吗？”

尹孟熙在前两天跟肖至通话的时候就知道图书馆场地的问题了，但她没想到文学院给协调的新场地会是小红顶，一时间也愣了一下，神情有点迟疑。

“有什么问题吗？”张老师有点担忧，“小红顶场地不符合拍摄要求？”

怎么会？尹孟熙回过神来，赶紧回答：“没有，很合适的。”

于是他们一行人就坐着学校安排的观光车去了小红顶。

“小红顶”其实是个昵称，那幢建筑真正的名字是“学生艺术教育中心”，两层高的小楼，同样是 20 世纪五六十年代落成，因为顶是红砖制的，所以一届又一届的学生都叫它“小红顶”。

据说去年这里刚刚翻新过，从外表看虽然还很古朴，但进门后所有设施都是崭新的，有可以供学生租借的琴房、活动室，一二层还有一个打通的小剧场，可以容纳三百人上下，就跟外面正儿八经的剧院差不多，非常高级。

“哇！”姚安琪一进小剧场忍不住两眼放光，背着包在阶梯形的观众席走上走下，还穿过舞台跑到后面去看了后台，见到了闪闪发光的化妆间和道具室。

“A 大也太强了吧！”小朋友一直啧啧感叹，“一个学生活动空间都这么高级的嘛？感觉都快跟咱们台里一些演播厅差不多水平了！”

的确，他们学校一直很重视艺术教育，各种教育部拨款和校友捐赠也很多，为了优化学生体验下了不少血本，硬件软件都很强。

张老师笑眯眯地跟他们聊了一会儿学校的艺教方针，看得出也对 A 大的发展现状十分满意，作为老师她很骄傲也很有幸福感，眼中的光彩平和又安宁。

多好啊！离开校园在社会上浮沉的人，又有多少能有这样的福气呢？

3.

两个半小时以后访谈结束，时间是十二点三刻。

张老师离开了，文学院的行政陈老师贴心地给他们订了工作餐，不仅亲自送过来还陪他们聊了一会儿，说：“肖老师下午要听个答辩，两点不一定能过来，不过最多晚半小时，辛苦几位等一下。”

这没什么关系，毕竟上次换灯的事他们也让他等了半小时，这样一来一回也算公平。尹孟熙点头说好，陈老师就又讲了一些感谢的话，随后又建议：“几位要是感兴趣的话可以在学校四处转转，有什么需要随时跟我说就行。”

去校园转就不必了，但小红顶内部还是有很多可看的东西。

饭后姚安琪就兴致勃勃在小楼里转起来了，尹孟熙本来不想去逛，但她如果留在小剧场里坐着，魏驰就会一直试图凑过来跟她搭话，这小孩儿也不知道为什么那么死心眼儿，昨天刚被拒绝，今天就又满血复活围着她打转，而她已经不想再次面对这种尴尬，于是只好跟姚安琪一起在楼里四处逛。

一二楼之间的大楼梯做得特别有艺术性，硕大一面墙上都是往届学生在小红顶内做活动的留影，话剧演出、歌会、乐器展演……林林总总生动丰富。姚安琪特别感兴趣，一张一张凑在跟前认真地看，看着看着忽然发出一声“咦”，指着其中一张照片惊喜地说：“这里面的帅哥是不是肖老师啊？他真的好好看，当年怎么没有星探去挖他做演员啊？”

魏驰本来是吊儿郎当跟在尹孟熙身后的，此时一听姚安琪提起肖至就忍不住“嘁”了一声，脸色很臭，一眼也不想看的样子，却没想到过了一会儿又听姚安琪有点不确定地继续说:“最旁边这个女孩子……尹老师,那、那是你吗?”

姚安琪说的那张照片是尹孟熙大一下学期跟着A大剧社一起在小红顶拍的,而在那学期到来之前她还经历了一个非常糟糕的寒假,而那当然都是因为肖至。在见到唐霏之前,她原本以为自己跟肖至已经有了一点进展,至少他已经意识到了她的存在,或许还对她有一点不错的印象。她甚至还傻里傻气地想要对他表白,那天在篮球场边抓在手里的水就是冲动的铁证,好在最后并没有送出去,免去了一场令人痛苦的尴尬。

尹孟熙也是到后来才知道,这位漂亮的唐霏学姐是文学院2008级的学生,还是A大副书记洪丽的女儿,而肖至的母亲是学校历史系的教授,过去跟洪书记是一个院的同学,两家人是世交,肖至和唐霏小时候更一起在A大家属院长大,是正儿八经的青梅竹马。这关系……

他们太熟了,熟到完全可以自由出入对方的生活,那学期唐霏从日本交流回来以后就一直出现在肖至身边,会在南体篮球场边看他打球给他递水,会在贾先生的课上光明正大地跟他坐在一起,甚至会在图书馆跟他一起自习。所有需要尹孟熙小心翼翼用心经营才能抠出来的与肖至见面的机会她都能轻松拥有,那么自然而然,那么毫不费力。

于是尹孟熙生平第一次知道了什么是遗憾和委屈。

她没经历过这种事,不懂得其中的复杂和曲折,只能片面地将恋爱中的追求和学习里的竞争做类比,譬如考试排名次,如果她想考上A大那就要拼命努力,高考的时候考出一个比其他人都要高的分数,那么她想要的东西就可以顺理成章地属于她,公平又简单。

可现在不一样了,她输在了起跑线上,在她看到他并喜欢上他之前的二十年,另外一个女孩子就已经跟他认识了,他们一起陪伴对方长大,甚至彼此的父母也有亲厚的关系,说不准早就有意愿给他们安排娃娃亲。

她拿什么去争取呢?她只是一个很平凡的人,家在不知名的南方小城,父母的学历只有大专和高中,不像他们一样出自优渥的高知家庭,更糟的是她跟他也没有什么特别的缘分,只是她曾偷偷地喜欢过他,而他一直不知道而已。

假如这真的是一场考试,那么在她努力踏入考场提笔答题之前,别人已经从容不迫地提前交卷了。所以那学期的最后她就不去图书馆了。

不仅不去图书馆,上贾先生课的时候也会尽量低着头不往前看,以免不小心看到他跟唐学姐坐在一起的背影心里就泛起一阵酸和一阵疼。坚持了没有半个月，期末季正式开始了，所有课程都陆续结了课，剩下的只要考试和交论文。

贾先生的课是论文课，写完以后投递到先生的信箱就可以，她写了也投了，接着认认真真参加完了所有的考试，在大学的第一个学期就这样宣告了终结，可以拖上箱子离开 A 市回家过年了。回家嘛，所有第一年离家的大学生都会盼着，在学校被适应期折磨得各种不舒坦的半大孩子没有不想家的，可等真的回去了又会感到一些落差。他们的家乡太狭小了，从家门出去以后也不知道该到哪里玩儿，小小的城市好像只跟 A 市一个区一样大，那么闭塞又落后。

尹孟熙同样要经历这样的变动。以前她从没有觉得自己的家乡有什么不好，这次回来却突然感到了它的狭小，生活在这里的人也许的确能过得安逸，可拥有的发展机遇却同样有限。回到熟悉的家里，透过小小的窗子看着外面这个小到还没有被禁止燃放烟花爆竹的城市，她依然还是会不可避免地想到 A 市，想到她好不容易才考上的全国顶尖的大学，想到在学校里认识的来自全国各地的朋友们，以及那个突然出现在她的世界里，然后又很快退得很远的他。

怎么说呢？就……挺无力的吧。

4.

他们就这样断了联系。

他的 QQ 说说一直没有更新，更不可能主动给她发消息，那段时间两人唯一的关联就是她在查成绩的时候发现自己的宋代文学源流课得了一个 A。贾先生这样的大教授早就不会亲自看本科生的论文了，这是作为助教的他给的分。

多少算是给了她一点安慰。

开学以后依然没联系，她也因为得知唐霏的存在而有意识地避开他，文学院的课绝不会再选，图书馆的文学艺术书库绝不会再去，甚至连校医院和南体都有点不招她待见，每次经过都要低着头，却没想到后来转来转去还是碰上了。

那学期她在团委艺术团竞聘了部长助理，“升职”后接手的第一项工作就是校庆系列活动的追踪报道。带她的部长许嘉怡也是新闻学院的学姐，负责宣传团委下属社团的系列活动，他们部门内部盘了一下，一致认为 A 大剧社的献礼话剧是重中之重。

A 大剧社是全国大学生剧社中的翘楚，每年都会在大艺展上拿奖，在全校所有社团中地位很突出，每年从团委这儿得到的经费也比一般社团多。据说今年他们要做一个原创话剧，全部由学生自编自导自演完成，主线就是围绕着A大的建校历史展开叙事，目前剧本已经写完送到学校去审了。

“这可是个大活儿！”嘉怡姐摩拳擦掌，非常有干劲，“我听在校办挂职的学长说，校长和书记都对剧社这个话剧非常感兴趣，等到了公演的时候宣推部还要邀请校外的媒体做公开报道，咱们分到这条线可是走了运了！”

“我建议，咱们就给他们做个跟踪式全记录，从招募演员开始采，整个排练、定妆、前台、后勤，方方面面都采到，中途给他们预热几波，公演之后再出个小纪录片，绝对高端大气上档次，孙老师该给咱们部门评优了！”

一顿安排猛如虎，把底下一群大一的小孩儿都鼓动得踌躇满志。

“这样，嘻嘻、雨珊、石头，你们大一的去跑现场，具体工作就由嘻嘻主要负责，正好你明年留任要升部长，积累一些工作经验。”一转头嘉怡姐就开始分任务了，“大概两天出一篇通讯稿，我们做基础报送，然后一周出个周报，稍微正式点的那种，报到老师们那里好看。”

大一上学期尹孟熙也参与过不少工作，但都是跟在学长学姐们后面打下手，这回倒是第一次真正由自己负责一项具体工作，挑战性挺强，压力也不小，但好在她自己感兴趣，因此也没试图甩锅，直接答应了：“好的嘉怡姐。”

剧社的社长姓郭，叫郭跃，是文学院研一的学长，尹孟熙一听到这个信息心里就跳了一下，想着这位学长跟肖至是同班同学，两人大概率是认识的。

那天她们几个团委的记者要去跟剧社对接，地点直接约在了小红顶。他们剧社的排面太大了，日常彩排都可以用学生剧场，这里借一天费用可不少，经费都得团委担着。

郭跃学长人很和气，亲自从排练厅出来接她们，三月初的早春天气还冷呢，他却只光脚穿着一双拖鞋，头发乱糟糟的，看上去多少有点邋遢。

“团委艺术团的学妹是吧？”他很热络地跟她们打招呼，“赶紧进来吧，外头太冷了。”

尹孟熙是现场工作的负责人，自然要跟剧社这边做好对接，进门之后她就主动对郭跃做起了自我介绍，说：“郭学长你好，我们是团委那边过来做宣传采编的，我叫尹孟熙，2011级新闻学院，这是我的同学陈雨珊、陶石，之后我们三个会每天轮流过来做跟踪采访。”

“好好好，好说好说。”郭跃点头答应着，“嗐，其实也不用天天来，你们团委就是太认真，其实日常排练没那么多可拍的，每天也就一个样……”

说完，又念了一遍尹孟熙的名字，眉头皱起来，神情有点怪异地问：“咱们之前是不是认识啊？总觉得你这名字我在哪里听过……”

尹孟熙听了这话一愣，倒不记得自己跟这位学长有过什么交集，对方也没多纠结，想不起来就不想了，转身领着他们往学生剧场的门走，边走边说：“你们要拍就拍吧，不过我们演员还没定，这几天主要在做形体训练，最多也就能采访个编剧，正好今天他也在。”

说着，剧场的门已经推开了，里面只有舞台灯是亮的，台下观众席就暗得多，剧社的成员们在偌大的舞台上围成一个圈，跟着一个看起来三十多岁的男老师在练形体，一群人像跳大神，看起来很有趣，立刻引得石头“咔咔咔”拍了好几张照。

郭跃没管他们，就趿拉着鞋站在舞台上四处张望，找了好半天才在黑漆漆的观众席上找到人，立刻招了招手，大声说：“肖老师上来一下吧，团委来人要做采访，您这个编剧受累顶一顶。”

肖老师？仅仅一个姓氏就足够撩动人的心跳，谁也说不清那时尹孟熙心里是怎么想的，只是当她怀着难以置信的心情跟着郭跃一起转头向观众席看去，看到那个已经整整两月未曾见过的人正慢慢从座位上站起来并向她走近的时候，那好不容易才被她按下去的悸动就再次以令人无奈的顽强死灰复燃了。

真是孽缘啊！尹孟熙有些绝望地想。

5.

“来来来，认识一下。”郭跃带着三个大一的小孩儿一起下了舞台，迎着肖至走过去。

“这是我们这个戏的编剧，文学院研一的肖至。应该都认识吧？”他扭头介绍着，口气像是与有荣焉，“这位可不好请啊，得亏跟我还有点室友情，我求了人一学期才松口。”

学校里有几个人会不知道肖学长呢？别提各种校媒了，就是表白墙上都能一周见三四回，雨珊和石头点头如捣蒜，都有点激动，咔咔又是两张照片。

“这三个学弟学妹是团委的。”郭跃又转而对肖至介绍起来，“之后会跟全程拍素材，孙老师那边说要做个小纪录片——名字嘛，叫、叫……”

卡住想不起来了。

雨珊和石头也没指望他记住，直接自己又自我介绍了一遍，尹孟熙同样跟在后面顺了一句。肖至跟石头他们两个点了头，轮到她的时候也一样，只是额外加了一句：“我知道。”

这话让她噎了一下，喉咙有点干，旁边的郭跃倒是“咦”了一声，问：“你们认识？”

尹孟熙心又一跳，不知道为什么隐隐有点期待他的回答，他却没接这句话，只是目光落在她身上，问：“今天就要采访吗？”

她没想到他会跳过郭学长直接来问她，直觉上有点慌，好在回答的时候还算有条理：“看学长们方便吧，我们第一天来也可以先熟悉情况，之后再开始具体工作。”

他“嗯”了一声，不知道是不是赞同她的话，过一会儿又扭头看向郭跃，漂亮的侧脸在观众席黯淡的灯光下显得特别深邃，得天独厚的浓颜系。

“她们看过剧本了吗？”他问他室友。

“哦，还没呢，”郭跃拍了拍脑门，“等会儿啊，我去给你们拿。”

说着就趿拉着鞋转身走了，没一会儿手上拿着几个大开本的册子回来，一人一本递给她们，又笑着说：“我逼着肖老师花一个寒假写的，你们可以随便找个地方坐着读一读，绝对是这个。”他用力地比了个大拇指。

剧本的名字叫《怀火》，由于是献礼戏，题材必须围绕建校史，因此也算半命题，太艺术化的东西不能写，得尽量写得正一些。

可还是很好看。扎实的史料功夫体现在剧本的字里行间，创作的人一定花了很多时间研读材料，最后文采斐然一气呵成，写成一个既端正又生动的剧本，难怪校办的人都说校长和书记很喜欢剧社的这个本子，也是，方方面面都这么好，谁会不喜欢呢?

看到抗战时期贺校长和妻子叶婉分离的一幕，雨珊直接泪目，一边掏出纸巾擦眼睛一边小声说：“这就是文学院的笔力吗？恐怖如斯。”

石头是不太能理解这些的，虽然人跟她们一起猫在观众席的后排看剧本，可其实眼睛一直在偷偷往舞台上瞄，摆明是在偷看上面那些演员美女，这时候还说：“对对对，牛啊。诶，那咱们什么时候开始拍照？今天采访提纲都没列呢，上来就采也不合适吧？”

“为什么不采？采啊！”雨珊不同意了，“那可是肖学长，随便聊两句都是赚了好吗。”

为了得到支持，刚说完就扭头问尹孟熙：“嘻嘻，你说是吧？”

她当然是不想采的。

老实说直到现在她还有点恍惚，依然不敢相信那个人又出现在她眼前了。谁能明白呢？从上学期期末到今天的两个多月里她悄无声息地独自经历过多少阵痛，暗恋是只能被一个人看到的皇帝新装，其实真的存在的，金线银线全都用上，可惜别人都不晓得，她于是也要装作云淡风轻什么都没发生。

就好比此刻，她和伙伴们一起坐在观众席后排的角落，眼睁睁看着他和他的朋友坐在前排看台上的演员排练，不长不短的距离本质就是天堑，她跨不过去，也不能让别人知道她曾有要跨过去的可笑野心。

“今天还是先不采了吧，咱们准备也不充分。”她尽量自然地说着，掩饰自己内心的闪躲，“等回去再看看剧本，好好列一下采访提纲，请嘉怡姐审过改过之后再采吧。”

这其实也是最合理的做法，石头已经双手赞成了，拿着手上的相机跃跃欲试，似乎已经忍不住要冲上台。雨珊有点不甘心，看样子还想再争取一下，没想到刚要开口就看到坐在前面的郭跃站起来朝她们这边走，过来以后一只手搭在前排的椅背上，笑眯眯地跟她们说：“你们几个谁有空？能不能到台上去帮个忙？形体训练要两人一组，今天有个演员没来，需要人凑个数。配合一下就行，不难的。”

石头一听，眼睛“噌”一下就亮了，直接积极举手，郭跃一看就知道这学弟想什么呢，抬手就把他不正经的小火苗按灭了，说：“来个女孩儿吧，组队的也是女孩儿，方便一些。”

石头：“……”

雨珊一看他吃瘪就捂着嘴偷乐，接着说自己可以上去试试，郭跃点点头，又看了尹孟熙一眼，说：“学妹你是负责人是吧？正好，你也到前排来聊聊吧，咱们对一下后面的计划。”

于是雨珊上了台配合演员做起了形体训练，石头主动请缨抱着相机上上下下地拍，尹孟熙这个最不想凑热闹的却偏偏被郭跃带着坐到了第一排，又跟肖至碰上了。

他当时在看手机，漂亮的眼睛低垂着，难以描摹的矜贵气。听到脚步声的声音抬头看了一眼，正好与她眼神对上，接着就把手机关掉了，对她点了个头。

非常礼貌。

她于是也对他微微鞠了个躬，他还没反应呢，郭跃却乐了，对她说：“没必要这么客气吧？肖老师谱也没那么大。”

说完就在肖至身边坐下了，又对她示意：“坐。”

她有点局促，头半低着，视线同样一直绕着那个人走，此时选择在郭跃旁边坐下，跟他隔着一个人。

“刚才我就想问了，你们俩认识吗？”郭跃嘴碎，又旧事重提，“看起来不像头回见。”

这问题尹孟熙不敢接，怕露怯，幸而过了一会儿肖至接了，语气淡淡的：“上学期在贾先生的课上见过。”

“哦，学妹选了贾先生的课？”郭跃笑，又扭头看尹孟熙，“那你算肖老师半个学生了。”

这话没什么毛病，她还得到了一个他给的 A 呢。

“不过你怎么记得她的？一个教室乌泱泱那么多人。”郭跃又贼笑着转过去问肖至了，“是不是看学妹长得漂亮，见异思迁了？”

见异思迁……见什么异，思什么迁？因为唐霏学姐才是他正牌女朋友，所以其他人就都是“异”了？她心里偷偷泛起苦味，说明两个月远不够一个人忘记自己未遂的初恋。

“不要乱开玩笑。”这时候她又听到他开口了，“她的论文写得很好。”

语气有点沉，倒是罕见的严肃。

这样……是为了跟她撇清关系吗？

郭跃大概也看出了他的正色，于是也不敢再开玩笑，含糊地道了个歉，又看向尹孟熙，转移话题：“你跟肖老师认识那是再好不过了，之后约采访也方便一些。他不会每次彩排都来的，也就偶尔来几次。”

偶尔？这倒是个好消息，说明她之后不用次次都碰见他。

尹孟熙暗暗松了一口气，面上则是板板正正地点头，正要问一句下次约什么时间最合适，郭跃的手机却忽然响了，他打开看了一眼，发现是他导师，当场就苦了脸吐了吐舌头，对尹孟熙点个头，说：“我出去接个电话，你俩先聊。”

说着，都不等尹孟熙反应，已经一路小跑着出了小剧场了。

于是空气立刻安静了下去。

其实不安静的，毕竟台上还在排练，形体训练花样很多，演员们都在笑闹发声，可她偏偏觉得世界一下子变成了真空，什么嘻嘻哈哈的杂音都不再有，只能听到自己僵硬的心跳，和身边那个人平稳安静的呼吸。

很玄妙。

“假期过得还好吗？”是他先开了口，声音是低柔的，不像刚才那样严肃了。

她的手心立刻又潮湿起来，终于忍不住要侧过脸去看他，英俊的青年坐在半明半暗的光影里，被前面舞台的光映照着，错落抽象的美。

漂亮的美人尖，漂亮的眉和眼。

“挺好的。”她又低下了头，总共也只敢看一眼，怕再多就又要难过，“就那样。”

他应了一声，还是很温和，沉默了一会儿忽然又问：“没出什么事情吧？”

这问题有点奇怪，她不太明白：“嗯？”

他却没有立刻答，抬手摸了摸自己的鼻翼，下一刻同样侧过脸来看她，眼中山川交叠，依然吹着微风。

“上学期期末的时候一直没在图书馆见到你，这学期你也一直没去。”他的声音有点轻，却不知为何完全没有被舞台上的吵闹遮蔽，“希望不是生活里遇到了什么麻烦。”

“上学期”“这学期”，这是什么意思呢？他一直知道她的存在？知道她悄无声息地在他身后的某个位置坐了一学期？甚至……也偶尔会确认她在或者不在？

她不敢往深处想，怕自己又做出了过度的解读，助长那些杂草一样不该有的妄想。

“没什么麻烦。”她低头看着自己的指尖，柔软的发丝垂下来，遮住了她的侧脸，“都挺好的。”

舞台上的欢笑还在继续，也许此刻这个空间里只有她一个人心底有难以抹平的哀伤，他不懂，别人不懂，甚至她自己也不懂。

他又能做什么呢？连是什么导致了她的伤怀和躲闪都不知道，过分简短的回答让文学院出身的他也接不住，最后只好同样简短地答一句：“那就好。”

6.

第二天的班还是尹孟熙的，之后她就三次一到轮班打卡，不必每回都跟着排练了。

A 大剧社虽然有郭跃这么个随和到有点散漫的社长，但内部的规矩还是立得挺严，每周五次排练，一三五和周六日，平时是晚课后九点到十点半，周六日是一整天，演员和值班的后勤都不能迟到，否则要罚款五十并在群里上传丑照。

周日那天尹孟熙九点准时到了小红顶，其他人也基本来齐了，默默把剧场上下看一圈，没见到肖至，估计他今天是不来了。

她松了一口气，同时又有点不能细想的失落。

“来来来，都听一下。”

郭跃还是趿拉着鞋，一边走上舞台一边拍手，演员们渐渐安静下来，在台上围成一个圈听他说。

“公演是六月，咱们现在时间也有点紧，争取今天就把演员敲下来吧。”他提高声音安排着，“之前筱雯收过演员意向了，一会儿就分组排队试戏，男一女一男二女二在我这里面，三四五六去大金那儿。没问题吧？”

大家回答了一声“没问题”就各自散去，没一会儿剧务同学就在舞台两侧各摆了一张桌子，郭跃和一个被叫“大金”的女生一左一右坐在两张桌子后，面前都有若干排队试戏的演员。

这显然就是应该拍摄记录的时候了。

尹孟熙在舞台中央架了个摄像机拍全程，又抱着相机去了郭跃那边，看到郭跃正在低头翻剧本，没一会儿就站起来跟排队的演员们说：“男一女一试第三幕对手戏，男一再多加一个第四幕第二场，排后面的多熟悉一下剧本，一会儿脱稿试。”

很专业的样子。

尹孟熙觉得新奇，咔咔拍了几张照，既有全景式地带到环境，也有拍局部落细节的，就比如她在队列里看到了一个很有气质的学姐，特别有古典美，就顺手拍了几张对方低头默剧本的特写。

大概五分钟以后试戏正式开始了。

A 大剧社不愧是在全国拿奖的，演员水平真的能打，起码在尹孟熙这个外行人看来就非常厉害，好几个学长学姐都是能挑大梁的样子。第三幕的男女主对手戏很抓人，讲述的是两人在学生运动中定情的经过，留美归来的叶婉先后听过几场贺继文先生的演说，随后又被对方不顾一切保护学生的大义深深打动，她为救出被反动政府关押的先生而奔走忙碌，并说服家人出资挽救了濒临倒闭的学校，两人终在动荡中相拥定情。

剧本写得很有质感，男女主人公的情感羁绊与时局变迁紧紧缠绕在一起，小爱与大爱的融合有着绝妙的分寸感，环环相扣引人入胜。

不愧是那个人写出来的东西。

而在试戏过程中尹孟熙又再次关注到了刚才那位吸引她拍了特写的学姐。她叫张黎，不仅气质好，而且演技也非常在线，周围一片嘈杂的情况下依然能演得很投入，定情前与贺先生在警察厅外见面的那场哭戏简直绝了，眼泪一下子坠落，又坚韧又有破碎感。

她对着她一直拍照，站着拍蹲着拍，各种角度来回拍，作为评审的郭跃和其他围观的人基本也跟她反应差不多，都是被吸引得挪不开眼。

这肯定会被定为女主角了吧？简直是接近专业演员的水平了。

正感慨，舞台另一头却传来一阵“嗒嗒嗒”的声音，是高跟鞋踏在木地板上发出的，下意识回过头一看，看到一个高挑靓丽的美女迎面走过来，一身米白色的半长款风衣加牛仔裤，简洁又精致。

是唐霏。

“排练已经开始了吗？”她笑吟吟地走上了舞台，并没有在队列里排队，直接走到郭跃桌子旁边了。

“这戏都试到一半儿了。”郭跃摇头调侃，“您来得再晚点就能赶明天了。”

她被逗笑了，连着说了两声抱歉，可其实也看不出有什么羞愧的意思，低头从钱包里找了找，翻出一张一百块的纸币递给郭跃，说：“我交两倍罚款行吗？请大家吃零食。”

这话一说旁边就有人鼓掌了，依稀还夹着几声“霏姐威武”，郭跃也笑了，一边收钱一边熟稔地挤兑：“还有丑照，别想跑。”

唐霏吐吐舌头，当场拿出手机美美地自拍了一张，“嗖”的一下发到群里，大家都夸“绝了绝了，美死了”。

“行了吗？”她问郭跃。

对方就是叹气，大概也拿她没办法，只嘀咕：“要不是看肖老师面子，我肯定不能只收你一百……”

尹孟熙呢？就抱着相机在旁边默默地听着看着，又感觉到那种自己奋笔疾书而别人提前交卷的感觉了——其实也不是“奋笔疾书”，严格来说她都没机会答那张卷子。

唐学姐都跟他的室友那么熟了。

怎么讲？就是……难免会有点羡慕吧。

“我什么时候试？”那边唐霏已经在问了，一边说话一边拿了根皮筋随意地扎着头发。

“你先看一下本子，熟悉一下第三幕。”郭跃告诉她，“一会儿跟雷子演对手。”

“我看什么呀？”唐霏扎好头发，直接找了把椅子坐下了，依然笑眯眯的，“寒假就看到了，能倒着背。”

郭跃搓搓胳膊，一脸被秀到了的表情，说：“知道了知道了，青梅竹马就是了不起可以了吗？”

然后接下来别人的试戏就都显得没那么重要了。

可能大家都知道吧，唐霏一定会是女主角的，她在剧社很多年了，一直演女一号，不仅跟社长私底下认识，而且还有一个做副书记的妈，即便抛开这些外在的东西，她本身条件也很好，长得那么漂亮，美得无可争议。

于是其他要试叶婉的女演员就都不抱什么希望了，演出来的效果也就变得平平无奇，好像大家都只是走一个过场，最终的目的只是为了把舞台让给最终必然会得到它的那个人。也就是唐霏。

她也没等太久，大概半小时吧，精致的风衣一脱，窈窕的身姿就显得更出众，跟她一起演对手的男演员甚至不太好意思直视她的脸。

“贺先生，难道您就没有后悔过吗？”

“我说了，我喜欢你的诗。”

“你可以跟我走……也或者，你可以带我走。”

台词一句一句回荡在舞台上，美丽的女演员正在众人的注视下动情地绽放，她的美让人难忘，在场没有一个女孩子敢说自己的外形比她更出挑。

可说实话，她的戏不如张黎。

诚然台词她都一句不落地说了，所有的抑扬顿挫都很到位，甚至该哭的时候也落下了眼泪，一切都挺对的……可就是没有张黎那种打动人的劲儿，不像她那样能那么准确地击中观赏者的心。

尹孟熙一边兢兢业业地拍照一边在心里悄悄给出评价，作为一个外行人她不知道自己的看法对不对，也不知道是不是自己心理阴暗所以才选择性无视了唐学姐的优秀，默默环顾一下四周，发现其他围观者也不像刚才看张黎学姐演戏时一样激动，这才小小松了一口气，觉得自己的人品尚且没有低劣到底，应该还算实事求是。

抱着相机又拍了两张照片，找角度的时候却没注意脚下，一块突出的挡板把她绊倒了，失去重心的瞬间朝后就倒，慌乱间却突然有一只手牢牢抓住了她的胳膊，接着轻轻一带，让她重新稳稳当当地站好。

回过头，看到是肖至站在她身后。

“小心。”他的眉头微微皱着，像大人在责怪小孩子毛躁，声音是低低的，带一点难以忽视的温柔。

就匆匆忙忙的一秒钟而已，异样的心动便又不甘寂寞地开始折腾。它似乎认为自己的存在具有合法性，因此就蛮横地要求取得被无罪释放的资格，天知道她根本没法答应，于是只能回头看着他发愣，对方深邃的眉眼是世界上最复杂的迷宫，她明明也没走到深处，可却已经历过许多次迷路。

“肖至——”在她回神之前就有另一个女孩子在叫他了，不必小心翼翼保持礼貌称呼一声“学长”，而可以光明正大坦坦荡荡叫他的名字，甚至可以在众目睽睽之下笔直地朝他走过来，不用担心会被非议，也不用担心会遭到拒绝。

“你真是的，怎么来得比我还晚？”她还可以跟他撒娇，跟他开玩笑，“什么时候来的？看到我刚才试的戏了吗？”

他呢？手已经礼貌地放开了她的胳膊，跃过她往前面走了，那短暂的一触太过模糊，她都没能感觉到他的手心是凉的还是热的。只有一点很确凿，就是他的背影还跟上学期一样好看，她已经看了挺久了，有点……不想再看了。

“看了后半部分。”她看到他朝唐霏走了过去，也听到他回答她。

“那你觉得怎么样？”唐霏又问，语气有点期待，“是叶婉的感觉吗？”

这回他回答得就没那么快了，却转头看郭跃，顿了一下，问：“张黎同学试过了吗？”

当时郭跃看了唐霏一眼，神情有点微妙，回答：“试过了。”

“有录像吗？”他又问，“我没看到前面。”

“有啊！”郭跃嘿嘿一笑，还朝站在后面的尹孟熙抬了抬下巴，“团委的学妹架了机器，应该录了全程吧？”

他听到了，于是又回头朝她看过来，永远那么温和得体。

“可以给我看一下回放吗？”他问，“就张黎同学试的那段。”

7.

调试机器，翻出半小时前的试戏片段。

“应该是这段。”尹孟熙从显示屏旁边退开，把位置让给肖至。

“谢谢。”他回应了一声，接着就抱起手臂低头看显示器；郭跃也凑上来了，站在他旁边跟他一起看。

他们看得很认真，尤其是肖至，从头到尾一言不发，微微皱起的眉头或许就是他专注于某事的标志。旁边的演员也都跟着安静下来了，没人说话也没人走动，下意识配合着他的安静。

也就唐霏的动作多一些，大概因为肖至他们去看别人试戏片段的这个行为让她感到了一些别扭，因此时不时就要捋一下头发什么的，其他演员也会偷偷地打量她，各自的神情都有点微妙。

视频播完了，肖至侧过脸跟郭跃说了两句话，唐霏也上前两步打破了剧场内的静默，尹孟熙听到她问肖至：“怎么了嘛，有什么问题？”是在撒娇。

“没有。”他也低头看向了她，语气同样很温和。

“你要不要再试一下叶婧？”他又问。

叶婧是叶婉的姐姐，在剧本中跟妹妹一起留美归来，她不认可贺先生的办学方针，试图阻止叶婉与贺先生交往。他这么问，是觉得唐霏不适合演女一号？

“为什么？”唐霏撇了撇嘴，离他更近了一点，“你觉得我演得不好？”她好像有点不高兴了。

“不是。”他的语气很委婉，但还是很清楚表达着自己的观点，“只是觉得你更适合叶婧。”

这个讲法虽然带了一些修饰，可却遮蔽不掉事情的本质：他认为张黎比唐霏演得更好，或者至少是更适合在这个戏里做女一号的。

围观的人哪个听不出来？大家面面相觑，都有点看热闹的意思。唐霏她妈可是副书记！自己在剧社又是正儿八经的老资格，张黎今年刚大三，比唐霏还小一届，这俩人放一起，谁敢筛掉前者用后者？也就是肖至能说这个话。

“行啊，那我一会儿去试试叶婧的戏。”唐霏又接话了，语气倒是挺明朗，听上去不像生气了。

“我们大四的是该退一退，免得学弟学妹们没有机会。”说着，又回头看向站在一边的张黎，微笑着说，“恭喜啊，真的演得很不错。”

被恭喜的张黎情绪已经有点激动，毕竟她在试的时候也没指望自己真能得到女一的角色，现在突然被大家肯定了，说不兴奋是假的。她努力稳着情绪对唐霏道谢，还说：“谢谢大家信任，我一定会努力完成好演出！”

唐霏继续微笑着，带头鼓起了掌，在场的其他演员也都很配合，剧场内的气氛和睦又鲜活。站在一旁的尹孟熙也跟着一起鼓掌了，明明根本不是剧社的人，可在那个时刻竟然也有一些出处莫名的感动，对那个人隐晦模糊的感情亦再一次有了蠢蠢欲动的苗头。

那是为什么？很多年后回想起来她才渐渐明白，原来那个时候她是被他处事的公正客观给打动了，看似基本的品质好像很多人都可以拥有，可实际上在她离开校园踏进社会之后，就再也没有遇到过。

上午结束的时候试戏还没完成，郭跃拍板让大家先休息，正好后勤帮剧组订的午餐也送到了，大家就纷纷转进了后台，去休息室吃饭。

尹孟熙毕竟是编外人员，也不确定这盒饭有没有自己的份，想了想还是没拿，就帮着一个剧务组的姐姐一起发饭。对方是化学系的，叫韩芸巧，一问才知道已经大四了，本来打算退社专门忙毕业的事情，可最后还是因为对剧社有感情而留了下来，现在依然是剧社的副社长。

“郭跃那二流子也就管管排戏，剧务的事情他狗屁不通。”芸巧姐说话很直，感觉性格也很爽朗，“学妹你要是想多了解我们剧社内部的细节可以多来找我聊，道具、服装、音乐、灯光、报销、后勤……哎呀，那一堆事多了去了，每个小部门都够你写一篇独立报道。”

还真是。尹孟熙之前就想过，既然要做全方位的跟踪报道，那就不能只把关注点放在演员们身上，一个剧组要运转，背后需要的支持力量很多，幕后人员的辛苦也应该得到充分的尊重，她得跟雨珊和石头盘一下，最好每人负责两个小部门，多写一些剧务人员的有趣日常。

“那先谢谢学姐了。”尹孟熙感激地芸巧姐笑了笑，“这个发饭的箱子要搬到外面去吗？我可以帮忙。”

“不用不用，放着吧，一会儿等收了空饭盒再一起搬出去，”韩芸巧笑眯眯的，说到一半又忽然发现尹孟熙没分到饭，“哎呀学妹，你没分到饭吗？”

“嗯？哦，没关系，我……”

“这个郭跃！”韩芸巧却都不听她说，直接不满地皱起了眉，“我就说他不靠谱，你们团委的小朋友要过来他都没提前跟我打招呼！”

“不行，我得去骂他！”然后就拉着尹孟熙一路冲到了后台休息室。

门是开着的，演员们几乎都在，三三两两地聚在一起吃饭。郭跃和肖至坐在一起。唐霏也在旁边，三个人正边吃饭边聊天。

“郭跃，你这人到底靠不靠谱？”韩芸巧风风火火地走进休息室，上来就是劈头盖脸一顿开麦。

“每次订饭都是我统计人数，你就跟我说一声哪个组织会额外来人都这么难吗？现在人家团委的学妹没饭吃了，你倒吃得挺饱的！”

她气势汹汹，尹孟熙都听蒙了，心想芸巧姐今年才大四，郭学长都研一了，学妹骂学长可以这么直接吗？心里犯嘀咕的时候又发现肖至也回头看向她了，他跟唐霏是并排坐着的，她看到的时候心里一涩，很快就别开了目光。

“对对对，这事儿怪我。”郭跃好像已经被韩芸巧骂习惯了，根本没生气，还站起来一个劲儿向尹孟熙道歉，“不好意思啊学妹，我忘了跟后勤说要帮你加一份饭了。要不这样，你去食堂吃，钱我们剧社给你报销。”

“这怎么好意思，没关系的学长，不用报销。”尹孟熙摆手，“我本来也……”

“吃这份吧。”话还没说完，半途就忽然听到肖至开了口，她一愣，接着转头去看他，发现他正把他自己的盒饭递给她，盖子还没打开，筷子也没拆，是完全没碰过的。

“我没动过。”他还特地又说明了一句，“是新的。”

“真的不用了，学长你吃吧。”尹孟熙手心又出汗了，“食堂也不远，我吃完很快就回来了。”他却还没收回手，依然保持着要把盒饭递给她的姿势。

“我今天早餐吃得晚，本来也不太想吃。”他的语气很柔和，看着她的眼神也很和煦，“拿着吧，省得浪费。”

他真是很会劝人，比如刚才劝唐霏换个角色，他的说法不是“你不适合叶婉”，而是“你很适合叶婧”，即便是挑剔的话也会用褒义的方式表达。现在也一样，他要她接受这份盒饭，不会对她说“你吃吧我没关系”，而是说“省得浪费”，反而像在请她帮他的忙了。

这大概就是绅士吧。或者说，是传统意义上讲的“君子”。

她抿了抿嘴，还想再婉拒，另一边的唐霏却插了话，笑着说：“学妹就拿着吧，大不了晚上我请你们肖学长吃顿好的，总不会让他饿坏了。”

这话挺平常，偏偏又透着特别的熟稔，尹孟熙也知道他们关系好，的确是能随时一起吃饭的关系。

酸涩的感觉更强了一点，她忽然有点无地自容，接住他递来的盒饭似乎是解决这种困窘最好的方式，于是最后还是接了，并低着头对他说：“谢谢学长。”

谢什么呢？她也只吃了一两口就吃不下去了。

微妙的情绪在心里发酵，谁也说不清那具体是什么。未遂的喜欢大概总会带来一些无力，此外对他身边的其他人又难免会有些羡慕甚至嫉妒，她觉得这是不对的，于是又对自己有了一些否定，最后毛线乱七八糟缠在一起，变成一个解不开理不顺的大毛球了。

她想不通也懒得再想，干脆去跟芸巧姐一起收拾剩盒饭，收拾好以后发现午休时间还没结束，想了想还是跑到学超买了一包小饼干，买完跑回来的时候下午的试戏刚刚开始，演员们又都聚到了舞台上。

她从剧场的后门进去，恰好看到他一个人站在观众席的中后排，抱着手臂看着台上，侧脸还是隐没在暧昧的光线里，连影子都是过分的漂亮。

她纠结了起码有两分钟，一直想装作没看到他直接从过道走掉，可最终却还是像一块没用的磁铁一样被他吸过去，等回过神来的时候人已经站在他旁边对他举起了拿着小饼干袋子的手。

“学长……”她试探着开口，心里同时对他抱有感激和怨气，“你要吃点东西吗？”

他的心就简单得多了，远不像她那样九曲回肠，客气礼貌是他在待人接物时一贯遵循的程式，只是这次在看到她手上拿着饼干的时候浅浅地笑了一下，柔和立刻因此翻倍，更容易让人头晕目眩。

“谢谢。”他竟然没有推辞，直接从她手上把东西接了过去，自己找位置坐下，同时也示意她坐，“昨天是说要采访对吧？”他一边拆开她买来的饼干一边随口问，“现在开始吗？”

第六章
日记簿收留小小爱意

1.

关于采访，尹孟熙昨晚的确已经做了一些准备。

她是做事很认真的人，否则也没法成为她们那个小城里唯一一个考上 A 大的学生，昨天一从小红顶回寝室就把他写的剧本来来回回看了好几遍，像做笔记似的到处批注，问题拟了十好几条，搞完都快凌晨两点了。

可她还没来得及把自己准备的内容给嘉怡姐过目，现在也不敢直接用，眼下肖至问起就只好如实说：“我列的提纲部门里还没审过，今天采不了。”

他挑了挑眉，似乎又笑了一下，不知道是不是觉得她太正经了，摇摇头说：“随便聊聊就可以，不用那么正式。”说完，又把刚刚拆开包装的饼干递到她面前，示意她拿一片。

这怎么行？那是她买给他的。

“学长吃吧，”她毕恭毕敬的，坐着都能鞠躬，“你没有吃午饭。”

上学期他在校医院给她买药的时候也得到了类似的一个鞠躬，肖至叹了口气，自己先拿了一片，沉默了一会儿忽然问：“我看起来很凶吗？”

她一愣：“嗯？”

“你总是很拘谨，”他看着她，语气像在安慰人，“没必要这样。”

啊，她的耳朵有点热，也许是脸红了，好在观众席的光线很暗不容易暴露，就说：“没有……”

他也没跟她争，只是又把饼干递过来，这一次她很难拒绝了，伸手拿了一片，并对他道谢：“谢谢学长。”

“谢什么？”这次他的笑意很明显了，“是你买的。”

真的像在跟朋友闲聊，放松的状态感染了她，让她僵硬的脊背也渐渐变得松弛了。吃一口草莓味的夹心饼干，还挺好吃的。

“剧本看过了吗？”他又问。她点点头，很乖的样子。

“觉得怎么样？”他看她吃完了那片饼干，就又给她递了一次，“有修改建议吗？”

一聊起来她的警惕就放松了，他递什么她就拿什么，嘴上还在回答：“我觉得写得非常好，没有要修改的。”

“不用恭维我。”他像是又感到无奈了，“有意见可以直接说。”

“不是恭维！”她看他不相信就有点着急了，声音微微提高，“我真的觉得写得非常好，情节本身就好，还跟历史结合得好，台词场景什么的也都好，完全没有要改的！”

好像恨不得要当场发誓似的。他被她这个过分严肃的样子逗笑了，浮光掠影一样好看，看她像看一个小孩儿：“知道了。”

声音还跟过去一样低柔，却好像比以前更加亲近。她的心跳变得更快了。

“比较有印象的是哪一场？”他又随口问起，只是收回了看着她的目光，一边拿了一片饼干吃一边抬眼向舞台上看去，漂亮的眼睛倒映着前面明亮的光。

她其实对每一场都挺有印象的，但担心这么说又要被他怀疑是恭维，斟酌的工夫也抬头看了一眼台上，发现试男一号的演员正在演一场贺先生的独角戏，情节是跟学生们一起探讨新文化的真义，按道理应该有群演跟他搭对手，但这里剧本的处理很艺术化，把其他人物都抽掉了，只有贺先生的独白。

“对这一场的印象就很深。”她就地取材，指了指台上，“看剧本的时候一直觉得独角戏的处理方式很惊艳。”

他挑了挑眉，问：“为什么？”

“我觉得如果有对手的话这些台词听起来就会像说教。”她一边思考一边回答，“但做成独角戏就会更像先生在跟自己对话，也许他那时也不知道新文化到底是什么，要靠反复申说才能说服自己吧。”

说着，又认真地看了一会儿台上演员的表演，眉头微微皱起来。

他看到了，问她：“怎么？”

她眨了眨眼，继续盯着台上看，直到那个段落整个结束了才斟酌着说：“没有，就是觉得这段演绎跟我的理解有点差别。”

他好像有点感兴趣，示意她继续说，她有点犹豫，怕自己说得不对，可又知道他是个很宽容的人，上学期那些那么粗糙的汇报都没让他生气，此刻被他以鼓励的目光注视着，胆子也渐渐大了，说：“我觉得刚刚那位学长处理得太……太坚定了，在我的理解中这里贺先生应该是有些迷茫的。他没有留洋的背景，旧学比新学扎实得多，何况还出生于一个封建大家庭，这样的人应该多少对新文化会存有一些疑虑吧？当然，我不是说他不进步，他当然是很进步的，只是他应该对那些所谓的旧文化也有些留恋，毕竟被它们养育长大。先生到最后都在教国文，后来建立了文学院，当的也是古代文学的老师，文化这种东西怎么能说断就断呢？五四之后他虽然一直倡导破旧立新，可其实心里应当也很痛苦吧？怎么说呢，就类似一边反思，一边又反思自己的反思……”

本来没想说那么多的，可开了头以后就没能收得住。也是，她藏什么呢？他连她的论文都看过，早就知道她几斤几两，就算她说得不对，他也不会怎么样，真正有涵养的人总是谦逊又包容的。

“我都是乱说的。”但她还得给自己找补，“学长随便听听。”

他呢？本来一直看着台上，神情都是淡淡的，后来就侧过脸一直看她了，深邃的目光在模糊的光影中像漂亮的宝石，有微微的光亮。

“怎么是乱说？”他的声音更温柔了一些，“讲得很对。”

他夸奖人的方式不如批评人高明，总是简短又节制，就像上学期他夸她报告做得好，也就是一句“非常不错”。现在他又说她“讲得很对”，同样简简单单的，可是她却觉得这是一句很有价值的赞许，能被这样一个人夸奖是一件很了不起的事情。

“不过这些话就没必要跟演员们说了，就让他们照现在的方式演吧。”

她有点不理解，追问了一句为什么，他笑笑，回答：“毕竟是校庆献礼，说太多彷徨的话总是不恰当。”

“可我觉得剧本的原意更深刻。”她有点犹疑，“如果被误读，学长不会觉得可惜吗？”

这个问题似乎引起了他的兴趣：“你读过罗兰·巴特吗？一位 20 世纪的法国文学家，也是评论家。”他耐心地对她说明，“他有一个著名的理论是‘作者已死’，意思是作品完成之际作者就已经将阐发作品的权利让渡了出去，读者与文本之间的互动将不再与他相关。”

她似懂非懂。

“院里有一门课叫‘文学概论’，如果感兴趣可以去旁听，”他大概也看出她没懂，因此又微笑着建议，“课上会读他的论文和随笔，老师的讲解会比我详细得多。”

她点了点头，其实还不太明白他为什么要说这些，但既然已经聊到这儿了也无妨再多问一句：“学长这学期会做这门课的助教吗？”

“这是文艺学的课，跟我方向不同，”他摇了摇头，又看了她一眼，“这学期我没有做助教的工作。”

是这样。她“哦”了一声，平平淡淡的，与此同时心里又冒出一种奇怪的感觉，总觉得他那后半句话是专门说给她听的。

脑子还没转明白，舞台上的郭跃却忽然站起来叫着“肖老师”，看样子是有事要跟他商量，他就站了起来，要往舞台上走，离开之前又回头问了她一句：“采访的时间现在大概能确定吗？”

她跟着站起来，想了想回答：“还要两三天，我们部门里过一下提纲。”

他说了一声：“好。”又说，“那这几天我就不过来了，要采访的时候再来。”顿一顿，又补充，“时间你直接告诉我就可以。”

这是让她给他发QQ消息吗？她抿了抿嘴，又点了点头，回答：“好的。”

当天排练结束的时候所有角色都顺利敲定了演员，进度推得不错，大家都很轻松。

“明天周一，排练时间是晚上九点到十点半，都别迟到啊。”解散前郭跃又在提醒，“另外演员注意熟悉剧本，最迟这周五都得脱稿。”

大家稀稀拉拉地回应，然后又三三两两地散去，有女孩子想找唐霏一起回去，她摆摆手说自己要等人，果然是留到最后要等肖至。

“咱们一块儿吃夜宵去吧？”她笑眯眯地想挽肖至的胳膊，“五教后面的那家烧烤店怎么样？都好久没吃了。”

肖至却避了一下，动作不太明显但终归没跟她碰上，说：“我就不去了，你们去吧。”

旁边郭跃和韩芸巧都在。

“为什么不去啊？你午饭都没吃。”唐霏撇了撇嘴，也注意到了他避开她的那个动作，心里觉得难堪但表面上还是一切如常，“一起去吧，多少垫垫。”

“真不去了，我还有论文，”他依然婉拒，“先走了。”说完，对大家点点头，转身走出了小剧场的门。

郭跃和韩芸巧平时虽然吵吵闹闹一直不消停，可在“吃瓜”问题上立场还是很一致的，郭跃还调侃呢，说：“好家伙，他现在连你都拒啊？肖老师真是清心寡欲，别是什么独身主义吧？”

“那不能。”韩芸巧还在旁边一唱一和的，“没听说吗？上学期有人拍到肖老师送一个女生回寝室楼，没准儿是暗度陈仓呢。”

韩芸巧跟唐霏是一直都不太对付，两人在大一刚进社的时候就因为一些事情起了矛盾，郭跃的调侃是纯调侃，可韩芸巧就有点拱火了，郭跃怕两位姑奶奶吵起来殃及池鱼，于是就主动在里面和稀泥。

“怎么可能！我们肖老师肯定不是那种人！”他斩钉截铁言之凿凿，“我是他室友我能不知道吗？那都是谣传杜撰！”

韩芸巧哼笑一声，满不在乎的样子，瞥了一眼唐霏已经有点不对劲的脸色，心里也是一阵暗爽，又继续气人：“你只是他室友，又不是他肚子里的蛔虫，怎么可能什么都让你知道？再说，人肖学长谈个恋爱怎么了？就非得被人强买强卖欺行霸市啊？”

说着故意夸张地甩一甩头发，背上包也走出了剧场，只留下面如苦瓜的郭跃一个人应付脸色越来越不对的唐霏。

怎么着，还真以为自己是公主了？惯的。

2.

周一和周三轮班的是雨珊和石头，尹孟熙没去小红顶，但还是兢兢业业地交了提纲，部门里做了一点小调整，过了。

“那采访就还是嘻嘻你去，石头他们没你稳。”嘉怡姐在例会上安排着，“成稿也不急着交，慢慢来，写精写细最重要。记得采访要全程录音，然后拍几张肖学长的照片。”

说到这里笑容变得更大了一些，还高兴地搓了搓手，感慨：“真没想到这学期一上来就能采到肖学长，听说校报之前约了他好几回都没成。咱们部门真是，牛哇牛哇！”

周三那天内容都定了，尹孟熙就按照约定给肖至发了一条 QQ。

她：学长好，不好意思打扰了。请问你周五有时间去小红顶吗？我们采访的内容确定了，下面是提纲。

她发来文档。

她：《怀火》剧组系列采访提纲（一）. doc

大概一刻钟之后他回了。

他：好，十点左右可以吗？

她：嗯嗯可以的，都看学长方便，辛苦了。

他：没关系，你也辛苦。

她盯着最后“你也辛苦”那四个字，犹豫要不要再回个表情包什么的，翻了翻自己平时常用的小猫小狗小兔子，觉得都有点太活泼了，不知道为什么就不能像上学期一样那么大胆地发出去，因此最后什么都没再回，对话就结束在他那里。

然后当天晚上团委的工作小群里又炸出了若干条消息。

石头：我真诚地问一句，他们剧社内部是不是有什么矛盾啊？

石头：今天排练现场的气氛特别怪。

雨珊：你也发现了？我就说不是我的错觉！

石头：是吧是吧？唐霏姐跟芸巧姐就有点怪，跟黎姐也有点怪。

石头：然后那个嫒嫒姐一直很怪……

雨珊：没错没错！而且周一我轮班的那天，霏姐跟服装组说要订个旗袍，芸巧姐脸当时就沉了，后来两个人一直阴阳怪气的，差点把我吓死！

石头：太恐怖了。

石头：我真怕她们打起来。

雨珊：别前脚我们刚报道他们剧社团结和睦，后脚就打得要进校医院了。

看到群消息的时候尹孟熙有点儿不以为意，觉得雨珊他们说话夸张，可等周五她真的到了小红顶才发现事情没她想得那么简单，现场气氛是真的有点僵。

工作日的排练时间总共只有一个半小时，因此所有流程都凑得比较紧，演员们一到就要开始排练。郭跃作为社长和总导演还要确认剧务情况，那天是提前二十分钟到的，尹孟熙八点三刻进剧场的时候正好碰见他和芸巧姐争执。

“你就听唐霏的给她订个新旗袍能怎么着？”郭跃为难的把头发抓成了鸡窝，“她就那个脾气，跟她犟什么呢？”

“我跟她犟？”韩芸巧比他更火，“郭跃你这个人到底有没有原则啊？演员的服装都是统一租赁的，凭什么就她一个搞特殊要订全新的？别说她这次不是女一号，就算她是我也不惯她这些臭毛病！你们谁爱伺候谁伺候，我反正不受这个闲气！”

郭跃一听更是头大如斗，头发都要薅秃了，又说：“行行行，那这事儿你别管了，我给她订，我给她订总可以了吧！”

“可以啊，当然可以了。”韩芸巧两条胳膊一抱，阴阳怪气的劲儿又上来了，“大社长大导演说什么不行啊？但是我把话给你说在前头，这件衣服不管谁给她订了，我韩芸巧就立马退出剧社，这个制片您另请高明！”

“不是，你这是何必啊！”郭跃直接崩溃，“哦，就因为大一的时候你俩闹过矛盾，你就一直记到现在？”

“大一？郭跃你摸摸良心，这是大一的事儿吗？”韩芸巧声音越拔越高，“她唐霏从进社那天起是不是就一直在搞特殊？但凡是部戏她就要演女一，当学妹的时候挤走学姐，当学姐的时候又挤走学妹，这回要不是肖学长说话她又要把张黎给挤下去！副书记的女儿就可以这么牛啊？咱们学校成私立的了？”

……

吵得不可开交。

尹孟熙在门外正好撞上，也不知道该不该进去，徘徊了能有十分钟剧组其他人才陆陆续续地来，里面的吵闹声渐渐停了，估计两位学长学姐也是顾及影响暂时休战，矛盾还远远没有解决。

唐霏学姐当晚又迟到了五分钟，比起郭跃和韩芸巧的脸红脖子粗，她倒是显得云淡风轻，进门的时候依然精致靓丽，还给演员组里几个跟她关系好的朋友带了奶茶。

排练最开始有一段热身发声，这一段没什么好拍的，尹孟熙就去了后台帮剧务姐姐们干活，她们正在对着剧本确认道具，有一些民国风格的家具需要外借，还有一些器具摆件需要从各处凑，具体名目都得拉单子做 Excel（表格）。

尹孟熙凑在旁边拍了几张照片，也默默跟着学了一下，刚没一会儿韩芸巧就气势汹汹地进来了，一屁股坐在椅子上生闷气。

几个跟她关系好的学姐都知道她这是为什么，也都放下活到她身边安慰：“好了别生气了，唐霏这样也不是一天两天了，咱们马上要毕业的人，跟她较什么劲？”

“我就是看不惯她那个公主病！也看不惯郭跃老是没原则给她开绿灯！”

韩芸巧真是火冒三丈，“那个杨媛媛也是，天天跟在公主后面拍马屁。有什么用？绩点还不到3，难道洪书记能给她保研？看来看去就只有肖学长能治得了她。”她继续气呼呼地说，“老天保佑学长千万别猪油蒙了心被那公主病给拐了，最好一辈子让她追不上，把她鼻子气歪！”

尹孟熙原本一直不太确定肖至和唐霏到底是不是情侣关系，觉得有点像又有点不像，直到那时才感觉得到了一个确凿的答案，心里的感觉却复杂得要命。好像有点庆幸有点开心，可忐忑和忧虑又同时挥之不去，也许她的青春期的确来得比别人更晚，所以都十八岁了还那么容易纠结。

可，这是不是说明，她还有机会去答那张卷子呢？

十点的时候肖至如约来了。

“抱歉把时间定这么晚。”他像是刚从哪里赶过来，语气有点匆忙，“等很久了吗？”

也许因为刚听了芸巧姐说那些话，在心里压了一整个寒假的情愫忽然又有要泛滥的趋势，她跟他一起坐在观众席的后排，相对私密的空间让人有点兜不住心事。

“没关系，我本来也要值班到十点半。”她平平地回答着，又忍不住想知道更多关于他的事，“学长最近很忙吗？”

“还好，只是今天去见了导师，”他很自然地告诉她，“路上花了一些时间。”

“是贾先生吗？”她的眼睛微微一亮，“学长去先生家里了？”

“嗯。”他应了一声，眼中有笑意，“先生家住得有点远。”

她“哦”了一声，悄悄窃喜，大概少女的心总是很容易被满足，只是跟喜欢的人一起说点平常不常说的话都会感到无比开心。

可惜他们不能闲聊太久，不然采访就来不及做完，她被迫收起乱七八糟的心思从包里拿出采访提纲，一条一条照着自己提前列好的纲目向他提问，基本都是关于剧本的。他很耐心，她问一个他就答一个，进度倒是很快，台上排练收工的时候他们这里也正好结束了。

“我们这个稿子之后要上校媒，文字内容我整理好以后会发给学长确认的。”她老实地向他说明，“另外可能还需要拍几张学长的照片做配图，请问可以吗？”

他原本是没什么反应的，听到要拍照片就挑了挑眉，神情有点犹豫，可能是不太愿意吧。

“一张就好。”她却不想放弃这个机会，难得在察觉他的意愿之后还是选择跟他拧着来，语气里掺着小小的恳求，“学长就坐着不用动，我会自己找角度的。”她小心翼翼的语气。

他看了她一眼，觉得她有点可怜巴巴的，尤其那个伸着细白的手指向他强调“只要一张”的动作看起来特别乖。这……好像不太容易拒绝。

他咳嗽了一声，有点不自在：“坐着就可以吗？”

这是答应了。

她眼睛一亮，好像特别开心，又像小鸡啄米一样点头，跟怕他反悔一样立刻从椅子上站了起来，等他回过神来的时候她眼睛都已经贴上取景器了。

“我很快，马上就好。”她信誓旦旦地保证，听上去很可信，可人却已经郑重其事地围着他绕了好几圈，一直在对光找角度，过了好久才蹲在地上对着他咔咔咔拍了好几张，一边拍还一边指导他：“学长，你不用看镜头，你就随意看别的地方就好。脸可以侧一下。手、手可以支起来吗？”

根本就不是“马上就好”。

他是有点无奈了，又不好中途变卦，就配合着她做出相应的调整，全程都不太自然，她却很高兴，看着显示器上的照片露出了笑，脸颊上有两个浅浅的小酒窝。

“是不是很好看？”她开心地跑到他身边，像献宝一样对他展示，“线条都有的，光感也有。”

靠得有点近，近得能让人闻到她头发上淡淡的香气。

他咳嗽了一声，低头看了她一眼，她则忽然意识到自己是得意忘了形，立刻脸红到耳朵根，从他身边挪开后又低下头小声道歉：“对不起学长，我、我……”

我什么呢？她说不清，好在他也不追究，她只隐约听到他又咳嗽一声，接着就从椅子上站起来，临走前先跟她说了一声“没关系”，又说了一声“再见”。

再见？唉，她的确是已经期待跟他再一次见了。

3.

第二天一早尹孟熙就自己跑到学校外面去把照片洗出来了。

她拿的相机是团委公用的，用完就要还回去轮给别人，按照部门规定归还前要先导出数据洗掉内存，照片由专门负责的同学统一去洗，可她这次没按规则来，因为昨晚拍照的时候她偷偷多拍了一张，镜头有时就是拍摄者的眼睛，她担心拍的东西会暴露自己的内心，于是只好偷偷跑出去洗。

其实有什么呢？只是一张手部特写而已，她之前还拍过张黎学姐的特写呢，不是也没问题吗？不过就是心里有鬼，自己觉得自己有猫腻。

他的手很好看，修长干净，骨节分明，她可以想象他用它怎么翻书，怎么拿笔，怎么从别人手里接过东西，怎么做生活里琐碎的一切。

脸就更好看，只是坐在观众席随便一拍，依然看得出文雅矜贵。她真不愧是新院的学生，当初一眼就看出这个人和影像的适配度，未来一定会成为很好的媒体人。

少女的心事变成安静的目光，一两张照片就足够将她牵引，而把照片翻过去，空白的背面就是她可以肆意倾诉秘密的日记。

喜欢你。她一笔一画地写，第一次把自己的心看得那么清楚，世界上最美好最柔软的东西大概就是这几个字了，她没勇气把它说出口，甚至看它出现在纸上也要面红耳赤。

快，快藏起来。夹到她的小本子里，跟她的书签和他上次留给她的那张字条放在一起。呼，这样就不会被人发现了吧？

而在采访结束之后尹孟熙就再也没见过肖至。

她也是到后来才知道他本身不是剧社的人，这次来写剧本完全是看了郭跃的面子，所以不会来参加日常的排练，最多到后期合排的时候会来看一眼，或者直接看正式公演。

见不到他当然令人失落，幸亏在剧社跟排练的生活本身也很有趣，倒不至于让人无精打采。

尹孟熙跟雨珊和石头盘过了，三个人各有侧重，她主要负责记录服装组和道具组的日常，这两个组的工作特别琐碎麻烦，可如果做好了就能撑起基本盘，非常基础也非常重要。

韩芸巧学姐是剧务的总负责，下面的服装组和道具组又各有一个负责人，分别是大三的周可学姐和大二的彭泽川学长，他们都很热心，渐渐地跟她也熟悉起来，看她对他们的工作感兴趣还邀请她加入他们剧社，她真有点心动，说要考虑考虑，他们就更来劲，直接把她当后备力量开始培养，仔仔细细地教她怎么做剧务的具体工作。

她于是打起了两份工，一边做着团委的采编，一边在剧务组打杂，今天帮可可姐统计演员们的服装尺寸，明天帮泽川学长上网淘花瓶道具，日子倒是过得很充实。

累当然累的，可看着一台戏从一地鸡毛啥也没有，慢慢转变得井然有序初具雏形，那种成就感也很难用语言描述。

她好像有点喜欢统筹类的工作。这算什么工种？制片？执行制片？

“嘻嘻，你就不能每次排练都来吗？”可可姐每次在她来的时候都要问她，“你一来我起码轻松十倍。”

“那确实，”泽川学长也附和，“嘻嘻眼里有活儿，都不用人安排，全自动工作。”

可可姐听了嘎嘎笑，说他总结到位，又揶揄地看他一眼，说：“你盼着嘻嘻来就冲她能干活儿？我看没那么简单吧。”

臊得彭泽川闹了个大红脸，一边偷看尹孟熙一边让可可姐“别瞎说”。

而正因为参与了部分剧务工作，尹孟熙跟唐霏也产生了一些交集。

那天他们剧务组从外面租的一大套民国家具到了，在排练场的剧务全要出去搬东西，韩芸巧看了看，就嘱咐尹孟熙帮忙盯一盯现场，说：“应该也没什么事要做，你就在旁边看看，出什么状况就搭把手。”

尹孟熙点头说好，自己抱着相机坐在观众席看台上的演员们走戏，有一场正好轮到唐霏，她却好像不在状态，台词卡了两回，走位也不太对。

郭跃喊了停，问她怎么回事，她向大家道了歉，又伸手捂住了额头，说：“有点头晕，可能是低血糖。”

“低血糖？”郭跃一听立马担忧地朝她走近了两步，“没事吧？严重吗？”

她摇头说没事，脚下却有点晃，旁边跟她关系最好的杨媛媛学姐一看赶紧上前把她扶住了，问：“你是不是没吃早饭？怎么突然低血糖了？”

“嗯，是没吃。”唐霏有点不好意思地笑了一下，“最近减肥嘛。”

“我真服了你们这些女生。”郭跃无语，“都多瘦了还减肥？”

“就是就是。”杨媛媛也跟着附和，“要是连你都需要减肥那其他女生是不是就该辟谷了？美女清醒一点好不好，你已经够瘦够好看了！”

满满登登地吹捧了一阵，接着又回过头喊：“有剧务同学在吗？帮忙买点吃的来吧，这儿有演员低血糖了！”

台下的尹孟熙还没什么反应，旁边其他演员听了倒是都撇了撇嘴。

什么演员什么剧务啊，大家不都是同学吗？头晕原地休息几分钟就好了，干吗还支使人出去买什么吃的……这杨媛媛也太会巴结了。

暗嘲小跟班的念头才动到一半，又听到唐霏这个正主开口了，说：“买点巧克力就行，效果好一点。”

郭跃一个日常连鞋都穿不好的糙人心能细到哪里去？当时居然也没觉得这个要求有什么不合适，环视四周发现坐在台下的只有尹孟熙，就客客气气地跟她打了个招呼，问：“学妹，你现在有空吗？能不能帮忙去买个巧克力？社里报销。”

当时尹孟熙心里其实也有点别扭，但她才大一，年纪是全场最小的，学长学姐这么说了她也不好意思拒绝，就跑出去买了。回来以后把巧克力给了唐霏，她看了她一眼，冲她笑着说了一声“谢谢”，终于能继续走戏了。

类似这样的小事后来又陆续发生了几次，有时是尹孟熙摊上，有时是剧务组的其他人摊上，脾气软一些的不说什么，硬一些的就会暗搓搓内涵两句，而韩芸巧这种特别爆的就完全不买账了。

矛盾的爆发出现在四月底。

那时第一轮排演基本已经完成，演员们开始带道具合排了，第二幕里讲到叶婉和贺先生初遇，两人已经在学生运动中互生好感，叶婧却认为这个清贫的国文科先生与自己的妹妹并不般配，因而阻止双方见面约会。

舞台上，演技出众的张黎正情绪饱满地演绎着少女怀春的心事，在洋房布景中对自己的姐姐描述她对爱情的幻想和追求，姐妹两人对女子新文化也有一番探讨。演到一半，其他人正看得起劲，唐霏却突然顿住不说台词并抬起胳膊比了个暂停的手势，剧务组的人都快 PTSD（应激障碍）了，以为她又犯了低血糖。

郭跃坐在观众席控场，也不知道她为什么停，问了之后就听唐霏说：“我觉得这个地方少一场戏，衔接有点不顺。”

“少戏？”郭跃眉毛都挑起来了，“少什么戏？”

所有人都停下来看着唐霏，她很坦然，直接说：“这场叶婧一直劝叶婉别再去见贺先生，但原因还是有点单薄吧？我觉得前面得再垫一场，加一个叶婧和贺老的对手戏，要么表现一下他们观念上的冲突，要么就制造一点事件性的冲突，把线勾得再饱满一点。”

这是……要加戏？其实唐霏说的也不是完全没道理，前面加一场的确更能丰富逻辑线，可问题在于这戏的主体是学校筚路蓝缕的发展史，本身就比较重贺先生个人，他跟叶婉的感情线都只是副线，叶婧这个大姨子就更是边角料，描绘那么丰满有什么用？观众感兴趣吗？只会觉得赘余。

尹孟熙当时就在后台站着，亲耳听到自己身边的芸巧姐“嗤”了一声，还补了一句“矫情的戏精”，声音不算太小，旁边好几个剧务组的人都听到了。

郭跃脾气好一些，先是耐心地听唐霏讲完了她的理由，又好言好语地讲道理，说目前整个戏演下来已经要接近两个小时了，如果再单独加一场恐怕会超时，戏剧节奏也会受影响，还是保持原样比较好。

唐霏当时没说什么，只有眉头皱得更紧，第二遍合排走戏的时候又停在同样的位置，并且再次执着地强调：“不行啊郭跃，我真的觉得这段戏有问题，人物缺了一块你让我怎么演？它没有说服力啊。”

郭跃：“……”

卡进度这个事情很搞心态，毕竟不是单场抠戏，而是全员合排，不仅所有演员都要到位，剧务组也要跟着不停地搬道具对位置，连续两次在同一个人那里卡住实在叫人头秃，郭跃挠了挠头，也有点烦躁了，就说：“咱们先把戏顺下来好吧？加不加的事咱们结束以后叫上肖老师一块聊。”

“不用叫他，”唐霏却又说，“就加一场小戏，随便攒一下就能出来，他事情那么多你找他干吗？”

刚从后台搬了一个巨重的茶几上台的韩芸巧到这实在忍不住了，扒开几个试图劝她冷静的同学，直接撩开幕布就从后台冲上了前台，两手一叉腰，开麦：“唐霏你没事儿吧？这都四月底了还要加戏？真当这剧社是为你一个人开的了？”

4.

韩芸巧反对加戏也不是没有理由的。

对于演员来说加戏可能不过就是多两句台词，到台上多走一趟，可对剧务来说多的就是一连串工作，布景、道具、服装、音效、灯光……所有的都得安排一遍，包括哪个剧务到时候搬哪个东西从哪个侧台上哪个侧台下也要纳入考虑，如果不是非常必要谁又想找这个麻烦呢？

何况韩芸巧还跟唐霏有旧怨，那时候她们都是大一刚入社，按道理都要从基础工作做起，比如每次排练结束以后留下来打扫卫生什么的。她和其他同学都是老老实实地干活，就唐霏搞特殊，排练一结束就找各种理由提前走，愣是一回地都没扫过。

韩芸巧脾气差，就找当时的社长提意见，社长表面上说会跟唐霏谈，可最后的结果却是不了了之。为什么？不就因为她有个当副书记的妈？

现在都大四了，她这搞特殊的毛病还没人给治，什么戏剧节奏什么丰满人物啊，不就是不甘心当配角想出风头吗？得亏这次张黎当女一号的事是肖学长亲自敲的，不然还不知道公主殿下要怎么闹！

现在韩芸巧在众目睽睽之下把话说这么白，唐霏自然脸色不好看，但还维持着体面反驳："韩芸巧，你说话是要负责任的，我何必为我自己加戏？女一号的戏我演过很多，现在我是为了社里能出一个好作品才就事论事的。怎么，有建议不能提吗？"

"建议？"韩芸巧当着她的面就翻了个白眼，"你那是提建议还是逼着别人接受啊？前面郭跃都说保持原样了，第二遍你为什么继续卡？现场三四十号人都因为你这一卡又要重新走台，你不觉得自己很过分吗？"

这话真是很难反驳，唐霏似乎也有点语塞，此时就需要一个代为冲锋陷阵的闺蜜出头了。杨媛媛不负众望，果然第一个跳了出来，跟韩芸巧针尖对麦芒。

"韩芸巧，你怎么说话呢？"她的声音又细又尖，比说台词的时候更响亮，"大家都是同学，干吗这么咄咄逼人的？霏霏是演员，对戏肯定比你有经验，你一个做剧务的能懂什么戏剧节奏？专业的事情就让专业的人做决定行吗？"

"我真是服了，原来真有人能做到这么脸大。"韩芸巧都被气笑了，"专业？你和唐霏是电影学院的还是戏剧学院的？咱们学校还有艺术系吗？业余时间在学生社团演过几个戏就可以自称'专业'了？明年奥斯卡请你俩去当评委好不好啊？"

……

吵得越来越凶。

旁边围观的演员和剧务看到这个架势脸色各异，有怕出事想劝架的，也有看热闹不嫌事大的。郭跃的头最疼，根本架不住几个姑奶奶同时爆炸，从观众席跳上舞台想劝架，半路又被自己趿拉的鞋绊了一下，这就错过了拦住杨媛媛还嘴的最佳时机。

“韩芸巧你别以为我不知道，你不就是嫉妒霏霏吗？”杨媛媛语速快得像机关枪，“各人有各人的命，你就是注定过得没人家好，再在这儿胡搅蛮缠小心毕不了业！”这句真是捅了马蜂窝。

“毕不了业？”韩芸巧已经炸了，“怎么的，威胁我是吗？有一个当副书记的妈了不起？我兢兢业业读了四年书学分都修完了，倒要看看她怎么卡我毕业！谁敢以权谋私就直接滚去蹲局子吧！”

说完，反手从口袋里掏出手机，打开摄像功能对着唐霏和杨媛媛拍，大声说：“来啊，有种就把你刚才的话再说一遍！”

唐霏火也起来了，当时大概也是一时冲动，直接拨开杨媛媛上前一步狠狠打掉了韩芸巧的手机，“啪”一声翻盖手机掉在地上摔成了两半。

“韩芸巧你别太过分了！”唐霏的声音大得像能掀了屋顶，“寻衅滋事空口污蔑，谁要蹲局子还不一定呢！我警告你，现在立刻向我道歉，否则你一定会受到应有的处分！”

事情至此终于一发不可收拾。

摔碎的手机成了导火索，把口角争执直接上升成了肢体冲突。两人新仇加旧恨，都火气上头失去理智了，韩芸巧在手机被打落的瞬间就气得推了唐霏一把，大声让她赔她手机。

杨媛媛还在拱火，尖声大叫：“你怎么打人？”结果两边推推搡搡的真打起来了，又是揪头发又是撕衣服。

场面根本控制不住，这前脚郭跃好不容易把俩人拉开，劝韩芸巧去后台冷静冷静，后脚唐霏就不依不饶地冲到了后台要扇韩芸巧的耳光，扬言要“教她做人”，最后闹得鸡飞狗跳不可开交，后台的道具七零八落倒了一地，还有好几个花瓶都被打碎了。

“拉人！快拉人啊！”郭跃要疯了，扯着嗓子对旁边几个男生喊，“赶紧把她俩拉开！”

彭泽川正好在，就跟一个演员组的男生一起把两个女孩子拉开了，没想到她们生起气来力气特别大，两个男生都差点拉不住，尹孟熙怕大家拉扯间碰到地上的花瓶碎片被割伤，就也上前帮了忙，跟另一个女生一人拉一个，好不容易才把场面控住。

“排练结束了，都走吧！走吧！”郭跃满头大汗地回头朝大家喊，“今天的事情不要乱传，下次排练看群里通知。”

然后韩芸巧和唐霏就各自被带到了后台不同的房间，剧社其他人走得差不多了，只剩两三个留在现场安抚当事人的情绪。

尹孟熙跟唐霏不熟，当然是留在韩芸巧这边跟可可姐一起安抚她。她脸上有两道血印子，应该是刚才撕扯间被唐霏的指甲划伤了，眼下一直在哭，情绪显得很激动。

“你说说你，跟她计较什么呢？”周可姐一边拿纸巾帮韩芸巧擦眼泪一边叹着气说，“都忍了四年了，眼看就要毕业，这时候跟她打起来能有什么好处？”

“我就是看不惯她那个自以为是的样子！”韩芸巧哭得凶骂得更凶，“她以为她是谁？凭什么所有人都要配合她？都什么年代了，还搞特权那一套？这里是大学！最不应该藏污纳垢的象牙塔！她凭什么就要糟蹋别人的公平！”

眼看着就要哭岔了气。

周可一见这情况也不敢再逆着她说话了，只能一边拍着她的背一边哄她，又转头看了一眼旁边的尹孟熙，小声说：“嘻嘻，不好意思麻烦你了，能不能出去帮芸巧倒杯水？”

尹孟熙正愁自己帮不上忙，一听这个立刻点头说好，很快就转身走出了后台的道具间。

剧社在小红顶常驻，平时排练会在侧台放一个饮水机，尹孟熙过去找的时候发现它幸运地没被踢倒，只是旁边散落着很多七倒八歪的道具。绕开满地的狼藉，她拿柜子里的新纸杯倒了两杯水，站起来要回道具间的时候却听到剧场外传来一阵杂音，像是有人开门走进来了。

从侧台的幕布后探出头，她看到了一个行色匆匆的身影。

是肖至。他来了？为什么来？因为有人告诉他这里出事了，要他来善后？

他并没有看到她，因为她被幕布遮住了，她只看到他皱着眉快步往后台化妆间的方向走，而那里正是眼下唐霏待的地方。

他是去安慰她了吗？尹孟熙微微垂下了眼睛，握着纸杯的手没掌握好力度，让水溢了一些出来。她回过神，有些懊丧，又去拿了个新纸杯重新接好水，低下头，安安静静地回了道具间。

可可姐跟芸巧姐不愧是好几年的交情，哄人的确有效，尹孟熙端着水杯回去的时候后者的情绪已经平稳了不少，喝过水后更好了一些，已经能跟尹孟熙点头说“谢谢”。

周可看她恢复了一些理智，就又看了看她脸上的伤口，皱着眉说：“伤口不算深，但还是得去校医院看看，多少处理一下。”

“不用。”韩芸巧难受地摆摆手，眼睛还肿着呢，“杂物间有医药箱，你去帮我拿个创可贴就行。”

周可叹口气，正要再劝她，门口却传来两声敲门声，是郭跃来了，正试探地闪着半个身子看房间里的情形。

“芸巧好点了吗？”他的语气非常小心。

“受伤了吧？一块儿去趟校医院？”

韩芸巧才懒得理郭跃，估计心里还在骂这社长是个软蛋，连场都控不住。周可就从中调停，说去校医院看看才能放心，不然万一在脸上留下痕迹怎么办？那不更让唐霏爽到了？

韩芸巧现在是一听唐霏就来劲，一边生气地说自己绝不会让她舒坦，一边终于顺着周可的搀扶从椅子上站了起来。周可暗暗松了口气，跟郭跃对了个眼神，转头又跟尹孟熙说：“嘻嘻，你就不用陪着去了，今天你也辛苦了，早点回去休息吧。”

“对对对，早点回去休息，”郭跃也跟着说，神情十分尴尬，“真不好意思，让你看笑话了。”

然后大家就都走了。

尹孟熙的书包放在观众席，她过去收拾了一下，本来也打算要走，可回头看着舞台上乱七八糟散了一地的道具，心里还是有种奇怪的难受。其实她为什么要难受呢？她是团委的采编，又不是剧社的人，这戏好不好成不成都跟她没关系，她干吗背这个心理负担？

可终归还是做不到撂下这个烂摊子不管。

把书包原地放下，她一个人重新回到了舞台上，安静地把被撞倒的桌子椅子。扶起来，又拐去侧台收拾一地的花瓶碎片。这有点麻烦，因为她没找到笤帚簸箕，得小心地用手先把碎片捡到一起，然后再拿纸巾包一包扔到危险品垃圾箱里去。

她蹲在地上一片一片地捡着，偌大的剧场里就只有她一个人，那一刻她忽然感到有一点孤单，眼前不知道为什么又闪过片刻前肖至匆忙赶去化妆间的样子，失落的感觉就像连绵的雨水，不像洪涝暴雪那么有杀伤力，却又难免一直让她的心潮湿阴郁。

她的思绪缠成一团、后来又越飞越远，连身后来了人都没察觉，直到被对方轻轻拍了一下肩膀才猛地回过神来，这一下又不走运了，被花瓶碎片割伤了手指，几滴血流出来，是殷红的。

“割伤了？”她还没感觉到疼呢，却先感到一阵凉，是身后那个人蹲下握住了她被割伤的那只手。他漂亮的眼睛低垂着，眉头皱得比刚才走进剧场的时候更紧，样子比高中时候的数学压轴题还让她琢磨不清。

“学长？”她有些惊讶地看着肖至的眼睛。

5.

碘附的味道弥散在空气里，空荡的侧台一片安静。

“我可以自己来的。”尹孟熙声音低低的，看着跟自己一起坐在道具沙发上的肖至说。

那是一个颇有民国风情的长沙发，刚租来没几天要用作叶公馆的客厅布景，现在他们一起坐了，因为他要帮她处理右手食指被花瓶碎片割开的伤口。他大概对剧场很熟，刚才直接去杂物间拿了医药箱，浅蓝色的塑料箱子看起来太现代了一点，跟民国风的沙发不太搭，但他就很搭，她甚至有点想看他穿后台的民国戏服，有一件青黛色的长衫，一定很好看。

“我来吧，”他不知道她在想什么，只一边帮她擦碘附一边回答，“刚才也怪我吓着你了。”

哪里就“吓着”了？明明要怪她自己不小心，他是太有风度了一些，这样的错也揽到自己身上。

“没有。”她又试着把责任揽回来，“是我自己走神了，没听到学长叫我。”

他没很快答复，专心地低头给她处理着手指上的伤口，碘附涂在皮肤上是凉的，他握着她的那只手也同样微凉，她的掌心却很热，后来可能还出了汗，不知道他是不是发现了。

“也确实该小心一点。”他涂好了碘附，又弯腰从医药箱里拿出创可贴，“怎么能用手收拾那些碎片？”

他真是天生要做老师的人，随便说句什么都管用，她感觉自己好像受到了责备，人局促得后背越挺越直。

“对不起，”她都开始道歉了，“我下次注意。”他挑了挑眉，笑了，好像清风吹过树梢，簌簌地响。

“什么对不起，”他帮她把创可贴贴好，动作非常轻柔，“都说了不用这么拘谨。”

她真喜欢看他笑，一看到心里就微微痒，可又有点怕看见，怕压不住自己心里跃跃欲试的念头。

“没有……”她低下头去了。

他叹了口气，好像拿她没办法，贴好创可贴以后就松开了她的手，那点凉意于是立刻散去了，只有她潮湿的手心还热着。

“刚才怎么没走？”他弯下腰去收拾医药箱，随口问她，“他们让你留下收拾？”

“不是。”她回答，“本来也要走了，看这里有点乱就稍微收拾一下。”

他点点头，却好像还有点不放心，起身以后又问她：“不是有人欺负你吧？”

似乎是怀疑有人霸凌她让她留下打扫卫生。

“真不是。”她赶紧解释，又对他的猜测有点小非议，“都是大学生了，谁会随便欺负人。”

他没说话，神情看上去不置可否，过一会儿又看了她一眼，看她坐得板板正正，比个中学生还要规矩。

“你太乖了。”她听到他微微叹息着说。

乖？她又脸红了，心就因为这样普通的一个字而扑通扑通地跳，明明以前很多人夸她乖，夸她是个好学生，她都听得腻味了，却从没有过这样的反应。

他也发现她脸红了，连耳垂都变成了淡淡的粉色，就像上学期那个雨夜，她悄悄跑出去帮他买伞，回来的时候两个袖子上的水痕也是这样淡淡的，一点儿不声张，一点儿不吵闹。

就一眼而已，他跟她一样安静内敛，她只看到他站起来把医药箱放到旁边的桌子上，接着又在慢慢挽起浅灰色衬衣的袖子。

“学长这是？”尹孟熙也跟着站起来了，看着他挽袖子的动作有点疑惑。

“不是要收拾吗？”他的语气还是淡淡的，“一起吧。”

而实际上他说的“一起”并不是真的“一起”。

其实她手上那个伤口很小，根本不严重，何况已经处理好了，完全不影响干活儿，他却只让她在沙发上坐着，或者直接收拾东西回寝室，自己一个人整理着一片狼藉的侧台。

她坐不住的，又不舍得从他身边离开，于是就一直像个小尾巴一样跟在他后面，瞅见一个可以单手干的轻活儿就偷偷搞一下，一半暴露了一半没暴露，他会在收拾碎片的时候偶尔抬头看她一下，只要不太过都不会阻拦。

这……会不会有一点点像恋人呢？

还没恋爱过的女孩子总会有些傻气的想法，更糟的是静谧的空间会助长人的贪念，她这个活儿是干得离他越来越近了，最后干脆慢慢挪到他身边看着他收拾，自己两只手叠在一起，是双倍的闷热和潮湿。

“学长刚才怎么也没走？”她还主动跟他搭话了，胆子比过去都大。

“出来晚了一点，正好看到你。”他没抬头，正在用后台废旧的戏服把地上堆在一起的碎片包起来。

这哪是她想要的答案呢？实际她想刺探的信息不过只有一个：他跟唐霏学姐……到底是怎样的关系。

现在应该是没有在一起的，那以后呢？他是怎么看对方的？会喜欢自己的青梅竹马吗？

今天事情的经过他应该都知道了吧，他会怎么判断是非对错？还有刚才他去了化妆间，是去做什么了？安慰她了？哄她了？也牵她的手了？甚至……拥抱她了？

瞧吧，多不讲信用的人，明明说好只有一个问题的，可其实衍生的又有一大堆。可她不敢真的一一问出口，就只能遮遮掩掩的，说：“芸巧姐受了一点伤，不知道唐霏学姐是不是也一样，学长不用陪她去校医院吗？”

大胆的提问，简直称得上是旷古烁今。

她都不敢相信自己能问出这种问题，心里的酸，像吞了一整颗柠檬，同时又怕得紧紧缩成一团，在这之外她居然还有余裕去讨厌自己，觉得问出口的这个问题荒谬又贪心，值得一通劈头盖脸的唾弃。

他呢？也许也听出了这个问题背后复杂而微妙的情致，他毕竟很聪明，而她掩饰自己的技巧又没有多么高明，当初那把伞上被遗漏的标签已经暴露了足够多的信息，也许他在很长时间以前就知道她在想什么。

“她很多朋友都在。”他似乎是斟酌着回答，“没必要再多我一个朋友去陪。”

朋友，她确信他是这么说的，一个普通的汉语词汇突然变得无比动听，心里那场连绵的雨忽然成了要沸腾的水，咕嘟咕嘟地冒着泡，几乎要把她烫伤了。

“哦。”她用左手的手指轻轻摩搽着右手食指上那条创可贴的边缘，必须拼命努力才能克制住自己异常的亢奋，“这样啊。”

可少说话就有用了吗？她的眼睛已经亮起来了，想被金贵的春雨洗过一样亮，讨人喜欢的粉色再次染上她的脸颊和耳垂，大概她真的不太会隐藏这些秘密，只要不低下头就会被人一眼看到底。

真的太乖了。

他的目光在她脸上停留得更久了一些，一种奇妙的气氛正在悄无声息地漫溢，她有点想躲，又有点不想，结果就是直挺挺地掉进了他好看的眉眼里，那也可被称作是浓颜系的天然陷阱。

“吧嗒”。2012年的小红顶还没经过翻修，侧台的木质地板已经上了年头，即便没人从上面走也会时不时“吧嗒吧嗒”地响，小小的几个分贝就有巨大的破坏力，把那春雨夜雾一样朦胧的气氛扫得影也不见了。

他们一前一后错开了目光，尹孟熙也不知道是他先还是自己先，低下头的时候心脏又在狂跳，比什么旧地板响得还厉害，真担心会被他听到。

“可以把那个袋子给我一下吗？”他咳嗽了一声，“在你身后。”

她脸上的热度还没消，但也要赶紧回神了，慌慌张张地答应了一声“好”，回头从身后的地上捡起一个塑料袋递给他，他用不久前才帮她处理过伤口的手接过去，对她说了一声“谢谢”。

“不客气。”她的声音更小了。

一个小时以后后台差不多收拾好了，尹孟熙还清点了一下坏掉的东西，简单做了个记录，打算之后报给芸巧姐，方便道具组后续再买或再租。

他们一起从剧场里出来，外面难得是个艳阳天，他的心情似乎不错，带着一点笑意问她：“怎么好像对剧务的工作很熟？”

“也没有很熟。”她摸了摸鼻子，有点不好意思，“就是跟学姐们学了一点，还在熟悉中。”

他“嗯”了一声，又问：“喜欢做这个吗？”

她眨了眨眼，是在思考，过一会儿还是高兴地点了点头，眼睛依然亮亮的：“喜欢，很有趣，完整做下来应该也会很有成就感。”

他笑了笑，像是真心为她感到高兴，声音很和煦，说：“喜欢就好。”

她是抵抗不了这种温柔的，失效了一个寒假的跳楼机忽然恢复了工作，一下把她抛上了天，有一刻她觉得自己就是全世界最幸福的人。或者至少，有可能成为全世界最幸福的人。

“不过还是要注意平衡好精力，不要让学生工作过多影响学业。”他又在提醒她，像个学长又像个老师，“你才大一，在学习中找好方向才是最重要的。”

她一听赶紧点头，唯恐他觉得自己不是个好学生，又在纠结要不要把自己上学期绩点 3.86 的事告诉他，想了想觉得太刻意，还是放弃了。

“我一定会好好学习的。”她的语气特别郑重，像个努力对老师证明自己的三好学生，“会认真读书，认真写论文，认真考试。”顿一顿，小小的心思又冒了头，她偷偷看了他一眼，声音小了一些，补充，“也会经常去图书馆。”

那时他跟她一起走在小红顶外的林荫路上，春天的风很温暖，难得的晴天也很明媚，她有点被晃了眼，不能确定那个时候他眼中是不是划过了一丝奇妙的笑意，只听到他柔和地回答她。

“那就好。”

第七章

那场温柔的风依然在吹拂

1.

接下去的一星期，剧社里里外外都出现了很多变动。

上次唐霏和韩芸巧的事情闹得很大，尽管郭跃千叮咛万嘱咐，现场还是有好事者把消息偷偷发到了学校论坛上，不仅有两人互相扯头发揪衣服的照片，还有韩芸巧说唐霏搞特权的录音。学校人人都在议论，最后是学工部的老师出面才勉强给这次事件降了一波热，也不知道是不是洪书记专门安排的。

唐霏和韩芸巧两个当事人自然也会被风波影响，虽然在多方介入下彼此道了歉，可谁都知道对方不是真心的，韩芸巧反正要毕业了，也懒得再多跟公主殿下打交道，直接给郭跃发了一条要退社的 QQ 消息，接着立马退了剧社的群，还同时带走了好几个跟她关系好的朋友，其中就包括周可。

那时已经是五月初，离正式公演只剩一个多月，郭跃天天念叨“苍天啊，无语了”，着急忙慌对外招志愿者进剧组帮忙，然后又拜托肖至有空多来小红顶，毕竟编剧对剧本最熟，可以多带着演员排练，他这个社长就可以分出身去管剧务，多少能补一点窟窿。可实际上并不是这样。

郭跃做了好几年甩手掌柜了，在社里也就是高高兴兴当个导演，对那些细碎的剧务工作一问三不知，还不如刚来的尹孟熙熟，一进后台晕头转向，连个道具间的库存都点不明白。

彭泽川就比较惨，一个大二的临时被拔成剧务总负责，各种碎活儿完全抓瞎，现在是一有空就找尹孟熙抱怨，并且坚持依靠玄学，许愿芸巧姐和可可姐能速速想通回剧社来。

“学姐们为什么要退社？”尹孟熙其实有点不理解，“唐霏学姐不是就没退吗？”

“就因为她没退啊！”彭泽川偷偷跟她咬耳朵，“我听说芸巧姐去找跃哥了，说这个剧社有她没霏姐，有霏姐没她，让跃哥二选一。唉，那跃哥能怎么选啊？难道劝退洪书记的闺女？”

尹孟熙点点头表示明白了，心里却替芸巧姐感到唏嘘。她都做到副社长了，应该也对剧社很有感情，毕业前最后一场戏却没有做到底，应该也很伤心的吧？

“嘻嘻，哥求你个事儿。”彭泽川靠得更近了一点，语气有点讨好，“你来帮我带服装组和道具组吧。之前可可姐和我不是都教过你吗？我现在得去弄音响和灯光，真没辙了。”

这个距离让尹孟熙有点不舒服，就默默退后了半步，彭泽川一看愣了一下，接着尴尬地挠了挠头，心想嘻嘻应该是不愿意。

“那我试试吧！”没想到她却答应了，“要是有什么做不好的，麻烦学长学姐们多带我。”

然后尹孟熙就正式开始了在剧组的打工生活，工作强度比之前又翻了一倍。

之前坏掉的道具要重新买，发票要重新攒起来报销，新加入剧组的志愿者都需要小红顶的出入证，她还得去帮忙打印制作……反正就是一堆的事，这里干干那里搞搞，一天到晚也没个闲。

可她却做得挺开心的，似乎很喜欢那种把一团乱麻梳理得井井有条的感觉，周围的人也都很认可她，一些原本跟她不熟悉的学长学姐现在都会亲切地叫她“嘻嘻”，尤其剧务组的都说她是小救星，比他们郭社长靠谱五十倍。

她很喜欢这种被肯定的感觉，做起事来会更有动力，何况现在她还有另一个重要的福利，就是能经常在小红顶见到肖至。

他现在基本是代替郭跃在带演员排练，方式就跟他当助教差不多，从不会沉下脸来批评人，让人难堪，只会温和又有条理地表达自己的建议，这样的沟通反而更有效，看得出演员们都很尊敬他。

唐霏也比前段时间要低调，起码不会每次排练都迟到了，也不知道是因为想挽回一些在同学眼中的形象还是只为了做给肖至看。她的话也少了很多，休息的时候不会再跟杨媛媛那几个朋友聚在一起说笑，而会一直坐在肖至旁边。

那天散场的时候尹孟熙还碰到了他们，就在小红顶后面那个门外，唐霏好像哭了，一直抽泣，他站在她旁边，眉头微微皱着。

“可那天的事我也没有做错啊！”唐霏一边哭一边委屈地对他申诉，“我就是提了一句想补一场戏，韩芸巧上来就说难听的话，你让我怎么忍？我妈说我错，你也说我错，我到底哪里错了？我只是保护我自己！难道还站在那里让她打？她退社又不是我逼的，她自己要退我能怎么办？我已经跟她道歉了！她针对我，其他人议论我，你觉得都是因为我不对吗？那是怀璧之罪！她们觉得我妈是洪书记所以就怎么怎么样，那都是她们的主观臆测！是她们嫉妒我！”

一句跟着一句，似乎的确愤怒又委屈。

“那么现在你为什么这么难受？”他的声音却很淡，透着理性与客观，“如果只是因为委屈，会不敢在休息的时候跟其他人说话吗？”

一个简单的提问，却好像比很多回答都更能说服人，他好像天生就有轻易让别人接受自己观点的能力，都不用费什么劲的。

“郭跃说那天是你先打碎了她的手机，是这样吗？”他继续清楚地问，语气说不上严厉，但也没有平时的温和，“你们仅仅因为补一场戏而争执，还是另有其他原因？我没有要干涉你的意思，但如果你问我是不是觉得你错了，我会说是。阿姨在学校工作到今天很不容易，我觉得你应该更为她着想一些。”

尹孟熙在拐角处默默听着他说这些话，心里一时也不知道是什么滋味，既喜欢他的公正坦诚，又觉得如果是自己被他这么说一定会很难过。对他那样宽容温和的人来说，这大概已经是很重的话了。

唐霏也安静下去了，不再大声追问，只有啜泣声还在继续。

他给她递了一张纸巾，但没有帮她擦，交往的分寸似乎依然保持在礼貌的范畴，之后就转身离开了。

忙碌的日子过得很快，一转眼就到了五月中旬，离正式公演只剩不到一个月。所有人都变得更忙更紧张，尹孟熙团委那边的稿子催得也更紧，她甚至通了两次宵，把闵瑞她们几个室友都看蒙了，纷纷赞叹尹嘻嘻是超人，学习学工双肩挑，简直就是 A 大宝藏。

可她其实也没觉得有多累，甚至每次去小红顶排练的时候内心还会藏一点小小的期待，期待见到他，期待跟他说几句话，或者只是知道跟他待在一个空间就很好，暗恋者的心很贪婪又很容易满足，具体的尺度可都是说不定的。

他们也的确会经常碰见，有时候是进剧场的时候在门外碰到，他会对她微笑着点点头；有时候是在午餐或者其他休息时间，她跟后勤组一起把吃的喝的发给大家，他会在接过的时候对她说一声“辛苦”。有时候是在排练中途她跟道具组一起搬东西上台换场，他会皱一皱眉，转头跟其他男生说“下次不要让女孩子搬重的道具了”。

其实都是挺普通的事情。可是在她这里，却好像已经是顶级的甜蜜。

五月二十二号那天尹孟熙一进剧场就感觉到有种特殊的氛围，到后台一看，发现后勤组的同学们有好几个没到，她就去找彭泽川问了一句，对方回答:“今天是肖学长生日，后勤组偷偷给订了蛋糕，现在去校门口拿了。”

啊，生日？

她完全不知道，此刻一听就有点慌，既埋怨自己怎么以前没打听过，又不知道该不该现在立刻跑出去给他买个生日礼物。去哪里买？他喜欢什么？她送的东西他会收吗？

都不知道。她于是六神无主了，之前面对陌生的剧务工作都没那么慌，现在只是面对他的生日就要手忙脚乱；更糟的是时间太紧，她还没想出什么办法他就准时到剧场来了，后勤组的同学也来得很快，带回一个两层的大蛋糕。

郭跃笑嘻嘻的，招呼在后台忙活的大家都到前面去一起切蛋糕，她就随大流一起过去了，绕过幕布的时候正巧看见他被大家围在中间，似乎也对他们偷偷准备这个惊喜感到一些讶异。

“不用这么费心的。”他好像还有一点无奈，“大家排练已经很辛苦，没必要为我个人折腾这些。”

大家却都不同意，纷纷说一定要感谢肖学长，不仅被他们社长逼着写了那么好的剧本，现在还来无偿救场带他们排练，一个蛋糕而已，就是一点小心意。

“那也还是不太好。”他微微皱着眉，想了想又说，“这个蛋糕的费用就不要走社里报销了，算我请大家吃。”

“哎呀，学长你就放心吧！”他刚说完杨媛媛就跳了出来，还一把拉过了站在她旁边的唐霏，“蛋糕是霏霏出钱买的，也是她提醒我们今天是学长的生日。没花社里的钱，一分一毛都没花！”

那时唐霏的脸有点红，看起来更漂亮，大家把她让到了中间，好像已经忘了之前的那场风波。她站在离肖至最近的地方，从背后拿出一个精巧的礼物盒给他，四周立刻就有暧昧调侃的笑声传出，场面就像一个温馨甜蜜的表白现场。

“生日快乐。”她很明艳地看着他说，“明年我们也还要一起过。”

2.

尽管此前尹孟熙已经亲耳听肖至说过他跟唐霏只是“朋友”，可当时的那一幕还是让她像一下吞了一百颗大柠檬，酸得人麻了舌头。她不知道导致这一切的是她对他暗自滋生的难以纠正的独占欲，暗恋者的无私正在悄无声息地消退，人总会渐渐变得既贪心又不讲道理。

飘飘忽忽地随着大流吃了精致可口的生日蛋糕，又飘飘忽忽地结束了一天的排练，从后台收拾完东西出去的时候他已经不在了。那天是周日，排练会结束得比平时早一点，八点演员们可以走，剧务要留下来整理到八点半。

她和值班的学长学姐一起从剧场出来，外面天已经黑了，泽川学长问她要不要一起去吃点东西，她摇摇头说要赶作业不能去，对方“哦”了一声，好像有点失落。

跟大家互道再见后分开，她自己一个人走上了从小红顶回寝室楼的路，本来都要回去了，后来却又改了主意，莫名的焦虑让她静不下心，忽然就很想见他一面。

他在哪里呢？是不是跟朋友一起出去过生日了？

她掏出手机点开 QQ 想给他发一条消息问问，字都打好了却发不出去，最后又都删掉了，默默捏着手机在路上来来回回地走。

要不还是去图书馆碰碰运气吧。就算他没在那里，那个空间对她而言也是有点治愈的。

差五分钟九点，她打卡进了图书馆。

这半个多学期她只来借书还书，还没有去资料室自修过，没想到最熟的还是去文学艺术书库的路，从楼梯上二楼右转，一路走到最深处。

一进门她就朝他平时常坐的位置看去了，像做梦一样，他竟然真的在，熟悉的身影被暖色的台灯笼罩，连线条清晰的肩胛骨都那么好看。

她的心一下子就定了，焦虑的感觉被洗掉了一层，默默背着书包在他身后不远不近的地方坐下，熟悉的距离让她感到既安全又不满足。而她刚坐下他就站起来了，看样子是要到书架那边去找新的书，一偏头看到她，她不确定那时候他是不是笑了。

他对她点了点头，算是打招呼，她则照旧是坐在椅子上对他鞠躬，似乎又让他感到无奈了。她盼着他能过来跟她说两句话，可实际上并没有，他去拿书了，身影被高高大大的书架遮住，过了大约十分钟才拿着两本书出来，又回了原本的位置坐下。

她的心又低落下去，没出息的起起伏伏，可在情绪落到底之前又看到他回头看她了，指了指自己身边的位置，又对她晃了晃他手里的手机。

她一愣，紧接着感到口袋里的手机一阵动，打开一看，是他发来的消息：过来坐吗？

一百颗柠檬立刻飞出地球了，她现在只能感觉到心在怦怦跳，打字回“好的”的手都有点发颤，也说不清是因为紧张还是激动。

她背着书包朝他走过去，那段保持了一个多学期的固定距离正在一步一步地缩小，此刻他身边没有任何其他人，只有一个空位子是留给她的。他还体贴地帮她拉开了椅子，与她对视的时候眼睛里分明带着和煦的笑意，那时她一定脸红了，连耳朵都在暗戳戳地发热。

“学长。”她小声地跟他打招呼，他依然是点点头，图书馆里不能交谈，她也知道的，就默默在他身边坐下，从书包里拿出自己的《新闻学导论》和《论出版自由》，默默打开又默默低头看。

他就在她身边，用余光就可以看到他修长漂亮的手，跟她一样也在翻书，部头大得多，好像叫《宋金元文学批评史》。“批评史”是什么？批评别人的历史？

她搞不清，只有心里冒着快乐的泡泡，根本看不进自己的专业书，就一直偷偷看他，没多久他就发现了，靠近她的那只手轻轻在桌子上敲了两下，她还没反应过来，就听到他在旁边低声说：“看书。”

就像一个抓到学生上课开小差的好脾气老师。她知道自己暴露了，一下脸红得更厉害，低头学习的时候浪漫的想象又在展开，有一瞬间还冒出了一个过分荒唐的想法——他们现在这样子……是不是也有一点像谈恋爱呢？

十点钟一到，《回家》的音乐声就又响起了。

跟他相处的时间似乎总是过得特别快，一个小时一眨眼就过去了，她甚至怀疑是图书馆的表不灵光，故意在跟她作对。他站起来收拾东西，她就也站起来收拾东西，头一回能那么自然地走在他身边跟他一起出资料室，下楼的时候也一起，好像连脚步都统一。

五月是春夏之交，冷暖最适宜的时候，他们一起从图书馆出去，迷人的晚风吹得人心痒痒。

她特别不想跟他分开，又不知道怎样才能延缓听到他说“再见”，跟人搭话真不是她的特长，必须绞尽脑汁才能找到一个蹩脚的切口。

“学长你饿吗？”她很突兀地开口问他，“我请你吃夜宵。”

真是失败的搭讪。他大概也没想到她会忽然说这个，看了她一眼，问：“你饿了？”

她脸又红起来，好在夜里漆黑一片他也看不到，就努力装作镇定，说：“没……就是觉得学长今天过生日，应该要庆祝一下。”

他笑了一下，说：“不用。”还说，“我本来也不太注重这些仪式，随意些就好。”

“去吧。”她却又小小地坚持了一下，声音里带了一点恳求，“我也有点想吃饭。”

她不知道那就是撒娇，尽管只是一点点，很朦胧，可的的确确就是撒娇，是一个女孩子对一个男孩子，是一个暗恋者对她喜欢的人。他本可以不买账的，可是低头看她的时候又觉得她乖得像只小兔子，现在眼睛亮亮的，如果他拒绝了没准就会黯下去。

还是不要黯下去比较好。

“那好吧。”他叹了口气回答。

于是晚上十点一刻，他们一起进了大学路附近的一家宁波菜馆。

店面不大，但收拾得很干净，老板就是宁波人，做的东西味道很正宗，平时学校里很多人都会来，生意一直很好。今天太晚了，店里除了他们就只有一两桌，老板说营业到十一点，要点菜就尽快。

夜宵总不好吃太多，尹孟熙就点了一个豆沙圆子和地栗糕，肖至坐在她对面，看起来好像没什么想吃的，她抿了抿嘴，问他：“学长今天吃过面了吗？”

他挑挑眉，说：“没有。”

“那要不点一份黄鱼面吧？”她小心地向他建议，“生日还是要吃面，我上次吃过黄鱼面，还挺好吃的。”

他笑笑，说：“好，那就黄鱼面。”

她喜欢被他应允的感觉，会有种特别的满足，叫老板来点餐的时候说话的语调都比平时更轻快一点，他于是也知道她此刻的心情很好了。

“有这么好吃吗？”可却误会了她高兴的理由。

“也还好……”她有点羞涩，知道今晚自己暴露了太多，于是不好意思地伸手摸了摸自己的鼻子，“就是不知道学长喜不喜欢宁波菜的口味。”

“挺喜欢的。”他随口跟她聊起来，“我爷爷奶奶就是浙江人，做饭都是那边的口味。”

她一愣，倒是第一次听说有关他家里的事，欣喜在悄悄膨胀，她觉得自己正在跟他越靠越近。

“那学长小时候是在浙江长大的吗？”她说，“我一直以为你是本地人。”

“我父母那一辈就到本地来了。”他给她倒了一杯桌子旁边摆的免费凉茶，“每年都会回浙江待一段时间，但不会很久。”

她双手接过他递给他的茶杯，要给他倒，他略挡了一下她的手，自己给自己倒好了。

“你呢？”他又问，“你是哪里人？”

啊？这问题真是戳中了她的软肋，让她一下子就有点无措了。

“我、我是更南方一点的。”她说得很含糊，眼神也有点躲闪，“不太有名的地方，学长应该没听过。”

尽管她努力掩饰，可那种微妙的局促感还是很容易被看破，他懂了，自然不会为难她，就没再顺着这个话题继续聊，可巧正在这个时候老板亲自端着盘子上菜了，她的甜点和他的面一起上，凉的凉热的热，卖相都漂亮。

她松了一口气，赶紧转移话题，让他快尝尝那碗黄鱼面，他就拿起筷子夹了一点鱼肉，连这么寻常的动作也显得文雅矜贵，是令人心动的。

“嗯。”他点点头，“很好吃。”

她不知道他这话有几分真，毕竟他那么随和温柔，就算不好吃也不会当着她的面这么说，眼下也就只能指望“面”给他带去一点好寓意，弥补口味上潜在的不足。

“我之前不知道今天是学长的生日，如果知道一定会好好准备一下的。”她忽然又开了口，声音有点闷，“抱歉今天这么仓促。”

这像是在解释，且怎么听都是有些愧疚的语气，他抬眼隔着面碗上升腾的热气看她，越发觉得自己之前的判断没错，她的确是很乖又很容易被欺负。

“为什么要抱歉？”他又叹了口气，“又不是一定要怎么样，何况我也没有专门过生日的习惯。”

他说得很真诚，她却好像并没听进去，拿着勺子舀圆子的手都不动了。

“明年我会记得的。”说到这里她又忽然抬起了头，眼睛笔直笔直地看他，似乎很想躲，又逼着自己不能躲，“明年……我会送你礼物。”

这话真隐晦，可又是她能给出的最大限度地直白，他看到她眼睛都红了，又局促又紧张，更像只被欺负了的小兔子。不能拒绝她，不然她会伤心的。

“好啊。”他于是把那些婉拒的话都吞下去了，只顺着她的话说，“那你的生日是什么时候？”

她一愣，有点没反应过来：“嗯？”

“到时候我们交换。”他笑一笑，细致又体贴，把她那颗脆弱的暗恋者之心保护得妥妥当当，“总不好占你的便宜。”

她一听这话就笑了，眼里的微红全退去，脸颊上可爱的酒窝露出来，立刻多了一些讨人喜欢的活泼。

“我是二月十六日的。”她抿了抿嘴，看他的眼神有点羞涩又有点期待，“就过阳历。”后半句的补充像是生怕他记错了。

“知道了。”他于是又被逗笑一次，看她的眼神比平时更温柔，“吃饭吧。”

一万倍的心动再次上涌，此刻的她好像已经陷入热恋，暗恋是一条路走到黑的傻气，她固执地摸黑向前，好像……发现了一缕温暖的光。

3.

到了六月，公演正式进入了倒计时。

剧务工作终于全部理顺，尹孟熙却半点都没闲下来，又要为剧的宣传预热忙活，回团委跟着嘉怡姐她们一起做筹备，做海报、写推广文案、做易拉宝……像个连轴转的小陀螺。

也是因为太忙，她去小红顶的次数渐渐少了，恢复成大概一周一次，每次回去剧务组的学长学姐都会调侃说“嘻嘻可舍得回来了”，还问她“团委和剧社到底哪个才是快乐老家”，她抿着嘴说“都喜欢”，当场获封“端水大师”。

她跟肖至的关系也好像发生了一些微妙的变化。

他还是照旧很认真地在带排练，可几乎每次她站在侧台控场准备上道具的时候他都会偏过头来看她一眼，她每次都能第一时间感觉到，有时会小心翼翼地跟他对视，有时又会假装没有发现。午休的时候大家偶尔会聚在一起打扑克，那天她去了，正好他也在，坐的时候他朝自己身边的位置扫了一眼，她一下心领神会，悄悄走过去在他身边坐下，一直坐了一整个中午。还有晚上散场的时候，一三五要持续到晚上十点半，最后两次排练他都多留了一阵，似乎是在跟郭跃对几天后演出的细节，看到她跟剧务组的同学一起从后台出来了才走。

朦朦胧胧的，似是而非的。

在别人眼里模棱两可没根据的事只有当事人心知肚明，她能察觉这些只赠予她的优待，顶级的甜蜜总会让人眩晕，她迫不及待想要把这些飘飘忽忽的东西凿实，又觉得能拥有这些就已经很难得很满足了。

而实际上除了她以外还有其他人看出了这些特别。比如唐霏。女孩子总是很敏锐，尤其作为肖至的青梅竹马，唐霏更能清清楚楚地察觉任何有关于他的细微变化。他好像对那个团委的小学妹有些特殊的关注。

不多，只是一点点，譬如他在看她的时候目光停留的时间比对其他人要久，有时唐霏在台上走着叶婧的戏，会专门看他两眼确认他是否满意，可却会发现他的眼睛在瞥向侧台的阴影处，而那个小学妹每次都正好站在那里。他会偶尔跟她说话，大部分是关于剧社工作的，可总有几句跟工作没关系，譬如跟她聊学校附近有哪些口味还不错的店，告诉她一些选通选课的技巧和注意事项。

这很不正常。令人着迷的肖学长可以是温和礼貌的，却不会对谁展露出特别的优待，他对每个人都一样宽厚平和，可想从这条线再往前踏一步却是千难万难。那个女生又为什么可以得到这种优待呢?

难道他有点喜欢她?

有些事不想的时候都觉得没问题,可一旦把它当个事了就觉得处处是问题，现在的唐霏就像是戴上了放大镜，越观察肖至和尹孟熙越觉得他们之间互动不正常，心于是跟着越来越沉，既慌张又生气。

她把猜测都跟杨媛媛说了，对方一开始是不信的，说：“怎么可能？那女的又没你好看，肖学长怎么会看上她？而且她才大一，才跟学长认识几天？”

唐霏也希望这一切都是自己多想了，可她更相信自己的直觉，依然坚持说他们之间不正常。

“也对，宁可信其有不可信其无。”

杨媛媛十分仗义，已经主动站在自己闺蜜的立场上想问题了，而且还非常机智地掏出手机狂翻上学期的学校论坛，翻了半天终于翻到自己要找的东西，立刻伸到唐霏眼前，大声说：“你看看这个！是不是有点像那个女的？”

她翻出来的就是上学期肖至送尹孟熙回寝室那天被人偷拍的照片，两人都只有背影，看不见脸，可身高比例以及身材的胖瘦程度，像还真就是尹孟熙！

唐霏的脸一下子沉了，手都紧紧攥了起来，杨媛媛却好像比她还激动，一直在旁边义愤填膺地大骂："好家伙，我就说哪有人愿意辛辛苦苦多干那么多活儿，感情她是奔着学长来的！装的一副老老实实规规矩矩的样子，把剧务组那帮人都给骗了，谁知道是这么一大朵'白莲花'！呸！真晦气！霏霏，你可千万不能被这种人挖了墙脚！"

这些对话尹孟熙当然是不知道的，她还在团委剧社两头跑，上午刚跟雨珊和石头一起在小红顶外布置好了易拉宝和观众引导地贴，下午就跟着剧务组一起去制作纸质门票并联系各院系分发，跑完一天人都废了半截。

郭跃特别感激她，一直说这次多亏有她，还对她许诺："嘻嘻你放心，哥把话给你放这儿，公演结束以后我肯定给你申请劳务补贴，双份的！"

哇，这么多吗？尹孟熙眨眨眼，有点馋又有点不信，最终还是对郭跃的不信任占了上风，就只应付地说了一声："谢谢学长。"

"怎么你还不信？"郭跃不乐意了，"你学长说话算数的！"

"得了吧学长。"彭泽川在旁边拆台，"去年你还说要请大家聚餐呢，这戏都排完两台了，我连个拍黄瓜都没吃上。"

这话真揭短，郭跃嘿嘿一笑，尴尬地挠了挠头，正好这时候肖至从旁边经过，他就过去一把把他拉住，说："那之前也不是我不想请啊，是我们奖学金发晚了。这回肯定能请，我不行还有肖老师，他贼有钱，能带全组去吃海底捞！"

嚯！旁边好几个同学听见了，纷纷趁乱鼓掌，尹孟熙则看着肖至无奈的神情偷偷地笑，心想他这学期也真是不走运，不仅被室友拉来填坑背锅，而且现在还面临要掏钱请客的危险。

"演出成功再说吧。"他似乎也认倒霉了，但还不忘小小地激励大家一下，"不成功就只有沙县小吃。"

这个差别太明显了一点，在衬托之下海底捞显得更诱人了，后台一片磨刀霍霍，大家的目标一致从"演出成功"转变成了"吃穷肖学长"，倒是比原来更有干劲。

六月十日，公演正式到来。

那天尹孟熙五点就醒了，跟剧务组的同学约了六点前去场地确认灯光音响，七点又回了团委办公室去拿公用相机，最后再记录一波剧组公演前的状态。

扛着机器跑回剧场，大夏天出了一身的汗，一进门就遇到肖至了，他看了看她额前半湿的头发和不断顺着脖子坠进衣领的汗滴，眉头皱了皱，一边从她手上接过沉甸甸的机器一边递给她一包纸巾，说："慢点，没那么急。"

她还喘着粗气呢，忽然意识到自己当时的样子应该不太好看，脸于是又红了，接过纸巾之后赶紧胡乱地擦，又跟他解释："我去后台拍素材。"

他叹了口气，低头扫了一眼她明显的黑眼圈，眉头皱得更紧了一点，说："你休息得太少了，这样期末季会受不了。"

可不是？她手上已经压了三篇论文和两篇读书报告，另外还有四门闭卷考试和两门开卷考试，昨晚就是熬到三点搞完了一个小组作业，睡了两小时就又爬起来了。

"今天演出顺利结束以后就好了。"她摸了摸自己的黑眼圈，有点不好意思，"交完稿子会轻松很多的。"

"别太累了，"他像是还不放心，又在嘱咐她，"注意身体。"

关心的话总是暖人，她心里软绵绵的，连答应一声"好的"都要害羞。他看了一眼她粉色的耳垂，眼里也有些波动，山谷间的风依然没有停，甚至渐渐吹乱了两个人的树梢。

"机器要搬到后台？"他帮她拿着机器，跟她一起走进剧场，"今天的事情都是你一个人做？"

"不是的，正式演出的时候我们部长会亲自来拍，"她赶紧解释，"我只是先来采后台镜头。"

他点了点头表示知道了，带她一起进了后台的化妆间，里面吵吵闹闹的，有招募的化妆志愿者正在给演员们上妆打底，其中就包括难得没有迟到的唐霏。

她看到肖至进门的时候本来很高兴，可当看到他身边跟着的尹孟熙时脸色就又沉了下去，她看到他们站在一起，还听到肖至说要帮她架机器。

"不用不用，我自己来就可以。"尹孟熙对他说着，"这个有点不好弄，我比较熟了很快就能搞好。"停一停，又补充，"架不稳的话机器会掉下来，摔坏了可真赔不起。"

他挑了挑眉，好像有点感兴趣，就示意她示范给他看。她又不好意思了，可能觉得在他面前倒腾会有点像在显摆，但心里又的确是挺想跟他显摆，于是简单推辞两句后就弯下腰麻利地架起了机器，动作特别熟练。

"好了。"她站起来抬头看他，眼睛亮晶晶的，像在期待他的夸奖。

他完全明白她的小心思，就看着她点点头，顺着她的意思夸："厉害。"

简单两个字就够她满足，如果她是花，此刻就要开满；如果她是小兔子，此刻就要摇起自己的短尾巴。

“那你先忙吧，我去找一下郭跃。”他笑着对她说，如果此刻旁边没有那么多人，也许他会忍不住想伸手摸一摸她的头，“下午见。”

她很乖地说：“好。”看着他的眼神就像甜蜜的糖稀，扯开都要拉丝，非得等他走了才能恋恋不舍地收回来。

“啪——”一盒粉饼狠狠掉在地上，内嵌的小镜子摔了个粉碎。

“不好意思。”唐霏把它捡了起来，坐在化妆位上面无表情地说。

4.

下午一点，观众和校外媒体陆续在志愿者的引导下进入剧场。

演出定于两点正式开始，一点半各位校领导和院系老师也纷纷进场落了座，尹孟熙在后台清点最后一遍道具，过程中听到同学议论，说洪书记来了，就坐在他们校长旁边，过一会儿又压低声音说难怪当初芸巧姐受不了要退社，不然在这个场面碰上心里得多憋屈。

尹孟熙从侧台走过，透过幕布的缝隙也看到了那位传说中的洪书记，对方看起来有些威严，一头短发干练利索，正和校长一起接受几家校外媒体的采访，非常得体且有风度。

那……就是唐霏学姐的妈妈吗？两点钟一到，剧场内的灯光就一点点暗了下去，广播里放送出剧务组提前录制的开场提示，接着灯光就位幕布开启，一个逼真的民国车站布景出现在了舞台上。

台上的演员们正在投入地演绎着剧本，后台的剧务则在紧锣密鼓为下一场做准备——

“贺先生的手提箱呢？在右台了吗？追光有点歪！灯的角度微调一下！男三的衣服尽快送到左台来，演员下来以后直接在这里换。”

每一个环节都在快节奏地过，任何一个衔接出问题都不行，尹孟熙负责的就是左台的控场，每一个小流程都需要跟具体的负责人确认。

这个可以，过；这个没问题，过；有一个点没到位？赶紧找人补上，或者直接自己撸起袖子干。

她的精神一直紧绷着，整整两个小时都不敢有一丝松懈，直到贺先生的最后一句台词说完，台下响起阵阵热烈的掌声，她才终于感觉一块背了三个月的大石头缓缓落了地。

演员们上台返场谢幕，侧台是独属于剧务们的庆典场，大家彼此拥抱握手，有些女孩子还激动地哭了，都说最近过得太不容易了，生活就像开了地狱模式。

尹孟熙因为打了双份工，心里的感慨当然也是双份的，此刻她跟自己的伙伴们一起站在侧台的阴影里，尽管知道台下的观众永远看不到她们，可内心却没感到任何一点失落，或许因为她清楚地知道包括自己在内的这些默默无闻的幕后工作者为这部戏做出了多少贡献，扎实的付出永远能给人以坚定的自信，更可以给人诚实的满足感。

“剧务组的同学一起上来吧。”观众基本离场后，郭跃忽然从右台跑到左台来招呼大家，“校领导慰问，咱们一起拍张大合影！”

领导慰问这种事流程基本上都是差不多的，演职人员站成一排，重要领导从左到右一个一个握手握过去，偶尔遇到关键角色才会停下来说几句话，其他人只是当背景板走个流程。

这个戏的男女主人公当然是关键角色，校长正站在他们跟前对他们表示夸赞；洪书记则站在唐霏和肖至跟前，尹孟熙跟着剧务组的学长学姐一起从侧台排队上来的时候，正看见书记微笑着和肖至说话，还抬手拍了拍他的肩。

看起来，彼此都非常熟悉。唐霏学姐的笑容就更多一些，也许是因为在妈妈面前吧，神情显得有些孩子气，跟其他同学见校领导拘束的状态完全不同，非常自然放松。不知道他们说到了什么，三个人忽然一起笑起来了，那种感觉特别亲昵，好像他们早就是一家人。

尹孟熙心里一揪，新的涩味又泛上来。怎么说呢，其实在夜宵那晚之后，她偷偷拈酸的频率已经慢慢降下去了，可洪书记在场的那一幕却又让她的老毛病故态复萌，而且酸意居然还会升级。原来她只羡慕唐霏学姐跟他的关系，现在还要一并去羡慕人家的家庭，最让人无计可施的是这都是她无论怎么努力都无法弥补的原生差距，于是这些羡慕也没法转化成努力的动力。

真要命。她默默低下头，不看他们说话了，等到校长和书记走到她这里来的时候她就规规矩矩地鞠躬、握手，流程走完以后要拍大合影，她作为剧务人员只能站在最边角的位置，他和唐霏却跟校长和书记一起站在最中间，从镜头里看一定隔得特别远。“咔嚓”一声定格。她跟他的第一张“合影”。

5.

把领导们都送走时间就已经接近五点了。

郭跃一直在起哄，说今天的演出特别成功，必须得有一顿海底捞犒劳，其他人也是不经撺掇，纷纷嘻嘻哈哈地提示肖学长别忘了前几天答应了大家什么，他摇头笑笑，说：“座位已经订好了，五点半一起过去吧。”

话一说完现场立马炸锅，剧组各位鼓掌鼓得比刚才看戏的观众还起劲，肖至等他们消停了才又补充：“演员组都去帮剧务组一起收拾一下后台吧，早点结束早点吃饭。”

没人不说“好”，大家都劲头满满地去干活，尹孟熙本来也要去，但是嘉怡姐和雨珊、石头他们都在观众席后排对她招手，叫她一起回团委办公室。

她抿了抿嘴，跟泽川学长打了一声招呼说要提前走，接着就溜边要从舞台侧面下去，现场乱糟糟一片，根本没人看见她，偏偏肖至看见了，把她叫住，问：“怎么要走？”

她原地站住，心里那点酸味还没散，忽然有点不敢抬头看他，就自己低着头，说：“哦……我要回团委那边了，我们要抓紧出稿子发到学校官网上去。”

他答应了一声，过了一会儿又问她：“那你晚上不去聚餐了？”

她抿抿嘴，想了想，说：“我那边可能要搞很久，就不去了。”

“去吧，晚一点也没关系。”他却开口劝她了，声音很轻柔，“辛苦这么久，总要再跟大家一起聚一下。”

这是……希望她去的意思？她心里一动，酸味里混进了一丝甜，可整体还是酸，抬头看他的时候正好撞进他过分好看的眉眼，她真是很难对这个人说“不”，更盼望往后永远不要听他对她说“不”。

“那……”她妥协了，“那我到时候看情况。”

“好。”他好像笑了一下，立刻勾出她对他更多的向往，“到时候记得给我发个消息。”于是她就又被他影响了。

本来都做好不去的打算了，偏偏因为他说了这几句话就又改变了计划，坐在团委办公室里整理素材写稿子的时候她速度快得像要起飞，在键盘上敲字敲得噼里啪啦的，把旁边一群同样苦命的赶稿人都给看愣了。

她的质量还高呢，初稿就得到了孙老师的赞扬，交到学工部门那边审了一圈，反馈的意见也就只有几条，她一一改了，又送去给宣推部上传学校官网，大概八点就在首页看到了自己的稿子，末尾那里还署着她的名字：记者 2011 级新闻学院尹孟熙。

这是她第一次看到自己的名字出现在公众媒体上，尽管只是自己学校的官媒，可已经足够让她兴奋。她压不住高兴，就悄悄把网页地址发到了她和爸爸妈妈的家庭 QQ 群里，可惜的是他们一直不太会用聊天软件，之前账号也是尹孟熙帮他们注册的，平时几乎都不在线。

她等了一阵没等到爸爸妈妈的回复，心里还是有点失落，那一刻又莫名想到肖至了，想把这件事情告诉他，然后听他夸她。

他会说什么呢？很好？非常不错？厉害？

唉，其实都无所谓，反正她只要被夸几个字就能满足。

想见他的愿望忽然变得特别强烈，从团委办公室出来以后终于还是忍不住要去聚餐的地方找他，夏夜的晚风很热，吹在身上会出一层汗，她的心却比身体更热，有种莫名的躁动和急切。

明明是可以走的距离，她却还是坐了公交车，在路上给他发信息，说八点三刻会到，不知道他们是不是结束了。他回复得很快：还没结束，等你过来。

八个字就抚慰了她，让片刻之前的那点失落感消散了一多半。

怎么这样啊？难道……他是会魔法的吗？

找到火锅店的地址，是在一个商场里。她怕自己一身汗看起来邋遢，就在一楼大厅吹了一会儿空调才上去，一进门就看到剧社的同学们了，好几大桌特别壮观，也不知道这一晚上得花多少钱。

她默默替他心疼，走过去的时候却没看到他，锲而不舍地又找了一遍，还是没看到他的身影。

“嘻嘻你来了？”另一道热情的声音却在这时响起了，是彭泽川，他跟整个剧务组坐一桌，正冲她热情地招手。

“来来来，快过来坐。”她过去了，凑近以后才发现桌子上摆了好几瓶啤酒，估计是吃到后半场大家都有些收不住，干脆就点了酒把气氛搞得更热烈。

她是不喝酒的，来得晚也没法再涮火锅，就点了一盘糍粑垫肚子，等上菜的时候小声问坐在自己身边的学姐肖学长去哪里了，怎么没看到他。

那个学姐一听她问立马一脸激动，一边小声拍桌子一边趴在她耳朵上说：“你来得太晚了，错过了爆炸性大新闻！”

尹孟熙一挑眉，还没来得及问是什么“爆炸性大新闻”，对方就自己兴奋地继续把话补充完了，说：“是霏姐！刚才跟肖学长当众表白了！肖学长说要跟她单独出去说，现在已经出去十分钟了！”

6.

跳楼机又猛地从顶掉到底了。

一路上的热切和快乐瞬间清零，也许暗恋本身就是这样跌宕起伏的，一百颗柠檬硬生生变成一千颗，酸味以外还有说不清的恐慌在折腾人，有一瞬间尹孟熙甚至觉得自己要崩心态了。

表白？当众？单独出去说了十分钟？他会怎么答复？会答应吗？

等他们一起从外面回来的时候，会不会就变成恋人了？

乱七八糟的念头不停在脑子里横冲直撞，大夏天待在热气腾腾的火锅店她的手心居然还能凉下去，焦虑是漫过头顶的洪水，让人口鼻闭塞难以喘息；也不知道遭了多长时间的折磨周围才传来起哄的笑声和口哨声，她紧跟着扭过头去看，发现是他们一前一后地回来了。

唐霏是什么人？前段日子当着大家的面跟韩芸巧打成那样，事后也能稳得住留在剧社继续演女二号，就算在论坛上被全校人偷偷议论了，今天也照样风风光光地在舞台上演戏并和自己当副书记的妈妈大方合影。她的心态比尹孟熙稳多了，不会那么容易让人看出底细，跟肖至一起回来的时候脸上挂着淡淡的笑容，也看不出到底是成了还是没成。

也就郭跃聪明，眼尖地发现唐霏眼角带着一点红，嘴角的笑容也有一点不明显的僵硬，心里就猜肖老师刚才应该是没答应。人家女孩儿都当众表白了，要是答应肯定当场就答应了，叫出去是不想让对方被婉拒后下不来台吧？

可惜其他人却不像他一样长眼色，喝过酒后都有些上头，尤其几个男生特别爱起哄，坐在那儿大声问“咱们剧社是不是又成了一对”，还起哄说要看唐霏和肖至喝交杯酒，立刻就让唐霏嘴角的笑更僵了。

“什么交杯酒啊，庸俗！”郭跃没有解决矛盾的本事，可和稀泥却一直是一把好手，当时一看风向不对赶紧跳出来解围，端着酒就站起来了，“咱们今天这是庆功宴！格局都打开点，别整些有的没的！”

说完怕其他人不买账，又直接提了一杯，说：“我先干了啊，能喝的，再给个面子！”闹闹腾腾一顿操作，倒是暂时按住了在场各位熊熊燃烧的八卦之心，可尹孟熙却没法被轻易打岔。

剧务组跟演员组不是一桌，她坐的位置离肖至和唐霏都有点距离，这让她没法确切地看到两人的神情和状态，于是也无法判断他们到底有没有在一起。她就像热锅上的蚂蚁，心里早乱成一团浆糊了，在别人热热闹闹喝酒说话的时候一直控制不住要扭头去看他们，某一刻恰巧撞上了肖至的眼神。

他一贯是温和礼貌的人，即便不笑也会让人感到如沐春风，那时她却觉得他的眉眼有些沉，看上去情绪不是很高，看到她以后似乎愣了一下，接着眉宇微微舒展，温柔的风轻轻拂过，好像又没那么不开心了。

那一眼又勾起了她的欲望，让她想过去找他，给他看自己的名字是怎么出现在学校官网上的，想问他有没有跟别人在一起，明年还会不会如约跟她交换生日礼物，而在她有所动作之前突然就感到了另一道刺人的目光，很尖又很冷，她偏过头一看，正好跟唐霏审视的目光撞在一起。

她好像对她冷笑了一下，然后就别开眼睛去跟身边的杨媛媛说话了，接着杨媛媛也歪头看了她一眼，眼神中有说不清的恶意。尹孟熙愣住，不知道该做什么反应，无措间郭跃又拿着酒杯到她们这桌来喝酒了，男生们呼呼啦啦地站起来一堆，相互勾肩搭背地你敬我一下我敬你一下。

他们推推搡搡的，撞到了尹孟熙旁边已经有点喝迷糊了的彭泽川，一个没站稳，把她放在椅子上的包碰掉了，“啪嗒”一下倒在地上，里面掉出一串东西，她的书、她的笔袋、她的钱包，还有……她的小本子。

“对不起对不起。”彭泽川一边挠头一边道歉，赶紧弯下腰去帮她捡，“我这有点喝蒙了。”

尹孟熙是多好说话的人，在剧社让干什么就干什么，即便让她吃点亏她也不会说什么，有口皆碑的好性格。当时却一下变了脸，彭泽川说了那么多声“对不起”她也没给一句回复，就只顾着自己低头捡东西。

为什么？因为她要赶紧藏起自己的小本子。那里面有一枚文学院的迎新书签，一张他在图书馆亲手给她写的字条，还有……

“这是什么？”杨媛媛尖细的声音忽然冒出来，大得半个火锅店都能听得清清楚楚，谁知道那个本子那么会滑，就正正好好掉到杨媛媛脚底下？她已经把它捡起来了，擅自翻开了它，那张隐秘的照片于是被看了个穿，连带着它背后所有被隐藏的既曲折细腻又脆弱易碎的暗恋情绪都暴露无遗。

"喜欢你？哟，学妹这是喜欢谁呀？"

像是突然被人迎面狠狠甩了一个耳光，身体里的血液在一瞬间逆流，生理性的颤抖不可抑制，尹孟熙也说不清触发这一切的究竟是羞耻还是恐惧。

她跑过去试图从杨媛媛手上把自己的东西抢回来，声音同样有点抖，一直重复着说："还给我！那是我的！"

杨媛媛才不理她，眼睛冒光的样子就像挖到了什么稀世大宝贝，一手拦住尹孟熙试图把本子抢回来的手，另一手又把照片高高地举起来，一边展示给大家看一边更大声地说："这是谁的手啊？学妹你还偷拍？"

偷拍？周围的人都喝兴奋了，也没意识到眼前发生的事情本质是一场不光彩的霸凌，还嘻嘻哈哈地调侃——

"嘻嘻已经有喜欢的人了？是谁啊？"

"成了吗？成了吗？要是还没成你说出来我们给你参谋参谋！"

"哎呀蠢死了，这不明摆着是暗恋嘛，问那么明白干吗？"

不停地议论。

尹孟熙被这些话包围着，明明没有什么恶意的，可却感觉自己的衣服被人扒光了，正赤条条地站在众目睽睽之下被人打量。她谁也不敢看，更不敢去看肖至，就自己拼命去从杨媛媛手上抢，眼看就要够到了，照片却又被她旁边的唐霏一把抽了过去。

"肖至，这不是你的手吗？"她的声音很大，在场的人都听到了，更鲜明的是那居高临下的语气，很冷漠又透着嘲讽，好像看到了什么可笑透顶的笑话。

"你喜欢他？"她朝她看过来了，斜着眼，浓重的轻蔑和厌憎是瞒不住的，生着刺的荆条抽在赤裸的身体上，尹孟熙已经鲜血淋漓了。

后来呢？不记得。也许人本来就会躲避那些糟糕至极的记忆，生物本能的求生欲总会在关键时刻发挥作用，后来尹孟熙已经忘了当初唐霏的那句话在现场搅起了怎样的波澜，更忘了其他人或惊诧或戏谑的目光落在身上的感觉，只记得自己不管不顾地从火锅店跑出去了，带着一颗猛地被插进一把刀的，很久很久都无法止血的暗恋者之心。

暗恋？真是蠢透了。只有没进过社会的小孩子才会干这么没谱的事，不明白这两个字本身就意味着难以计数的酸涩与伤痛。道理是很简单的，你藏着对方的那颗心越干净，被挫伤时留下的伤口就越难以疗愈。

图什么呢？难道你自己就不值钱吗？

二十九岁的尹孟熙冷漠地想着，脑海中的回忆翻过了几个月，现实的时间却只过了几秒而已，此刻她依然跟姚安琪和魏驰一起站在翻新过的小红顶长楼梯上，艺术墙上那张十多年前的合影已经显得有些陈旧，现在的她完全不能理解照片里那个稚嫩的自己到底为什么能有勇气把暗恋那颗钉子在心底凿得那么深，以至于让十多年后的这个自己依然不可避免地受到波及。

“嗯，是我。”她回答着姚安琪之前的提问，声音听上去并没有什么感情。

“以前做社团活动的时候拍的，是……”

她还没说完，小红顶大门被人推开，微微响动惊扰了她，让她不自觉从楼梯上回头往下看，三十一岁的肖至就这样走进来，比学生时代更英俊也更成熟。

进个门能花多久呢？几秒钟而已，偏偏在他们各自眼中是很漫长的。一个好像很熟悉但又被翻新过了的环境，一个好像很熟悉但又不知道有什么变化的人，叠在一起总会有些化学反应。

她忽然有点眼热，就像前几天跟他通话时一样，也许这人真的有什么特异功能，可以把指甲盖儿大的情绪放得百倍大。可她现在不会哭的，再想也要忍着，甚至连出于礼貌跟他打一声招呼也不愿意，就那么一动不动地在楼梯上站着，低着头看他，要让他先做出一些被动的决定。他也没跟她争，都是顺着她的，她不想下楼他就上楼，她不想打招呼他就先做解释，学生时代的温和体贴没有一点改变，他依然是那个会让她感到安慰和松弛的人。

“抱歉来晚了，那边答辩临时出了一点状况。”他终于走到她面前了，气息有一点儿不稳，也许刚刚是很着急赶来的。深邃的目光正在凝视她，已经宁静了许多年的树梢忽然又在轻轻颤动，告诉她那场温柔的风依然还在吹拂。

一直……在吹拂。

第八章
小兔子与男朋友

1.

“没关系，我们知道肖老师很忙。”微妙的架子端起来，她用过分平淡的语调开了口。“时间很宝贵，现在就开始吧。”这语气太生硬了，就是姚安琪这种小孩子都能听出一点不对劲儿，肖至看了她一眼，神情有点难懂。

“十五分钟后开始吧。”他低头看了看手腕上的表，“关于提纲，我还有几点想再确认一下。”

他也在跟她说工作，可语气就比她好得多，合理的要求很难被反驳，她想了想，说：“也可以。哪几点？”

又不配合。其实她哪会听不出他的意思呢？明明是想跟她单独说几句话，可她偏不，就要跟他对着干，也不知道图什么，能从这种叛逆中捞到什么好处。

姚安琪在旁边听着，感觉气氛越来越微妙，偷偷看看肖老师再偷偷看看尹老师，觉得自己应该在车底不应该在车里，于是反手拉上魏驰，说：“那两位老师先对吧，我们再去调整一下设备。”

魏驰一听就不愿意了，心想，谁会给情敌留机会，当场就说设备已经调好了不用再动，比块石头还不识趣。姚安琪真心累，忽然觉得在场所有人里最靠得住的竟然是自己，又用力扯了魏驰一把，说：“要调的，不能跟张老师用同样的背景，得换个取景的位置。”

说着，连拉带拽地把魏驰拖走了，于是楼梯上终于只剩下他们两个。

尹孟熙半垂着眼睛，短暂的寂静。

“我并不是有意迟到。”她听到他开了口，声音更低了一些，像在耐心地对她解释，“是有一个学生的开题答辩有问题，所以拖了一段时间。”

这是解释吗？怕她觉得他不重视她？

不是的。她不是因为这个难过的。

“哦，”她继续半垂着眼睛，语气还是硬邦邦的，“是这样啊。”

接着她就听到他叹气了，还跟过去一样，有一点无奈又有一点温柔：“你生气了？”他略微迟疑地问，“还是……想起了不开心的事？”

不开心？她抿了抿嘴，忽然鼻子就酸了，十多年前的那一百一千颗柠檬居然还在保质期内，连酸味都没有一点点减退，一尝就要让人掉出眼泪。

她才不要露怯，就强迫自己把眼泪逼回去，说话会打扰她的专注，所以她也不要回答他。

他知道她在忙什么，她忍哭的样子他很熟悉，尽管现在的她比以前高明一些，可说到底她还是她。

“是我不好。”他的声音越发轻了，就像热恋时的耳语，“一直都是我不好。”

他不好？不是的。安慰人的话只是好听，却不是实情，也许这么多年她一直放不下的原因就是他太好了，而无论过去还是现在她都接不住他的好。

她不想继续跟他说，怕自己绷不住，于是打算直接走人去工作，跟他错身的时候手腕却忽然感到一阵淡淡的凉意，是他轻轻拉住了她。

“我们认真聊一次好吗？”他好像已经拿她没办法了，一个轻轻的触碰都要小心翼翼，“今天结束之后一起吃饭？”

她都听不清他说什么了，所有注意力都被牵在他虚握在她腕上的那只手上，她很熟悉它的样子，修长干净，骨节分明，触碰时总会有一点凉，无论冬夏都是那样。现在它却渐渐变热了，在她皮肤上留下类似灼烧的触感，从手腕一点点向下，他慢慢抚摸过她的手背和手指，最后完全牵住了她。

温暾地，紧密地。彼此的心跳在那一刻重叠，就像他第一次牵住她一样热烈，也或许稍微差一点，毕竟那一晚他还给了她一个最初的拥抱。

就是那天，就是她暗恋他的那个秘密在众目睽睽之下被捅破的那天。

她从火锅店跑出去，夏夜的风再热也暖不了她那颗坠入冰窟的心，眼泪早就流得乱七八糟了，路人的行人都用惊异的表情看她，大概在大马路上看到一个边哭边跑的女孩子也是一件很稀罕的事。

身后好像有人叫她，她听不清也不想理，就闷着头往前跑，好像这么跑下去就能逃出地球跟刚才发生的一切一刀两断。可最终还是被一只手拉住，就是被她偷偷拍下来又悄悄夹在本子里的那只手，微微用力地拉住她的手腕，带一点令人难忘的凉意。

她一回头就看见他，在那双过分好看的眼睛里无所遁形，也许高中遗留给她的影响太深了，让已经读了大学的她仍觉得喜欢谁是一件过分早熟并值得被批评的事，羞耻的感觉在大脑里爆炸，她当时的样子一定狼狈至极。

不要，不要看我。她用力想扯开他的手，还是满脑子逃跑的念头，人要是会挖洞她此刻应该已经藏进地心去了。他却是难得的不体贴，一直不肯让她如愿，她的眼泪于是掉得越来越凶，觉得他也在跟那些人一起欺负她，明明知道她不想被任何人发现，却还是要用清楚的目光凌迟她。

可事实不是这样的，因为其他人不会像他那样温柔地把她抱进怀里。

怎么说呢？那是一个被催熟的拥抱。

他们只认识了不到九个月，其中又有一大半时间没有见面，短暂的几次相处只够他们对彼此生出朦胧的好感和浮动的暧昧，温水应该慢慢放在小火上煮，还要好一阵子才会沸腾，可今晚它却遇上了突然的大功率，温度陡然升高，于是只好咕嘟咕嘟地冒泡泡。

拥抱不应该在这时出现的，可那时他已经不知道还能用怎样的方式去抚慰她，也或许那个极特殊的情况是骆驼背上的最后一根稻草，给了他机会去做原本不知道要拖到什么时候才会做的事。

“如果你愿意的话……”她听到他开了口，声音就在离她很近很近的地方，“我们就试着在一起，好吗？”

人应该如何处理一些从天而降的意外之喜呢？

尹孟熙小的时候就想象过，比如对双色球中奖号码时忽然喜提五百万；比如某天一回家爸爸妈妈忽然告诉她他们家那一片被划进了拆迁区域，能领各种补偿；比如高考之前忽然接到A大招生办电话说你被保送了，不用高考了。

按说应该会很兴奋的，可当惊喜来得太突然，而它本身分量又太重的时候，这种情绪就不是那么容易消化了，起码尹孟熙在那一刻就来不及感到高兴。

只是蒙，只是无所适从。她晕晕乎乎的，被他牵着手一路从大马路领回学校，那时时间已经接近九点半，校园里的人比白天少，可还是有很多认出了他，看到他拉着一个女生的手走在路上都好像很惊讶，窥探的目光一直不断。

她刚在火锅店被很多人这么打量过，现在对任何他人的注视都很抵触，下意识就想往他身后躲。他察觉了，这才发现她的不适，低头看她的时候神情特别抱歉，牵住她的手有要松开的趋势。

这是合理的解决方案，既然牵手会吸引不必要的注意，那不如暂时放开。她也知道的，可是在他要松开的时候却感到一阵更强烈的不舒服，于是又在最后一刻紧紧拉住了他的指尖，头还是一直埋着，完全不敢看他。

她只能看到他的手，比照片上还要好看，在她拉住之后就不再试图放开了，而是更坦然地将她牵得更紧。她没看到他当时的神情，却又好像能想见他眉眼间的情致，必然柔和又宁静，能给人以无限的慰藉。

“你饿吗？”她听到他问，“刚才你应该还没来得及吃东西，”他提醒她，“现在食堂应该还有夜宵。”

“不用了。”她明白过来，用略微沙哑的声音回答，“不是很饿。”

其实不是不饿，只是不想去人多的地方，不想再接受他人目光的审视。

他好像知道她真实的想法，沉默了一会儿又问：“那去学超买一点？三明治可以吗？”她还是低着头，这次视线扩大了一点，除了他牵着她的那只漂亮的手，还能看到被路灯拉长的他的影子。

“可以。”她很小声很小声地回答。

然后他就去学超帮她买了三明治和牛奶，她没跟着去，坐在学超后面小路上的长椅上等他。他并没让她等多久，大概五分钟就回来了，坐在她身边帮她拆三明治的包装纸，然后把它递到她手上。像在照顾一个小孩子。

她不需要被这样照顾，比起这些她其实更想问他能不能继续牵着她的手，可惜没有勇气，于是就只默默吃了一口三明治，连是什么味道的都没尝出来。

“好一点了吗？”还是他先问她，夜里的校园特别安静，他就坐在她身边，把整个世界都放大了。

她还是不太清醒，只回了一个“嗯”，之后就是语塞，不知道该再说什么，沉默在他们之间盘旋，给她以强烈的不安全感。

他却又有了动作，侧身从自己的包里拿出一个东西慢慢递到她眼前，她看到以后立刻心里一紧——是她的小本子。

“这个我拿回来了。”他的语气略显迟疑，声音也有一点紧，“但刚才出来得急，没顾得上拿你的包，我跟郭跃说过了，他晚点会带给我。”

该说什么呢？总要说点什么的。可她就是哑巴了，脑子里也是一片混乱，看着自己已经被公之于众的秘密被他拿在手上，她只感到无以复加的委屈，之前好不容易才止住的眼泪当即卷土重来，“吧嗒吧嗒”地落在本子的封皮上。

2.

他一愣，接着无措起来，能发核刊能拿国奖又有什么用？在女孩子的眼泪面前还是照样一筹莫展。

“今天的事情……”他艰难地斟酌着措辞，明明资料室里的书一大半都读过，那时却连一句安慰人的话都攒不出来。犹豫的时候她已经哭得更厉害，伤心的小兔子会把看着她的人的心也闹软，他终于还是又把她抱进怀里，手轻轻拍着她的背，低声告诉她说“没事了”。

怎么就“没事了”呢？明明就有事的。

他的哄慰不仅没有让她恢复平静，反而还助长了她申述的气势，无声的哭泣变成持续的呜咽，她的眼泪已经把他胸口处的衬衣浸透了。

“我只是喜欢你而已……”她的声音因为抽噎而变得断断续续，“我、我又没有做错什么事……”

这话……未免太招人疼了一些。他叹了口气，清楚地感觉到那壶提前烧开的水正在被持续加热，抚摸她后背的手也不自觉地变得更轻柔。

“对，你没有做错事。”他一直哄着她，“是他们欺负你！”

申诉一旦被认同，委屈的程度就会翻倍，她哭得停不下来，在他的怀抱里宣泄自己所有的情绪。主要的当然还是今晚的羞耻和恐惧，可其实也夹带一点私货，比如，之前暗恋的种种酸涩和辛苦……

这就是他看不透的了，男人永远别想彻底搞明白一个女人，何况那时他也在经历一生只有一次的初恋，所能做的也就只有就事论事。

“如果你觉得可以的话，之后我就对其他人说我们很早就在一起了。”他尽力想着能舒缓她情绪的办法，“那张照片是在一起以后留的，我这里也有一张你的。”

他大概以为她现在哭的主要原因是照片被人发现的尴尬，于是就围绕这个点为她提供解决方案，可实际上她自己也说不清现在是为什么在哭，一听他提到照片反而更别扭，哭也哭得气不顺。

“我，我不要……”她委屈巴巴地，“不要再提这个事情……”

“好，那不提了，”他继续顺着她说，“以后都不提了。”

她没说话，但哭的声音小了一点。他暗暗松了一口气，轻拍她后背的频率也降低了一点，声音依然很温柔，说：“你最近太累了，今晚就什么都别想，喝点牛奶回去好好睡一觉，有什么事明天再说。”说着，环着她拧开了纸盒装牛奶的塑料盖子，又递到她手边。

她不太想喝，但还是很乖，慢吞吞地伸手接过来，又慢吞吞地在他的注视下喝了一口。他好像笑了一下，光线太暗她看得不太清楚，接着又听到他说：“郭跃估计还要过一会儿才回来，要不你先回宿舍吧，东西我明天给你。”

她其实是更愿意跟他待在一起等的，但又不想面对郭跃这个今晚全程在场，知道整个事情经过的人，于是想了想还是点头同意了。他又陪她坐了一会儿，等着她一点点把三明治吃完，然后才站起来送她回宿舍。

3.

他们走得很慢。十点钟的校园变得更安静了，六月的夏日是花木最繁盛的时节，老校区的樟树上了年头，长得特别高大浓密，微风吹过沙沙作响，令人感到淡淡的恬静与安谧。

他一路牵着她走，两个人都不说话，她最大的感觉是恍惚，不敢相信今天早上还与自己有一些距离的他怎么到晚上就成为她的男朋友了。

男朋友？她好像越来越恍惚了。

宿舍楼底下没什么人，也许十点正是一个空窗期，真正出去玩儿的不会回来得这么早，关系没到那一步的又不会回来得这么晚，于是就只剩下他们，可以安安静静地道个别。

“上去吧。”他低头看着她说，“明天我联系你。”

她点了点头，在心里默默重复了一遍“明天”，虽然知道自己应该在他说完这句话以后就转身上楼去，可实际却站在原地没动，依然轻轻牵着他的手指。

“怎么了？”他的声音又低又柔。

她抿抿嘴，人还在那经久不散的恍惚感中徘徊，抬头看他的时候就更迷糊，觉得今晚他比平时更加好看。美人尖好看，眉眼好看……哪里都好看。

“你会不会反悔？”她悄悄把他的手指牵得更紧一些，“明天我们还是在一起的吗？”

他挑挑眉，眼中划过一丝笑，世界上顶级的温柔是以蛊惑的方式出现的，他就像个技巧卓越的骗子，为了把她骗到倾家荡产还要伸手摸一摸她的头。

“不会反悔。”他回答她，“还是在一起的。”

小水壶里的水又在咕噜咕噜地冒泡，她的脸也一并被烧热了，可心跳却难得没像以前那样乱七八糟地跳，而是以另一种不可思议的宁静被她感知。

“哦。”她轻轻点了个头，终于肯慢慢松开他的手指，右手对他挥一挥说“再见”，左手还紧紧地抱着自己的小本子。往宿舍楼门口走的前两步是倒着走的，进门之后又跟他挥了一次手，他好像在笑，不知道是不是觉得她当时的样子有点傻，但又隔着玻璃门跟她挥了手，画面跟上学期他从校医院送她回来的那个黄昏渐渐重叠。只不过这一次，是他让她先走。

回到寝室还是继续恍惚。

期末季已经到了，室友都在挑灯夜战赶进度复习考试，连闵瑞都难得没在床上看剧，坐在桌子上抱着《中国新闻事业史》涂涂写写，看到她回来了也没空抬头，就隔空打了个招呼。这样挺好的，不然要是被她们看到她脸上有哭过的痕迹肯定免不了一通盘问，她现在已经没力气做什么解释了。

飘飘忽忽地去公共盥洗室洗漱好，大概十点半爬到了上铺的床上，任薇薇问她今天怎么睡这么早，她就隔着床帐说自己累了想早点睡，好心的室友们特别体贴，问她要不要关大灯，她说没关系自己有遮光帘，开着灯也可以睡着。

然而躺下以后却根本睡不着。

不是因为光，就是脑子里特别乱，明明连着好几天都没睡饱，今天早上还是五点多就起了，此刻顶着一双哭肿的眼睛也还是没有困意，一会儿想起在火锅店里发生的那件糟糕的事情，一会儿又想起不久前被他拥抱的感觉。

他……是她的男朋友。还说不会反悔，明天依然会跟她在一起。

惊喜的后劲到那时才突然泛上来，比什么双色球中奖、老房子拆迁、高考预录取都让人激动五百倍，心跳也又变成乱七八糟的，告诉她刚才在宿舍楼下的那种宁静只是一个暂时的假象。

抱着被子翻个身，强制自己闭上眼睛数羊，精神还是兴奋的，根本没法恢复如常，那一刻她才知道自己多没出息，也刚刚后知后觉地意识到：她想他了。

才分开半个小时，这么快就想他了。

这是合理的吗？其他人恋爱也是这样的吗？也许她应该问问闵瑞，或者问问任薇薇。现在应该怎么办？可以联系他吗？不一定要见面的，就是简单联络一下就好。

她又摸出自己的手机了，悄悄打开 QQ 点进了他的聊天框，已经大半年没换过的头像今天看起来似乎也特别不一样，她的小水壶又在咕嘟咕嘟地乱响。

学长到寝室了吗？

删掉。

你到寝室了吗？

删掉。

郭学长回来了吗？

删掉。

学长的电话号码是多少呀？

删掉。

晚安。

删掉。

……

输入又删除的动作不知道重复了多少次，到后来她的手机都开始发烫了，最终还是一个字都没发出去，也许暗恋者心底的谨慎和胆怯并不是那么容易驱散的，她还需要很久才能真的相信自己被这份从天而降的礼物砸中了。

那就不联系了吧。她把手机关掉，放在枕头旁边，闭上眼睛逼自己入睡的时候眼前又出现了他今晚凝视她的样子，是轻柔的、温暖的、宁静的。

唉，好想你哦。可你说过明天会联系我。那……我就还是再耐心地等一等吧。

尽管入睡的过程比较艰难，可那天她还是睡了很踏实的一觉，早上九点才被室友叫醒，要不是她们靠谱，她今天早上的新闻史考试就要迟到了。

匆匆忙忙地从床上下来梳洗整理，大概十五分钟就可以出门，只是她的书包还没拿回来，笔袋也在包里，眼下就只能先跟室友借文具。她们问她怎么能把书包丢在外面，她支支吾吾地也说不清，闵瑞说她是在剧社打工打傻了，得好好休息一段时间养养脑细胞。

四个人选了同一门必修课，九点二十就一起出门去考场参加考试，从寝室楼门出来的时候汪雪茹突然“咦”了一声，指着门外某个方向惊讶地说：“快看快看，那是不是肖学长啊？”

真的是。他就站在她们宿舍楼门口，来往进出的很多女生都在经过时偷偷看他，他大概是很习惯被注视了，一直没什么反应，只在透过玻璃门看到她下来了的时候神情有了一些变化，似乎笑了一下，又对她招了招手。

她一下子就绷不住了，都顾不上在室友们面前掩饰一下，立刻见色忘义地丢下她们一路小跑出了楼门，区区几步路就让心跳快得不正常，扑通扑通像要立刻跳出来似的。

“学长……你、你怎么来了？”她气息微微凌乱地站在他面前。

“来，把东西给你。”他微笑着，手上拿着她的书包，“猜你需要用。”

“谢谢……”她脸红红地把包接过来，因为知道室友就在身后所以更不好意思，“其实不用这么麻烦的，学长可以发个信息给我，我去找你拿。”

“我发了，你没回。”他说，“正好上午我也没什么事，顺便过来给你。”

他发了？她眨眨眼，赶紧掏出手机来看，却发现手机关机黑屏了。唉，一定是她昨晚在 QQ 上鼓捣那么久把手机搞没电了，早上起来出门出得急，居然也没发现。

“不好意思……”她又低下头跟他道歉了。

这真是熟悉的架势，回想一下她好像已经这么正经地对他道过很多次歉，他实在有点无奈，没忍住还是伸手顺了顺她的头发，说：“没关系，不用总是跟我道歉。”

尹孟熙还没来得及说话，先听到在身后不远处等自己的室友倒抽一口气的声音，于是一下脸红到耳朵根，局促得手都不知道该往哪里放了。

肖至也看到她的室友们了，问她：“要去考试吗？”

她红着脸点头，又听到他说：“那快去吧，别迟到了。”

她真是很听他的话，他说什么她就立刻做什么，当时抱着包就要跑。人都转过身去了，突然又转回来，可爱的小耳垂还是粉红色，看他的眼睛还是亮晶晶。

“我大概十一点半考完，”她试探着问他，“可以一起吃午餐吗？”

他挑挑眉，又笑了，低头看着她的神情特别温柔。

“你在哪个教室考？”他说，“我去接你。”

“不用不用，食堂见就好了，”她赶紧红着脸摆手，“一食堂行吗？”

“好。”他又答应了。

她抿着嘴，努力不想笑得太明显太没出息，但脸颊上两个小酒窝还是暴露得明明白白。她又挥手跟他说拜拜，然后就抱着包朝室友们跑过去，她们三个表面都很正经的，可是一转过墙角就都变了脸，纷纷揪住尹孟熙激动地摇。

“好啊，尹嘻嘻，闷声发大财！连肖学长都搞定了！”

“他真的好帅！”

“今天回去以后必须老实交代！不然不许睡觉！”

恋爱就在这样奇怪的混乱中突兀地开始了。

4.

尹孟熙没谈过恋爱，唯一的经验就是看闵瑞和她的那些追求者们周旋，她无法准确地探知谈恋爱这件事的一般流程，只能凭印象去定义一些“情侣行为”然后再小心翼翼地暗示肖至跟她一起复刻，就比如——

他们会一起去食堂吃饭。有时候在更靠近本科生宿舍的一食堂，有时候在更靠近研究生宿舍的二食堂，早饭午饭晚饭，一天至少能见三次。基本每次都会碰到一些他的朋友，他们会跟他打招呼，在暗戳戳地偷瞄她之后又用揶揄的眼神看他。他们还会一起自习。期末季考试压力大，需要写的论文也特别多，文学艺术书库只开到晚上十点，显然不够用，好在二楼另一边的通宵自习室会在期末特别开放，他会陪着她在那里熬夜，尽管作为研究生的他课程压力比本科生小得多，按道理说是不用这么“肝”的。

他毕竟是在学校里很出名的人，上学期只是从校医院送她回个寝室都被偷偷拍了，现在这么光明正大地跟她在一起自然很快就引起了关注。校园论坛上的人也不知道为什么就那么闲，期末季还有闲工夫聊八卦，好几个帖子都在议论他和她谈恋爱的事。

哇，美女！

楼上没事吧？见谁都叫美女？也就一般好吗？单论颜值我还是站公主的。

但是X学长不喜欢公主吧，不是说她表白被拒了吗？

我猜，这个新闻学院的女的家里肯定有更硬的背景，比公主还牛。

……

各式各样的说法满天飞，有些尹孟熙知道是真的，有些确定是假的，还有的她不知道是真是假，就稀里糊涂地看。她从生下来到现在都没有像这样被议论过，现在照片和名字却被贴在匿名论坛被无数双眼睛凝视，而且还要被以戏谑的口吻评判比较。这种感觉实在很糟糕，可是她又想不到该怎么反抗，她知道肖至从来不看这些乱七八糟的东西，也不敢跟他说自己在看，只好默默把一切都憋在心里，祈祷暑假赶紧到来，这样无聊的人就会忘记她这个人的存在了。

而尽管这些不愉快的因素客观存在，跟暗恋了大半年的人在一起的感觉还是美妙得难以言喻，尹孟熙在六月底交过最后一门课的论文后依然迟迟不肯买车票回家，她爸爸妈妈打电话来问过她好几次，她每次都说还有点工作没做完，做完就回去，一直耗到七月初。

那天肖至去贾先生家里了，一整个白天都不在学校，她等了他一天，到晚上才大着胆子发信息问他什么时候回来，他回说大概八点，她就高高兴兴地跑到校门口等他，八点十几分接到了人。

“怎么跑出来接我了？”他看到她的时候有些惊讶又有些无奈，“不嫌热？”

七月的A市热得像个大蒸笼，只要到室外走一圈身上就会冒汗，她才等了十几分钟额前的头发就湿了。

“不热啊。”她睁眼说瞎话，又有点腼腆地摇头，“只等了一小会儿。”

就，想要早点见到你。她把这句话藏在心里，他却好像听见了，也许是刚意识到她很喜欢黏他，心里的感觉也很微妙，最后就没法再说她，只好轻轻牵起她的手。

“走吧。”他领着她往校门里走，“给你买冰激凌。”

A大一教顶楼有个学生自营的咖啡厅，外面连着一个大露台，学期中的时候往往人特别多，现在放假了就清净不少，他们去的时候完全没人，可以特别自由地一起聊天看星星。他给她买了一个香草甜筒，自己买了一杯冰美式，两人一起靠在天台的栏杆上闲聊天，她本来打算问他今天都做了什么，结果嘴还没张兜里的手机就响了，掏出来一看，是她妈妈打来的。

“喂？”就刚说一个字，电话那头的妈妈就开始输出了，一直追着她问到底什么时候回家，还抱怨A大不把学生当人看，暑假还要扣着人干活。

母校可不知道自己被扣了这么沉一口锅，尹孟熙也有点良心不安，肖至还在旁边，她接电话有点不自然，担心暴露自己刚刚交了男朋友的事。

“我就快回去了。”她小声回答着，引得旁边的肖至低头看了她一眼。她有点局促地跟他对视，电话那头妈妈又在追问她具体是哪天，她就又含含糊糊地说：“就这几天。”来来回回说了很久，好不容易才让妈妈放心。

“阿姨催你回家？”电话挂断后他问她。

“嗯。”她有点闷地点了点头。

他沉默一会儿，拿着咖啡的手指在杯子上小小地摩擦了两下：“票买好了？”

她闷闷地摇头，这次连话都不说了。

他又看她一眼，伸手从兜里拿出手机，一边解锁一边问她：“想买哪天的？”

这是干吗？要给她买车票？别扭从心底浮起来，她有点开心又有点不开心，悄悄看他一眼又扁起嘴，说：“不要你买。”说着，还伸手把他的手机按灭了。

不起眼的话语和动作同时在两个人心上拨开了淡淡的涟漪，小小的撒娇和对对方私人物品的触碰都是美丽的余波，也许对第一次恋爱的男女来说“适应期”就是这么玄妙的东西，你以为过去了其实没过去，你以为没过去其实又过去了。他怎么不知道她不想走呢？怜爱一个人的感觉被轻轻勾起来，他发现自己好像真的很容易对她产生特殊的保护欲。

“可你总不能一直留在学校。”他的言辞很节制，“阿姨会担心。”这个称呼又让尹孟熙心情微妙。

虽然只是普通的礼节性称呼，小时候班上的同学见到别人的家长都会叫叔叔阿姨，偏偏他这么叫她就觉得特殊，好像连她跟他的关系都变得更亲密了。

心化得比手里的冰激凌还厉害，那时她很想抱他又有点不敢，自己默默挣扎了好久也只是轻轻牵上他的手指。

“我……”她的声音闷闷的，“我不想走。”

他一愣，忽然有点儿扛不住，大概因为以前都没发现这只规规矩矩的小兔子还这么会缠人。她不会知道的，那时他其实也想抱抱她，可又担心那样太过了会吓着女孩子，所以最后也没动，同样只是牵住了她的手指。

“假期也很快就过去了。”他的声音有点局促，“我们经常通话好吗？”

她也真是很好哄，只是听到他说“通话”就晕晕乎乎没有抱怨了，像块橡皮泥一样可以被他捏成任何形状，看着他的眼睛里泛着粼粼的波光。

可是……唉，还是很想要一个抱抱啊！

第九章
还没熟透的初恋

1.

尹孟熙过了一个很无聊的暑假。

怎么讲呢？高中同学大概一周内就能聚完，其他亲戚朋友走一圈最多需要半个月，这个时效过去之后家乡对人的吸引力就会慢慢下降，而它身上小毛病的存在感又会渐渐上升，小人情社会的条条框框总会让从外面回来的孩子感到有些不适。

七月中旬刚过她对 A 市的想念就有些压不住了，不仅因为向往那个更加自由的环境，而且也因为肖至。

天知道，她本来不是那么耐不住性子的人，喜欢他这个秘密她都在心里憋了大半年，要不是那天唐霏她们在火锅店硬把它给捅破了，她都不知道自己还能继续憋多久。

现在她却变得很不能忍，或许恋爱的确有让人上头的副作用，尤其他们刚在一起不久，还有很多未知的甜蜜没有解锁，她完全被勾住了，几乎从早到晚每一分每一秒都在想他。她知道自己不能这样。

暗恋者最初为什么会选择暗恋呢？因为他们大多都不是太勇敢直接的人，就算喜欢对方的程度已经拉满了也还是坚持要把一切控制在一个安全稳妥的范围内，唯恐使状况变得尴尬。

现在暗恋所带来的不安全感仍在影响她，总担心过度投入这段感情反而会引来一些糟糕的结果，于是一直努力劝服自己维持理智，每天最多给他打一次电话，发两次 QQ，再多就是违纪，要被严肃处理。

可不联络他的时间她又该做些什么呢？她选择了做家教。

一开始其实是被逼的。

她在家乡这个小县城很出名，毕竟是极罕见的能考上 A 大的学生，有小孩儿的亲戚朋友都想找她给孩子补课。她拗不过爸爸妈妈，就帮着带过一个孩子几次，时间长了对方的家长也不好意思，会给她一些钱表示感谢，也不算很多，两小时五十块钱。

刚成年不久的尹孟熙还是第一次赚钱，心里感到十分新奇，后来那个家长又介绍了另一个孩子让她一起带，那就不是亲情价了，两个小时要收一百五十，这样加起来她就能赚两百块，暑假一周两次是四百，一个月就是一千六。这可是一笔大钱！

她家里的条件很普通，父母都是私企里的小职员，一个月给她的生活费也就一千块，现在做家教一个月就能赚一千六，实在很难让她不心动。

钱……小时候她都没什么概念的，上了大学才渐渐意识到它的重要，比如和室友一起出去吃饭玩耍，团建的费用肯定都是 AA，又比如在学生组织工作，一些经费都是后来报销的，前期需要自己垫付，要是手头没点钱真是连活都干不了。

更何况现在……她有男朋友了。

顿顿吃食堂是不可能的，肯定时不时要出去吃点东西，她不想占他便宜，那肯定就是他结一次账她买一次单最公平。

看电影之类的约会形式应该也是少不了的吧？那他买电影票她买可乐爆米花，也是价值相当。

去约会她总不能蓬头垢面的吧？多少要买点好看的新衣服打扮一下，这样如果又被学校论坛上那群无聊的人偷拍了也不至于太不体面……

她在心中仔细地计算了一番，发现下学期潜在的开销十分之大，依赖父母肯定是不行的，还是自己抓紧赚钱比较靠谱，于是就认认真真地做家教赚钱，后来还又请亲戚介绍了两个孩子过来，一个月满打满算可以赚到四千块。

这个钱虽然多，可耗费的精力也不少，她每天备课大概要花一小时，准备试卷材料又要一小时，上课本身两小时，来回往返一小时，林林总总加起来大半个白天就没有了，基本都要到接近傍晚的时候才空出来，而那时就是难得的，每天能与肖至通话的时间。这是一天中最让她期待的时刻。

白天的辛苦似乎是一种积攒，像货币一样可以用来兑换傍晚温暾的浪漫，回家以后的第一件事就是回房间悄悄锁上自己的房门，找出耳机插进手机，然后小心翼翼地一个键一个键地按下他的号码。

“嘟——嘟——”等待是纤细的丝线，把她的心牵引到另一个遥远的城市，电话接通那一刻无端的线就被打了一个漂亮的结，告诉她一切可以变得有着落。

“喂？”他的声音透过听筒传过来，永远那么沉静温和，就像在她耳边似的。

“喂。”她的手指微微绕紧了耳机线，与他对话时的紧张和悸动对比暗恋期没有哪怕一点消退，“我是尹孟熙。”

规规矩矩地自报家门，好像生怕他不记得她是谁了似的。

“我知道。”他好像笑了，大概是觉得她傻气，“到家了？”

“嗯。”她抿抿嘴，眼睛在他看不见的地方亮起来，“刚到。”

这时听筒里传来一点杂音，好像是书本被合上了，她仔细地分辨着，过一会儿又听到他说：“比昨天晚了一点。”

哦，他还记得她昨天到家的时间。小小的快乐又在冒泡泡，她努力克制着，解释：“嗯，今天跟一个小朋友的妈妈聊天来着。她问我学习为什么能这么好，还让我把我的学习经验和学习习惯都写下来，她要给她家小朋友贴在墙上。”

前半句有点吹嘘的意思，他好像又笑了，模糊的声音像羽毛，把她的耳朵和心都撩拨得痒痒的。

“干吗笑我？”她脸红了，声音像浸过蜜，“我真的学习很好，这学期绩点有 3.82。”顿一顿，怕显得不够厉害，又补充，“上学期更高，有 3.86。”

多没出息的发言，就像她带的家教小朋友，只正确算出了 15 的平方是多少就着急地想向老师要一朵小红花。

他也很捧场，大概早就明了她想被夸奖的心思，配合着她说：“这么厉害？”像在顺毛抚摸小兔子的大耳朵。

“还好吧。”她很满意，可还是要小小地傲娇一下，尽量让自己的声音听起来谦虚一些，“学长呢？你绩点多少？”

他好像被问住了，过了一会儿才说：“我还没查，你等一下。”

说着她就听到了电脑开机的声音，过一会儿键盘也响了，大概是在登录成绩系统。

“3.95。”几秒钟后，她听到他语气淡淡地说。

震惊又一点也不意外吧。

“哦，”她的声音又有点闷闷的了，“厉害。”

他听出来了，眼前自动跳出小兔子丧气的样子，心里软软的，哄她：“我们院给分比较好，平均绩点本来就高，你还在读本科，通选课压力肯定大一些。”

这都是安慰人的话，她才不信，问：“那学长本科的时候呢？绩点多少？”

其实也都接近满绩，就没下过3.9，但现在说这个显然不太合适，他就回答：“太久了，我有点忘了。”

喊，明显是骗人嘛。她在心里抱怨他，可其实又觉得很开心很骄傲，也不知道骄傲的点具体是什么。是单纯替他骄傲吗？还是为把这么优秀的人“拐”成男朋友的自己骄傲呢？

她抿着嘴偷偷笑起来，又换话题问他今天做了什么，他正要回答呢，她房间门的门把手却忽然动了一下，是妈妈叫她出去帮忙洗菜，还在问她怎么把门锁上了。她吓了一跳，差点把手机摔在地上，下意识就一个反手挂掉了电话，隔着门大声回答：“好，这就来这就来。”

妈妈走了，嘀嘀咕咕的声音隐约透过门板传进来，好像在抱怨孩子大了都学会锁门了。

她松了一口气，就像做贼险被抓一样心有余悸，低头看看手机，意识到自己刚才居然挂了他的电话，紧张感又立刻上升十倍，真是大起大落一波三折。

没办法只好打开QQ亡羊补牢——

她：学长不好意思，我刚才是误触，不是故意要挂电话的。我晚上再打给你好吗？现在要去帮我妈做饭。

想一想，又补发了一个活泼可爱的小兔子表情。半分钟以后他回复：好。

很显然，尹孟熙完全没把自己谈恋爱的事情告诉家里。她不仅没说，而且还在父母询问她是否恋爱了的时候义正词严地扯了谎，声称自己目前的重心都放在学业上，而且各种学生工作也很忙，完全没时间谈恋爱。

她父母看她这么认真，心里当然也是欣慰的，可又怕孩子太正经了耽误了人生大事，所以也偶尔委婉地劝，说：“熙熙啊，其实如果你碰到了那种很优秀的男孩子也是可以考虑跟对方多相处一下的，爸爸妈妈不是那种老顽固，你也长大了，可以谈恋爱了……”

尹孟熙就听着，还煞有介事地点头，装严肃装得十分逼真，要是郭跃在场看到了一定会后悔上学期让她在剧务组帮忙，白白埋没了一个有才华的好演员。

而她到底为什么不把自己恋爱的事告诉父母呢？明明肖至是那么优秀，明明她是那么喜欢他，明明她的父母对这场恋情没有构成任何阻碍。

人的内心总是曲折又复杂，并不是所有内容都可以被大脑解读，那时候的尹孟熙还太小，没办法理解自己下意识的决定背后隐藏着怎样隐晦的潜意识，直到很多年以后她才明白，原来打从一开始她就对自己的初恋抱着非常悲观消极的预期。

2.

这些悲观从何而来呢？最初也不过是一些无关痛痒的小事。

有一天她结束家教课坐公交车回家，路上无聊就拿出手机刷刷刷，习惯性点开学校论坛想看看还有没有人在背后瞎说自己的闲话，没想到却在首页的一个帖子里意外看到了肖至和唐霏在一起的照片——

这是X学长和公主？

什么鬼！他不是拒绝她了吗？这咋回事？

什么？劈腿了？

我就说“天降”打不过“青梅”！

其实也没什么，就是我回学校迁档案偶遇这一对，顺便还看到公主的妈妈了，三个人一起进了教职工食堂。

妈呀，公主这是啥意思啊？自己追不到人就找妈咪帮忙？

她脸皮也太厚了吧！

确实，代入一下那个新闻学院的学妹我已经心梗了。

……

一个普普通通的八卦帖，照样到处充斥着嘻嘻哈哈的调侃，在别人看来就是个有趣的乐子，可对尹孟熙来说却是一把扎心的刀子。

他和唐霏暑假也会经常见面吗？也对……他们都住在学校的家属院，活动范围基本完全重合了，抬头不见低头见，当然会经常碰面。

可是唐霏之前跟他表白了啊，他又没答应她，难道这样还能当成什么都没发生过，继续从从容容地当朋友吗？还是说他反悔了？

也许他跟她交往了一段时间，忽然觉得还是唐霏更好，所以想跟唐霏修复关系，跟她在一起？

乱七八糟的想法不断往外冒，尹孟熙发现她没有办法控制自己的脑子。她当然不是怀疑肖至的人品，他为人那么谦逊温和，做事情也一直得体周到，怎么会是那种三心二意见异思迁的渣男呢？退一万步说，就算他真的喜欢上了别人，要跟她分手，她也相信他会先清楚地告诉她，而不是偷偷摸摸地脚踏两条船。

可……她还是立刻就被一种异常陌生且强烈的情绪淹没了。

像是恐惧又像是伤心，类似酸涩又类似委屈，假如将得到一种完美的亲密关系比喻为考上一所好大学，那么暗恋的结束最多相当于幼儿园毕业，接下去还有小学六年中学六年，数之不尽的考试正在前面等她，而她却在刚刚迈进义务教育大门的时候就已经怕得腿软了。

是她特别没有出息吗？还是这世界上所有的暗恋者都难以真正根治自己内心的卑微和胆怯呢？

当晚他们又通话了。他还跟平时一样温柔地跟她说话，会关心她上课辛不辛苦，有没有遇到什么麻烦，听说她们新闻学院专业分流的结果已经出来了，就问她具体进了那个系。

“广播电视学。”她规规矩矩地回答他，“我的第一志愿。”

她绩点那么拔尖，在整个 2011 级里排第五，当然是想上什么就上什么，在分流中没有碰到什么困难。他却听出她的声音有点闷，好像兴致也不太高，就问：“今天有哪里不舒服吗？”

她在电话这头发愣：“嗯？”

“声音听起来有点没力气。”他好像有些担心她，“出什么事了吗？”

她真喜欢这种感觉，被他关心被他在意，一句小小的问候也是礼物，可以让她得到莫大的慰藉。她会一直拥有这种优待吗？会不会被他转赠给别人？

患得患失的感觉已经冒出了头，那一刻她真想问他关于唐霏的事，可话都到嘴边了又问不出口。

问什么呢？问他今天为什么见唐霏？问他洪书记说什么了？问他会不会改变心意跟她分手？

这么啰里八嗦扭扭捏捏的问题，别说是他了，就是她自己听见也会反感的。

“没有。”所以她不问，把所有情绪都藏在心底，“可能今天太热了，还有点闷。”

他没怀疑，不见面的好处和坏处都在这里，既免去了被追究的负担，又根绝了被安慰的机会。

“好好休息。”他嘱咐她，“你总让自己过得很累。”

她知道他是在说她上学期在剧社帮忙的事，轻轻笑了一下也没接茬儿，沉默了一会儿心里还是不安生，就又试探着问他："那学长呢？今天有遇到什么特别的事吗？"

告诉我吧，告诉我你今天见到唐霏了。哪怕不提你们具体说了什么，只要告诉我有这件事就好。无声的期待在心底发酵，此刻她表面上有多安静暗地里的紧张就有多强烈，普普通通的一个电话竟然打出了生死攸关的效果，此刻在她眼里什么都是千钧一发。

"没有。"他却这样告诉她，"就是很普通的一天。"

"啪——"千钧将一发坠断了，沉沉的石头掉进湖心，"扑通"一声闷响。

"这样啊。"她的声音更轻了。

3.

之后的暑假就变得越来越糟了。

学校的论坛再也没有出现新的关于他和唐霏的帖子，对尹孟熙来说既是好事也是坏事。好的是她不必再去面对新的坏消息，坏的是她也无法再得到新的好消息。

作为学生的她从没有哪一次像那个假日一样渴望开学，因为只要开学了她就可以见到他，就能亲自确认他们之间的关系是否能够存续，可那个不识趣的夏天却偏偏那么那么漫长，要命的七月和八月都有 31 天，难道不是故意在跟她对着干吗？

好不容易熬到八月中旬，答应要做一个月的家教终于做到了头，家长说想请她再做半个月到开学她也不肯了，拿着钱坐车回家的路上就不由自主地开始看车票，心中还在盘算 20 号之前就回 A 市的可能性。

她爸妈当然是不同意她早走的，毕竟孩子一走一学期，心里难免惦记。尹孟熙却真的坚持不住了，就找了个理由说今年她要提前返校帮团委做迎新工作。其实也不能算撒谎，团委的确是有这个工作的，只不过不是她所在的部门负责，但她到时候可以主动申请去帮忙，这样就不完全算撒谎了。

她是已经拿定了主意，谁劝都没用，十九号那天就提着箱子自己坐上了火车，车窗外是一大片郁郁葱葱的原野，夏日的晴朗生机永远那么具有故事性，要是平时她肯定会忍不住想拿手机拍，那天却因为心里很乱而提不起劲头。

怎么说呢？她也知道自己这样很不好，论坛上几句捕风捉影的闲言碎语就能让她魂不守舍半个多月，甚至离谱到提着箱子提前跑回学校去。

其实回去又能怎么样？她都没告诉肖至她今天要回去的事，到了以后又该怎么找借口跟他见面？骗爸爸妈妈的借口对他可不管用，他知道团委是干吗的，也知道迎新根本不是她要干的活儿。

唉，要不干脆听天由命好了。大不了到了以后她就多去图书馆附近转转，没准儿就能碰上他，到时候厚着脸皮装偶遇又能怎么样？理由就瞎编嘛，比如她要提前回来考察一下哪个牙科医院拔智齿比较厉害，留着以后备用……

稀奇古怪的念头一个一个往外蹦，在这之前她都不知道自己能想出这么扯的借口。

就这么琢磨了大半天，太阳都从正当中慢慢沉到了西边，原野的绿意也在越来越暗的光线下变得难以分辨，偌大的玻璃窗只倒映出她自己的脸，也许那一刻她也感到了一些难以言说的孤独。

“丁零零——”她的手机响了，拿起来一看，是他打来的。

呼吸有一瞬的凌乱，她又在无意间紧张了起来，仔细调整了一下呼吸才敢接起电话，说“喂”的时候心尖还在打战。

“到家了吗？”他的声音传过来，比她今天看了很久的夏日旷野还要令人着迷。

“还没。”她心虚地回答着。

怎么瞒得住？四周都是杂音：火车碾过铁轨的声音，旅客相互交谈的声音，广播里播放安全提示的声音，小孩子哭闹着找妈妈的声音……明显不是在家里。

他大概也听出不对劲了，在电话那边沉默了一会儿，又问：“你这是在哪里？”语气变得有点严肃。

她就有点怕，也不知道为什么不敢说实话，正打算含含糊糊地敷衍过去，广播里却突然冒出“叮咚”一声，乘务员字正腔圆地报送：“各位旅客请注意，南京站就要到了。请在南京站下车的旅客提前收拾好行李物品。”

暴露了。

诸如牙科医院调查一类离谱的借口根本没有派上用场，她人还在车上就被他看穿了底细。

她不知道他对此是什么态度，只听到他声音微沉地问她什么时候到，于是也不敢再兜圈子，就老老实实地说应该是八点半正点到。

“我去接你。”他的语速有点快，没有太多起伏，“路上可能会堵车，要是我晚了你就先找个地方坐着等我一下。”

她讷讷地，听着他的声音心里是越发的虚，回答：“好，好的。”

而实际上他并没有让她等。

八点半她的车准时到了，她拖着箱子从出站口出去的时候一眼就在人群里看到了他。天知道那天有多少人，出站的接站的，行走的、站立的，摩肩接踵人头攒动，偏偏只有他一个那么出挑，轻而易举就能牢牢抓住她的视线，让她一头栽进他山涧溪谷一样动人的眉眼里。

什么夏日的旷野啊！哪里比得上这个让她好喜欢好喜欢的人呢？

4.

“滴——”排队检票出站的时候她的心就飞了，眼睛一直紧紧地追着他看，他也看到了她，漂亮的眼睛微微一亮，远远地对她招了招手。这一下让她更迫切，开始埋怨排在她前面的人动作太慢，又等了好一阵才排到她检票，闸机打开允许通行，她终于可以出去了。

刚推着箱子迈出一步，隔壁检票口就有一个女孩子越过她跑了出去，高高的马尾辫快乐地摇，一下就扑进了一个在外面等她的男孩子怀里，大概也是好久没见到面的小情侣，旁边这么多人看着也不在乎，抱抱之后居然还亲了……

尹孟熙看得面红耳赤，一颗心是“扑通扑通”地跳，愣了一会儿才意识到这样一直盯着人家看很不礼貌，又赶紧收回目光低下头往前走。肖至已经在不远处等她，在她走近后就顺手从她手中接过了行李箱。

他没什么变化，还跟一个半月前一样英俊，旁边很多经过的女孩子都在偷偷看他，她脸上的红还没退，除了因为见到他而感到兴奋，还因为在猜测他有没有看到刚才那对情侣的样子，就是……抱抱亲亲什么的。

她偷偷摸摸地揣测着，其实也没有什么具体的期待，女孩子的矜持和含蓄让她不能表达内心隐秘的希望，却也的确想要得到来自喜欢的人的一点表示，毕竟她是为了早点见到他才特地千里迢迢跑回 A 市的。

“累了吗？”他对她说了见面后的第一句话，“我叫了车，走吧。”

这……怎么讲呢。当然他还是非常温柔体贴的，跟她说话的时候还伸手帮她挡开了旁边一个旅客的大包，可也许是因为有了刚才那对情侣的对比，她就忽然觉得有些不满足，甚至觉得他对她有些过于客气，跟普通的学长好像也没太大分别。

失落的感觉像涨潮一样上涌，她潮热的手心微微凉下去一点，但还是看着他点头微笑，并且很乖地说："好的。"

往车站外走的时候两人也没什么话，她在他身后一步的位置，心里一直空落落的，后来才慢一拍发现他衬衣后背的位置颜色有点深，大概是因为一路赶着来接她，大热天出了一身汗。

她好了一点，但情绪还是很复杂，好在坐上出租车的时候他主动跟她一起坐在了后排，要是他一个人到前面去坐，她怕自己会当场哭出来。

"怎么忽然一个人回来了？"他坐在她身边问，声音不轻也不重，"也没提前告诉我。"

她偏过头看他，车窗外的霓虹正在闪烁，溢彩的光影偶尔投落在他的眉眼间，令人着迷的美。

"也没什么。"她掩饰着心中的微妙，不提论坛的帖子也不提刚才的失落，"就是在家里待着也没什么事，就想提前一点回来也不错。"

他也看着她呢，因为背光，神情有些看不清，只有叹气的声音很清楚，是她熟悉的那种，像是大人在面对小孩子时的无奈。

"下次还是提前跟我说一声吧。"他说，"要是我没能来接你，你一个人回去多不安全。"

这就是最让尹孟熙感到彷徨地点了。

你说他是她的男朋友吧，他对她的态度却好像不够热情。你说他只是她的学长吧，他又的确给了她超过正常朋友尺度的关怀和照顾。不高不低不尴不尬的位置，正正好把她架在树中间，上又上不去，下又下不来，不足够说甜蜜，也没道理讲委屈。

"好。"她继续乖巧地回答，"下次我会注意的。"

他听了这话之后皱了皱眉，似乎有话要说，刚要开口手机却亮个不停，她偷偷瞄了一眼，好像是个 QQ 群，里面不停有人发消息。

他低头看了一眼，转头跟她说了一声"抱歉"，又问："介意我回一下吗？"

介意吗？其实介意的。至少今天晚上，我希望你能只看到我一个人呀。

“不介意。”可她却这样回答，“学长先忙吧。”

语气听上去还很真诚，没有一点勉强。

他对她笑了一下，或许是觉得她懂事，接着就打开手机浏览了很久群里的消息，她不知道他在看什么，只是难得见他打那么多字回复，一条消息七八行，连着发了四五条。

她抿了抿嘴，把脸转向另一边看窗外了。

一直到临下车前他才收起手机，再次跟她说抱歉，她还是说没关系，然后争着要付出租车的车费，可惜却没拗过他，最后还是占了他的便宜。

“学长今天破费了。”她不好意思地摸摸鼻子，跟他一起走进校门，“下次我请你吃饭吧。”

算是把钱还回去。

他还帮她拖着箱子呢，听了这话眉头又皱起来，校园里的路灯把他们的影子拖在一起，看上去倒比真人亲密。

“跟我不用这么客气。”他的语气有点微妙，说不清的感觉，“本来我也应该去接你。”

本来？应该？所以他是在按照某种规则在跟她相处吗？像其他的情侣一样……可其实心里却未必愿意。

失落的感觉更加强烈，慢慢又进化成了伤心，她忽然觉得自己做错了事，或许本不应该这么冒失地突然跑回A市，搞得现在想再回家也很困难。

她抬头对他笑了一下，也没再说什么，沉默的尴尬悄悄蔓延，也许当时他们两个人都有些不自在。为什么会这样呢？明明暑假一直在通话的，为什么见到面以后反而会变得陌生？

她不明白，初恋中发生的一切都是那么晦涩且具有冲击性，或许因为她太珍惜也太想保护它，所以反而更容易变得悲观消极，那一刻甚至已经在思考特别深入的问题，譬如他们两个是不是打从根上就不适合在一起……

唯一的幸运是她的宿舍离校门不算远，走了大概十分钟就到了。

暑假里校园里没什么人，宿舍楼下更是一片静悄悄，他们一起站在明亮的路灯下，就要很平淡地彼此说再见了。

本来以为会舍不得，没想到反而是松了一口气，显然这趟提前返校的旅途没有一样跟她想得一样，她有点扛不住这样的落差，已经想要逃回自己的宿舍藏起来，跟他说再见的速度也很快，几乎就要掩饰不住自己的迫不及待。

她拖着箱子转身往宿舍大门走去，不知道为什么那个画面看起来会有点像分手，她有些迷茫又有些无力，眼前忽然浮现出上学期剧社聚餐结束后他问她要不要试着在一起的那个场景，那时他也在差不多的时间送她回宿舍，可气氛却是温情且富有希望的，跟现在的别扭生硬一个天一个地。

当时他说的是“试着”交往，所以他们……这是没试成功吗？

很大一朵乌云在头顶盘桓逡巡，她的心中已经下起了一场雨，眼眶同样变得酸胀，也许一离开他的视线她就会立刻大哭一场——可惜他却不懂她的狼狈，还在最后一刻阻止了她的逃跑，微凉的手轻轻牵上她的手腕，是他从她身后拉住了她。

停住、转身、回头。

她看着他，就像看着一道连题目都读不懂的高考数学压轴题，能做的一切就是兴致勃勃地在开头写上一个“解”加一个冒号，真要着手解题立马就是无能为力。

他也的确就是那么难懂，明明刚刚还让她彻头彻尾地怀疑自己，此刻就又再次向她走近，过分漂亮的容貌让他拥有了一个厉害的作弊器，可以非常容易地把别人置于不利的境地，她想不通还有什么事他办不到，就像她理解不了那时他为什么看上去有些局促。

他越靠越近，虚握着她手腕的手像是直接捏住了她的心，她完全动不了，以世界上最缓慢的速度被他轻轻搂进怀里，温暖的怀抱像味道混杂的鸡尾酒，甜蜜之中还要掺进一些涩意。

“不知道这样会不会吓着你……”他的声音就在她耳边，温热的气息是那么靠近，她的侧脸贴在他的胸口，在他说话时能感到轻微的震动。

“如果觉得不舒服就告诉我。”

不舒服？指什么？是指此刻这个处处都透露着节制的拥抱吗？还是指他渐渐包裹住她整只手的掌心？

她不知道，耳边他越来越快的心跳也在阻止她继续思考，滂沱大雨之中忽然划过一道闪电，乌云被劈开了，可是雨却下得更大。

话是说不出的，想说也没的说，她能做的就只有不停地摇头，表达的意义含糊不清。他也不确定这是不是意味着拒绝，想要放开她又忽然觉得胸口一热，安静的女孩子在他怀里哭了，眼泪一滴一滴地往下掉，眼睛红得像一只真正的小兔子。

他吓了一跳，完全没预料到她会哭，再成熟的人面对初恋也要手忙脚乱，即便是他也没法成为那个例外。

“怎么了？”他肉眼可见地慌张起来，手已经不敢继续牵着她，只好转而小心地为她擦眼泪。

“我让你害怕了？”

什么跟什么，他是这个世界上最温柔的人，谁会害怕他给的拥抱呢？

她被雨水淹没了，眼看着就要掉进四处流荡的洪水，能够自救的办法只有反过来拥抱他，挂着泪水的脸深深埋在他怀里，两只手也要紧紧地抱着他的腰。

“我很想你……”她难过极了地告诉他，没有一个字不在诉说跌宕起伏的委屈，“我喜欢你。”

5.

初恋到底是什么味道的呢？

或许最像在三四月的早春结出的果子，淡淡的青绿告诉你它还没熟透，可漂亮的色泽已经让人口齿生津，咬下去的时候能尝到藏了一整个冬日的甜味，同时又会被盛夏到来前的涩味酸倒牙齿。

她吃到了它，为那酸酸甜甜的陌生味道心潮起伏，只知道自己乱了套，却不知道那时的他是怎么想。会嫌它太青涩不能入口吗？还是会觉得采摘它的过程太麻烦？

她不想加重这种麻烦，所以在他询问她为什么哭的时候选择了沉默回避，没有问他跟唐霏的关系，也没有问他们为什么不像其他情侣一样亲密，自己悄悄擦擦眼泪，抬头看他的时候就笑一笑，说就是太久没见他所以有点情绪化，让他不要理她。

自卑和犹疑都藏在心底，拖着箱子走进宿舍楼的时候隔阂好像变得更厚，回到寝室之后才开始放心地哭，憋了一个暑假的坏情绪全在这一晚破防，哭着哭着头晕眼花，最后连行李都没收拾就爬上床用被子蒙住脸睡了。

一口气睡到第二天早上八点。

起来的时候还是头晕，眼睛还有一些肿，打开手机想看一下时间，却发现七点半的时候他给她发信息了，问她要不要一起吃早餐。

已经过了半个小时。

她：不好意思我刚醒……

正在挑合适的表情包，他的信息却很快回过来了。

他：没关系，我也还没吃。

他：一起去？

啊？他还没吃？是因为要等她吗？

她的心跳了一下，条件反射一样着急地下了床，照镜子的时候却发现眼睛肿得很明显，就算闵瑞在这儿也没办法用高超的化妆术帮她遮掩，于是心里就别扭起来，觉得不好被他看见。

可他的消息却紧跟着又到了——

他：我在楼下等你。

这……尹孟熙觉得自己的头更晕了。

十分钟梳洗换衣服，十分钟用凉毛巾紧急敷眼，二十分钟后她终于还是背着包下楼去了，那时他果然已经站在楼外等她，暑假中学校里没什么人，让他难得没有被围观。

“跟男朋友出去啊？”可还是有宿管张阿姨抱着洗衣盆经过，看看她又看看站在玻璃门外的肖至，笑眯眯的样子看起来特别慈祥，“男朋友帅的咧！”

这调侃可真叫人脸红，尹孟熙也不知道该回什么，就局促地笑一笑，推开门出去的时候才发现天气特别好，微风轻轻吹，阳光很明亮，树梢沙沙作响。

“学长。”她走到他跟前，位置跟昨晚被他拥抱时一样。

他穿了一件白衬衫，在明亮的阳光下看起来比平时还要出挑，比什么明星偶像都要好看。他也跟她打了招呼，目光在她明显红肿的眼睛上停留了一下，却体贴地没有明着问，只是轻轻牵起她的手，很自然地说：“去吃饭吧。”

她本来以为他们要去食堂吃的，没想到却被带到了大学路拐角的一家早餐店，这里的春卷和锅贴很有名，学期中的时候人总是很多，假期里就清净一些，八点半进去店里只有两桌人。

他们各自点了吃的，等上菜的时候他忽然问她：“今天有什么安排吗？打算做什么？”

她能有什么安排？跑回学校完全是一时冲动，除了见他没有其他任何目的。

要不再把那个牙科医院调查的借口拿出来用用？

“我……”她抿了抿嘴，“今天啊？”

他已经懂了，就不会再难为她，安静地又看一眼她微微红肿的眼睛，语气也有一点试探："如果不忙的话，要跟我一起见几个朋友吗？"

她一愣，有点没反应过来："嗯？"

"就是一起做事的朋友，最近在准备一个项目，"他解释着，"他们人都不错。"

"项目？"她眨了眨眼睛，"什么项目？"

"有点复杂，我们也还在聊细节。"他像是在思考该怎么对她说明，"你有空的话可以跟我一起去听听。"

顿一顿，又补充："其实本来打算开学以后再跟你说这件事，还想问你要不要跟我一起做。"

啊？跟他一起？他想带她一起？

她都不知道是什么项目，只听到"一起"两个字就立刻想答应了，也许是因为这个听上去很长期的计划让"分手"的可能性降低了，也让她心中的不安全感有了一点消退。

"哦。"她矜持地表达着愿意，"那我先去听听好了。"

见面的地点是大学路的一家咖啡厅，离早餐店也不远。

她跟在他身后一起上了二楼，大早上的店里也没什么人，只有靠窗的位置上坐了三个男生一个女生，看起来好像都是他们学校的。

"肖老师——"其中一个胖胖的男生最先看到他们，圆圆的脸特别喜相，热情地冲他们招手。接着另外几个人也跟着回头了，很快都和气地站了起来，坐在外侧的男生戴一副黑框眼镜，穿格子衫，坐在里侧的男生个子稍矮，女生很清秀，干净地扎一个马尾，化着得体的淡妆。

尹孟熙不知道他们都是谁，只觉得那个戴眼镜的男生有点眼熟，但是又记不起来在哪里见过，当时也就乖乖跟在肖至身后，等着他给彼此做介绍。

"这是我的几个朋友。"他果然给她介绍了，依次看向胖胖的男生、戴眼镜的男生、矮个子男生和化淡妆的女生，"赵鹏、高涵宇、孙卓、陈欣宁。"

他这么一介绍尹孟熙就想起来了。高涵宇，是他们学校计算机学院的大神，同样也是得国奖发 SCI 的，去年他们团委还辅助校媒做过他的采访。

这是大佬啊！她还在心里感叹，肖至已经转头向他们介绍她了，说："这是我女朋友，尹孟熙。"

女朋友？尽管尹孟熙一直知道肖至没有掩饰过跟她交往的事实，可当时也的确是第一次亲耳听到他对别人说她是他的女朋友。客观的介绍明明很简单，可是却在她心底撩开一圈一圈的涟漪。

她脸红红的，拿不准该怎么跟他的朋友们打招呼，对面却先调侃开了，胖胖的赵鹏还吹了一声口哨，说："我就说肖老师昨天晚上怎么突然翘了组会，原来是去接女朋友了！"

"而且还带过来了！"个子不高的孙卓也在调侃，"家属的咖啡钱可不报销啊！"

一唱一和说得热闹，也就高涵宇和陈欣宁安静一点，前者只有些木讷地对她点了个头，后者则对她轻轻笑了一下。

"她刚大二，"肖至无奈地笑了一下，领着她在座位上坐下，"你们别欺负她。"

尹孟熙也是过后才知道，这一圈坐的都是她的学长学姐。赵鹏和高涵宇是计算机学院研三的学生，孙卓则是文博的博士，最显小的陈欣宁也是管理学院的研究生，跟肖至是同一级的。

他们也是光长了岁数，人跟本科生差不多幼稚，一听肖至说了句护着女朋友的话，反而就更想调侃，赵鹏一直啧啧摇头，感叹："我之前说什么来着？肖老师就是闷声发大财的人，去年还说什么不想谈恋爱，你看今年就跟小妹妹好上了。"

"那不然怎么的，都跟你一样当个老光棍？"孙卓吐槽他，"你倒是想找小妹妹，谁搭理你？"

"我服了，卓哥你不也是个单身狗吗，帮肖老师说什么话？"赵鹏抱怨，"怎么敌我不分呢你？"

叽里呱啦又是一顿说。

尹孟熙在旁边听得心"扑通扑通"跳，毕竟从来没有像这样光明正大地被人跟肖至拉在一起调侃过，在羞涩之外还感到一点具有刺激性的快乐，微妙的小心思是不值得跟人说的。

最正经的还要数高涵宇，坐在咖啡厅里膝盖上也摆着电脑，别人只顾着开玩笑，就他一个记得说正事，看着尹孟熙问："学妹是哪个院的？读什么专业？"

她一愣，下意识就扭头去看肖至，他对她笑笑，隐约有安抚鼓励的意思，看样子是让她自己说。

“学长学姐们好，我是2011级新闻学院的。”她规规矩矩地跟大家问好，又很乖地做自我介绍，“刚刚分流，广电专业。”

“新闻的啊，那挺好。”赵鹏很热情，主动跟她搭话，“可以做出版物这个方向对吧？或者也可以跟欣宁一起做商业计划书，你们文科生搞答辩都有一套的。”

商业计划书？答辩？尹孟熙眨眨眼睛，完全没搞明白状况。

“她还不知道具体情况，今天只是顺便跟我过来听一下，”这时肖至说话了，是替她解围，“先具体说项目吧，我记得昨天是结束在类目划分那里对吗？”

说起来，肖至这个人也真的是很神奇。

他本科只读了三年，当时刚刚研一升研二，在那一群人里的年纪明明是最小的，可大家却都会下意识跟着他的节奏走，赵鹏他们年纪都比他大好几岁，可也都会很自然地叫他“肖老师”。

他也没辜负这个称呼，一直像老师一样在控场，时不时地提出问题引导方向，总能让讨论很顺利地推进。

尹孟熙一直坐在旁边听，一开始完全摸不着头脑，后来听着听着才渐渐知道他们在说什么。

似乎是在筹备新一年的“挑战杯”创新创业大赛，正在多领域间做跨学科合作，最终的目的是搭建一个具有强融通性和强交互性的线上博物馆数字平台，以文博藏品为轴心，串联其背后的古文典籍、历史文化和传统民俗，既致力于做推广科普，又服务于专业研究。

6.

这真是一个庞大的工程。

全国上上下下的博物馆有多少？少说得有四五千家，里面的藏品不计其数，要一桩桩一件件汇总它们的影像和文字资料，那得做到什么时候去？

“我的意见还是从点到面。”赵鹏学长说，“明年四月提交作品，从现在算满打满算半年多，我和高神拼了命也就能搭个有基础功能的平台，就这还得找人工智能方向的外援，没办法往大里做。”

“没错。”高涵宇也表示赞同，“数据规模很庞大，图像处理的问题也不容易解决，到明年四月能把 A 市博物馆搬到线上就已经接近极限了。”

“这种涉及全国的系统性工作肯定也不是我们一个团队能做完的。”商科的陈欣宁学姐接了口，“现在申报方面学校的创院已经给了我们重点项目扶持，之后我会再申省市级和国家级的资助，只要项目在挑战杯里拿下一个好名次，就一定会有官方来谈合作，到时候都好办了。”

“工作量确实是很大，之前我跟肖老师也盘过，要校对整合的文献资料非常庞杂。”孙卓的眉头皱了起来，“可是只做一个馆就有一些问题解决不了，在专业评估方面会打折扣的。”

“可能还是项目定位的问题。”肖至想了想，措辞很谨慎，“如果我们的方向只是做线上博物馆，那么单做一个馆是没问题的。但是从学术上讲，更重要的意义可能在于打破馆藏壁垒，在文物藏品和典籍资料之间建立联系。”

“就是这个意思。”孙卓打了个响指，“比如我在A馆看到一件汴京官窑瓷，同一窑址出土的文物还可能出现在另一个城市的 B 馆、C 馆，那么从事专业研究的人肯定需要在平台上获得相关的信息，然后直接跳转过去查阅那件藏品的资料。这个意义是远大于只做一个线上博物馆的。”

赵鹏和高涵宇都陷入了沉思，大概也在思考这个新提出的问题。

“我不懂技术也不懂专业，就从商业运营的角度来讲吧。”陈欣宁补充，“线上博物馆这个定位本身的发展潜力确实有限，现在数字化是一个大趋势，之后各个博物馆肯定都会自己着手搞平台，那么我们的意义是什么呢？难道就是给他们写程序做样板？”

“打通壁垒的意义肯定是更重大的，而且也更容易吸引普通用户。”陈欣宁继续分析，“这个就更需要依托跨馆的结构。”

“你们文科生的嘴真是骗人的鬼。”赵鹏已经抱头了，“我反正就是个打杂的，技术上还得靠高神，高神说行就行。”停一下，又叫苦，“不过就算我们行，你们真能行吗？就算 MVP 版本里只做两个馆，这个文献量也得吓死人吧？肖老师和卓哥，你们都不打算睡觉了？”

“那肯定得找人一起干啊！”孙卓摸摸自己所剩无几的头发，努力捍卫博士生的尊严，“我又拉了两个师门里的学弟，就拼一拼呗。”

说到这里，又警惕地看了肖至一眼，说：“肖老师，你不会光顾着谈恋爱把活儿都丢给我吧？我先说好啊，你们院文献学和古文字学那些东西我们文博是搞不来的，你要是撂挑子这活儿直接趴窝！”

尹孟熙一个南方人，还真听不懂什么叫“趴窝”，只有前半句的揶揄是听明白了的，脸一下子又红了。赵鹏在旁边嘿嘿笑，说：“怕什么的，直接把学妹一起拐进项目组得了，男女搭配干活不累，爱情事业双丰收，血赚好吧。”

“是啊学妹，你真可以考虑。”孙卓也乐呵了，扭头看着尹孟熙卖安利，“项目成了也给你分股，我们不会亏待肖老师家属的！”

啊？分股？暑假里刚刚赚了四千元外快的尹孟熙现下对金钱的魅力可是深有体会，一听“分股”眨眼的频率就变快了，再一听“家属”更是连小酒窝都露出来了一点，忽然就觉得这个项目组……很不错。

“我不知道我行不行……”她有点局促又有点向往，“学长学姐们都太专业了，我才大二，怕能力跟不上。”

“这有什么好担心的？反正有肖老师带嘛。”赵鹏又笑眯眯地抢过了话，“实在不行你就甩锅给他背，男朋友不就是用来干这个的？”

这么密集的调侃尹孟熙可扛不住，当时也就不接话了，只偷偷地扭头看肖至。他一直淡淡的，好像并不反感别人这样开他们的玩笑，在她看过来的时候又对她笑了一下，语气很温柔，说：“嗯，是用来干这个的。”

那天他们一起聊了很久，从早上九点一直聊到中午十二点半，聊完一起去附近的饭店吃了顿午餐，吃完又在店里接着聊，老板看他们的眼神渐渐不善，没办法只好把晚餐也一起在同一家店解决，吃完后歇一会儿，又零零散散聊到八点多，一群人从饭店离开的时候连店里的服务生都明显松了一口气。

大家在大学路的路口分开，由于本科生和硕博的宿舍区不在一起，所以尹孟熙和其他人都不顺路。肖至要送她回去，就跟朋友们告了别，赵鹏一直啧啧啧，说有家室的人就是不一样，果然权力越大责任就越大。

回学校的路并不长，他们却走得很慢，温热的夜风轻轻吹拂，今夜的她似乎已经不像昨夜那么悲伤。

“今天是不是很累？”他忽然开口问她，语气有些歉疚，“聊得太久了。”

其实确实挺累的，毕竟大佬们的交流信息太密集，专业性强的东西又不容易理解，她必须全神贯注才能勉强跟住，低头喝口水再回来都会有点接不上。

可她很喜欢。喜欢他把她介绍给他的朋友们，喜欢他带着她一起做事，喜欢光明正大地出现在他身边，喜欢被可爱的人们善意地打趣。

“没有。”她的眼睛亮亮的，“挺开心的。”

他低头看了她一眼，在沉默中观察，也许是看到了她眼底那一抹小小的亮色，于是也终于稍稍松了一口气。两人一起站在十字路口，等着信号灯由红变绿，然后一起过马路。

“我没有要逼你加入的意思，所以不用有压力。”他又说了，“大二挺忙的，你专注做自己的事就好。”

她一听又抬头看他，有点拿不准他真正的意思，到底是希望她加入还是不希望她加入。

“我还是挺感兴趣的。”她小心翼翼地表达着，神情显得很谨慎，“如果有什么基础的工作需要人帮忙，我可以过去打杂。”

他挑了挑眉，又看了她一眼，想一想还是伸手摸了摸她的头，说：“不是已经说过很多次了吗，跟我说话不用这么小心。”

“咕嘟”，突然的触碰又让小水壶里的水滚了一下，她只为此感到曲折的甜蜜，却不知道他正在试图透过这些小小的细节解决昨夜两人之间微妙的隔阂和她难以说出口的委屈。

“哦。”她声音小得像蚊子。

他呢？修长的手离开了她柔软的发丝，又和温柔的晚风一起轻轻牵住她的手，初恋的纯情是难以复制的，往后漫长的一生他们都不会再像这样小心地去面对另一个人了。

“如果你感兴趣的话当然还是欢迎你来。”他的声音比晚风更迷人，“我一直希望我们相处的时间能更多一些。”

啊？希望？

“真的吗？”她明明听到他怎么说了可却还是要这么问，也许内心某个角落依然固执地认为自己不配得到这一切，“你不会觉得麻烦吗？”

隐晦的涩味悄悄冒出了头，被晚风一吹就飘到他心里去了，那时他似乎叹了一口气，侧脸在静谧的夏夜里看上去更加漂亮优越。

“小熙。”一个陌生的称呼在此时出现了，明明是第一次，却让她感到一种神奇的熟稔和亲昵；她的心就为这两个字静下去，世界忽然变得很简单，就只剩下站在她身边的他而已。

“我不是一个完美的人。”他说，“有很多缺陷，很多做不到的事。作为男朋友应该做些什么我其实不太知道，所以也许有一些该做的事我没做到，结果让你受了委屈。我为我所有的疏忽和错误向你道歉，但我也希望你能相信，我并不是有意要伤害你。我希望我们能在一起很久，更希望你一直开心。”

什么是情话呢?

跟室友一起看剧的时候听到的总是很漂亮的台词，男演员的处理也总是抑扬顿挫情绪饱满，好像有用不完的热力和深情。他的话就简单得多，语气也是平平的，她却觉得那是世界上最厉害的情话，可以让一根生锈的弦发出悦耳的音乐，让一片贫瘠的土地开出一朵漂亮的花。

她没有跟他抗衡的能力，也或许无论是谁都会在这样的温柔面前节节败退，本来就很喜欢他的心翻腾得更加厉害，她忽然觉得自己的嗓子又有点干涩了。

“我……”她无言以对。

“所以我不会觉得麻烦。”他好像知道她的为难，所以继续接着前面的话说下去，依然是很平常的语气。

“我很愿意了解你，听你表达你的想法，回答你提出的问题，这样即便我们开始的时机没有那么完美，往后也还是可以一直在一起。当然我也知道现在提出这样的要求是有点太早了……”

说到这里他停顿了一下，神情也有一点微妙的局促，可是体贴依然是他的底色，就像温暖是夏夜的底色。

“那么就等到你觉得可以的时候。等到了那个时候，告诉我你在想什么好吗？”

7.

好吗？当然好。

没有一个胆小的人会不讨厌自己的怯懦，正如没有一个别扭的人会不渴望变得坦率，尹孟熙自己也知道在这段感情中她有多少问题，而要改变这种消极隔阂的现状她必须先做出努力，她很擅长努力，对于一个从小县城考到 A 大的孩子来说这是赖以生存的基本技能，无论何时都不会抛弃。

第一步就是主动加入他们的项目团队。

学长学姐们，人都很好，一听她说要加入都表示欢迎，肖至把她拉到他们工作小群里的那天大家还排队撒花了，可尹孟熙知道这其实都是看了肖至的面子，他们这个项目组的成员构成太顶了，并不是谁想进都能进，在挑战杯大赛上获奖对一个大学生来说是非常重要的履历，对未来求职也会有很大的帮助，他们带她玩就像大神带新手打高端局，她完全是去捡人头蹭经验的。

他们这个组具体有多顶呢？大概就是创院会专门给他们分一间工作室的程度，在老校区综合楼二楼，很宽敞，面积大概有小一百平。

尹孟熙加进来的时候他们前期工作已经做了不少了，工作室里过半的空间都堆着小山一样高的书，还有一个空间摆了一排显示屏，估计是给高神他们写代码的，剩下的就是一个长会议桌了，能坐七八个人。

肖至带她过去参观的时候她都惊呆了，伸手指着一摞摞厚重的大部头问他："这、这些书是全部都要看的吗？"

"有一些不用，只做外延参考。"他一边开窗通风一边回答她，"大家也会分工，平均下来还好。"

还好……尹孟熙在心里简单算了个除法，就算能有六个人一起看这堆书，一个人最起码也得看六七十本，而且都是那种很厚很大的，她随手翻了翻，发现居然还是那种竖着排版的古书样式。

这也能叫"还好"吗？

她自己默默消化了一会儿，走到肖至身边当他的小尾巴，他走到哪儿她就跟到哪儿，顺手帮忙擦了个桌子，追着他问："那我主要做什么呀？就看书吗？"

她跟得有点紧，他回身的时候没看到她，两人差点撞上。他叹了口气，干脆不动了，拉开一把椅子示意她坐，自己在半靠在旁边的会议桌上，说："现在孙卓学长那边在确定具体做哪两个馆，主要是需要筛选藏品关联性比较强的，确认了之后我们就需要结合具体文物做文献整理，馆内是有基础资料的，但有一些也不全，要补充一些历史文献。"

她乖乖地点头，一边听一边思考，又问："那到时候页面上是呈现文字吗？还是会把原始书籍的影像也显示出来？"

"这个要看技术了，他们昨天说图像处理会有一些困难。"他随手拿起一本书，慢慢翻着，"不过不管怎么样，筛选内容的工作都要做，另外也有一些勘误校对的细节，还是有点麻烦的。"

她也感觉到任务的艰巨了，相当于是要围绕一件藏品从不计其数的典籍里找到所有跟它相关的内容，集锦以后还要校勘，就算只做一两个馆那也是惊人的工作量。

他看了一眼她皱成一团的小脸，笑了一下，问："后悔上贼船了？"

后悔？怎么会！

“没有。”她有点腼腆地半低下头，犹豫一下又伸手轻轻牵住他的袖口，“反正是跟你一起做。”

浅浅的声音透出模糊的依恋，谁听了都会知道她很喜欢很喜欢他，他感觉自己的心正在被一只毛茸茸的小兔子轻轻蹭啊蹭，不伸手顺毛摸一摸是说不过去的。

可惜这念头刚冒出来，手还没来得及抬，工作室的门就被人从外面推开了，孙卓带着两个没见过的男生走进来，一看房间里只有他们两个就“嘿嘿”坏笑，说：“不好意思，我没打扰到你们什么吧？”

尹孟熙规规矩矩的，一看有人来就赶紧站起来，要把位置让给学长坐，孙卓摆摆手说“不用”，自己找杯子倒了杯水，“咕咚咕咚”喝下去以后又擦了一把头上的汗，说：“我一会儿还得出去跑博物馆，过来一趟就是给你们送壮丁。这是我们院大四的本科生吴天天和丁蔚，到时候一起看材料，速度快。”顿一顿，又笑眯眯地看着肖至补充，“小吴直研还想直到你们文学院，一直拿你当偶像来着，你别客气，好好使唤他，舍不得让女朋友出的力就让他们出。”

又把尹孟熙调侃得满脸通红。

一种新鲜的生活就这样忽然开始了。

八月下旬还没开学，尹孟熙也不用上课做学工什么的，一整天都可以和肖至待在一起。早上他们会一起吃早餐，有时是他来宿舍楼下接她，有时是直接约在食堂或者大学路的某家店，吃完一起去工作室。工作一整个上午，午饭会看情况吃，有时现场人多他们就直接点外卖了，人少的话他会带她出去单独吃，吃完再回来。晚上会待得比较晚，好几天都是十点多才走，他会送她回寝室，分开的时候对她说“明天见”。

具体的工作她一开始很难上手，毕竟不是古代文学专业出身，看古籍的速度很慢，光是适应那种竖式的排版就费了很大力气，更可怕的是其中还有很多变体字她不认识，看的时候电脑一直开着，时不时就要放下书打开百度搜一搜。

然而有时候虽然搜到了，可那个条目打开以后也看不懂，字体页面上都显示不出来，直接一团乱码，每到这种时候她就不得不抱着书去打扰坐在旁边的肖至，问他那个字是什么，应该怎么做记录。

他一直是很好的老师，对人又很耐心，无论被她打扰多少次都没有不耐烦，每次都会帮她看帮她讲。她也是到那个时候才真的感觉到这个人的知识有多渊博，真的是多生僻多复杂的古体字都认识，甚至还知道它们的出处和释义，把旁边的吴天天和丁蔚都看呆了。

她也看呆了，有时候听他讲解还会走神，眼睛一直在他漂亮的美人尖和深邃的眉目间流连，某一次不小心被从旁边路过的赵鹏学长看见了，他就非常八卦地偷偷指给其他人看，还问：“你们俩是什么情况？女追男隔层纱？学妹你的眼睛都快黏在肖老师身上拿不下来了。”

这真是一下揭了她的老底，还惹得工作室里的人都笑了起来，连一直低头码代码的高神都抬头朝他们瞄了一眼。

尹孟熙臊得又想钻地缝，支支吾吾地说不出话，最尴尬的时候却听到他说：“是我提出在一起的。”他侧了侧身，不知是有意还是无意地挡住了其他人看向她的调侃的目光，“你们再这样她以后不敢来了。”

多体贴的回答啊！

也没有说谎，的确是他提的在一起，可其实先喜欢上的人是她，先试图表达好感的人也是她，他却想保护一个女孩子含蓄又脆弱的心，当着别人的面把体面都让给她了。

他甚至还能意识到她不喜欢被太多目光注视，微微侧身替她遮挡解围，她悄悄抬起眼睛去看，看到他线条清晰漂亮的肩胛骨。

这也不能怪她的吧。

这个人……本来就很容易让人喜欢啊！

第十章

暗恋，也灿烂一场

1.

她努力学习了几天，终于在他的指导下慢慢上了道，可以磕磕巴巴地完整读完一段材料，一天大概可以整理出三十页的量，而这时时间已经到了八月底，新学期即将开始，安静了一个暑假的校园也再次热闹起来，分散在全国各地的同学都渐渐回到了学校。

尹孟熙的室友们也都回来了，汪雪茹眼最尖，通过寝室里饮水机水桶的水位变化推断尹孟熙至少提前回来了半个月左右，继而又断定她是专门回来跟肖学长谈恋爱的。

“我真是无语！”汪雪茹崩溃得捂住额头，“天地良心啊，上学期这个寝室的脱单率还只有百分之五十，现在怎么突然就三缺一了！我一直以为尹嘻嘻这种乖乖女才会是最后一个的！”

任薇薇无情嘲笑了她一通，又转头鼓动尹孟熙好好讲讲她跟肖至是怎么谈恋爱的。谁不好奇呢？就像那些网络论坛上经典的问题——“成为世界首富是一种怎样的体验？”尽管不是人人都能成为世界首富，可是人人又都免不了想知道那到底有多爽。

尹孟熙可不擅长回答这个，被室友们盘问半天也没说出什么能满足她们胃口的劲爆内容，最后还是闵瑞这个急脾气先忍不住，一拍桌子就把话题的格局打开了，问：“你就这么说吧，你俩几垒了？那个过了吗？”

那个？尹孟熙眨眨眼，完全是一脸茫然，闵瑞叹了口气，在心里说了一句“朽木不可雕”，又退而求其次，问：“得了，那我换一个问，吻总应该接过了吧？跟肖至接吻什么感觉？他好亲吗？”

接……接吻？这回尹孟熙听懂了，脸以肉眼可见的速度红了个透，在三个室友万分期待的目光下连连摇头摆手，结结巴巴地说：“你、你们想什么呢？那、那当然是没有了……”

立刻让另外三人瞠目结舌无言以对。

“不是吧尹嘻嘻！”闵瑞伸手揉揉太阳穴，已经是恨铁不成钢了，“您在哪家尼姑庵带发修行啊？谈恋爱谈到现在了，怎么连个吻都没接过啊？”

2.

“能拿下肖学长的果然不是一般人。”汪雪茹叹服地竖起了大拇指，“这个抗拒美色诱惑的能力就是我比不了的。”

抗拒美色诱惑？她……

“不过你们这关系为什么还没往前进一步啊？”任薇薇费解了，“上学期期末就谈了，这一个暑假没见正好干柴烈火，怎么还没吻呢？”

尹孟熙又怎么好意思承认，这问题同样也困扰她很久了。

肖至对她很好，非常好，可两人的亲昵最多也就到拥抱，仅有的两次还都是在比较特殊的情况下，平时就只有牵手和摸摸头。亲吻好像离他们很远，远到她都不太能想象这一幕会怎么发生。

“太没用了尹嘻嘻。”闵瑞一边叹气一边摇头，“你就亲上去啊，他不主动你主动，反正肖至那种美人你亲到就是赚到嘛。”

尹孟熙：“……”

“清纯这种东西当然是很好的，可是你俩总不能一直柏拉图下去吧？”闵瑞进一步展开论述，“而且亲密这个东西别扭的就只有第一次，吻开了头就好了，后面一生二二生三三生万物，不用你愁。”

啊？是这样的吗？如同打开新世界的大门，尹孟熙持续瞳孔地震，失语的那几秒闵瑞已经围着她转了两圈，又是一阵啧啧摇头，说：“你现在这个穿着也太中学生了，得打扮打扮吸引他一下。男人嘛，就那么回事，听我的准没错。”

尹孟熙在暑假里做家教赚钱的时候就已经有了要买衣服打扮自己的想法，只是她不知道该买什么，有钱也花不出去。现在有闵瑞帮忙一切就好办多了，这位大美女在审美上确实有两把刷子，拉着尹孟熙逛商场的时候也是眼光毒辣，把她的气质一整个拿捏住。

“你呢，不适合太夸张太浓艳的，还是乖一点文静一点比较对味。”闵瑞一边在货架上扒拉衣服一边分析，“但是吧太乖太文静也没意思，得纯中带一点欲。欲你知道吧？”

说完也不等尹孟熙回答，直接扒拉出一条浅绿色的小裙子塞到她手上，推着她往试衣间走：“试试这个，试试这个，不好看你捶我。”

尹孟熙被推着边走边看，半路发现不对头，说：“这个领子太低了。”

“哎呀，低什么，很正常好吗！”闵瑞把她的意见全部驳回，“法式连衣裙都是这样的，保证给你收得胸是胸腰是腰。快试快试！”

然后直接“砰”的一声帮她关上了试衣间的门。

事实证明，只有女孩子才最懂发掘女孩子的美。

尹孟熙本身就很漂亮，只是她之前一直穿得像个高中生，乍一看就没什么惊艳的效果。现在被闵瑞一打扮风格就变了很多，绿色真是很适合她，把她的皮肤衬得特别白，微低的领口又显示出她漂亮的肩颈线，再化一个精致的淡妆，立马就成了第一眼美女。

回寝室的时候任薇薇和汪雪茹也很捧场，一边夸嘻嘻漂亮一边赞叹闵姐有一双化腐朽为神奇的手，闵瑞撩撩头发，笑了：“什么化腐朽为神奇，也就是化神奇为更神奇吧。尹嘻嘻，明天你就给我穿着这身去约会，亲不到肖至你别进这个寝室的门！”

3.

人会在多大程度上被一段恋情改变呢？

高中时候的尹孟熙满脑子只有学习，即便上了大学见识到更丰富有趣的世界也没有那么强的动力去改变自己，现在却愿意了，而且还很迫切，寝室里那干净的全身镜不是真正的镜子，只有她喜欢的那个人的眼睛才是。

那天他又到她宿舍楼下接她一起去工作室，下楼的时候她的心就像一张迎风鼓满的帆，推开玻璃门的声音让他扭头朝她看过来，那一刻他似乎有些怔愣，比平时慢了几秒跟她打招呼。

就是这短短的几秒给她吃了一颗定心丸。

微风吹动树梢，也让她轻薄的裙角微微摆动，学生时代的爱恋总是那么唯美纯粹，一个稍长的对视就可以泄露心动——她看到了，在真正的镜子里看到自己的倒影，又从他轻轻地一声咳嗽里察觉到小小的局促，带点得意的快乐正在悄悄泛滥，最漂亮鲜艳的夏花也一定不如她烂漫。

“昨天休息得好吗？”他的语气好像有点不自然。

“很好。”她却因此感觉更好，抖抖自己的小花瓣，她又盛开得更满，“今天我们去哪里吃早饭？”

他跟她一起从宿舍楼下往外走，目光一直若有若无地萦绕在她身上：“都可以，你想吃什么？”

“我也都可以。”她默默享受着他的目光，没那么自信的人似乎总免不了要从他人的态度中寻找力量，“就是突然有点想吃糖炒栗子。”

糖炒栗子？什么呀，根本全是胡诌，跟他见面的时候她哪有心思想吃的，可是却偏偏要这么说，暗地里是在对他撒娇，要他陪着她去做一些平时不常做的事，想听他应允她，想看他迁就她。

“东门那边好像有一家……”他总不会让她失望，果然答应她了。

两个人的影子在林荫路上微微交叠，手也在不知不觉间牵到一起。他的手心是微凉的，牵得久了也会生出一点热意，指尖与指腹若即若离地相互触碰，两个人的小水壶好像都在呼呼冒着白气。

所以今天……你会亲吻我吗？

在隐隐约约的暧昧中吃完了早餐和糖炒栗子，他们到工作室的时间比平时晚了一刻钟。

赵鹏学长本来打算谴责一下迟到的人，结果抬头一看今天美得发光的尹孟熙那个麦就有点打不开了。

怪谁呢？都怪这项目组太像个和尚庙，之前就只有欣宁姐一个女孩子，而她负责的主要是 bp 和各种申报，平时也很少到工作室。今天尹孟熙来了，又打扮得这么漂亮，几个光棍了许多年的学长都难免要多看她几眼，一直到她坐下差不多有十分钟还会时不时路过瞄一下。

尹孟熙也感觉到了比平时更多的注视，尴尬是免不了的，还总让她怀疑自己的裙子出了什么问题。文博大四的丁蔚学长看她的频率最高，感觉每隔两三分钟就要朝她坐的方向抬一下头，她有点别扭了，打算想办法换个让他不容易看到她的座位，这时忽然听到肖至开口叫了他一声：“丁蔚。”

对方回过神来，脸一下子涨红了，老老实实地问学长有什么事要让他做。肖至也没客气，直接说：“元本广韵的影印本之前图书馆没有，刚才看是转借到镜湖校区的分馆了，不知道你方不方便过去一趟帮忙取回来？”

措辞是很客气的，可说的事却有点不好办，毕竟镜湖校区在郊外，离老校区车程起码两小时，一来一回要花大半个白天。丁蔚也不傻，知道是自己刚才看学长女朋友看太久了惹的祸，当时也不敢说什么，乖乖顶着热出去跑腿。旁边围观的赵鹏一看这情形赶紧默默低头写代码，心想朋友妻果然不可欺，连多看几眼都不太行的。

一屋子人忙到晚上六点，差不多也要吃晚饭了，孙卓学长说点个外卖凑合一下，要打电话给学校后门的一家牛肉面店点餐。转头问肖至他的面要不要加辣子，却听他说不用点他的那份，他要出去拿个快递，顺便在外面吃。

“跟我一起吗？”他扭头问坐在自己身边的尹孟熙。

尹孟熙怎么会拒绝呢？点头点得像小鸡啄米，不用他催就自己乖乖地收拾好书包，很快站起来跟在男朋友身后一起走出了工作室，留下一屋子光棍痛心疾首，都说恋爱的酸臭味太搞人心态了，这项目再这样下去根本干不动。

夏日的白天特别长，六点钟天还没黑透，尹孟熙跟着肖至一起往学校的快递站走，心情不知道为什么就是特别好。

“学长要拿什么快递呀？”她歪着头看着他问。

“杂志。”他回答她，“一个刊物的编辑部寄来的。”

“是又发了新的论文吗？”她的眼睛亮起来，一闪一闪像小星星，“核刊？”

他低头看了她一眼，在她眼里看到明晃晃的崇拜，忍不住就笑着点了点头，说：“暑假前写的，刚发出来。”

“啊，那是不是就是上学期期末的时候呀？”她又追着他问，“在图书馆你陪我熬夜的时候写的？”

他又点点头。

“你也太厉害了！”小兔子的尾巴又在摇，她看起来比他骄傲十倍，“那我们走快一点，早点拿到早点看看！”说着就高高兴兴地拉起他的手往前跑，对于触碰对方这件事似乎越来越驾轻就熟。

拿到快递以后她立刻就拆开看了，一本簇新的刊物从信封里掉出来。封面上列了几篇文章，她很快地看一眼，没看到他的名字，翻开以后在目录页找到了，“肖至”两个字写得清清楚楚。

核刊……他才刚刚研二，名字就跟很多学界泰斗出现在同一张纸上了，那再过五年呢？再过十年呢？或许会真正成为能在学术史上留下名字的人。

真的很了不起！她默默震撼着，对他的向往变得越来越多，他却似乎并不觉得自己有什么特别，依然很平常地跟她走在一起，会提醒她注意脚下不要绊倒，会跟她讨论今天晚上吃什么。去食堂吃完简单的一餐，在回工作室的路上他的脚步变得有些慢，两个人的手轻轻牵在一起，也许他对她的喜欢比她想象得要多不少。

“你……想稍微坐一会儿吗？”他声音低低地问她。

4.

夜晚是最适合约会的。

天已经黑了，只要不去光线太亮的地方就没人能认出他们，窥探的目光和小声的议论不会再来打扰，正在谨小慎微拿捏分寸相互靠近的恋人终于得到了一点自由。

“我们晚回去可以吗？”尹孟熙小声地问，浅绿色的裙摆微微摇晃，“学长们会不会有意见？”

他想了想，低头看她一眼，说：“那现在回？”

啊？怎么这样。她撇撇嘴，不愿意了，心里还是舍不得这段与他难得的独处，牵在一起的手握得更紧，她摇摇头：“不要。”

他就笑了，伸手揉揉她的头，她这才意识到他刚才是故意那么问的，就是要看她舍不得的样子。

“学长……”她要闹了，伸手轻轻打了他一下。

这才是货真价实的撒娇，比之前每一次都明显，不知道从什么时候起她开始在他面前变得放松，甚至渐渐展现出活泼明朗的那一面。

他呢？由着她打了一下，笑起来的样子好看得让人头晕，两个人的眼神绞在一起，暧昧以类似失火的速度扩张蔓延。

“还是不回去了。”他的声音勾着她的心，把她迷得神魂颠倒，“回了也看不进去。”顿一顿，又有点微妙地看了她一眼，说，“他们也做不下去。”

啊，这意思……

她脸红了，快乐和满足的感觉同时在膨胀，她抿抿嘴，贪心地想得到更多东西，想一想还是贴近他问：“为什么啊？”

明知故问。

小兔子好像有点变坏了，他有点为难又有点喜欢，最后还是顺着她的心意，叹了口气说：“因为你漂亮，他们会一直看你。”

他真是很成熟的人，该克制的时候从不会贸然上前，该直露的时候又不会回避躲闪，诚恳的赞美是使关系升温的催化剂，她已经被哄得心满意足举起白旗了。

“那……”她感到一点点眩晕，“那我们现在要去哪儿？”

他沉吟着想了想，又从口袋里拿出手机看了看，过一会儿低头问她：“想看电影吗？”

当然是想的。

尹孟熙整个暑假不知道幻想过多少次跟肖至一起出去约会的场景，电影院就是其中出现频率最高的地方。她十分佩服自己的远见，庆幸暑假的时候好好挣了一笔钱，否则无论是身上这条漂亮的小裙子还是约会的电影票她消费起来都会有压力，那样就很尴尬了。

大学区附近总有成熟的商业体，他们从学校东门出去，坐两站公交车就到了商场，四楼的电影院一直营业到十二点，他们到的时候才七点半，正是人多热闹的时候。暑期档有不少合家欢影片，再有就是千篇一律的好莱坞大片，肖至让她选看什么，她挑来挑去还是选了一部爱情题材的文艺片，指的时候还有点害羞，问他：“这个行吗？”

他好像都无所谓，直接就说“好”，让她去检票口旁边的座位上坐着等他买票，她摇摇头，说：“我跟你一起吧，去买点爆米花和饮料。”

这都是她早就排练好的，他说不用也不行，最后还是坚持去买了，服务生帮忙装爆米花的时候她听到售票员问他：“两张电影票，要情侣座吗？”

她心里一跳，手心又热起来，过了两三秒听到他回答：“好，谢谢。”

那一场没什么人，大概文艺片的确没什么市场，不太出名的演员也带不动票房，跟他们一起进场的只有七八个人，零零散散坐在不同的位置。情侣座在最后一排，是两人位的小沙发，中间没有扶手作隔挡，显得很宽敞。

她的脸一直红着，就像喝醉了酒，心跳不至于太快可又明显跟正常状态不同，跟他一起坐下的时候甚至有点不敢看他的眼睛，始终半低着头。

灯光暗下去，电影开始了。

剧情大概挺精彩的，开场就是女主角抓到自己的闺蜜和男朋友搞外遇，然后理所应当一通大闹，闹完之后满身狼狈地回了自己家，正好遇到来催收房租的男房东，可能那就是男主角吧，两个人后面会有感情戏。

尹孟熙不太确定，眼睛虽然一直盯着偌大的幕布看，可其实演员念的台词刚从她左耳朵进去，立刻就又从右耳朵出去了。她不能一心二用，身边那个人的存在感又太强烈，她的余光已经完全被侵占，注意力不能凝聚在除他以外的任何事物上。

他很迷人。哪怕不能仔细端详，只用余光看也是迷人，闪烁的光影是繁华的背景，此刻一定都倒映在他深邃的眼睛里，他本身就是一个温情脉脉的故事，起承转合胜过一切费心雕饰的电影。

啊，好喜欢他。

她的心像被微弱的电流电到，一直能感到阵阵的酥麻，那个夜晚也许的确有些特别，凭空而来的醉意让人头晕目眩。这不太好的，她打算做点什么挥散这种失控悬浮的感觉，吃点爆米花似乎是不错的选择，可伸手去拿的时候却刚好碰到了他的手。

微凉的，清瘦的。

电流突然加大，她的呼吸已经有些不顺畅，偏偏谁都没有移开意外触碰在一起的手，温度于是渐渐升高了，两人的手心好像都出了汗。

她心跳如雷，血液像在逆流，勇气却在这时爆发出来，让她能侧过脸去看他的眼睛。的确美极了，所有的光与暗都被涵盖，最清楚的却是她的影子，很完整地倒映在那山谷湖泊一样的眼底。

“那么你呢？你爱我吗？”

电影的台词还在一丝不苟地播放着，幕布那头同样起起伏伏的故事在此刻却好像只够成为他们对视的背景，她忽然很想问他同样的话，可要开口的时候却是失语，也许她的勇气是一次性的，只够让她扭头看向他，却不够让她再多问出一个问题。

他却好像知道她藏在心里的话，同样也想要回答她，也许因为早就对她隐约暴露的不安有所察觉，渴望抚慰她的欲望也在层层累积。她感到自己的手指被他牵紧了，那双过分迷人的眼睛也在向她靠近，宝石一样透明的湖水如同瀑布一样向她倾泻，让她往后一生都无法再邂逅同等的心动。

那是一个吻，像梦境一样轻盈，又像现实一样沉重，那一刻世界就像真空，所有的声音和影像都被抽离，她无法感知也无法记忆，某一刻重力又突然恢复，所有的吸引力都在他那里，她像一片羽毛一样身不由己，被水流裹挟着向湖底沉去。

直到他离开……气息却依然与她纠缠在一起。

青涩的果子好像就在那一刻熟了，从初春到盛夏，终于要从葱郁的枝头坠落，“咚”的一声掉在地上不小心摔开，立刻散发出馥郁的果香。她不能满足于浅尝，在真空抽离后也渴望品尝它的甘美，仰头再次吻住他的时候她怕得在抖。当然也或许并不是怕，只是亢奋，只是激动。

他都知道的，于是也给她以诚实的回应，牵住她的手变得越来越热，也许连他本人也不知道自己会那样快地坠入爱河。黑暗是最好的遮蔽，不充足的私密性反而更容易引发悸动，他们在无人注视的角落冲动地彼此靠近，青涩的爱情正以惊人的热量反复灼伤彼此的心。

我喜欢你呀！好喜欢你。

就以少年与大人之间的……最干净坦诚的这颗心。

后来呢？电影当然是没人看了，她就一直跟他依偎在一起。情侣座位真是天才般的设计，给了她机会让她一直留在他怀里，他一只手轻轻搂在她腰上，另一只则被她用两只手牢牢地牵着。她真留恋他，时不时就要仰起脸来看他，惹人怜爱的样子像在等待爱抚，他也会忍不住时不时地低下头亲吻她，那是两个人的意乱情迷。

一切都来得太强烈也太混乱，电影结束散场的时候他们甚至都没反应过来，突然亮起的灯光把浓度过高的迷乱照得明明白白，他们才意识到自己在过去那两个小时里表现得有多离谱多过分。

可还是不愿意分开。

她软绵绵的，还是要窝在他胸口，他也同样舍不得像那样抱着她的感觉，两人沉默着不说话，直到打扫卫生的保洁阿姨要进场清理他们才不得不回到现实，她感觉他在自己额头上轻轻落下了一个吻，然后才用哄人的语气在她耳边说：“走吧。”

回去的一路也还是不正常。

当然从学校出来的时候他们也是牵着手的，可现在的氛围就更浓稠，他们都知道彼此的关系在今夜发生了本质的改变,明明之前都没有做过相应的准备,可当它真正降临时却又接受得那么理所应当。

从公交车上下来，进校门的时候已经接近十点，他还是像往常一样送她回寝室，可这次的分别却变得那么那么难。

她真的舍不得他，眼神就像细线一样紧紧缠在他身上，手指也要悄悄跟他钩在一起，可惜宿舍楼下总有那么多来来往往的人，让她不好意思再像在电影院的黑暗里一样大胆地亲吻他，最多只能委屈地跟他要一个抱抱。

“上去吧。”他轻轻圈着她，也在努力维持声音的平稳，“明天早上我来接你。”

她不愿意的，可还是要窝在他怀里点头，说一个“嗯”字也要曲曲折折别别扭扭，他笑着摸摸她的头发，连指尖的动作都透着对女孩子格外的宠爱。

“亲不到肖至就别进这个寝室的门。”

她好像……可以进门了。

第十一章
我们的恋爱公式

1.

真正的恋爱是从那一天才开始的。

一个吻算什么？小小的亲昵而已，很多人都不放在心上，可对纯情又保守的初恋而言却有地震般的效果，震过一次还有余震，余震过后还要再震，来来回回反反复复，非要把人的心震得乱七八糟才肯消停。

他们的关系就在这样持续的震动中突飞猛进。

变化都是悄无声息的，譬如她在跟他说话时越来越少地使用“学长”这个称呼，而直接称“你”，譬如在工作室做事或者在其他场合相处时他会越来越多地把目光停留在她身上，譬如他们会越来越频繁地触碰对方，牵手已经不能满足彼此，现在走路的时候她都会挽着他的胳膊，或者他会轻轻揽着她的肩膀。

可惜的是九月一到，新学期就正式开始了，两个人白天都要上课，尹孟熙作为本科生课表排得更满，于是见面相处的时间陡然变少，只能晚上课程结束后在工作室碰面，有时候都八九点了。

她根本受不了，就天天抱着手机给他发信息，暑假时候给自己立的什么“一天只能给他发两次 QQ”的规矩已经完全作废，现在是时不时就要对着小小的屏幕傻笑。室友们都受不了了，抱怨寝室生存环境恶劣，闵瑞更直接说肖至就是狐狸精，把女孩儿迷得疯狂上头，精神都有点不正常了。

谁说不是呢？她真的有点不太正常。

每天早上一睁开眼睛就开始想他，第一件事就是打开手机确认他有没有发来新的消息。跟室友一起出门上课也要想他，但凡在路上看到一对情侣就要心态失衡，心想她也有男朋友的，怎么就不是一个专业的不能一起上课呢。晚上上床睡觉同样不能安生，做梦也要梦到他，那一晚的初吻会以各种方式盘旋在她脑子里，而且自动高光加滤镜，比什么后期制作剪辑都要花哨华丽。

周四那天她难得没有晚课，就发信息想找他一起出去吃晚饭。

她：你在上课吗？

发完没多久他就回了：嗯，大概还要一刻钟。

她：哦。那你在哪里上课呀？我去接你好不好？

他：不用。结束以后我去找你。

她：没关系啊，反正我现在下课了也没事做。

他停了一会儿没回，可能是在想该怎么劝退她，最后却还是妥协了：在文院楼，201。一楼大厅有坐的地方，别站着等我。

她：知道啦。

但其实都是搪塞他。她才不要在一楼等呢，就要跑到他教室门口，这样门一打开他就会看到她，她都可以想象到他一边无奈一边对她笑的样子，说不定还会轻轻摸摸她的头。

她高高兴兴地跑去文院楼找到了201，靠在门口的墙上安安静静地等，就这么一会儿工夫也不忘了要从包里掏出小镜子整理一下自己的头发，还要看看今天早上跟闵瑞学画的眉毛有没有脱妆。

等了五六分钟吧，教室里终于有了动静，一群人的脚步声和说话声透过门板传出来，下一刻门就从里面被打开了。她赶紧往旁边退了退，这才发现打开门的人是他的导师贾先生，身边跟着的学生只有六七个，大概是他们师门内部的小课，不是那种开放公选的大课。

她也不好意思贸然上去跟先生问好，就猫在旁边的拐角等着，先生却先看到她了，大概是觉得她有点眼熟所以多看了两眼，还问她："小同学，你是有什么事找我吗？"

啊，这可真尴尬，她支支吾吾地不知道该怎么说了，幸好这时肖至也从教室里面出来了，眼神跟她对一下，又转头替她跟贾先生解释，说她是他的女朋友，是来等他下课的。

"师弟真是的，怎么能让女孩子等？"他旁边的一个学长笑着调侃开了，"你这也太不怜香惜玉了。"

旁边几个他的师兄师姐也在附和，他还没来得及解释，贾先生又说话了，看着尹孟熙说："这个小姑娘是不是选过我的课？去年这时候？"

肖至笑着点了点头，说"是"，贾先生"嗯"了一声，看起来也挺高兴，说："我记得她，论文写得很扎实，是做苏轼研究的对吧？写乌台诗案的，你给了她一个A。"

"哟，师弟不是假公济私吧？"另外一个学姐也在打趣，"小学妹这么漂亮，你肯定一直惦记人家。"

左一句右一句的玩笑，尹孟熙在旁边听着都要脸红，过一会儿又听到他说："是惦记，但没有假公济私。"他的声音带着一点笑意，"她真的写得很好。"

哎呀，这真是……她像掉进了蜜罐罐，甘甜的味道让人只想一刻不停地品尝，她害羞地抬起头想跟贾先生和学长学姐们问声好，没想到眼皮一抬就看到了另一个熟悉的面孔。高挑靓丽，明媚鲜艳，漂亮的妆容比她精致五倍，身上穿的衣服又至少比她贵十倍，那时正以跟过去一样轻蔑冷漠的眼神看着她，好像她是什么可耻的不速之客。

是唐霏。

2.

这次会面完全是意料之外的，尽管尹孟熙一直知道这位学姐总会在学校里出现，可却没想到她"直研"了，而且还跟肖至找了同一位导师，现在他们算同门，见面的次数恐怕会比过去还多。

她不知道该怎么处理这个情况，甚至都不知道自己应该对此抱有怎样的态度，被肖至牵着离开了文院楼，一直到出了学校坐进她昨天就说想吃的一家泰国料理店都还没回过神来，人一直呆呆的，也不说话。

肖至当然看出了她的反常，也大概知道她这样是因为唐霏，可他却判断错了她介意的理由，以为她只是忘不了两个多月前在海底捞发生的那件不好的事，没想到更根本的原因是她在吃醋，所以安慰人的时候也完全不在点子上。

"之前那件事我后来也跟她聊过，她也认为自己做错了。"他坐在桌子对面看着她，语气是很柔和关切的，"如果你觉得可以，过两天我就请她出来正式向你道个歉吧。"

聊过……所以他们到底在她不知道的时候见过多少次面呢？以后呢？会一直像这样频繁地见面吗？

“不用了……”她微微低下头，一整天的好心情已经荡然无存，“我不是很想见她。”停一停，又补充，“也不需要她的道歉。”

她一贯是很柔软的性格，倒是难得说出这种果断的话，他好像愣了一下，但也没有勉强，就说：“好，你不喜欢的话就算了。”

她点点头，再次沉默下去，心里的难受却是一浪高过一浪。服务生端上了他们点的菜，香甜可口的菠萝饭在她嘴里也成了苦的，憋屈沉闷的感觉简直让她透不过气。

潦草地吃完一顿饭，两个人从头到尾都没怎么说话，结束的时候还不到七点，比预计的提早了半小时。走出饭店看着熙熙攘攘的大学路，她也没什么心情跟他一起逛逛，于是干脆慢吞吞地往学校走，打算直接回工作室上班了。

晚上的综合楼已经没什么人，楼道里空空荡荡的，他们安静地一起顺着楼梯走上二楼，工作室的门半开着，漏出丝丝缕缕的暖黄色的灯光，里面应该已经有人在干活。

她低着头要进去，要推门的时候却感觉手腕被他牵住，回过头正对上他漂亮的眼睛，眉头也正有些忧虑地皱起。

“先别进去了。”他的声音低低的，牵着她的力道不轻也不重，“我们聊聊。”

聊什么呢？跟他一起站在走廊另一头的窗口，她的内心其实也很迷茫。诚然她也感到自己应该跟他聊一聊，可真到要开口的时候却又不知道该说什么了。

说她吃醋了？让他不要再见唐霏？让他跟自己的青梅竹马的一刀两断，根本都是不现实的诉求。

那还能聊什么呢？不如都由自己默默消化算了。

他的想法却好像跟她不一样，也许做学术的人总有些钻研攻坚的精神，放在感情上也不愿意回避麻烦，遇到困难当场就要解决，不肯像她一样中途延宕。

“不开心了？”他的声音比平时更柔，入夜前最后一丝灰蓝色的光透过窗子落在他的侧脸，油画一样的质感，“因为又想起了上学期的事？”

她的手被他包在掌心，幽深的走廊特别安静，别扭的心思还没有平复，她回答的声音依然闷闷的：“不是。”

“那是什么？”他就又追问，还抬手帮她别了一下额前的碎发，“之前我们不是聊过吗？你要告诉我你在想什么的。”

“才没有。”她闹起小脾气，就不要配合他，“我没答应。”

孩子气的做派是惹人怜爱的，他好像笑了一下，又牵起她的手轻轻亲了一下她的手背，亲昵的意味很明显，她的脸又不争气地红了。

“通融一下。”他跟她谈条件，“先配合一次。”

这可真狡猾，她甚至不确定他是不是在用美人计，自己也真是没出息，人家布下那么明显一个陷阱，居然还是要傻乎乎地掉进去。

“我就是介意你们的关系。”她的心防好像正在被他一点点攻破，“因为她不是喜欢你嘛……”说到这里又纠结了一下，眼前划过暑假里在论坛上看到的帖子，原本不打算跟他提这件事，当时却不知道为什么又动了要说破的念头，“而且我不喜欢你们在我不知道的时候见面。”她有点控制不住自己的嘴，“我、我会害怕……”

3.

“害怕？”他好像不太理解，是男人对女人天然抱有的困惑。

“就……”她也不知道怎么解释才最好，只能说一句想一句，“你们认识很久了，比我们认识的时间长很多，青梅竹马什么的。她又喜欢你。她、她很漂亮，家里条件也好，跟你是同一个专业的，现在还是同一位导师……她的家人跟你的家人应该都很熟。我……这些我都没有。”

怎么会这么诚实呢？之前明明都憋得很好的，现在一被追问就破功破得彻底，稀里糊涂什么都说了。这怎么行？羸弱的内心全暴露出去，一定会被人看破她根上的卑怯，他会觉得好笑的，也会觉得有负担，他……

“可我喜欢的是你。”他却打断了她混乱的思考，说出口的每一个字都清晰，“跟她就只是朋友。”

啊，喜欢？那是他第一次对她说这两个字，在她哭着说过两次之后，在电影院黑暗里的许多个亲吻之后。好像是有点晚的，又好像……很及时。

“真的吗？”她却还要怀疑，至少想进一步确认，“你不会搞错吗？”

“当然。”他的眉头皱起来，像是不明白她怎么会问这样的问题，“我不会跟不喜欢的人在一起。”

“可是你们会经常见面啊！”她别别扭扭的，泄露越来越多的秘密，“暑假的时候不就见了吗？”

“暑假？”他挑了挑眉。

“七月份的时候。”她提醒他，差点精确到日期，“还有洪书记……你们一起吃饭了。”

这提示是太具体了，他愣了一下，又联想到八月中下旬她忽然回到学校的举动以及那天晚上在他怀里哭的样子，到此终于把事情整个串了起来。

“所以你当时……”他头疼地揉了揉眉心，一口气叹得特别沉，“我跟她见面是有具体的事情。她说想找贾先生当导师，但先生之前说过往后不打算再收新学生，所以她和她妈妈就托我帮忙去说一下。先生现在也还没决定要收她，最终定导师是下学期的事情，目前只是让她来听几节师门内的小课。”

原来是这样。所以唐霏以后也不一定会一直跟他一起上课喽？

情况比她自己瞎想的好得多，她其实得到抚慰了，可还是下意识地要跟他拗一下，就小声说：“可、可……”

可什么呢？没道理的。

她别扭地低下头，过一会儿又被男朋友搂进怀里去了，温暖的拥抱像静谧的湖泊，她就是刚刚学会游泳的一条小鱼。

“是我不对，应该提前跟你解释。”他轻轻抚摸着她的头发，很轻柔，“以后我就知道了。”

她偷偷扁嘴，手又不由自主地抱住他的腰，声音还是闷闷的：“知道什么？”

“知道跟其他女生见面之前要先告诉女朋友。”他的声音好像带着一点笑意，“不然她会难过的。”

唉，又让她的心化成一汪水了。

“我才没有难过。”她嘴硬，用的句式都是小学生才会用的——“我才没有哭鼻子”“我才没有想吃糖”“我才没有气你跟别的小朋友一起玩”。

“好，你没有。”他就顺着她说话，又在她额头上轻轻吻了一下，“那以后我还要提前跟你说吗？”

“当然要了！”她一听这个就着急了，立马从他怀里挣扎出来，眼睛睁得圆圆的看他。

“不可以随便见别人的！尤其是唐霏学姐和洪书记！”刚说完就看到他笑了，灰蓝色的日暮之光映照着他的眼睛，看上去更像漂亮的星星，她这才意识到他是在逗她，就是要看她吃醋在意的样子。

真坏。她不要跟他说了，扭身要跑，他又笑着把她拉回来，再次拥抱的时候慢慢低头吻住了她，温热的气息把她迷得团团转，连手指尖都是又酥又麻的。

“我不会做伤害你的事。”他说的每个字都带着钩子，行骗的方式是与她耳语，“你相信我。”

“相信”两个字对踏入社会的成年人来说如同天方夜谭的一个词，对刚刚进入初恋的人们而言却是那么可感可触，她没有力量去抵抗他说的话，尽管那时内心依然还潜伏着很多不安的情绪，最后也还是选择压住它们去相信他。

而最后的结局也证明他并没有说谎，诚恳专注是他众多优点中的一项，从头到尾都做得很好。只不过有些结局……却不一定是“做得好”就能维护住的。

周六那天肖至有事，给尹孟熙发信息说他要回家一趟，晚上再回学校陪她吃饭，她当时其实有点想问他具体是要做什么事，想了想又担心这样会显得越界，于是只回了一个“好”，其他都没再问。

放下手机她就转头去找还躺在床上看剧的闵瑞，问她要不要一起出去逛街，闵大小姐“哼”了一声，开嘲：“哟，这还能想起我呢？怎么不去找你们家肖至呀？”

“他今天回家了，晚上才回来。”尹孟熙脸有点红，实诚地和盘托出，“我们一起出去玩吧？买点衣服什么的。”

“他不在你才找我玩儿？拿我当备胎？”闵瑞一听鼻子差点气歪，“不去！姐的谱很大我告诉你！”

“去嘛！”尹孟熙抿着嘴坐到她床边，可可爱爱地捏着闵瑞的衣角，“请你吃鸡蛋仔。”

闵瑞：“嘁！哪个商场？”

然后俩人就一口气从上午十点逛到了下午三点，中间连饭都没吃，真就各自吃了一袋鸡蛋仔。

“行啊尹嘻嘻，你格局打开了。”闵瑞看着手里拎着三四个购物袋的尹孟熙调侃，“还是你发财了？一口气买这么多？”

怎么会发财呢？还不是暑假挣的那四千块，回学校不到一个月就已经花掉一多半了。格局根本也没打开，反而是越搞越小，买衣服已经不完全是为了取悦自己，反而有一半是为了跟唐霏较劲。

唉，其实也不能说是较劲，只是不想让自己被比下去，毕竟那天看到唐霏的时候对方还是那么漂亮，衣服、妆容、配饰……没有一处不精致，她必须好好努力弥补这个差距，就像高中的时候靠努力刷题提升短板科目的分数一样。

“没有，就是随便买几件。”她掩饰着自己的小心思，已经决定收手不买了，偏偏这时候一扭头在一家店的橱窗里看到了一件眼熟的衣服，穿在模特身上摆在亮堂的店中央，正好就是周四唐霏身上穿的那件。

目光被吸引，她是当场就走不动路了，不知道什么奇怪的心态在怂恿她，让她不能控制要去看那件衣服的欲望，走在她旁边的闵瑞都惊了，看一眼那家店的名字，咋舌：“这种店你也进？尹嘻嘻你真中彩票了？”

她都顾不上回答，愣是飘飘忽忽地进了人家的店，向店员询问那件衣服多少钱，对方就很礼貌地回答：“您好小姐，这一款是我们本季的新品，跟欧洲是同步上市的，售价 6980 元。”

从店里出来后她的情绪就不可避免地低落下去了。

她暑假努力带了四个小朋友的家教课，前前后后忙活一个多月也就挣到 4000 块钱，如果光靠父母打给她的生活费，那么就算不吃不喝也要攒六七个月才能买得起这件衣服。而唐霏，她……

人与人原生的差距第一次那么清楚地摆在尹孟熙面前，也许一个抱有学生心态的人总会在那么一个时刻突然意识到世界的不公平，她必须知道它、认识它、接受它，即便它的残酷性对她和她一直以来的努力而言是一种巨大的打击和折辱，她也必须坦然地悦纳它，一边微笑着擦拭自己的伤口一边淡然地告诉那些比她更小的孩子：很正常，这就是社会嘛。

闵瑞不知道事情的原委，还以为自己的室友只是因为太喜欢那件衣服又买不起才感到难过，于是就劝，说：“没事啊姐妹，买不起就买不起呗，那个牌子有几个人买得起啊？我们可以去买个山寨平替嘛。你把手机给我，五分钟给你找到个 298 元的。”

尹孟熙勉强笑了一下没说话，闵瑞看她还是一副很失落的样子，就又换了个路子调侃：“那实在不行你改天拉着你们家肖至再来逛，他家里不是很有钱吗？给女朋友买个衣服还不是应该的？”

啊？尹孟熙眨了眨眼，心里忽然空了一块，就问：“他家里……很有钱吗？”

她只知道他妈妈是学校历史系的教授。

“好像吧，听说他爸是个商人，做文化产业的。”闵瑞耸耸肩，“什么收藏策展、出版投资之类的，应该很有钱吧。”

说到这里眉头皱起来，好像觉得有点好笑，又说：“你问我？你是他女朋友，这点家庭背景都没调查？”

调查？她凭什么呢？一个来自小城的女孩子，没有大城市的户口连毕业后该去哪儿都不知道，未来能找到什么工作？能赚多少钱？什么时候才能买房买车？一切都是未知。

即便他的家庭只是中产她都已经非常非常难以企及了，如果在此之外他真的还有那么多钱。

那……她又要怎么做才能配得上他呢？

4.

除了这些时不时冒出来搞人心态的不可控因素以外，初恋带给尹孟熙更多的还是甜蜜和快乐。她有世界上最好的男朋友。

很会照顾人，从来不像大学里随处可见的那些不靠谱的男生一样对女朋友缺乏耐心，只要有时间就会陪着她，吃饭、自习、工作、出去玩；也很会切换角色，在生活里是她温柔体贴的男朋友，在工作中就是指导她帮助她的学长，如果她问他该怎么选课和写学术报告，那么他又会变成她循循善诱的老师，总会以让她最舒适的方式与她相处。最擅长的事情或许是赞美她，在她校勘校得好的时候赞美她，在她化了一个漂亮新妆容的时候赞美她，在她告诉他自己的读书报告得了 95 分的时候赞美她……他会让她感到自己所有的努力都是有意义的，会被发现，会被肯定，会被记忆。

这种感觉真上瘾，每一次获取都会催促着她继续努力做得更好。95 分怎么够呢？要有 98 分。98 分怎么够呢？要有 100 分。最后 100 分也不太够了，她要看看有没有附加题加分项，如果有的话就要拿到 120 分，在他面前必须永远完美无瑕才行。

她太喜欢他了，暗恋成真后终于拉近的距离不仅没有让暗恋者幻灭，反而让她发现了他越来越多的好，最终的结果就是恋爱越谈越上头，她经常不能控制自己对他表达恋慕的行为，譬如会在工作室上班的时候在桌子下偷偷牵住他的手指，譬如会在寝室楼下分别时不顾周围人的目光踮起脚尖亲吻他的侧脸，譬如会在深夜没人的时候跑进他的 QQ 空间留很大胆的言，爽过以后再趁他没发现悄悄删掉。

每天都有不同的刺激和期待。他也会回应她，给她一些小小的惊喜和浪漫，比如那个周二他就主动问她："明天下午你是不是没课？"

是没课，所以一般这天他们就会一起到工作室加班。

"嗯。"她点点头，"怎么了吗？"

"你想去工作室吗？"他问她，"还是想出去放风？"

"放风？"她的眼睛一下子亮起来。

"孙学长明天有事不能来，需要找个人替他去博物馆拿材料，"他伸手顺顺她的头发，"你想去吗？"

"你去吗？"她像个小兔子一样蹦蹦跳跳，"你去我就去。"

真黏人。他笑了，牵着她的手在校园里走，说："嗯，一起去。"

她就特别兴奋，像第二天要去春游的小学生，脸颊上的小酒窝一直就没消下去过。他看着她开心的样子心情同样也变得很好，伸手捏捏她的小脸，调侃："这么开心？平时在工作室都很难受吗？"

"没有啊……"她享受着他对她自然的亲昵，耳朵还是红红的，"就，能出去约会还是很开心嘛。"

跟你单独在一起的每一秒，都会让我很开心呀。

第十二章
玻璃中的世界

1.

A 市作为全国一线大都市，无论商业还是文化都非常繁荣，全市上下大概有十余家博物馆，除了有像市博物馆这样的大型综合性博物馆以外，还有一些规模相对较小，藏品种类相对单一的小馆，其中之一就是他们那天要去的历代印章书画博物馆。

从 A 大过去坐地铁要四十多分钟，到的时候已经有那边的对接人在等他们，是个年纪不大的女孩子，估计是刚工作不久吧，看到肖至的时候愣了一下，接着就脸上泛红，试探着问："您好，请问您是孙卓先生的朋友吗？"

"您好，是的。"肖至也是一贯的客气礼貌，"我们来借阅之前约好的印章馆藏材料。"

"好的好的。"对方一连串地答应着，眼睛还是一直在控制不住地偷瞄他。

尹孟熙特别能理解这种反应，肖至就是这么好看的，当时心里虽然有点男朋友被人看了的小别扭，但更多的还是一种"看吧果然不是只有我一个人觉得他帅"的奇妙心态，另外还有点隐约的小骄傲——他是我的男朋友哦。

交接材料是很快的，只是东西有点多，装了满满四个帆布袋，尹孟熙一看就有点头大，心想这波搬回工作室又不知道要看到什么时候去了。肖至的反应比她平常得多，大概他们文学院的人已经见多了大部头，尤其做文学史的动不动就是十几本加在一起看，时间长了心态也稳了。

"我们想在馆内看一下藏品。"他转头问那位博物馆的工作人员，"请问可以先把材料寄存在哪里吗？"

“可以的可以的。”对接的女孩子很快回答道，“一楼就有寄存处，我带你们过去吧。”她十分热情，不仅亲自引导他们去了寄存处存东西，结束后还有意做他们的向导为他们介绍馆内的藏品，肖至对她的好意表示了感谢，但还是婉拒：“不用这么麻烦，我们自己看就可以了。”

也确实不需要什么向导，毕竟博物馆本身不算很大。肖至之前又已经来过几次，印章馆书法馆绘画馆分别在哪里他都知道。

也许因为是工作日，馆内的参观者并不多，一楼西侧的印章馆内只有零零散散五六个人，整个空间光线偏暗，只有展柜里才打上明亮的灯光，氛围显得更加安谧沉静。

“这间博物馆数量最丰富的藏品还是印章。”他跟她一起慢慢地在展柜前观赏，同时声音很轻地帮她做着介绍，“主要是古玺印和文人篆刻两类，时代序列比较完整，官印私印都有。”

他就像本百科全书，真的什么都知道，从殷墟考古发现的商代铜玺讲起，不仅告诉她印最原始的意义和作用，还又说到抑印、烙、錾的制作方式；从先秦顺着往下说，汉代就是印章发展的鼎盛时期，各种印的分类更细致，什么玉印、鸟虫书印、肖形印……各种说法不计其数，隋唐宋元明清，一代又有一代的章法，“印”渐渐出现了两个不同的系统，其中文人篆刻更加追求艺术和技法，成为一种形式独特的文化传承方式……

她都听蒙了，心想文学院还教这些？这些知识应该属于文博的范畴吧？

“你怎么什么都知道？”她眨眨眼，真是非常不理解，“是看过很多这方面的书吗？”疑问的话也是用崇拜的语气说，亮亮的眼睛里闪着的都是讨人喜欢的光亮。他同样会被取悦的，尽管本来并没抱着炫耀的目的，可被女朋友用这样的眼神看着终归还是一件令人愉快的事情。

“看过一些，但不系统，”他低头对她解释，“我家里人对这方面了解更多，他们一个从事历史研究，一个喜欢搞收藏。”

“收藏？”尹孟熙的心忽然一跳。

“嗯，不过不全是传统的东西，西方的也有一些，”他的语气淡淡的，“他们比较喜欢艺术品。”

啊，艺术品。这不可能是普通收入的家庭会有的爱好吧。所以之前闵瑞告诉她的关于他家的那些情况都是真的？

她的心又沉下去了，但其实也没有多么意外。之前虽然没有明着问过，可她在生活中也靠自己观察过一些细节，譬如他用的电子产品都是很新很贵的，平时带她一起出去吃饭点菜的时候都不会特别留意价格，还有之前在剧社一顿那么多人的海底捞也是说请就请，更别说他的气质、教养……

答案已经很清楚了。一个糟糕的消息得到了验证，唯一的幸运是她提前有过一些准备，因此当时不至于立刻露怯。她努力掩饰着自己情绪的起伏，使用的办法是将自己的注意力全转移到展柜内古朴典雅的藏品上去，身为新闻人的职业病又犯了，她看到这种值得记录的东西就会本能地想要拍照。

可惜身边没有相机，也就只能掏出手机凑数，她围着展柜前前后后地找光找角度，构了半天图，好不容易才拍到一张满意的，唯一的缺点是像素太差，也就只够随手发个说说。

“唉……”她看着成品无奈地叹气。

他留意到了，眼睛在她拍的照片上多停留了两秒，问：“你很喜欢摄影？之前在剧社的时候就经常看你抱着相机，”他回忆着，“好像很喜欢的样子。”

“就是喜欢拍着玩玩儿，很业余的。”她摸了摸自己的鼻子，显得有点不好意思，“看到美的东西就会想记录一下，可能我们专业的人都这样吧。”

“美？”他像是又听到了一个有趣的词，“你觉得它们很美吗？”

说着，眼睛朝展柜里静默的藏品扫了一下，浅淡得如同一抹浮光掠影。

“当然。”她不知道他为什么这么问，只是下意识地觉得他话里有话，“是艺术品，又有历史感，当然很美。”

“但大多数人还是会觉得无趣。”他客观地说着，语气是平平的，可扭头看向展柜内那方西汉庄成玉印的眼神却有种特别悠长的韵味，好像透着一点怜悯，又好像显出几分寥落，“时代发展得很快，传统追不上这样的节奏。”

她又愣住，忽然意识到他们的对话正在走向一个曲折深邃的方向，他似乎也变得晦涩起来了，像是一滴墨掉落在以温柔为底色的白纸上，痕迹慢慢晕开，提醒她它原本就有另一个更加完整的样子。

2.

“怎么会？”她费力地给他回应，摸不清方向的感觉像小学生在做高考题，“传统永远都有不可取代的价值，不会无趣的。”

说到“价值”两个字的时候他挑了挑眉，似乎又有些感兴趣，可却没有立刻接话，漂亮的眼睛一直倒映着展柜内明亮的灯光，端详里面那方玉印的样子看上去有种奇妙的出离感。

“你知道我们院的教授给本科生开的第一堂课一般会讲什么吗？”他忽然又问她了，语气像在闲聊。她怎么会知道呢？当然只能默默摇头。

“就是讲文学的价值。”他笑了一下，还是淡淡的，“不同的教授讲法不完全一样，但大概的范畴还是一致的，比如对生命的超越，对理性的把握，对艺术的追求，认识价值、伦理价值、审美价值、社会价值……大概这些吧。”

“哦。”她讷讷地。

“大一的时候我只是听，后来才开始反思为什么教授们要反复去讲这么形而上的东西。”他的神情带着回忆特有的悠长，有点感慨，“一两年后才意识到这是因为身边很多同学都感觉不到这个学科的价值，无意义感会导致空虚。”

“无意义感？”尹孟熙的眉头也跟着皱起来了，“空虚？”

“也跟就业形势有关。”他客观地分析着，“从文学院毕业后能从事的工作好像有很多，可在薪酬上相比一些热门专业就显得很弱势，比如计算机，比如金融。大概只能拿到他们的四分之一，甚至更少。”

“啊……”她继续无言。

“它的应用性也的确是不强，在跨学科的时候感觉特别明显。”他又笑了一下，温暾随和的感觉，“比如这次做的这个项目，打底的基础还是高学长他们的技术，最终的成品同样要以技术的方式呈现，脱离了技术，内容本身好像是无法独立存在的。”

“无意义感……也难怪很多本科生会有要转专业的想法。”

这……尹孟熙前面听的云里雾里，直到这里才真的明白他在说什么。文学的无意义感，他也会这么觉得吗？

“不是的……”她本能地要去否定这种说法，尽管这个问题她当时还没来得及好好思考，“我觉得传统本身就是独立于时代之外的东西，没必要去迎合所谓的时代节奏，它本身就是另一个角度，另一种可能。”

她努力思考组织措辞，比答高考文综卷还要卖力。

“新的东西当然会不断涌现，但也正因为这样回顾传统才会显得重要。可能就像一个锚点？人总要知道自己是从哪里来的，从过去汲取力量，找到寄托。高学长他们的技术当然很重要，可脱离内容以后技术又以什么方式存在呢？明年四月我们交什么？总不能直接交一个代码后台……”

除了之前上课做报告的时候，她再也没有在他面前一口气说过这么多话，甚至还用了反问句，好像很笃定很强势似的。而且还要总结陈词：“所以你不要怀疑自己，文学就是很美很有魅力，做文学研究就是很厉害很了不起，传统就是很独立很有价值，这都是不需要怀疑的！而且你喜欢做这个不是吗？喜欢就是最重要的啊，干吗管周围环境是什么样的？”

认真极了的样子，说到最后好像都有点着急了。

他似乎有些惊讶，大概没想到小兔子还会用这么强烈的语气表达观点，随后又笑了，是她很熟悉的那种既温柔又带点无奈的样子。

“我没有怀疑。”他叹了口气，深邃的目光依然倒映着斑驳的光影，“只是说现实里有那么一种情况。”

哦，她有点尬住了，莫名觉得自己刚才那顿输出有点傻，伸手摸着自己的鼻子不知道该接什么好。

“不过你说得对，我的确很喜欢做这个。”

好在他没有让场面冷下去，及时延续的对话免去了她不少局促，柔和的人总是这样体贴，此刻说起自己的喜欢更有一种别样的温情。

“做喜欢的事总不会觉得疲惫，而且实际上我也从来没有过那样的无意义感。”他的声音又低又柔，“无论多琐碎麻烦的工作都需要有人去做，有时候无意义本身就是一种意义，我的幸运在于有比绝大多数人更充分的选择空间，所以有些事做就做了，不会太纠结。”

安静而有力量的话语真让人舒服，以至于整个空间都因为他的存在而显得沉静起来，她感觉到自己对眼前这个人的喜欢正在变得越来越深厚，某一刹那她不仅在他身上看到亲近与平和，还看到一种更加开阔的纯粹与崇高。

“所以你才要做这个挑战杯的项目是吗？”她忽然有点懂了，“是想改变一些现状？”

他一听，目光又落回到她身上了，好像变得更温柔了一些，说：“嗯，大概是在无意义中寻找意义。”他的笑很浅又很迷人，“能这样做也值得庆幸的。”

“庆幸？”她又有点不解。

“你还记得我们之前聊过《怀火》的剧本吗？那段贺先生的独白。”他提醒她，“你说他很迷茫，对新文化存着疑虑，又对传统抱有留恋。那个年代仅仅表达一句对传统的欣赏都会构成谬误甚至罪孽，跟那个时候比起来现在已经很好了。可以说喜欢，可以说倡导，可以保护它让它继续传承。如今的遗憾仅仅是它的发展还不够好，或者说看到有很多人在遗忘它，但其实只要还有努力的空间情况就说不上糟。”他微笑着，显得豁达且疏朗，“我一直觉得我们是很幸运的一代人。”

又来了。那种爱慕他的感觉又开始变得强烈了。她的心在跳，不是暗恋的紧张也不是初恋的羞涩，如果爱情的强度可以划分层次那她现在一定站在最顶上，想要为这个人摘星星，想要让他所有的心愿都成真。

“是这样的。”她的语言又变得匮乏了，“很幸运。”

是仅仅在赞同他刚才的话吗？还是另有什么只针对自己的引申？他好像听出来了，所以才又伸手摸了摸她的头，亲昵让一切降落，他重新回到了一个更常规的状态，牵起她的手静静在印章馆转了一圈，接着又低头问她：“要去二楼也看一看吗？”

二楼是书画馆。藏品相对于一楼的印章馆来说要少得多，但少而精，时序上主要集中于明清两代，跨度也小得多。

他们上楼的时候恰巧遇见一群中学生在参观，估计是什么学校组织的社会实践活动吧，馆内的志愿者正戴着小蜜蜂给孩子们做讲解，大家围拢在一个独立的展柜前认认真真地听。

“现在大家看到的这幅字是明代书法家董其昌的真迹……”志愿者尽职尽责地介绍着，“他生于公元 1555 年，字玄宰，号思白、香光居士，提出的南北宗论对中国画的发展产生了重要影响，在书法方面则奠定了云间书派的基础，使平淡秀雅的书风盛行一时，清朝时期他的书法作品尤其流行，康熙乾隆二位皇帝都很推崇他的书法。”

展柜内的这幅书法作品保存状况非常完好，左下角还有光绪朝名臣方启正的题字……“董其昌”这个名号十分响亮，即便尹孟熙对书画了解不多也是听说过的，她有点感兴趣，就拉着肖至的手一起走过去蹭讲解。站在一圈个子已经不矮的中学生身后探头去看，果然看到一幅古朴秀丽的书法作品被非常郑重地悬置在展厅正中央的透明玻璃展柜内，旁边似乎还竖了一个铜牌，陈列了几张颇具年代感的老照片。

“这件藏品来自社会捐赠，捐赠者的父亲曾是民国时期的一位爱国将领。据捐赠者讲述，这幅作品是她父亲平生最钟爱的……”

平平的讲述并没有什么起伏，讲的人只是在背稿子，听的学生们大半也不会记得很久，他们的时间不宽裕，听完这段介绍就跟着志愿者一起参观别的展厅去了。展柜前的位置腾出来，重新变得安安静静的，尹孟熙和肖至一起走上前去，总算可以看得更清楚一点。

董玄宰的书法当然很值得欣赏，可当时尹孟熙的目光却不知道为什么被铜牌边陈列的老照片吸引了，那大概是20世纪五六十年代拍摄的，纸质已经有些泛黄，只是画面中人物的脸孔还很清晰，是一男一女两个人，都是三四十岁的年纪，明明已经不能算青春年少，可还是会让第一眼看到他们的人赞叹他们的美丽。

真的很好看，就算是很简朴的衣着也无法遮蔽他们的出挑，不仅是漂亮到让人难忘的外貌，更是一种难以用语言描述的气质，端正而冲淡，平和且优雅，他们一定出生在很好的家庭，接受过很好的教育，在非常优秀的父母身边长大。

真好。明明是完全陌生的脸孔，尹孟熙却莫名觉得似曾相识，他们生活于截然不同的时空，彼此都不知道对方的存在，更不会清楚各自的既往与将来。

可心里还是……有种近乎玄妙的震动。

她没说什么，就静静地看了一会儿，抬起头看肖至的时候才发现他也有些出神。他们对视了一眼，双方都有些怔愣，后来又以一种奇怪的默契保持了沉默，在一阵短暂的驻足后转身从展柜前离开，临走前看到旁边的铭牌上写着一行小小的字——捐赠人：徐霁时、徐霁洲。

3.

从博物馆回来以后尹孟熙工作起来就更卖力气了。

其实她的专业在本质上让她的思想跟肖至存在天然的壁垒：新闻归根到底是一个向前看的东西，而古代文学却始终是向后看，社科和文学在处理问题上的核心思路也有很大不同，实际上她很难真正使用与他相同的方式去思考世界。

可她又非常希望能帮上他一点忙。

他的愿望很大，是要去影响很多人既有的观念，改变一种社会性的文化现实。同时他的愿望又很小，只是想让自己喜欢的东西被更多人欣赏，让更多从事它的人不要丧失信心。她能感觉到这种诚恳和纯粹，如果可以，她希望他所有的愿望都能成为现实。

所以她花在项目上的精力变得越来越多。她会努力想办法提高看古籍材料的效率，从原来的一天 30 页慢慢涨到一天 50 页，如果碰上白天课多的情况就主动加班，一般是选择把书偷偷带回寝室看。她还改变了一些参与方式，比如过去她在组里都是默默服从学长们的安排干活，现在就会主动思考怎样优化项目。她已经想到了一些具体的点，目前正在尝试细化它，等计划差不多成熟了就在组会上提出来，到时候再看大家怎么说。

这真是十分不容易。大二本来就是本科生学业压力很大的时候，她这学期选了 31 学分的课，校团委那边又还没退出，不少采访宣传的工作都要参与，光是这两件事就要占掉一大半的精力。现在她基本已经没有娱乐时间了，每天就是忙完这个忙那个，最大的休闲就是跟男朋友一起吃吃饭散散步。

那天她去团委办公室开大例会，部门里要做新一年社团活动的宣传盘点，从九点开到十点半。开完以后嘉怡姐还单独把她留了一下，问为什么没收到她竞聘部长的申请表。

尹孟熙有点不好意思地摸了摸鼻子，“嘉怡姐，我今年还是不申了。”

“不申？”许嘉怡眼睛都瞪圆了，“为什么？”

“就是精力有点不够。”尹孟熙解释着。

“嘻嘻你可要想好，”许嘉怡苦口婆心地开始劝，“你上学期剧社的那个工作做得特别好，孙老师是点名表扬你的，这次竞聘你申肯定十拿九稳。这个是有加分的你知道吧？部长和干事区别很大的，对你申奖学金也有帮助。”

“我知道嘉怡姐。”尹孟熙抿了抿嘴，“但我这学年精力真的不够，就算当了部长恐怕也没办法很好地履职，到时候跟我一起做事的干事都会很辛苦……我还是不占这个坑了。”

许嘉怡看起来好像比她还着急：“你这样很可惜啊，上学期那么辛苦。”

可惜吗？可能有一点吧，毕竟是一份履历。可仔细想想她还是收获的东西更多，起码知道了一部戏的制作流程，得到了很多老师和学长学姐的认可，甚至……还找到了男朋友。

“没关系。”尹孟熙笑了，脸颊上的小酒窝若隐若现，“我一直挺开心的。”

跟部门里的小伙伴一起从办公室出来，刚下楼就在门口看到了肖至，他正站在路灯下，修长的身影特别清晰好看。

是来接她的吗？怎么都没有提前跟她讲过。

她的眼睛一下就亮起来了，好像小兔子一下竖起了大耳朵，明明心里很想立刻朝他跑过去，但表面上还要顾及礼貌跟身边的同学说拜拜。

大家也是很体贴，看她一副着急的样子就放她走了，许嘉怡站在楼门口看着平时只能在校媒官网上看到的肖学长伸手牵着女朋友往远处走的样子，悠悠叹了一口气：“好家伙，这要是我，我也不竞聘了，天天谈恋爱它不香吗？”

“你怎么来接我了？等很久了吗？”

此刻的尹孟熙还没有平复惊喜带来的激动心情，在男朋友身边走路的步伐都有点蹦蹦跳跳的意思。

“没多久。”他低头笑着看她，没说已经等了她半个多小时，“看路。”

她差点儿被一块石头绊倒，得亏他及时拉了她一下。她笑得甜蜜蜜，正好牵上他的手，看着他的眼睛又在冒星星。

“我们快回工作室吧。”她牵了一会儿手后又不满足，转而挽上了他的胳膊，“免得学长们又要瞎说。”

他笑了，习惯性地伸手摸摸她的头，说：“今天不去了，都十点半了。”

不去？她眉头皱起来了，有点着急：“为什么啊？才十点半而已。我们门禁是十二点。”

“你太累了，应该休息。”他叹了口气，好像觉得她不懂事，“回去玩一会儿，或者早点睡觉。”

“玩一会儿？”怎么感觉像在哄小孩子。

“我真的不累……”她有点不满，小脸都气鼓起来了，“而且要是不去的话进度就落下了，那我后面几天不是更累吗？”

他们的工作是量化的，每天都有一个定额，今天完不成的量等堆到后面几天就更做不完了。

“明天我替你看一部分。”他却还是不为所动，“今天就当放假了。”

那怎么能行？他每天要看的材料量是她的好几倍，而且还要跟技术那边一起捋页面逻辑，作为研究生还要写论文发论文，林林总总加起来比她还累呢。

“我不要。”她挽着他的胳膊晃啊晃，“你让我去吧，就看一个小时也行的。”

谁想到撒娇也没用，最后还是被他一路领回了宿舍楼，在楼下分开的时候她一直噘着嘴，还把他逗笑了。楼下正好没人，他就低下头轻轻吻了她一下，在她被迷得七荤八素的时候又乘虚而入，哄骗她：“上去吧，明天见。”

然后她就被洗脑了。迷迷糊糊地上了楼，洗脸刷牙换睡衣，爬到床上躺下的时候她才意识到自己刚才妥协得太容易了，于是退一步越想越气。自己默默纠结了一刻钟，还是又下床重新换了衣服，背上书包出门的时候任薇薇还调侃她，问她是不是今晚是不是外宿。

唉，那可不敢。现在差五分钟十一点，只能去干一小时的活儿了。

4.

深夜的综合楼完全是黑漆漆。

她开着手机照明，好不容易才摸到二楼去，深更半夜静悄悄的楼道有点恐怖，吓得她一路小跑溜进了工作室。“啪嗒”一声打开灯才好了一点，暖色的大灯很明亮，她还又开了一盏桌子上的台灯。

拉开椅子，放下包，她找了一下工作日志对了对今天的进度表，然后走到墙根去翻材料，扒拉半天才找到，接着吭哧吭哧抱回位子上，翻开书的同时打开电脑做记录，一小时已经被扣掉了十分钟。然后就是闷头看。

其实已经很累了，忙了一天以后人的脑子也不太灵光，本来就很难看明白的竖式排版在这种时候显得更为难人，看得她头都疼。

“本朝以定州白瓷器有芒，不堪用，遂命汝州造青窑器，故河北、唐、邓、耀州悉有之、汝窑为魁……”

她一个字一个字地摘，好不容易才把那一整段对上，正入神的时候忽然听到门口传来一阵脚步声，立刻吓得一激灵。紧张地抬头去看，门刚刚被推开，一个她很熟悉的人走进来，看到她的时候同样皱起了眉。

“怎么还是来了？”肖至又在叹气，“刚才不是都回去了吗？”

啊，他怎么来了？

第十三章 风吹，爱成了海

1.

换了一身衣服，跟刚才送她回寝室的穿着不同了，头发也有一点湿，看样子是刚洗过澡。

所以他刚才是回宿舍洗澡了？为了赶十一点前就会停的热水？

然后又回工作室了，就是为了帮她扛进度所以一个人默默加班吗？

“你不是也回去了吗？”尹孟熙都不知道该说什么好了，跟他一样叹起了气，“还骗我说明天帮我看，结果是晚上加班。”

说到这里两个人都觉得有点好笑了，于是各自看着对方笑起来，她看到他的眉目变得愈发柔和，在深夜综合楼暖色的灯光里显得特别动人。

“看到哪儿了？”他不再劝她，拉开她身边的椅子跟她坐在一起，“分一下。”

她喜欢跟他待在一起，那时还默默拿着书贴他贴得更近了一点：“《坦斋笔衡》，这里。”

他“嗯”了一声，也许因为刚洗过澡，她能闻到他身上干净的香气，既清淡又撩拨，矛盾的混合体。好喜欢哦。

“看着我做什么？”出神间却听到他的调侃，声音很低，夹一点淡淡的笑意，她就又不争气地脸红了，侧脸几乎贴上他的肩膀。

“也没有一直看……”她不好意思地垂下眼睛，“就看了一下下。”

他又笑，温热的气息撩得她心脏乱跳：“还以为你有话要跟我说。”

语气很微妙，她不确定他是不是在欺负她，小兔子感到一些狼狈，想说她也是要脸面的，于是就要想办法转移一下话题撑场面，想了想说：“就是有话要说，很正经的话。”

他挑挑眉，好像心情特别好，手撑在桌子上侧过脸看她，接：“那你说。”

什么呀！摆明是不信嘛。

“是关于项目的。”她有点不服气，坐直一些给自己增加气势，“我有一个优化内容逻辑的方案。”

“是吗？”他挑挑眉，语气像在逗小孩子，“这么厉害。”

她也知道他没当真，想证明自己的愿望反而变得更强烈，撇撇嘴说：“我真的有具体规划，都写了三千字了，写完就拿给你们看。”

“三千字？”他很捧场，看上去兴味盎然，“能先说给我听听吗？”

也不知道是真感兴趣还是做样子哄她。

她抿抿嘴，心里多少有点丧气，可好不容易想到的方案还是想说给他听一听，于是咳嗽一声给自己壮胆，说：“就是界面划分的问题，我觉得我们可以在首页设置两个模式，一个专业模式，一个普通模式。

“专业模式呢我觉得就可以沿用现在的规划思路，各种专业典籍的征引和页面跳转什么的都很必要，但那个普通模式可能还是要想办法另找一个线索来串。因为我觉得你主要还是想做文化普及嘛，那受众肯定是非专业的普通人，比如一个中学生，一个上班族，一对老夫妇……这些用户应该没那么关心专业性的东西，兴趣才是使他们关注一个新事物的核心点。

“你看，我是学新闻的嘛，从新闻的角度来看，吸引读者的报道也都需要故事性，有了情节的包装才能更好地吸引受众。就比如我大一的时候不是选过贾先生的课嘛，当时先生讲苏轼的部分我就特别喜欢，因为他讲了很多小故事，苏轼跟王安石，苏轼跟程颐，苏轼跟苏辙。我身边很多同学都喜欢听的……”

她不自然地咳嗽了一声，继续道：“重点是故事性。我个人觉得我们在做普通版网页规划的时候可以用故事线索给出一些串联，比如我现在在看的汝窑瓷，始烧于唐中期，盛名于北宋，那其中肯定有很多件是跟两宋有名的历史人物相关的，我们可以把历史故事和背景资料结合起来，感觉这样趣味性可以增强很多。

“哦对了，我还想过一个更有趣的，就是我们可以让用户在网页上选择角色，比如我上来以后选择苏轼，那么网页就会引导我看到所有苏轼可能看到的文化景观，比如眉州的风土人情，他的诗画书法真迹，各种文人交友集会，各种变法，乌台诗案什么的……就是很全面，互动性很强的那种，像一个小游戏，不过我也知道这个工作量太庞大了，四月前做出来是不可能的，就算以后做也需要调动用户上传资料，团队只能负责审核和运营……”

她认认真真地说着，不仅描述着大的框架，而且似乎连很小的边角都考虑过，一定花了很多时间去构思，而这都是在别人不知道的时候。

他安静下去了，很长时间都是静静地听着她说，她说到一半才想到要跟他要反馈，偏过头看他的时候却发现他一直在看着她，好看的眉眼像综合楼外柔和的月光，沁人的温暾和清凉。

“怎么了？”她有点局促地问。

他也不说话，只是看着她，台灯暖色的光晕笼罩着他们，让她多少有些恍惚，静默之中感到他在靠近，洗发水的香气一直萦绕不去，下一刻她的嘴唇就感到一丝凉，是他低头吻住了她。

绵长的亲昵，比刚才宿舍楼下那短短的一吻慎重得多，被湖水环抱的感觉又涌上来，来自他的每个吻都像初吻般令人心动。

她被诱惑了，忍不住伸手搂上他的脖子，一开始动作还有些僵硬生涩，后来腰被他搂住后就自然得多，纯情的试探慢慢变了味，起伏的情动让谁都难以把持，不知怎么回事，她就坐到了他的腿上，嘴唇分开时两人的呼吸还缠在一起。

“花了多少时间？”他的额头跟她抵在一起，耳语几乎只剩下气声，“不辛苦吗？”

她人都软了，仔细感觉着他环在她腰上的手的温度，微微的热意让她思绪混乱。

“也还好……”她有点喘粗气，“就、就想帮上你一点忙。”

他像是又在叹气了，亲吻只差一毫米就要再次被她感知，他抬起一只手轻轻摸摸她的脸，谁想到亲昵的感觉竟然又加剧。

“你真是……”他像是不知道该说什么了。

怎么？你也会词穷吗？她有点得意，感觉为自己之前多次的失语找回了一点场子，心里偷偷地笑，面上还不忘要多捞一点实惠，搂住他脖子的手根本不肯松，还又红着脸再次亲了亲他挺拔的鼻峰。

“我真是什么？”她软绵绵地贴着他撒娇，“真是太聪明？真是太能干了？”

他又笑，低低的声音会勾走女孩子的魂，抚摸她脸颊的手这次改为轻捏她粉色的耳垂。

“嗯。”他点点头，“而且太乖了。”

太……讨人喜欢了。

她也跟着笑，甜得自己头昏脑涨，一边抱着他一边把红透了的脸悄悄埋在他的颈窝，她已经不相信这个世界上会有比她更幸福的人。

“那当然。”她又偷亲一下他的下巴，小兔子要把人的心偷走然后藏到自己的小窝里，“又聪明又能干又乖。”

2.

所以那天两个大半夜跑到工作室加班的人实际上也没看几页材料，打着干活的幌子谈了半天恋爱，最后怎么来的怎么又回去了，唯一的收获也就是聊了几句普通版网页的设计思路，肖至很赞同她的想法，说会跟技术那边一起聊。

她一贯特别喜欢被他肯定，一听他这么说了就很振奋，没两天就把三千字的方案写到了八千字，跟肖至一起对了对，转手交给了高学长他们。

技术上当然是有很多困难的，可他们对她普通版网页的构建思路都非常喜欢，欣宁姐最支持，还说：“我原本还担心成品专业化程度太高会劝退普通用户，现在思路一更新导向就好多了。普通用户才是基本盘，这个游戏化的设置要是能实现真的很不赖。”

“主要是转成用户上传资料这个方式最好。”孙卓学长特别支持，“不然我们这个工作量也太大了，根本看不到头。做审核就好多了，省力省时间。”

“游戏化这个空间也很大。”赵鹏学长的规划走得更细，“我们搭平台的时候可以做一些设置，比如给上传信息质量高的用户一些奖励，同时赋予一些外化的显示，比如荣誉徽章什么的，或者积分兑换奖励，成熟以后和其他平台谈合作，比如兑个什么视频网站会员，这样还有用户导流。”

“那我们的 bp 思路也要修改了。”陈欣宁特别敏锐，思路也转得特别快，“知识分享是一个很重要的卖点，游戏化结合传统文化这个路子听起来也特别容易吸引投资。当然话术还要再想一想……”

一切推进得出奇地顺利。

尹孟熙原本还担心自己的想法会被嫌弃，毕竟她只是一个本科生，进项目的时间又晚，学长学姐们人均大佬看不上她的点子也很正常，没想到他们却都很愿意听她陈述，而且还会各自从自己专业的角度出发为她原本不够成熟的计划添砖加瓦，最后讨论出来的结果比她想象的好十倍。

欣宁姐加班加点写了个新的计划书交给创院，指导老师的意见比较保守，可能还是更支持他们沿着过去的路子往下做，说是因为新方案的技术要求太高，担心他们无法在明年四月前搭出功能过关的平台。

高神想了很久，最后还是跟老师说想挑战一下新方案，为此又去拉了两个博士进组，好几个大佬一起猛攻关，赵鹏调侃说这个配置再给点时间能做个正经手游了。

然后大家就立刻进入了一个新的工作阶段。

相较于技术那边的兵荒马乱，内容这边的工作难度倒是没有太大改变，前期的工作成果基本没有废的，只是要盘一个新的故事逻辑来当线索，同时为技术那边做游戏化设置提供一些路线。

忙肯定是更忙了，但所有人的工作热情都比原来更高，尹孟熙最有干劲，而且给自己加的码也最沉，毕竟方案是从她这里出的，最后要是不成责任肯定也最大，现在无论醒着睡着脑子里转的都是项目，就算跟肖至一起出去约会也免不了要跟他聊工作。

“你不要给自己太大压力。”他一直劝她，“决策是大家一起做的，不是哪个人的责任。”

道理是这样说，可她终归还是个容易背包袱的人，何况心里又一直装着想帮他实现愿望的念头，不是他说劝就能劝得住。擅长努力的人只要横下心去就是世界第一的大“卷王”，进入工作状态以后的她根本停不下来，就像上了发条一样转转转，不到转出个结果就不可能停下。

时间在忙碌中过得飞快。

九月下旬定了新方向，十月十一月一直在冲进度，到十二月底期末季的时候技术那边的平台已经搭出了雏形，内容这边的路线框架也已经建了个七七八八。

尹孟熙踌躇满志打算继续冲，半途却被肖至强制叫停。

“你还在读本科，绩点很重要。”他都有些无奈了，似乎很担心她分不清重点，“期末季先回去好好准备考试，当心不要挂科。工作室里都是硕博，大家的时间比你充裕。”

3.

那时已经是冬天，天不仅冷，而且黑得特别早，六点钟一起去食堂吃饭的时候校园里的路灯已经亮了，可惜是冷白色的，看着更冷。

“我不会挂科的。”她努力申辩，“我有 3.82。”

“那是上学期。”他提醒她，“这学期，你时间都花在工作室了。”

她低头扁嘴，一边走路一边踢脚下的小石子。

他的眼睛带着笑，伸手帮她整理一下已经遮到鼻子的围巾，说：“我是为你好，本科生如果有挂科记录就不能直研了。”

可不是，只要挂一门，就算绩点 3.99 也没用。

“我知道。”她还是别别扭扭，“但我就是不会挂嘛。”

“那也不能去工作室了。”他难得专断起来，“考完以后再说。”

她一听就要噘嘴，正要闹就听到他补充：“我也不去了，陪你复习。”

那……好像还不错。她把还要争取的话悄悄咽下去，一边偷看他一边假装为难地说：“那你要是一定要这样的话……就先这样吧。”

结果最后却被骗了。

他倒是没有食言，的确陪她好好过了一个期末季，在图书馆熬了将近一个月的大夜。可一月底她最后一门考试刚结束她家里就来了电话催她回家，说暑假她就提前回学校了，寒假必须早点回去好好过个年，她在寝室里打电话跟他抱怨，而他居然也是同意的。

“今年过年早，你回去待大概一周就除夕了。”他的声音从电话那头传过来，语气温柔，可说的话却都不是她爱听的，“回去吧，叔叔阿姨一定都很想你。”

什么嘛，那难道你就不会想我吗？

“可是工作室那边进度还不行啊。”她各种找借口，“我要留下来帮忙。”

“过年阶段其他人也要回家的，”他叹着气，“我也会离开一段时间。”

“啊？去哪里呀？”她的注意一下子就被转移了，在手机这头追问，“回浙江吗？”

他说过爷爷奶奶还在宁波。

“嗯。”很快她的猜想就被印证了，“在那边待到年后。”

“这样啊……”她的声音有点落寞了起来。

那就要很久见不到他了。

“那我们一起走吗？”她又问，“一起去火车站？”

“我送你过去。”他回答，“我可能要等我父母一起回去。”

“哦。”她的声音更落寞了一点。

他送她去车站的那天是 14 号，离过年还有 8 天。

火车站照旧是人来人往，学期初她因为一个论坛帖子就冒冒失失地从家里跑回 A 市的场景还历历在目，没想到一学期过得这么快，现在她又要回去了。唯一的幸运是他们的关系亲近了很多，此刻她在吵吵闹闹的候车大厅里被他轻轻牵着手，已经可以很直白地说她舍不得他。

“我会想你的……”她软绵绵地抱着他，就算被旁边经过的人看两眼也无所谓了，“会很想你很想你的。”

他比平时沉默，大概同样有些舍不得她，一手圈着她一手轻轻抚摸她的头发，说：“很快就见到了。或者我去找你？”

嗯？她从他怀里仰起脸，眼睛睁得大大的。

“真的吗？”很兴奋。

顿一顿又想起自己家不太体面的样子，眼里的亮光微微黯淡，又说：“还是不要了。”

他挑挑眉，回想起的却是暑假里她瞒着家里人跟他通话的场景，她妈妈敲门的时候她还急得一下挂了他的电话。

“你还没跟家里提过我？”他会错了意，以为她不想他去看她的理由是这个，“叔叔阿姨不同意你谈恋爱？”

这该怎么回答。

她犯了难，悄悄摸摸自己的鼻子，企图含含糊糊地略过去。他就把这当成是默认了，暗想她真是太乖，又莫名觉得跟她恋爱的自己多少有点带坏小孩子的嫌疑。两个人的想法各不相同，一时倒是都安静下去了。

“那你假期都在浙江的话，是不是就不会回 A 市了？”再开口的还是她，一来为了遮掩自己的心虚，二来也带了一点其他的目的。

“还没定。”他回答，“过完年再看情况吧。”

她“哦”了一声，语气有点迟疑，他发现了，捏捏她的下巴，问：“怎么了？”

“没……”她有点扭捏，不太好意思看他，“就……不回的话，是不是就不会见到唐霏学姐了？”

哦，原来是介意这个。

他笑了，没忍住还是又捏了捏她的小耳垂。他好像特别喜欢捏她，一下捏这里一下又捏那里。

“不见。”他像在哄她又像在保证，“万一碰到也会给你打电话，开免提。”

脾气是好得没边了。

她满意了，眼睛重新亮起来，总让人联想到小兔子竖起耳朵的样子，正要说一句甜甜的话表现一下矜持，广播里却传来催促检票上车的声音。她的耳朵于是又垂下去，每一个小表情都在告诉他她有多丧气。

可他吻她了。很轻柔又很缠绵，让她知道他很喜欢她，没有任何状况值得她担心。

“路上小心。”他的气息是温热的，让她一遍一遍反复心动，“到家给我电话。”

然后寒假就在跟暑假一样的无聊中开始了。甚至比暑假更无聊，毕竟几个月前她跟他还没有那么亲密，而且那时还能靠做家教挣钱来排遣一下，现在处在过年前的时间连这个机会都没了，她每天都是闲得发慌。

电话不是时时都能打，因为家里时不时就要来亲戚。天知道，她们家还不到九十平方米大，爸爸妈妈两边的亲戚却都有很多位，今天来一位明天来一位，有时候不巧还要撞上，使那个不大的小客厅显得更加拥挤了。

“熙熙有出息啊，考上那么好的大学！”

这是她听得最多的一句话，无论哪位亲戚来都要这样拉着她的手夸赞，而父母无论听多少次都会像第一次听到那样眉开眼笑。

“A 市是大城市，熙熙毕业以后怎么打算？留在那里吗？能拿到户口吗？”

这个展开也很固定，尹妈妈已经能对答如流：“现在说这些还早呢，反正先读个研吧？哎呀，我们熙熙也没什么别的优点，就是读书好，她在大学里成绩又排在最前面，保研肯定是没问题的了。”

这就是大人之间关系的微妙之处了。

按理说，上门来的亲戚关系都是近的，可讲到底还是两家人，相互之间总要攀一攀比一比。尹妈妈就跟自己的妯娌关系处不太好，每次见到她和丈夫的弟弟一起上门都忍不住要跟对方来一场钩心斗角，比孩子显然赢面最大，她就总忍不住把女儿的优秀拿出来反复吹嘘。

这就是尹孟熙的婶婶怎么都比不过的了，她也有个女儿，比尹孟熙小一岁，去年刚刚高考，发挥得算不错也就只考上当地一个三本，跟 A 大当然比不了。

"哟，那真是不错。"婶婶的语气是克制不住的酸，既要认侄女的优秀又免不了想找几句她们家的不痛快，"不过现在研究生也不值钱了，那大城市也不那么好留，熙熙，一个女孩子光靠自己怎么能行？还是得嫁得好。对了，熙熙找男朋友了吗？"

尹妈妈噎了一下，遇到了一个顶不太回去的点，但还是很有气势地说："她才多大？谈什么恋爱？小孩子就该把心思放在学习上，学习好了什么都好了，以后找了好工作登上更大的平台，那好女婿多得是了！"

又不忘再强调一遍女儿学习好。

"那也得注意别耽误了。"婶婶还是嘴硬，"老郑家那个闺女，记得吧？之前考到北京去了，多出息啊！后来怎么样？三十了还没找着对象！在大城市买不起房漂了那么多年，最后还不是灰溜溜地回家了？多可惜！"

口若悬河地说完，又扭头看着尹孟熙，提点："咱们熙熙可不能学她，得在大学里就找个好男孩儿，最好是家里条件好的当地人，一毕业立马结婚！"

尽管当时尹妈妈对婶婶的言论表现得不太重视，还笑着说她"太夸张"，可其实对方那番话是说到她心里了。是啊！在大城市留下多不容易，不嫁个当地人怎么买房子？要真跟老郑家那个女儿一样，在他们这个小城得有多丢人！

因此婶婶走后尹妈妈就变了一副脸孔，什么云淡风轻谈笑自若都不见了，拉着女儿的手慎重地坐在厅里，又追问："熙熙啊，你跟妈妈说实话，你在学校里谈朋友了没？"

尹孟熙呢？早在刚才婶婶说那一长串话的时候就想到肖至了。当地人、有户口、条件好……样样都符合，此外还很优秀很英俊，对她也非常好，无论怎么想说出来都会让她和家里人很有面子，可不知道为什么就是说不出口，此刻妈妈关起门来问她，她也还是说："没有。"

尹妈妈叹了口气，好像有点着急，就劝："妈妈知道你是个好孩子，以前念书都很认真很乖的，但是现在你长大了呀，谈恋爱是正常的，你千万不要把这个当成什么不好的事情。"

根本不知道她都跟男朋友谈了一学期了。

她心里挺愧疚，心想要不说了算了，纠结犹豫的时候尹爸爸又从旁边路过，有点不高兴地说："谈什么谈？她婶婶那是没见识，人家条件好的当地人都傻？闭着眼睛什么都给你？那新闻上多的是单纯的小女孩儿被人骗，最后丢财又丢人。就算不被骗，门不当户不对嫁过去也是受气，夫妻关系不和睦要受一辈子罪的！”

“不谈！没合适的就不强求！而且我看那个大城市也没什么好，待不住就回来，怕什么？”

4.

直到晚上十点回房间躺到床上休息，尹孟熙脑子里还盘旋着白天爸爸说的那番话。

“门不当户不对”……多简单的一句，小时候还经常会从奇奇怪怪的电视剧里听到，长大了才意识到它有怎样沉重的现实性。她还没到要跟肖至谈婚论嫁的地步呢，只是在校园里谈恋爱，离毕业还有两年多，可那种现实感已经要迫不及待朝她扑过来，也许就因为她太喜欢也太在意他了，所以会把一切问题都放得特别大。

他们未来会怎样呢？毕业以后还会在一起吗？会结婚吗？他的父母会喜欢她吗？能接受她条件普通的家庭吗？就算真的结婚了……他会一直喜欢她吗？他们会吵架吗？会因为什么而吵架呢？会吵到离婚吗？

数不清的问题。她只在床上躺了五分钟，盯着天花板发呆的工夫却好像把一辈子都过完了，生老病死柴米油盐处处都是问题，回过神来一看才发现他们只恋爱了五个月而已。

怎么会这样？她缩在被窝里放空，愣神的时候手机又振起来，歪过头一看，发现刚好是他打来了。

“肖至”，一个名字也让她心动。

她在心里默默地叹气，隔几秒钟才接起电话，调整一下呼吸：“喂？”

他那边有点杂音，好像是在户外，但他的声音还很清晰，在问她：“已经休息了？”可能是觉得她声音太轻了吧。

“没有，是我爸妈睡了。”她解释，“你呢？在外面吗？”

“嗯。”他回应，“在钓鱼。”

“钓鱼？”她感到一些惊奇，“现在？”

大冬天的……而且都晚上十点多了。

“主要是聊天。”他的声音也有些无奈，“长辈兴致比较好，从八点一直坐到现在。”

她在电话这边笑了一下，也知道像他这么温和有礼貌的人是不会扫长辈的兴的，脑海里又出现他平时无奈的那个神情，忽然就很想他。

“可以拍个照片给我看看吗？”她悄悄问，“一张就好了。”

他笑一笑，很快答应：“那先挂一下。”

她“嗯”了一声挂了电话，不到半分钟QQ就亮了，是他发来了一张照片，没拍他自己，只拍了周围的环境，光线比较暗看得不太清楚，但还是能辨别是在一个湖区，她一直拖着那个图片放大再放大，在远处看到几座零星的小别墅。

深度调查到一半，他又打回来了，她赶紧接起来，听到他问：“收到了吗？”

“嗯。”她小心斟酌着措辞，“这是哪里呀？景区吗？”

“不是。”他随口回答，“家附近。”

唉，果然。无形的压力又变大一点，此刻她不知道该接什么才比较自然。应该若无其事地聊一下钓鱼这项爱好吗？还是应该顺嘴问一下他家里的事。

“你困了吗？”他大概也察觉了她今晚话少，语气有点抱歉，“是不是打扰到你休息了？”她那时怎么就意识不到呢？他是想她了啊。

“没有没有。”可当时就只有这么一句苍白的解释，“我没有这么早睡。”

他于是更觉得她是累了，歉疚的意味也更明显，顿了顿说：“还是早点休息吧，我明天再打给你。”

“哦。”她讷讷地。

“晚安。”他的声音依然柔和，足够将她抚慰入梦。

她却在这时惊醒，在电话即将被挂断的瞬间开口叫他：“肖至——”

不是“学长”，而是“肖至”。是潜意识在更迫切地挽留他吗？

听筒传来回应的速度有些慢，大概他也有些怔愣，过了几秒才回应：“嗯？”

低沉的声音好听极了，她永远迷恋与他相关的一切，包括这种轻轻地，带一点气声的吐字。

“我会很努力。”她很郑重地告诉他，“会努力做到最好的。”

多么孩子气的话，像是小学生在告诉家长“我会努力考到一百分的”“我会好好练钢琴学画画的”，可她的坚定却是大人式的，目标很远大，为了实现它可以不怕困难，可以一直一直坚持下去。

他却不知道她在指什么，还以为她是依旧在为项目的事操心，于是就笑着劝她在过年期间好好休息，不要总是被工作上的事情干扰。

“知道了。”她小声地回，对他的想念又变多了一些，“你也早点休息。”

早点休息，然后就是明天了。再过十几个“明天”，我就又可以见到你了。

除夕那天尹孟熙跟着父母一起回了爷爷奶奶家，见到了一大堆亲戚。

尹妈妈表现欲十分旺盛，人越多越是要吹嘘自家孩子的争气，这回不单把前几天分别跟不同人吹过的事集合到了一起，而且还把尹孟熙评上一等奖学金的事也一并说了。

“哎呀，其实也挺可惜的，差一点就评上国家奖学金了，那可是八千块！”尹妈妈神气地昂着头，被一群人围坐在正中间，“也怪我们熙熙犯懒，没去她们那个什么校团委竞聘部长，不然分数一下就上去了，八千块跑不了！”

“现在一等奖学金只能拿三千，你说多可惜，明明这么优秀一个孩子……”

巴拉巴拉说个不停。

其他亲戚就是恭维，把尹妈妈哄得眉开眼笑，尹孟熙不太自在，尤其在看见婶婶和堂妹又难受又憋气的样子后就更想让妈妈少吹牛，可惜大人一旦上头比小孩子还难劝，她管不了只好躲进厨房跟小姑姑一起包饺子。

爷爷奶奶家的房子比她自己家的更老，厨房又窄又黑，往灶台上一摸感觉到处是油，坚持着包完她已经有点累了。晚上六点一大家子人一起上桌吃饭，大家一起举杯祝福来年一切平安顺遂，她跟晚辈们一起挤在小桌子上，说实话一整晚都不是很在状态。

饭后就是一起看春晚，不太好笑的小品让人犯困，跟身边的亲戚也没什么好聊的，低下头掏出手机想给肖至发信息，又被妈妈小声责备没礼貌，于是只好又放下了，转头被长辈们拉着给更小的弟弟妹妹讲学习经验。

好不容易熬到十一点三刻，到了他们家习惯放鞭炮的时间，原本没什么精神的小孩子全醒了，闹闹腾腾地说要出去放。尹孟熙也跟着出去了，被寒冷的夜风一刺人倒是清醒了不少，隔壁家的小孩子比他们家还多，周围全是快乐的笑闹声，鞭炮点着的时候“滋啦滋啦”地响，除旧迎新的氛围感已经拉满了。

噼里啪啦，满天满地都是灿烂的烟火，自己家放的、邻居家放的，近处放的、远处放的，在地上放的、在天上放的，世界好像一下子热闹起来，每个人都喜气洋洋。她就忽然特别想他，低头看了看手机，发现时间是23：59。

太好了，还差一分钟，她要当在新的一年第一个给他发信息的人。

微微侧身避开亲戚们的视线，她已经打开了QQ里他的对话框，输入：**咚咚锵锵。在新的一年里，祝……**还没打完，23：59就跳成0：00了，与此同时对话框里也跳出了一条新的信息——

他：新年快乐。

她吓了一跳，简单的四个字却比震天响的烟花爆竹力量更大，她的心又在乱跳了，明明他都不在她身边，可却依然那么容易就把她卷进了一场像海啸一样铺天盖地的热恋。

她：我刚要给你发……就差几秒！

她发了一张时间截图。

他：知道了，明年多等你一分钟。

明年？又是一个让人心动的词。

她：那说好了哦！

她：对了，我要再说一遍，新年快乐！

她噼里啪啦地打字，快乐的感觉充盈在身体的每一个角落，如果这时候尹妈妈回头看她，一定会发现自己女儿的嘴角已经咧到了耳朵根，“恋爱中”三个字几乎明晃晃贴在了额头上。

他：还有个事想跟你说。我定了初六回学校，高学长他们是初八。

他：你呢？有关于返校的计划吗？

什么是认真的初恋？就是连表达想念都要处处节制，明明那么想见对方的，可说出来的话却还要加上修饰，即便他是那么成熟的一个人，在此刻也要把“高学长他们”拉出来做铺垫。

她没有想这么细，只是忽然觉得有了盼头，身边噼里啪啦的鞭炮声还在响，可世界却已经变得非常安静。

她：那我也初六回。现在就去买票！

急切得都来不及先跟父母商量一下。

他：好。我去接你。

接下来的流程就很清楚了。尹孟熙先是一声不吭地抢了回A市的火车票，然后又一切正常地跟父母到处走亲访友出去玩，等过了初五才提明天要回A市的事，说她上学期加的那个项目组工作出了一点问题，要抓紧回去冲进度。

她父母很震惊，后来又听女儿说项目如果做成了会有分股，是可以拿到钱的，暗想孩子真是长大了，做的事情他们都听不太懂了，最后就还是忍着不舍把她送上了火车，嘱咐她正月十五要记得联系家里，他们通着电话一起吃元宵。

归程也是一切顺利。车窗外的旷野不像八月盛夏时那样灿烂，可她的心情却早已没有了半年前的忐忑和伤感，雀跃的悸动一路伴随着她，让她每隔十分钟就要抬头确认一下车到了哪里，还要多久才能把她送到那个人身边。

就这么一直焦灼地等到了下午四点，推着箱子一路小跑冲到出站检票口，在热切的心跳中随便一望就发现了那人清俊的身影，在人群的最前端，像是已经等了她很久。

5.

“滴——”重复和八月相同的检票流程，排队时迫切的心情也跟当时一模一样。他同样看到她了，深邃的目光一直凝视她，她觉得自己脸上起了火，悸动到有些紧张的地步。

好不容易轮到她出去，拖着箱子跑向他的步伐已经有点乱，旁边那么多人看着也不在乎，一定要一下扑进男朋友怀里去。真夸张，明明也才分开半个多月而已，重逢的架势却好像许多年没见了似的。

他抱住她的手似乎也比平时收得更紧，身上雾霭蓝色的毛衣有淡淡的皂香味，呼吸就在她耳侧，微微的热，微微的痒。

“路上都顺利吗？”他在问她了，声音也热，话语本身却没什么特别。她胡乱点头，只顾贴着他满足想念，其实都没怎么听清他在问什么。

没抱多久身后就有其他出站的人经过，他们大概有点挡路了，频繁被人回头看，她这才想起要害臊，脸红红地从他怀里退出来，抬起头看他的眼睛还是亮的，明明……就是在期待一个亲吻。

八月份她就看到一对情侣亲亲了，现在她也想要亲亲。

他却似乎没懂她的意思，接过她的行李就拉着她的手顺着人流往出站的方向走去，再体贴也免不了让她感到失落。什么啊，是她表示得还不够明显吗？她、她想要的是……兔子耳朵耷拉下去，她觉得自己平白亏了一个亿。

正在心里偷偷遗憾，牵着她的他却突然避开人群转了方向，周围的声音褪去了一层，是他带她走进了一个暂时没人的拐角。她还没反应过来，身边的皂香味就忽然浓郁了起来，下一刻便落进对方眼底广袤无垠的湖泊。

啊！湖水是热的。乱七八糟的火车站哪有僻静的地方？就算一个小拐角也随时可能有人经过，他却就在那里吻她，气息有种罕见的热切。没有礼貌地事先询问，也没有谨慎地小心试探，湖泊像是突然从瀑布底移到了火山口，热烈的气息让她完全头晕目眩。她的脑子被他折腾成一团糨糊，情绪和感官又都被狠狠地拿捏着，人在起伏的湖面上飘荡，不知道为什么自己连腿都软了，能做的也就是伸手紧紧搂住他的脖子迎合他的亲吻，有那么一刻她都忘了周围是什么地方，就想这样一直……

最后，还是他先放开她。

亲吻中断了，两个人的呼吸却还保持着同样的凌乱，他与她无限靠近，漂亮的眼睛倒映着她的样子，清纯的脸孔带一丝朦胧的情欲，是她自己都意识不到的撩拨诱人。

“感觉很久没见你了……”他抬起手若有若无地抚摸她红透的小脸，依然保持着之前的喜好，要时不时轻轻捏一下。

“好像圆了一点。”

她被迷到神魂颠倒，心跳快得像要爆炸，听他说话都是不清不楚的，只大概知道是被调侃了。

“才没有……”她含含糊糊地狡辩，“只是过年吃多了一点。”

他低低地笑，好像对她的喜欢在持续变多，低头又在她唇上吻了一下，恋恋不舍地。她也在打量他，细细地看，充满想念地看，无论美人尖还是眉眼都跟之前一样漂亮，足够让她继续喜欢一百万年。

“头发短了。”她也在抚摸他轻轻触碰她侧脸的那只手。

没意义的话，却被两个人说得丝丝缠缠，原来半个月真是这么久的，久到让他们都迫不及待。只可惜往来的路人并不会专门为他们腾地方，小小的拐角很快就来了人，他们于是也就不得不分开，重新以正常的样子汇到人流中去。

搭出租车回学校的路上也要一直贴着他坐。

前排有司机，她不好意思跟他太亲近，可是手在座位底下偷偷地牵着，不触碰到他，她就浑身不舒服。后来更大胆一点，会轻轻靠在他的肩头，额头时不时就会被他轻轻吻一下，舒缓的甜蜜也没能平复刚才那个吻带给她的冲击，她觉得自己心底是躁动而不满足的,只好借摆弄他的手指玩来小小地排遣一下。

到了学校回宿舍放下行李，她又跟他一起去外面吃了火锅，商场里节日的气氛很浓郁，到处都还是红通通的。她的心情特别好，跟他走在路上瞎玩也不觉得无聊，心里祈祷工作能晚一点再晚一点开始，能让她休息一年最好。

“我们明天要去工作室上班吗？”但那是不可能的，她已经开始为明天发愁了，“一般都是初八才上班的。”

她皱着小脸的样子把他逗笑了，又被捏了一下，还听他说：“放假的时候一直想着工作，现在又不想了？”

“我哪是想工作？”她由着他捏，也不耽误自己小声吐槽，“我明明是……”

“什么？”他问。

她噘噘嘴，不回答了。他的眼睛也是明亮的，伸手摸摸她的头，说：“明天不去，初八再去。”

顿一顿，又低头看着她说：“明天给你过生日。”

生日？尹孟熙眨眨眼，一看就是愣住了，掏出手机一翻才意识到明天就是二月十六号，接着抬起头看着他脸红扑扑地说：“你还记得啊？”

她是去年五月他过生日的时候跟他说的，这么一算都快过去一年了。

“嗯，不是还专门提醒过我是过阳历的吗？”他似笑非笑地看她，语气带一点调侃，“真要忘了怕你偷偷哭。”

“什么呀！”她努力辩解，可惜听上去没什么说服力，“我才不会为了这点事哭……”又是小学生句式。

他不置可否，英俊的样子让商场里路过的人都不由自主地注视，而他只看着她，牵着她的手回学校，说：“今晚好好休息，明天带你出去玩。”

她乖乖“哦”了一声，一个音节也能听得出快乐，与此同时又终于想明白他为什么要赶在正月初六回学校——原来都是为了她。

唉，怎么办啊？她好像真的……越来越、越来越、越来越喜欢他了。

第十四章
那一整夜的雨

1.

去年年底A市开了一个新的游乐园，身边很多同学都去打过卡，尹孟熙本来也想去，但当时他们项目的进度比较吃紧，没过几天又撞上期末季，她忙得分身乏术不可开交自然就没去成，没想到他还记得她随口说过的小心愿，提前很久就买好了票，十六号一早就坐地铁带她过去了。

她很亢奋，起了个大早化妆打扮，大冬天还是穿了一条漂亮小裙子出门，就为了拍照好看晚上回来发说说。他一看她穿这么少就皱眉，得亏那天出了太阳温度还可以，到了以后在礼品店给她买了条更厚的围巾戴上，这才勉强放心。

游乐园是真的人多。大概是为了抓住假日的小尾巴，大家都趁着天气好从家里出来了，园区门口乌泱泱全是人，光是排队进园都花了将近一个小时。进去以后每个项目都要排长队，二十分钟起步，上不封顶。但她还是很开心。

她的家乡是个小城，当然没有这种大型游乐园，她从生下来到现在其实只去类似的主题公园玩过一次，还是初二学校组织去省会城市春游的时候，念念不忘到如今。现在可好了，她考到了A市，想来玩随时可以，而且还有了男朋友，只要跟他在一起似乎连排队本身都可以成为一个娱乐项目，她站在队列里蹦蹦跳跳地跟他说话，从头到尾都没觉得无聊疲惫。

他们一天玩了七个项目，漂流、海盗船、旋转木马、碰碰车、摩天轮、捉鬼屋、飞飞玻璃杯，还看了一场4D电影。本来想玩跳楼机的，但是她在下面观摩了一下，发现上面坐的人都叫得特别凄惨，想了想还是有点腿软，最后放弃了。

一口气玩到晚上七点，依然还是兴奋得脸颊泛红，他没想到她这么喜欢游乐园，看她更像在看小孩子，说：“这么开心？那以后经常来？”

真的吗？她的眼睛特别亮、像小鸡啄米一样点头，想了想又摇头，说：“还是不要了，少来才会有仪式感和惊喜感，天天来就没意思了。”

其实是嫌门票贵，一个人就要三百块。他没发现她藏在心里的那个真正的原因，点点头说“好吧”，又问她：“饿了吗？”

应该饿了，她中午玩得太兴奋，都没吃午饭，就在园区买了热狗吃。

“有一点……”她有点不好意思地摸摸鼻子。

“那走吧。”他笑着牵起她的手，“我订了晚餐的座位。”

她以为是普通饭店，没想到是城堡里的主题餐厅，可以在一楼跟装扮成公主的演员拍照，上楼以后还有卡通人物送祝福，菜单都死贵，一道牛排要220块。

这个……她有点不自然了，可坐下以后再跑未免不太体面，他已经很自然地点了菜，让她没办法说换一家店。

她硬着头皮坐在那里，心里默默计算他这一整天的花销。她得好好攒一攒钱，等五月份他过生日的时候再送一个差不多价值的礼物。刚像筹划完，穿着人偶服的工作人员推着装点着各色花卉的推车走过来了，最上面摆着一个精巧漂亮的礼物盒，摇头晃脑地对她拍巴掌，做很卡通的动作示意她拿起来拆开。

她很惊讶，他却显得很从容，看着她的眼睛像温柔的星星。

“生日快乐。”他对她说，“看看礼物喜不喜欢？”

是一台单反相机。全新的，黑色的，比团委那台用了很多年的公用老机器好得多，她曾经也在网上浏览过，虽然不确定具体型号是不是完全一样，但这个牌子的单反最少最少也要一万两千块以上。

一万二……她震惊到失语，呆呆地看着这份沉甸甸的礼物发愣，旁边的卡通人偶还在用夸张而可爱的动作表示对她的祝福和羡慕，时不时对肖至作出爱心的手势，像在告诉她他是一个多好多体贴的爱人。她知道，只是……

“怎么？”他已经察觉到她的脸色不对了，眉头微微皱起来，看上去也有些不安，“你不喜欢？”

怎么会？这么贵重的礼物，又是花了心思的。他知道她的爱好，知道她想要什么。可……

“没有啊。”她牵起自己有点僵硬的嘴角，努力对他笑，“我很喜欢。”

不知道有没有骗过他，但至少是骗过周围敬业的卡通人偶，他们又在手舞足蹈，还顺势把提前准备好的生日蛋糕推了出来。蜡烛已经点上，她就赶紧在一片祝福声中站起来，一边回避他的注视一边匆忙地闭上眼睛许愿，思考愿望的时候脑袋空空，延迟几秒才终于冒出若干个答案——

第一，希望变有钱；第二，希望变有钱；第三，希望变得非常有钱的自己……可以一辈子跟他在一起。

看完精彩的烟花表演，他们在晚上十点准时离园。散场的时候人头攒动，她一直乖乖让他牵着走，人却始终有点不在状态。走出园区的时候十点半了，勉强赶上末班地铁回学校，车厢里没什么座位，满车都是跟他们一样要回市区的人，他好不容易才找到一个位置，让她坐她又不肯，只默默在他身边摇头。

“我不坐。”她声音很小，偷偷看他一眼后又大着胆子在车厢靠门的角落伸手抱住他的腰，脸悄悄埋在他的胸口，“我要抱抱。”

她比平时更黏人，他给的反应却比平时慢一些，迟疑了一下才伸手搂住她，或许因为他也有些拿不准她的状态。如果是开心的，刚才在餐厅为什么露出那种异样的神情？如果是不开心的，此刻又为什么比平时更愿意亲近他？

他难以理解，再聪明的男人也无法完全读懂一个女人的心，最终的结果是他们一路都没说话，她一直静默地在他怀里靠到终点站。

从地铁口出去的时候却发现外面下雨了。很大的雨，在冬日的深夜结成一片千丝万缕的雨幕，淅淅的声音显得格外清晰。他们都没带伞，十一点多的深夜也没什么路人经过，等了十分钟都没看到一个人影。

“我们跑回去吧？”十二点的门禁时间已经逼近，她没办法，只好这样提议，“也就七八百米的距离。”只是必然会淋雨，而现在这个时间宿舍楼的热水已经停了，她回去以后会没办法洗澡。他也想到这一点了，扭头看看外面又低头看看她，眉头皱起时神情有一点点微妙的局促，过了一会儿才有些犹豫地问她：“你……要先去我家里洗个澡吗？”

他说的“家”其实是早些年学校给教职工的福利分房，就在学校附近的一个居民区，五六层高的小楼，都已经上了年头。

“我父母不住这里，只有我偶尔过来。”他牵着她在光线昏暗的楼道里走，从地铁站跑过来的时候两人都淋了雨，此刻说话的声音也好像带着水汽。

“不用担心。”她跟在他身后，头一直半低着，发丝上的雨水正一滴一滴地往下坠，没被他牵住的那只手冷冰冰的。

“嗯。”她的声音小到几乎听不见。

“咔嚓。”钥匙插进锁孔转了两圈，那么小的动静在深夜里也是异常清晰，她在他身后看他的背影，因为冬天的衣服太厚而不能看清肩胛骨的线条——这是很大的遗憾，同时也让她更想触摸它。

“进来吧。”他回头对她说着，她的心也跟着一并揪起来，或许踏进门的那一刻就已经知道那一晚将要发生什么。

“去洗个热水澡，别感冒了。”他回身把门关上，封闭且私密的空间使暧昧的氛围突然被放大，他大概也有些难得的不坦然，因此要靠说话来抵抗那种异样的波及。他还要去开灯的，抬一下手就可以摸到墙壁上的开关，她却在最后一刻轻轻牵住了他的指尖，把两个人同时留在静谧的黑暗里。

“别……”她轻轻地说，带一点恳求的味道，同时再次慢慢伸手抱住他，两个人的衣服都是湿的，依偎在一起其实并不很舒服。

“不冷吗？”他问她，声音已经有些哑。

她摇头，黑暗让人变得更脆弱也更诚实，此刻她心里对他的爱意比窗外连绵的夜雨还要喧嚣。

“我们会永远都在一起吗？”一个在心底压了很久的问题终于被问出口，如果换一个时间地点她绝没有这样的勇气，兔子是最擅长忍耐的动物，就算受伤流血也不会呼痛，会自己默默忍受直到死亡。

“会的。”他这样回答她，不知道是不是感觉到了她内心的恓惶，手正一下一下轻柔地抚摸着她被雨水打湿的头发，“别想太多。”

别想太多？她可做不到。优越会带来达观，弱势则会导致卑怯，她的隐晦是自然规律导致的必然结果，就像种瓜得瓜种豆得豆。可她也会有欲望的，兔子不叫不代表它不知道疼，就像她虽然不会直说，可心底是那么害怕失去他。

她不要失去他。

“那你保证。”她的声音湿漉漉的，“现在就保证。”

他好像笑了，又好像只是叹气，既觉得她像个小朋友，又觉得她是需要被他仔细呵护的特别的女孩子。

“好。”他的哄慰像雨声一样轻，“怎么保证？”

她又不说话了，大概也给不出像样的回答，黑暗却让这段静默渐渐变了味道，等她从他怀里抬起头的时候两个人的心跳都已经有些凌乱。他也在凝视她，深邃的目光像漂亮的宝石，即便在暗处也闪动着美丽的光泽，她不断地向下坠，最后终于还是踮起脚吻住了他。

第一个真正由她主动的亲吻。很小心又很热烈，很胆怯又很勇敢，甜蜜之中带着一点涩，也许爱情本身就是染着苦味的。唯一的幸运是他总会给她回应，她的暗恋换来他的爱情，就像一块钱的硬币换来一张一百块的纸钞。

他的手变热了，牢牢地搂着她的腰，这一次没有人会来打扰也不必顾忌谁的眼光。私密助长莽撞，他们都知道一切在向脱轨的方向发展，可又没有人想叫停，都打算过一会儿再去制止，他们要彼此亲吻，要试探着去触碰对方的身体。

她紧紧攀着他的肩膀，后来又不由自主缠上他的脖子，混乱的亲吻有些不受控，某一刻她感到自己碰到了他的喉结。他闷哼了一声，接着就回身把她锁在了墙角，更热烈的情欲在他们之间升腾，没有哪一方可以独善其身。

“去洗澡吧……”他却在某一刻突兀地退后了一步，声音绷得非常紧，也许那就是一个他认为必须立刻刹车的临界点，“快一点还能赶得上门禁。”

能吗？她不知道了，脑子里只装着他一个人，时间空间都已经失去意义。

“肖至……”她也不想说别的，就只是叫他的名字，所有的迷恋和不舍都在里面，夹着她铤而走险赌徒般的冒险和渴望。没有人可以拒绝她的，尤其是一个本来就那么喜欢她的人。

他低声说了句什么，像是带情绪的话，她已经听不清了，只能感觉到自己重新回到了他怀里，滚烫的亲吻比刚才还激烈，或许它是凭空而来的，也或许是昨天在车站那个吻的迂回后续。

终于他把她抱起来了，窗外的雨声在那一刻陡然加大，好像全世界的雨水都在那一晚落尽，过不了多久就要导致洪水，把他们都冲得七零八落。天旋地转也在同一刻发生，她感到自己和他一起坠进了绵软的云层，身后的被褥有他身上的味道，既让她安心又让她躁动。

“现在还可以反悔……”他给了她最后一次机会，尽管那时他居高临下把她扣在床上的样子看上去比平时专断得多，“你确定吗？”

确定？他是在要求她思考吗？未免太高看她了。打从看到他的第一眼起，她就没有冷静思考的能力了，之后的时间也不过就是在同一个地方反复摔倒，甚至是在同一片水域越坠越深。

亲吻可以代替回答的，她已经伸手重新搂住了他的脖子，被对方体温暖热的手无意识地插进他被淋湿的发间，大雨已经把这座城市冲垮了，黑暗就是最后一块救命的礁石，她蜷缩在他怀里，渐渐一无所有又获得一切。

情热之时，她听到他在叫她的名字，很少出现的独特昵称让她感觉自己是这个世界上唯一一个对他来说特别的人，可以跟他分享无数个清晨和黄昏，晴天和雨天，最后在一个与此刻相同的雨夜对彼此讲述永恒。

我爱你啊！你真的知道吗？

2.

迷迷蒙蒙醒来的时候窗外的雨已经停了。

窗帘是拉上的，但还能透进一些光亮，应该是第二天早晨。她有些昏沉，一瞬间恍惚得不知道自己在哪里，直到看清睡在身边的人是他才终于恢复记忆。

他们昨晚……脑海中划过一串让人面红耳赤的画面，她的呼吸有些乱，可他还没醒，她不想吵他，努力让自己不动也不发出声音，静静地窝在被子里看他。

他一直搂着她，直到此刻左手还环在她腰上，她枕在他的胸口，两人的体温是一致的。悄悄抬起头偷看，睡着的他也还是那么英俊，漂亮的美人尖有种独特的古典美，闭着眼睛的时候才看出睫毛也很长，没有一个地方是不迷人的。

唉，怎么这么好看啊！她在心里悄悄感叹，宁静的满足感让人格外舒适，只是她依然很难克制亲近他的欲望，看了没一会儿就想……偷偷吻他一下。

应该没关系吧？就只是吻一下……她抿抿嘴，轻手轻脚地想撑起上身坐起来，谁想到刚一动就听见他含笑的声音，在问："醒了？"

说着那双温柔深邃的目光就睁开了，清醒的样子说明刚才都是在装睡。

她脸立刻涨得更红，昨晚的记忆让人羞涩又慌乱，她忽然不太知道应该怎么面对他。支吾为难的时候对方的吻又落下来，比平时更直露，又比昨晚稍节制，缠绵的意味很浓，让她意识到他们之间的关系已经变得完全不同了。

好久他才放开她，漂亮的眼睛里像盛着酒，很自然地把她圈得更紧了一些。

"不再睡一下了？"他与她低语，气息撩拨着她的耳朵。

她还是说不了话，就缩在他怀里小幅度地摇头，害羞的样子好像让他更喜欢，忍不住又低头吻了她一下。

"那……起来？"他又征询她的意见，"我去买早餐，你去洗个热水澡。"

她还是不说话，这次从摇头改成点头，他轻轻笑着捏捏她的下巴，似乎心情特别好。说着他就先起来了，赤裸上身的样子让她不敢看。可其实还是看了，人缩在床上用被子挡住大半张脸，只露一双眼睛看他打开衣柜找衣服，慢条斯理不疾不徐，一粒一粒地扣着浅灰色衬衫的扣子。真好看。

他又转身去了洗手间洗漱，水龙头打开又关上的声音居然也让她觉得特别，更离谱的是就那么几分钟看不到他她就开始觉得不舒服了，有一点不安，还有一点不知足。

好在他又回来了，重新坐到床边跟她说他这就要出去，她忍了忍，没忍住，还是把手臂从被子里伸出来要他抱，他就笑着把裹着棉被的她搂进怀里，手在她裸露的肩膀上轻轻抚摸。

“一会儿就回来了。”他哄着她，语气中透着比以前更多的宠爱，“买东门那家的春卷和小馄饨？”

那都无所谓，反正她只是想黏他而已，于是胡乱地点了头，沉默了一会儿又小声说：“我没有衣服穿。”

可不是，昨晚的衣服都湿透了，又……脱得乱七八糟的。

他愣了一下，才意识到还有这个问题，昨晚的很多影像同时从两个人眼前划过，他们都有些局促和情动。

“那我顺便买一套回来。”他接了话，声音又有点哑，“要裙子还是裤子？”

她把羞红的脸埋在他的颈窝，声音小得像蚊子：“都可以。”

“颜色呢？”他又问，气息好像变得越来越热，“还有尺寸。”

尺寸？她觉得他在欺负她，心跳已经快得吓人，还没憋出一句像样的回答就又被他低头吻住了——很深的吻，带着情欲。

“衣服是S码……”她开始喘粗气了，白皙的脖子都泛红，“内衣……B。”

他好像笑了，低低的声音那么具有迷惑性，让她比原先上头得更加厉害。

“好。”他又吻了一下她的唇角，“很快就回来。”

其实也不是很快，大概半小时才回来。她已经自己去浴室洗过了澡，穿上了他出门前刚刚找给她的他的白衬衣，男生的衣服很大，对她来说是有点短的裙子，穿上以后就光着脚在屋子里走，悄咪咪地大概转了一圈。

昨晚黑漆漆的没怎么看清，现在天亮了才知道这是一个两居室，有客厅有厨房有洗手间，另外还有两个房间，一个做成卧室一个做成书房。虽然房子本身很老了，可装修却是现代化的，黑白灰的颜色搭配显得很简约，也很大方美观，大概是最近几年才翻新的吧。

他爸爸妈妈不住这里吗？也是，应该会住在外面那种更好的房子里吧。

她转完以后又回到卧室去了，在床边叠被子，叠到一半听到门口传来开门的声音，跑出去探头一看果然是他回来了，手里拎着早餐和给她买的衣服。

“起来了？”他也看到了她，眼神特别柔软，“先试衣服还是先吃饭？”

她抿抿嘴，从房间里面走出来：“先吃饭。”

他本来要过去牵她的，看到她穿着他的衣服走出来动作就顿了一下，也许女孩子总不知道穿男朋友的衣服会给对方造成多大的视觉和心理冲击，何况……她还光着脚。

“先过来穿鞋吧。”他咳嗽一声移开了视线，弯腰从门口的鞋柜里找出一双一次性的拖鞋，“这个可以吗？新的。”

她就乖乖地走过去穿鞋，还看了一眼鞋柜里，有一整袋一次性拖鞋。

“这个……”她试探着问，“平时你这里会经常有人来吗？”

她这是暗戳戳地查岗。他也意识到她是在行使作为女朋友的权利，不觉得被干涉反而有点喜欢，眼睛里染着一丝笑，一边领着她到餐桌边坐下一边解释：“偶尔吧，郭跃他们会来，之前项目刚立的时候通宵做申报，组里的人也来过。”顿一顿，又补充，“唐霏没来过，她家在旁边那栋楼。”

“我又没问……”她又别扭了，明明心里很开心的，可嘴上就是不承认，“你说这个干吗？”

都是小心思。他也不会跟她计较，笑一笑就去厨房拿碗筷了，把小馄饨从塑料盒里倒出来，盛好摆在她面前。

坐的时候也就在她旁边，其实已经很近了，但她还是觉得远，拿着勺子舀馄饨的时候时不时就要朝他瞟一眼，暗示的意味很明显。

他已经懂了，眼底的色泽很浓郁，问她：“过来坐？”

是指自己腿上。她抿着嘴努力不笑，动作却很麻利，他一说她就凑过去了，谁也没她乖的。坐在男朋友腿上搂住他的脖子，小兔子变成了小考拉，反正就是要黏着他，分开一点点都不行。

“今天是不是要上班了？”她被他喂了一个春卷，靠在他怀里边吃边问，“高学长他们应该都到工作室了吧？”语气平平的，大概还不是很想他去。

“今天不去了。”他顺着她的意思说，“我跟他们打个招呼。”

“不去？”她却得了便宜还卖乖，偏偏要问一句，“为什么不去？”

他似笑非笑地看她一眼，神情有点微妙，搂着她的手在她腰间轻轻捏一下，反问：“你不用休息？”

她听懂了，害羞之余还要对他发一发甜蜜的小脾气，伸手轻轻打他一下又嘀嘀咕咕地抱怨：“你欺负我……”没有比这更正宗的打情骂俏。

他笑着吻了吻她的脸颊，又喂给她一个小包子，看着她吃的时候神情又变得有些认真了，说：“我不欺负你。你愿意找个时间见一见我的父母吗？”

父母？她愣住了，完全没想到他会忽然说这个，眼睛眨巴眨巴地看着他，嘴里的包子都忘了嚼。

“见你的父母？”她有些不确定地重复。

“嗯。”他则很明确地点头，“我们现在的关系，我觉得也差不多该见了。”

该？他们的标准果然是不一样的，她还对她父母说自己没打算谈恋爱呢。

“会不会太快了？”她有点慌，语速微微加快，“叔叔阿姨会觉得突然吧。”

“应该不会。”他却这样回答，也许因为担心她不安，手还轻轻帮她顺着头发，“他们知道我有女朋友。”

是啊。毕竟他不像她，从来没有心虚地掩饰过什么，而且他妈妈又是学校的老师……总会听说一些事情的。

“哦。”一个理由被堵住了，她却暂时想不出其他借口，因此一直支支吾吾。

他仔细观察着她的神情，似乎试图看清她内心真正的想法，过了一会儿又问：“你还不想见他们？”

“不是。”她赶紧否认，“我只是……”只是什么呢？本人都搞不懂的事情，其他人就更不可能看清，他沉默了大概有一分钟，最后还是没有逼她。

“那就先不见。”他轻轻吻一下她的额头，带着安抚的味道，“我没有逼你的意思，只是……”

只是怕不做出这种表态会让女孩子没有安全感，毕竟他们昨晚已经……

她也知道他的好意，同时很清楚自己是交了几辈子好运才遇上这样一个体贴正直的恋人，他好到让她昨晚不顾一切贸然伸手紧紧地抓住，又让她在今天瞻前顾后裹足不前不敢急于求成。后来想想，或许那就是一个错误的开端。

3.

当然一开始还是很好的。

热恋以双方都难以预计的速度迅猛升温，那一夜过后他们都有些把持不住，频频一起偷尝禁果。尽管谁也没有明确地说出“同居”这个词，可各自的行动又都不由自主地在往上面靠。

比如：两个人本来都没那么喜欢逛街的，现在就是一有空就会去商场转一转，今天买一套新的牙刷牙杯，明天买几个新的衣服架子，全是给她的日用品，像新婚一起装修房子的小夫妻。他们还会一起在那个小房子里做饭，他的手艺一般，只会做一些简单的家常菜，她就厉害一些，南方人还会煲汤的，两人窝在一起美美地吃完，他会若有若无地劝她留宿，然后一整晚都待在一起。

也不是一定要做什么，哪怕只是安安静静地在一起不说话也很美好，他一多半的时间都在书房看书，后来为了跟她待在一起就把材料搬到了客厅，一大堆东西根本看不完，就算看完了也要打开电脑写论文，前后几天就是满满登登的一万多字。

她很喜欢窝在沙发上陪他看书，特别是之前他们还一起去商店买了一个很漂亮的落地灯，光线是暖黄色的，夜晚打开会特别有氛围感。她有时会凑热闹一样靠在男朋友怀里跟他一起看文献，有时候就自己玩自己的，摆弄生日那天他送给她的那台单反。

这是她从小到大拥有的最贵重的东西，捧在手里总难免要小心翼翼地，今天擦一擦，明天瞅一瞅，看起来像是爱不释手。

“就这么喜欢？”他都有些无奈了，偶尔调侃她一句，“那天给你的时候还以为你不高兴了。”哪会不高兴？她是……

“没有……”她有点不好意思，半躺在他怀里的样子显得对他特别依恋，“就是觉得这个礼物太贵重了，一万多块……”她抿抿嘴，试图提前向他请罪，“到你过生日的时候我可能还攒不出这么多钱。”顿一顿，可能是怕他不满，又赶紧补充，“但我会尽量多攒一些的，也会用心认真准备的！”

看起来就差要对他发誓了。他又在叹气，直到这时候才明白她那天为什么看起来有些沮丧，伸手捏捏她脸上的小肉，他似乎总是对她既无奈又异常怜爱。

“怎么那么傻？谈恋爱又不是做生意，不讲究钱货两讫。何况我真的没有过生日的习惯……你不用背这种负担。”

他说得很诚恳，可在她看来却只是对她的宽慰，他可以这么说，她却不能就这么听。谈恋爱当然不是做生意，可若有一方亏得太狠关系又靠什么来维系？总归要平衡的……这是自然规律。

她后来也不提这件事了，就专心玩他送的相机，一边摆弄一边跟他讲这些机器的门道，还在屋子里各种调光拍一些静物。当然也会拍人像，男朋友就是最好的模特，以前想拍不太能拍，现在就百无禁忌全都可以了。他其实不太喜欢镜头，可如果女朋友很想他就也愿意配合，两个人你让着我，我哄着你，一直都是甜甜蜜蜜的。就这样一直甜到开学。

工作室的工作已经到了最后的冲刺阶段，二月中下旬创院的老师频繁来看他们的进度，陪着他们做平台调试，代表学校对这个项目的重视程度非常高。

三月中他们毫无悬念地通过了学校选拔被推到了省里，技术和内容终于可以暂时松一口气，欣宁姐却刚刚迎来最忙的一个阶段，准备答辩修改 PPT 累得人都瘦了一圈，尹孟熙一贯比较老妈子心，一看人家辛苦就忍不住要去帮忙，后来跟欣宁姐分了一下“锅”，帮她一起改了一段时间的 PPT。

然后就是一整个学期的等待，省赛初赛对他们这个组而言不是很难过，主要大家都想在复赛拿一个好名次进国赛，这个还是很有难度，毕竟各个高校递的项目太多了，有些含金量也真的是很高。差不多到学期结束的时候终于接到了消息，创院的老师亲自打电话给欣宁姐说他们拿了金奖，评委给的评价都特别好，文化部门还有人专门跟学校联系了解过他们项目的情况，说是国赛阶段会再跟他们详谈。

这当然是天大的好消息，所有人都高兴疯了，就连一向木讷严肃的高神都在庆功会上喝了个蒙，被赵鹏拉去 KTV 一起唱了《两只蝴蝶》，视频拍下来传到他们的项目组小群，可以说是被钉上了耻辱柱。

尹孟熙当然也很兴奋，虽然她进项目组的时间比较晚，可也是实实在在辛苦了大半年，看着一个东西从无到有地被做出来，其中还夹杂着她的思想和理念，那种满足感和成就感似乎比上学年做成一部戏更强烈。

然而生活的道理始终很朴素，一个人不会一直倒霉也不会一直走运，从大一下学期跟肖至在一起开始算的话她已经幸运了整整一年，挫折和困难终于想起来有她这号人了，所以就要不辞辛苦地上门来找她的麻烦。

肖至要去国外交流了，去美国，待一整年。

尽管早在四月份的时候他就跟她提过自己有申请意向，可在六月最终确认这个消息的时候她还是觉得被迎面打了一拳，挑战杯得奖这么大的事都没办法舒缓她的情绪，就一直一直纠结在“他要离开她了”这个极其糟糕的念头里。

“交流？”她急得脸都白了，“为什么要交流？一定要去吗？你、你不是学古代文学的吗？国外还能比我们自己国家更懂唐宋吗？而且为什么要一整年？不是还有那种一学期的项目吗？实在要去的话申那种短一点的不行吗？还有暑校那种吧？线上的也有，这些都不行吗？”

一句接一句地问，她已经有些语无伦次了。

他也知道她着急，就把人领回家里安慰，好不容易才哄着她坐在沙发上喝了一杯水，勉强能冷静一点听他说话。

“国外也有很多做中国文化研究的汉学家，东亚研究和比较文学都是重要的方向。”他很耐心地对她做着解释说明，“我已经申请了本校的硕博连读，之后应该也会一直从事学术研究，目前在大学里找教职比较困难，有在国外学习的经验会好很多。”

可不是？人人都说大学是象牙塔，以为当大学老师有多么轻松，其实是一样充满挑战，带学生、发论文、做课题、评职称那都是之后的事，更多人会在寻找教职这一步就被大学拒之门外。全国的高校就是这么多，顶尖的也就那么几所，分摊到每个院系每个专业每年能招几个人？有时候甚至一连好几年都不会进新教师。

他那么喜欢学术，总不能让他因为没有海外学习经历就与自己的追求失之交臂。她都明白的，仔细想想这已经是很好的结果，起码他没有决定直接出国读博，那样时间更长，起码三四年。可……她还是免不了会难过啊！

“只是一年而已，很快就过去了。”他轻轻把她搂进怀里，一下一下拍着她的肩膀，“我们每天都通话好吗？只要你有时间就随时联系我。每个假期我都会回来，隔几个月就见到了。”

他一贯是好脾气的，哄人的时候就更细致，跟她说话的时候语气放得很柔，而且分明还掺杂着一些愧疚。其实又有什么好愧疚的呢？他只是在追求自己的理想，为自己的人生负责，是她太过依恋他了，只是一年短暂的分离都忍耐不了。所以最后还是要努力说服自己去接受。

七月份的时候他就要出发了，得提前飞到那边去做准备，找房子办手续什么的，她去机场送他，短短一段路也走成千山万水。

怎么不是千山万水呢？隔着整整一个大洋，有十二个小时的时差，这一次分开以后要隔小半年才能再见到。

“到了以后就给我打电话……”她垂着耳朵在候机大厅牵着他的手指，每说一个字都担心自己会当场闹妖销毁他的飞机票，“国外很危险的……你不要跟奇怪的人生气，也不要去奇怪的地方，要注意安全，大麻什么的肯定不能碰。啊，还有，如果有人追你你也都要跟我说的……”

她反反复复地嘱咐，把从一些奇奇怪怪的论坛里看到的奇奇怪怪的信息都拉出来跟他讲了一遍，仿佛他不是要去留学而是要去渡劫。

多孩子气的话，谁听了都要无奈的，偏偏他很耐心地从头听到了尾，她说一句他就答应一句，绝不会加重一点她的不安。

“都知道了。不会做危险的事，不会去危险的地方，不会吸毒也不会出轨。还有其他的吗？”

她也想不到更多了，就别别扭扭地低着头扯他的衣角，明明分离还没有到来她却已经感受到了近乎折磨的想念，未来的每一天都好像埋着雷，随时可能把她原本甜蜜快乐的生活炸得粉碎。

“没有了。”她小声回答，“就是不想你走……”

他似乎又在叹气了，比起无奈更多的是怜爱她，再次伸手把人抱进怀里，候机大厅落地窗外的阳光也没有他眉眼间的温情来得澄澈。

“我知道。”他回答她，同时又问了她一个新的问题，“等我回来以后，我们就都带对方去见见父母好吗？”

4.

“见父母？”闵瑞的眼睛瞪得大大的，连手里的鸡蛋仔都忘了吃。

“肖至跟你求婚了？”

求婚？他才刚走一天，尹孟熙的脑子还是一团乱，那时也判断不清他最后那句话是什么意思，只记得要让闵瑞小点声，别让小吃店里其他的客人频频回头看她们。

“不是吧？”她犹豫着否认，“就是跟各自的家长说一下。”

“怎么不是呀？”闵瑞着急地帮忙分析，“普通谈恋爱谁闲得没事儿随便见家长？金阳倒是想拉我去见，你看我搭理他吗？学长就是认真了，他这是变相求婚！”

“金阳想带你见家长？”尹孟熙意外吃到一口瓜，“你们又复合了？”

从大一到现在分分合合得有七八次了吧……这是又被金阳给缠回去了？

“说你的事儿呢扯我干吗？”闵瑞有点尴尬，皱起眉头假装强势，“他这就是求婚！他想跟你定下来！”

言之凿凿的陈述很令人心动，尹孟熙也愿意相信事实就是这样，但她的个性还是会让她做出一些消极的揣测以避免未来可能的伤心，就说："也不一定吧，可能他是觉得他要出去一年，怕我太担心了。"

"嗯，那也有可能。"闵瑞顺着她的思路想了下去，"给你吃颗定心丸，告诉你他没有要分手的打算。不过要是真求婚呢？真求婚你会怎么答复？肯定乐疯了吧，尹嘻嘻。跟初恋对象结婚，从校园到婚纱，绝了呀你！"

结婚？它不仅意味着新的幸福和甜蜜，同时还隐藏着新的危机和挑战。她该怎么去见他的父母呢？万一他们不接受她家里的条件怎么办？跟她做对比的是身为学校副书记女儿的唐霏，这中间的落差怎么都会让人有点介意吧？

他的父母又会是怎样的人呢？会不会像电视剧里一样背后给她塞支票，说什么"给你五百万离开我儿子"之类的话。她不想要五百万，她只想要肖至。

如果真的遭到长辈的反对，他会选择帮她说话吗？现在的情况是连他本身都不知道她家里的情况。万一他也……她已经有点不敢想下去了。

怎么办？怎么才能解决这个问题？有什么办法可以快点赚到钱吗？或者起码给人一种"她可以很快赚到钱"的理想预期。她要得到一颗星星，就算没有飞机也起码要准备一把梯子吧。

在十九岁的夏天尹孟熙一瞬间长大了，触发的契机并不是常规意义上的挫折和苦难，相反却是极端的快乐和甜蜜。她开始真正像个大人一样思考自己的人生，自己的未来，要做什么职业，要学什么技能，要在多少岁前完成多少规划，错一步都不行，必须清清楚楚地列出一张人生清单，按质按量按时地在每一个小条目前打上一个完美的钩。

第一步就是找实习。她想过了，工作不能随便找，得围绕自己的专业来，电视台这样的传媒系统是首选。A大新闻学院的招牌很管用，可以帮助她在乌泱乌泱的应征者中一眼被HR看到，而且她还有一些很有趣的工作经历，比如校团委的宣传经验、校庆大戏的制作经验、挑战杯省赛一等奖的创业经验……

她终于相信努力是有用的了，果然人走过的每一步路都会留下脚印，一直以来的辛苦没有白费，它们被兑换成工作机会出现在她面前，只要她好好把握就可能在未来换成钱，换成她改善自己家庭状况的有力工具。

她收到了很多面试通知，去面的一些报社、新媒体公司都很快给她发了实习邀请，A市电视台的消息是最后到的，同时也是她最期待的。说起来也很巧，那个暑假他们正好要上一档新综艺，节目组工作量大，着急抓实习生，这才在七月份又放出了一批名额，不然这种暑期实习一般早几个月就停止申请了。

那一年他们台还没有搬到新址，但旧楼在一个还没出过校门的大学生眼里也是一样闪闪发光，“企业”“公司”“电视台”，每个称呼都透着一股新鲜劲儿，跟学校的差别可大了，是正儿八经的社会人才能待的！

去面试的那天她在门卫处做登记，等了好一阵才等到HR从楼里下来接她，正式员工的工牌在她眼里是闪闪发光的，只有凭着它才能在这个时常有大明星大企业家出入的地方畅通无阻，它意味着成功、意味着稳定、意味着光鲜亮丽，好处多到根本数不清。她必须拿到它，面试的时候打起了十二万分的精神，跟她一起在会议室外排队的有三四十号人，而最终能被录用的也就只有两个。轮到她的时候心脏都紧张得快跳出来了，却没想到坐在会议桌另一边的三位面试官都没怎么为难她，看着她的简历频频点头，就问了问她之前做戏剧执行制片遇到过哪些困难，分别都是怎么解决的，然后又跟她打听了一下她创业项目的大致情况，之后就微笑着让她回去等通知。

她也没等多久，第二天HR就来电话通知她周一去节目中心报到了，直接找一位叫陈晨的编导，以后她就是她的带教老师。尹孟熙兴奋极了，没想到一切可以进展得这么顺利，挂下电话以后在暑假已经空下来的寝室里来回走了十几圈，好不容易平静下来以后才给父母打电话，说今年暑假她就不回家了，要在A市做实习，寒假再回去。

“不回来了？”父母的声音在电话那边显得有些遥远，可担忧和想念的味道却没有一丝减弱，“一整年都不回来？只有过年才回来？”

多心酸的提问，也许人到了一定的年纪都要像这样慢慢从父母身边脱离，向远处拼命飞的孩子总在无声告别，而站在他们身后的父母又总在无声守望。

“今年特殊……”尹孟熙的声音微微低下去，最初的兴奋逐渐消退了，一些带着涩意的愧疚感开始上涌，“以后慢慢就好了……”

等我的工作正式确定下来；等我拿到A市的户口；等我赚到很多钱；等我买到宽敞舒服的大房子……到那时候我就把你们都接过来，我们一起过很开心很幸福的生活，好吗？

肖至当然也很快知道了她要实习的事。他们约定每天会固定在三个时间通话，分别在她这边的早上七点，中午十一点半和晚上七点，其他时间比较灵活，反正有空就联系，两个人都在努力对抗距离和时差带来的细碎困境。

“实习？”他的声音从听筒那边传过来，虽然见不到面可她还是能够想象他意外地挑眉的样子，“这么早？”

她才大二……实习一般是大三大四的学生才会准备去做的。

“嗯，就……反正闲着也是闲着，不如找点事做，”她没跟他说实话，讲的都是冠冕堂皇的理由，“而且我们这个学科本来就是实用性更强的嘛，早点出去锻炼一下对以后找工作也有帮助。”

他在那边沉默了一会儿，不知道在考虑什么，过了几秒钟后问她：“你本科毕业以后是怎么打算的？直接工作吗？还是先读研？”

这个问题……她其实还没想好，家里肯定都希望她继续读书的，本来她也这么计划，可最近又觉得，也许直接工作更经济有利一些。

“读研吧……”可她又说谎了，语气也显得有些迟疑，“可能。”

他在那边“嗯”了一声，好像松了一口气似的，接着又说：“读研是一个不错的选择，即便以后不走学术的路也能多出三年时间再做一下人生规划。你还小，很多决定不用太急着做。”

“哦。”她讷讷地应，除此以外也不知道该再说什么。

“不过现在出去尝试一下也是好的，可以多一些经验做参考。”他的语气还是那么温和，“就是不要太累了，电视台的工作压力一般都会比较大。”

她又在乖乖点头，点完了才意识到他看不见，又补了一声“好”，距离带来的落差不是那么容易就能被克服的，她发现自己此刻特别希望立刻见到他。

“真不敢相信你才走了一个多星期，我感觉都过去好久好久了。”黏人的话总是招人喜欢，电话那边他低低的笑声又给了她他还在身边的错觉，过一会儿他又发照片来了，是普林斯顿的校园一角，灿烂的阳光洒在绿茵茵的大草坪上，很多不同肤色的学生三三两两地坐在一起交谈休息。

“你呢？”她扁起嘴，“怎么都没看到你？”

“你不是都拍过很多了？”他叹气，“就过了一周我能有什么变化……”

“那也要看嘛，”她软绵绵地磨着他，“快点快点。”

他顶不住了，还是拍了照片发过来，看得出真的是随手一拍，都没有什么角度的讲究，可还是那么那么好看，比那天她去面试的时候在演播厅门口偶遇的一个叫不上名字的明星还好看。

“真希望一眨眼就是明年了。”她小声说着傻气的话，明明知道不可能的，可还是要痴心地许愿，“你回来了，我也……”

我也赚到钱了，然后坦然地跟你一起去见各自的父母。那多好啊！

第十五章 为了那束光

1.

实习生活正式开始了。

尹孟熙加入的节目组在台里的位置比较尴尬，属于是不算太重要也不算不重要，本来要定在七月中旬播，后来据说因为招商出了一些问题，现在播出时间推后，不确定还能不能赶得上暑期黄金档。

她进项目的第一天都没怎么来得及跟部门同事打招呼就被带教老师按在了工位上干活，对方随手往她桌上扔了厚厚两大本通讯录，接着就语速很快地说："这是候选人名录，标红的是目前不确定能不能来的，尽快给他们打电话了解情况。速度一定要快。"说完就风风火火地走了，都没教她一套固定话术。

跟她一起进组的另一个实习生是个男孩子，叫金裕，在 C 大读大四，也是不错的学校，但显然还是比 A 大新闻学院的背景差了一个档次，尹孟熙想电视台能招他一定是因为他在这一行有很丰富的工作经验，所以一上来就对对方表现得很尊敬。

金裕对她态度也挺好，问过名字以后立刻就开始很热络地叫她嘻嘻，又对着自己桌子上同样厚厚的两大本通讯录做鬼脸，抱怨："没想到刚进来就这么累，咱俩命挺苦啊！"

尹孟熙倒没怎么觉得苦，工作哪有不累的？再累还能累过高考？坚持一下就过去了，表现得好还能换来好前程，已经是非常划算的买卖。

她存着好好表现的心思，当天很快就进入了工作状态——那是一档歌唱类节目，素人选手参赛，明星歌手当导师，厚厚两本通讯录里全是选手的电话和个人资料，她就要一个一个打过去确认这些人能不能来参加节目，如果录制时间推后他们最多能配合到什么程度。

“对，是的。可能要推迟到八月中旬录制；往返交通费报销的问题我需要确认一下再给您反馈；好的，就打这个电话就可以对吗？不好意思不好意思，是我们节目这边出了一点状况，不好意思。”

她真是很负责任的人，进节目组才一天就适应了状况，开始自发替别人造成的问题道歉了，一边问问题一边做记录，电话一挂掉就立刻开始打下一个，都不给自己五秒钟的时间喘口气。

“你可真拼……”金裕摇头感慨，“喝口水吧，嗓子都哑了。”

能不哑吗？从早上九点一口气打到下午六点，一整天都在叭叭叭地说话。

金裕给她买了瓶水，她很感激地向对方道谢并要给他钱，对方嘿嘿笑着摆摆手，说：“钱就算了，跟我一起出去吃顿饭呗？到饭点了。”

确实到饭点了，甚至都该下班了，可组里还有老师没走，估计他们晚上都要加班的，领导没走实习生怎么能走？当然要留下来。

“我就不去了，还有很多电话没打。”她抱歉地表示了婉拒，又探头看了一眼金裕桌子上的通讯录，第一本才打了几页，还没她一半多，“你这是遇到什么困难了吗？”

对方耸耸肩，摆了摆手说没有，又说：“只是没你那么拼，其他都没事。”

顿了顿，又朝办公室里忙得热火朝天的各位正式职员扫了一眼，压低一点声音补充：“其实你也可以放松一点，他们忙他们的，又看不见你……”

这是在劝她偷懒？她有点惊讶，一时不知道该怎么回，对方就又笑，说她这么有效率会让他很难办，一会儿该被带教老师批评了，她于是更不知道该接什么话，愣在那里沉默了几秒。

“丁零零——”得亏这个时候她的手机响了，低头一看是肖至打来的，他们约定好的每天通话的时间已经到了。

“不好意思，我出去接个电话。”尹孟熙对金裕点点头。

对方随意笑笑，在她站起来的时候问：“男朋友？”

她又一愣，觉得这个问题问得有点唐突，毕竟两个人今天才认识，按理说是不应该这样打听对方的私事的。

“是的。”但她还是很礼貌地做了回答。

“喂？”从大办公室悄悄走到走廊的拐角，接起电话的时候她的嗓子已经很哑了。电话那边的人明显愣了一下，随后担忧的声音就从大洋彼岸传过来，问她："嗓子怎么了？生病了？"

好像有点着急。她心里一暖，尝到淡淡的甜味，接着解释："没有，只是今天说话有点多。"

"是在忙实习？"他却好像并没有放心，声音依然绷着，"现在还没下班？"

"嗯。"她的喉咙很干涩，其实每说一个字都觉得费力，但还是尽量正常地答复他，"组里有点忙，在赶进度。"

又是赶进度。仔细想想也是神了，好像她每次进到一个工作组里都会遇上一些异常忙碌的情况。难道这就是命？

"吃过饭了吗？"他又问，假如此刻他们在一起，她一定会看到他紧紧皱在一起的眉头，"休息一下，喝点水，去买一些润喉糖。"

多遗憾啊！如果他还没走，这些事情他都会帮她做的。

"知道了。"她小声答应着，小小的委屈和想念同步发酵，"不用担心。"

"怎么能不担心？"他在那边叹气，似乎又打算劝她，"这个实习一定要做？不能推后一些或者换一份轻松些的？"明明不用这么辛苦，至少不用这么着急。

她在他看不见的地方摇头，心里背着许多他不知道的压力："哎呀，好不容易才面上的，得好好做才行。"

他好像还想说话，可恰巧这时候大办公室里走出来一位编导老师，一扭头就看见了在墙角打电话的她，于是立刻对她招招手，喊她："小尹现在有空吗？帮忙去食堂打几份工作餐上来吧。"

她吓了一个激灵，赶紧捂住听筒大声回了一个"好"字。其实也是用力过猛，已经哑了的嗓子都发出多大的声音呢？

"那我先挂了哦。"她夹着电话一边往电梯口跑一边小声跟他道别，"等晚上回去我再打给你。拜拜。"

"嘟——嘟——嘟——"电话挂断了。

2.

然而最后她也没有打给他。

策划老师们都在办公室忙到十点十一点，几乎是卡着末班地铁的时间放人，住得近的老师甚至留在办公室继续加班，还在实习生走的时候嘱咐：“回去以后也先不要关手机，有事情会再联系你们。”

再联系？这下不仅是金裕无语了，连尹孟熙都有点难以置信，他们的带教老师陈晨扫了俩人一眼，意味深长地一笑，说：“这行就这样，时间长了你们就知道了。锻炼越多进步越大，付出越多收获越多，好好坚持吧。”

说着又去茶水间续咖啡了，也不知道今天几点才会从台里离开。

尹孟熙直到坐上地铁脑子里还在想陈老师刚才勉励他们的那句话，很显然第一天入职实习的经历大大超乎了她的预料，甚至在她放空出神的时候兜里的手机还在不断地振，是工作群里新发了一串更新过的工作文档，里面列了一堆第二天要确认的条目，她低着头在空空荡荡的地铁车厢里回复，尽管身体和精神都已经很疲惫，可打出去的文字却还都是元气满满的——

好的收到！

明白了，谢谢老师！

应该的，老师们辛苦了！

回到空无一人的寝室，洗漱完爬到自己的床上躺尸，看一眼手机马上就要十二点了，他发了几条信息问她到寝室了没，什么时候方便通话，她很想回但真的没力气了，而且潜意识里又觉得他不赞成她去做这份实习。如果知道她快十二点才从公司回来一定又会劝她不要做了，她不想跟他产生分歧，因此宁愿瞒着不让他知道。

她：到了到了。洗过澡以后不小心睡着了忘记跟你说了……今天嗓子有点不舒服就不打给你啦，明天联系哦！

他没立刻回，大概在国外的生活也不是那么轻松，同样有许多要花精力去适应的状况。她等了一会儿没等到回复，人也真的困得坚持不住了，眼皮一个不注意合上，没过几分钟就沉沉地睡了过去。

他的回复姗姗来迟：好。

后面的每一天好像都是这一天的重复。

工作是做不完的，她花了三四天才把自己负责的那部分电话打完，转头一看金裕还差小半本，带教老师一头的火，转头就让尹孟熙帮忙分他的锅，她于是又多干了一天的活，又是润喉糖又是胖大海，想了好多办法才阻止了嗓子的罢工。而这些工作才只是第一步。

组里交到节目中心审查的赛程设计被打回来了，策划又紧急连夜开会修改方案，社会人开会的路子可比他们学校里野得多，一些男老师是会直接开口说脏话的，开着开着气氛就乱了，乍一听简直就像是吵架，尹孟熙坐在下面做会议记录的时候都惊呆了，没想到外面的公司会是这种氛围。

一个组的人七嘴八舌吵了两天，提的方案在尹孟熙听来也都……一般，可她不太敢表达自己的想法，怕被吵上头的老师们怼，如果他们对她骂脏话怎么办？她根本应付不了的。

好在之后不久无序的状态就得到了控制，节目中心的领导来了，是一位大概四五十岁的女老师，短头发，戴眼镜，偏中性的打扮显得特别职业，一直皱着的眉头又让她看起来特别严肃。节目中心副主任，何亚蓉。

3.

人的一生没有多少好运，能遇到一个贵人就是上天眷顾，后来想想或许何主任就是尹孟熙职业生涯中最大的贵人，带给她的绝不仅仅是发展机遇，还有做人做事基本的底线和坚守。

当然，一开始人家根本不知道她是谁。

那么大的领导，一进会议室就镇住了一干叽叽喳喳的职员，本来在骂街的也不骂了，本本分分地坐在会议桌旁等她训话。她也不批评什么人，就利落地坐在会议桌正中间的位置上随手翻看着大家写写画画的方案册，眉头越皱越紧，房间里的气氛也跟着越来越僵。

“《星歌声》这个节目筹备期已经很长。”她开口说话了，声线很好听，像训练有素的女中音，既大方自然又有一种威严感，“之前上会给你们打回来是因为赛程设置和其他歌唱类选秀类节目重合度太高，如果你们找不出一个有吸引力有话题度的宣传点，那么就不要想着来占暑期档的坑。”

下面的策划编导全都噤声了，低着头大气也不敢喘。

“袁睿啊。”她转头点了组里负责人的名，“你是有制作经验的，现在怎么了？懒得出力？还是江郎才尽？”

这制片老师都快四十了，被何主任这么一点名还是紧张地推了推鼻梁上的眼睛，不太流畅地解释：“何姐，我们这个……”

“懒得出力就换人干，江郎才尽就去调动新鲜力量。”何亚蓉却似乎并没有兴趣听他解释，“我们这一行永远不缺有才华的人，待在萝卜坑里不出活就别怪我把你拔出去，听明白了吗？”

制片人诺诺的，尴尬极了地点头。

“三天后交新方案上来，我亲自看。”她雷厉风行地撂下话，边说边从会议桌边站了起来，“行就上会，不行这个节目就别做了。”

这个炫酷的出场实在很难不给人留下深刻的印象。

尹孟熙几乎是立刻就对这位副主任产生了好奇，散会后还偷偷拿手机查过她的履历。真的很厉害，是单独拥有百度词条的人，在电视行业已经深耕了二十多年，三十六岁参与制作的节目拿了星光奖，最近几年才被他们台挖过来当节目中心副主任，估计之后也还要再升的。

人生赢家啊！她的内心充满憧憬，看网页的时候被从身后路过的金裕看到了，他笑着问她：“怎么，羡慕啊？”

尹孟熙吓了一跳，赶紧把手机收起来，心中再次感到对方不礼貌，一时也就没接话。金裕却不怎么在意，还顾自在说：“我也羡慕啊，台里挖她花了多少钱啊？据说还给了学区房，把她家小孩儿上学的问题都给解决得明明白白！”

“钱”“房子”，这真是最重要的关键词，一下就能抓住尹孟熙所有的注意力，同时也引发了她对那位副主任更强烈的向往。

如果她足够努力足够拼的话，是不是也可以像她一样成功呢？

而由于何副主任亲自驾到训了一通话，组里的气氛就变得越发紧张了，上面几个制片人挠秃了脑袋搞出了几个点子，但都不确定能否让领导满意，于是终于开始集思广益，让下面每个人都交一份小方案上来，贵精不贵多，哪怕有一个闪光点也是好的。

尹孟熙察觉到这是一个机会，很想在领导面前表现一下。她做事本来就认真，现在心里抱着目的那就更是“卷上加卷”，坐在自己的小工位上二倍速看了好几档音乐类节目的视频，一边做笔记一边想方案。

“你是认真在想？”金裕坐在她旁边打哈欠，“该不会真觉得上面会用实习生想的方案做节目吧？他们都是老油条了，做出来的东西肯定比学生成熟。”

话不是没道理，可凡事总有例外，就比如他们挑战杯那个项目，学长学姐们肯定都比她厉害，可她偶然冒出来的小点子也可能是他们之前没想过的，最后经过讨论完善就有可能成功。

金裕看她继续不为所动地在本子上写写画画，就探头过来瞄了几眼，又问：

“有什么思路了？咱俩可以聊聊，我上一份实习做过一档选秀，算有点经验吧。”

哦？尹孟熙抬起头看对方一眼，心想能有个人商量也不错，犹豫了一下就说：“还没有想到特别好的……现在市场上音乐类的节目很多，而且赛道越分越细。”她看着自己的笔记本仔细分析着，“单纯唱的，主打唱作的，偶像类唱跳的，走高端专业化路子的，特定音乐类别的……这些都是大方向，现在给方案也动不了。”她一下一下按着圆珠笔的笔芯，“所以我觉得能在赛程里加一个亮眼的小点就可以……”

“同意。”金裕点头，“比如什么呢？”

“比如明星嘉宾的出场方式？”尹孟熙边想边说，“我之前看过一个数字化的舞台，就是用技术手段做了一位已故歌手的影像，在舞台上唱歌的样子很逼真，或许我们可以在海选或者复赛的时候把选手们所选作品的原唱用影像做出来，但其中有一些不是影像而是真人，镜头可以做一下引导，让观众知道哪些是真人哪些是影像，而参赛选手本身不知道，这样等他们发现的时候就会很有惊喜感吧？观众也获得了比选手更丰富的信息，上帝视角会比较讨巧。”

这是她目前想出的最有新意，也相对来说最有可操作性的方案，只是她毕竟刚入行，对自己还不是很有信心，此刻说出来也带着一点试探的意味，想看一下金裕的反应是感兴趣还是直接反对。

“这个……”金裕摸了摸下巴，皱眉思考的样子看上去高深莫测，“还可以吧。但是……”

但是什么？尹孟熙虚心地竖起耳朵听，对方却半天没讲出什么东西，后来也只是说：“我再帮你想想吧，应该可以提炼出一个更好的点子。”

尹孟熙当时相信了，然而第二天开组会的时候却第一次经受了“职场”的毒打。制片人坐在最上面听下面的编导策划一个个报工作进度，陈晨老师排在第三个，站起来就说：“我这里有个新方案，是关于明星嘉宾出场方式优化的，具体依靠数字化影像技术实现……”

尹孟熙在下面都听蒙了，心想她也没跟带教老师汇报过自己的想法啊，细化的方案还在做呢，怎么人家就知道了？延迟几秒才意识到是金裕把她的想法说出去了，扭头看他的时候对方还一脸坦然，甚至冲她眨了眨眼。

这是什么意思？她弄不明白，而陈晨老师直到做完汇报也没提过一句她尹孟熙的名字，同时也没提金裕。坐在上面的制片人好像挺满意，看着陈晨连着点了三个头，说：“想法不错，细化一下可以往上报。”

“谢谢袁哥，”陈老师笑得很高兴，“也算咱们没白忙活。”

这个情况显然超出了尹孟熙的预计。

她虽然是个还没出学校的学生，但也大概明白自己是被抢功了，是金裕为了自己上位而偷了她的创意，因此一下会回到工位上她就忍不住要质问对方。

“请问方案的事是怎么回事？”受过良好教育的她在此刻依然保持着礼貌，该有的敬辞一个不少，只有语气是压着火的，“是你没有经过我的同意就擅自报给老师们的吗？”

金裕嘿嘿一笑，神情带点巴结地给她倒水，嘴里一直说：“先喝口水消消火，别生气嘛！”

尹孟熙不接他的杯子，只继续执着地看着对方要说法，他就讪讪地摸了摸鼻子，似乎默认了自己冒名顶替的劣迹。

“那走吧。”尹孟熙从座位上站起来，“跟我一起去找领导说清楚。”

她很需要这份嘉奖，不能平白吃一个哑巴亏。

“说什么？”金裕却用很荒谬的眼神看她，好像她是一个幼稚的孩子，“没什么好说的吧，你要去打陈老师的脸？她是你的带教老师，你的实习证明还得她给你开呢。”

什么意思？当时的尹孟熙脑子很乱，初入职场的她还不懂得分析人与人之间复杂又简单的利益关系，还以为能称得上是“坏人”的只有金裕一个。

“我不可能去，也劝你别去。”金裕已经跷起了二郎腿，散漫的样子怎么看怎么显得有恃无恐，“去了只会惹麻烦，捞不着任何好处。”

这是他难得的一句实话，可惜尹孟熙却没听。

她的心是很急切的，想牢牢抓住这份难得的工作机会，想在所有人面前证明自己的能力，想早一点成为像何主任那样事业成功的人，这样不仅可以改善自己原生家庭的状况，还可以更好地保护自己的爱情；她也实在太年轻，冲动让她做出了糊涂的决定，那天从工位上一站起来就去找带教老师了，陈晨看了她一眼叫她有事出去说，两人一起走到茶水间，气氛有种微妙的僵持感。

“老师，关于今天的那个方案……”她却感觉不到，还指望陈晨会像学校里的老师一样为学生主持公道，“那其实是我想的，不是金……”

“小尹。”对方却根本没听她说完，很快就神情冷淡地打断了她，“我觉得你还没有搞清楚工作的状况，我们是一个团队，工作中的成绩和风险都是共担的，方案就是方案，它属于集体而不是个人。袁哥今天听了以后往上报也不会加我个人的名字，上面也会当成是我们项目组集体的工作成果。公司不是学校，你要尽快转变心态。这点小金就做得不错，你应该多跟他学学。”

4.

“可她明明在撒谎！”电话接通的那一刻她就忍不住了，整个白天的谨小慎微低眉顺眼全变成委屈和愤怒爆发出来，听众只有身在大洋彼岸的他一个人。

“集体成果是集体成果，可创意来自谁总应该要说明一下吧？她现在不就是自己在制片人面前抢功吗？还有我那个同期的实习生，他之前工作就很敷衍，我还帮他分摊了很多任务。可他呢？把我的创意当成自己的转头说给领导，明显就是想讨好卖乖不劳而获！带教老师让我跟他学，我跟他学什么？学怎么无耻怎么占别人便宜吗？”

人总要经历这样一个阶段的。抱着一颗学生样的心从学校里走出去，迎面而来的却是一通社会的毒打，某一刻会忽然意识到课堂上讲的那些理想化的东西根本不成立，现实中的一切都很漠然，打了你还要说是给你上了一课，要你心甘情愿地把苦果吞下去。

谁能给她主持公道呢？没有的，全要靠自己消化，如果哭如果委屈那些职场上的“前辈”就又要说了——“这算什么啊”“现在的孩子怎么都这么脆弱”“我们当年不都是这么过来的吗”“年轻人就是要学会主动吃亏”……

不认同？那也没办法。

不想干可以走人，多的是需要这份工作的孩子，新鲜的韭菜永远割不完，不想被欺负就只有自己强大起来，小兔子不能一辈子都当小兔子，如果她真想得到自己渴望的东西就必须长出獠牙，跟人家争跟人家抢，从吃草变成吃肉。

可这个过程很痛苦也很丑陋。优雅只属于那些天生就拥有资源的人，什么都没有的人想往前跑就只能连滚带爬。兔子长獠牙也不会很好看，现在的她只是无能狂怒，再过段日子跟人撕咬起来就会更显得面目可怖，哪有原本乖乖甜甜文文静静的样子可爱呢？或许那个时候他已经对她感到一点陌生了。

“小熙……”他的声音好像有点迟疑，“休息一下吧！不要把自己逼得这么紧，也不要这么着急。你还小，先回学校读书，或者换一份工作？如果你需要我可以帮你推荐一个，文化产业方面我家里也比较熟悉……”

她怎么会接受呢？

不能依靠他的，否则她的努力还有什么价值？她要靠自己找到一份好工作乃至于在行业里拥有一席之地，赚到足够多的钱以后她就不会再害怕也不会再自卑了，她可以坦坦荡荡地跟他一起去见他的父母，可以从从容容地跟他谈婚论嫁。

她也没有听出他语气里的迟疑，依然沉浸在自己的愤怒和委屈里，只闷闷地说："我不要。我一定要把这个项目做下去。没道理小偷得意，被偷的人还灰溜溜地逃走了。我会成功的。"她反复强调着，不知道是真的这么笃信还是仅仅在给自己洗脑打气，"我一定会成功的。"然后她就继续闷头上班了。

陈晨和金裕的心理素质都很好，上班的时候该怎么样就怎么样，后者见到她的时候还能厚脸皮地笑着跟她打招呼。她表现冷淡他也不在意，转头就去跟办公室里的其他老师打得火热，尹孟熙低头做事的时候他已经把人都认全了，陈晨还因为这个实习生对她卖过好而对他更多几分青睐。

真让人憋气。

被边缘化的感觉就像小火烧着的温水，刚开始感觉不明显，渐渐就一点一点升了温，后来她的创意在上会的时候通过了，组里人均欢欣雀跃却只有她一个人感觉更加委屈，这样的情绪一直累积到八月初录制正式开始。

实习生被分到的工作总是很麻烦很琐碎。

要去对接大量的海选参赛者，一一添加再拉群，反复提醒各种注意事项，再根据每个人报的录制日期意向做表格排程。布置场地、接嘉宾之类的体力活当然也是实习生的，基本上大清早开了短会后尹孟熙就要连轴转一天，就算一天结束好不容易拖着疲惫的身体回到寝室也会不断收到各种消息轰炸，可能是个别选手联系不上了，可能是待机室的哪块电子屏坏了，可能是哪位嘉宾的行程有了新安排需要做调整……层出不穷的意外状况。

她真的很累，比之前在学校排戏和做挑战杯项目都累得多，身体的疲惫只是一方面，情绪上的压抑更严重，而他偏偏又不在她身边，唯一可以治愈的力量消失了，她感觉自己被不断地消耗着，每天早上一睁开眼就会感到一种麻木的痛苦。

那天更糟糕，她来了大姨妈，肚子一直疼，偏偏就赶上出外勤要去机场接几位乐手老师，他们飞机晚点她就在大厅里等了两个多小时，接到人以后又马不停蹄送他们去酒店，出来的时候正好是大中午，A 市的夏天少说有三十八九摄氏度，她就中暑了，伴着小腹时不时的腹痛难受得差点晕过去。

没力气再去挤地铁，于是干脆自己掏钱打车回了台里，一天的实习工资直接抵消，还倒赔十几块钱。脸色惨白地回到演播厅跟带教老师报备，陈晨却像看不出她不舒服似的，又安排她去后台给彩排的选手戴麦。

她去了，后台入口附近有一个半封闭的空间堆着一些备用的音响，她犹豫一下还是走了进去，拿出手机想给肖至打一个电话。她想听听他的声音，其他什么都不会说的，当然也不用他怎么哄她鼓励她，毕竟她也知道他不支持她做这份实习。就只是……想确认一下他还在。

号码都拨到倒数第二位了，才想起现在他那边是凌晨两三点，地球的另一边就是这么遥远，不仅没有办法让她得到他的一个拥抱，甚至都没办法让她听到他的声音。

还是算了，晚上再打。

再坚持一下！劝慰自己的话明明都说得好好的，可眼泪却不知道什么时候从眼眶里掉了出来，她捂着肚子慢慢靠着大音响坐在地上，中暑带来的眩晕恶心还没有完全褪去，也许那个点就是她这个人所能达到的极限，坚强余额不足，没法支撑她从黑暗的角落走出去面对别人。

我很想你，很想见你。一分钟就可以，半分钟也行，二十秒也不嫌弃。

就只是……想见你。

她哭得好惨，可是又不敢发出声音，被其他人听到不好，会给人留下一个娇气麻烦的印象。当然被陈晨或者金裕发现更不好，他们会更得意，她也会觉得自己更没用。

所以就一个人偷偷地哭，在安静中发泄得歇斯底里，没有人会知道这里有一个人要崩溃了，她被自己过于急切的成功欲逼到了墙角，外界所有的不美好都被放大成了十倍的恶意，她想逃却逃不掉。

“滋啦——滋啦——”她别在腰上的对讲机响了，是陈晨在问她有没有就位，她一边擦着眼泪一边用正常的声音回答“快了”，同时摇摇晃晃地扶着身后的大音响站起来，头晕得差点原地摔倒。闭上眼睛站了一会儿，她甩甩头恢复精神要从这个小角落走出去，刚踏出一步就看到一行人在从后台往外走，最前面那个就是何亚蓉副主任，偏着头跟他们组的制片人说着什么事。

她就避了一下，站在通道旁边想让领导们先过，谁知道擦肩而过的时候对方却忽然站住了，她有点蒙地抬起头，正好跟何主任对上了眼光。

“这不是你们组的小姑娘吗？”她回头问旁边的制片人袁睿，“是不是病了？脸色看着不太好。”

制片人就说是他们组的，还简单介绍了一下她，说到“A 大”的时候何主任挑了挑眉，似乎有点感兴趣，上下看了她一眼，又说：“去休息一会儿吧，小朋友别把身体熬垮了。”

尹孟熙受宠若惊，但还是摇头说不用，解释后台还有工作等着她做，主任笑一笑，很英气，转身带着她往演播厅外面走，边走边说：“身体是革命的本钱，身体坏了还谈什么工作？你们这些孩子可不能仗着年轻就瞎折腾。”

演播厅外有一个咖啡店，就在二楼走廊上，何主任给她指了一下让她过去坐坐，自己则似乎要回楼上办公室。尹孟熙也不知道自己那个时候怎么有那么大的胆子，或许是已经隐约察觉到那就是上天赐给她的一个异常珍贵的机会，一向腼腆内敛的她竟然主动开口问了领导，能不能请她喝一杯咖啡。

好几个人在旁边陪着呢，他们组的制片人还在打眼色让她别乱来，何主任却显得颇为随和，低头看了看手表，说：“我没有喝咖啡的习惯，不过如果你有话想跟我说，我可以给你几分钟。”

啊？尹孟熙的眼睛亮起来，只顾着连连点头说“谢谢主任”，接着何亚蓉就摆摆手让其他工作人员各自去做自己的事，站在演播厅门口看着她等着她说。

她语塞了，像是乍富的穷人不知道该怎么花掉在自己手上的一块金子，涨红着脸想了半天才想好一句开场白，要开口的时候却又被何主任抬手给阻断了。

“如果是告状的话就不必说了。”她的眼神很犀利也很沉静，似乎一下就能把她看透，“台里的工作人员很多，每个人都会在工作中受各种各样的委屈，我没有时间一个一个去听，也没有义务帮你们一个一个明辨是非。”

她的心沉下去了，脸同时涨得更红，不知道是尴尬还是羞愧的情绪笼罩了她，让她难受得手都不知道该往哪里放。

何亚蓉则又看了她一眼，目光从她汗湿的额头和红肿的眼眶上掠过，缓了缓又说：“工作中没有谁会真正在乎别人的感受，下属间的矛盾纠纷在上级眼里无足轻重，领导要的只是结果，过程怎样从来都不重要。想让自己过得舒服方法只有一个，就是默默把事情做到最好。好到没了你机器就不转，好到没了你领导就不舒服，好到没了你事情就做不成。如果你发现自己身边遇到的都是坏人，发生的都是坏事，那只能说明你还没有把自己变得足够重要。等你足够重要了，剩下的就都是好东西了。”

5.

醍醐灌顶。

有些道理自己未必不懂，可由一个很值得被憧憬的上位者说出来效果就变得更加卓著，它像一个必然会应验的真理，还具有某种鼓舞人心的神秘功效。

原本棘手到好像根本解决不了的困难在短短几秒钟内就被解构了，尹孟熙很清楚地感觉到自己内心的迷茫和疲惫在消散，她渴望在这位领导面前证明自己，做出亮眼的成绩让所有人都知道她的价值，陈晨和金裕算什么呢？两个微不足道的小障碍而已。

她重新变得斗志昂扬。像憋着一口气在工作，她比原先更加卖力，不需要领导安排就能自己主动发现一些问题，不断想办法优化现场人员管理，一有空就努力克服羞涩积极去跟各个部门的前辈老师交流，不到一个星期现场的工作人员就认识她了，大家都说今年组里来了一个很能干的小姑娘，做事踏实长得还漂亮，可讨人喜欢了。

陈晨本来一直对她摆脸色的，可能还想过要给这个“不懂事”的实习生穿个小鞋，可后来周围的人都说这个实习生好，她也就没法再公然给尹孟熙使绊子。后来又听说尹孟熙之前跟何副主任搭了两句话，不禁就怀疑她是在领导跟前告了自己的状，相处起来顾忌更多，更不敢把对这个实习生的敌意写脸上了。

命运的馈赠总会在这种时候悄无声息地到来。

尹孟熙又怎么想得到呢？其实何副主任之前就碰巧撞上了她和陈晨的那场谈话，知道过会的创意是尹孟熙出的，否则她这么大一个领导那天又怎么会专门抽出时间去跟一个小实习生说话？

她知道她有能力，也知道她受了委屈，可这不代表她会主动帮她，职场本来就是你争我夺不讲公平的地方，电视台的撕扯暗斗只会比别的地方更激烈，一个人如果这么容易就丧气得坚持不下去，那她往后也注定没什么大出息。好在尹孟熙还算争气，在那之后一直踏踏实实做事，项目组上下都对她评价很好，九月底《星歌声》录制结束的时候隔壁另一个组的导演还跑去跟袁睿要人，问能不能把小尹调到他们组去。

那个项目更大，是一档文化观察类节目，纪录观察地方文化景观，何副主任直接亲自当了总制片，导演去要人的时候还提前知会过她。

而尹孟熙当时来台里实习签的是项目约，按理说《星歌声》的制作一结束就该离职了，何况九月份他们学校也开学了，挑战杯那个项目还要再应对国赛阶段的各种考核，实际上她已经没有精力再多做一份实习。

可……这个机会太难得了。

何副主任甚至亲自跟她聊了一次，问她愿不愿意进新组跟她一起工作，还说："你很有韧性，在创意方面也有天赋，如果能积累更多经验以后会在行业里有不错的发展，但新节目的压力比《星歌声》更大，你要仔细评估一下看看自己能不能承受。"

能不能？怎么可以"不能"。天大的馅饼掉进她的碗里，就算没胃口吃也要拼命一口一口塞进去。拼一把吧，大不了不睡觉，熬几个月也就过去了，怕什么？报酬一定很丰厚，不仅可以跟着何副主任学到很多东西，而且说不定还能跟她保持好关系，这个项目一定会成为她最光鲜的履历，往后任何求职的门槛都不能再挡住她。她会有更好的前程。所以就答应了。

从没有哪一个学期忙成那样，平均每天也就只睡四五个小时，工作以外的任何时间几乎都能秒睡，眼睛下面永远挂着黑眼圈。挑战杯国赛要去北京，全组都去了只有她一个人要请假，赵鹏学长一直乐，调侃："我算看明白了，师妹进咱们组就是为了跟男朋友黏一块儿，现在肖老师出国了她也立马跑了，多一天都不想待。"

她臊红了脸说"不是"，其他人就继续笑她，只有欣宁姐是真心想让她去，希望她能帮忙一起答辩。尹孟熙真想答应，可确实精力不够了，最后还是歉疚地婉拒，只把他们一行人送上了去北京的飞机。

可就算不去北京她的时间也远远不够用。

节目工作的压力非常大，不仅在台里的时候要忙到昏天黑地，就算回了学校在课堂上听课也会不断收到工作组发来的信息，每个活儿都是十万火急。她没办法不回，人在学校但脑子里转的全是台里的事，老师在上面讲什么她完全听不进去，一下课就急匆匆地冲出教室，已经引起了一些老师和助教的注意。

后来又渐渐开始翘课。

天知道，尹孟熙从小学四年级开始就是三好学生，读书读了十几年一直都是班上最认真最刻苦的学生，进大学读了两年从来没有翘课记录，大三这一年却一口气把所有能翘的课都翘了，甚至不能翘的专业课也因为要在台里录节目而耽误了，老师上课点名她不在，闵瑞想帮她代喊到还被抓了包，于是她被记了名字，还被要求回校后去老师办公室专门做解释。

作业也来不及写。读书报告、小组作业、期中论文……那么多东西她都来不及处理，只能是赶在截止前一天通宵水一水，要求三千字绝不会写三千零一字，跟之前不写到上万就不停手的作风大相径庭；什么材料都顾不上看，逼急了只能到网上去搜一搜一些书的内容梗概，半是蒙半是猜地去写，写完以后自己都不知道自己写了什么，彻头彻尾的学术垃圾。

这些她当然都不敢跟肖至说。他们通话的时间越来越少，有一段时间只能在她吃饭的时候简单聊两句，几分钟能说什么？无非就是“在哪里”“忙什么呢”“吃饭了吗”之类无谓的话。

“小熙……”他有越来越多的欲言又止，跟她说话时语气间的迟疑也变得越来越明显，她察觉到了，可却暂时腾不出时间去处理，于是只好粉饰太平，告诉自己等到寒假他从美国回来就好了。

“怎么了？”她装作对一些微妙的改变无知无觉。

电话那边陷入了一段沉默，对他们只能持续几分钟的通话时间而言是一种过于奢侈的浪费，她就在这样的静默中惶恐地等待，一颗心像被铁丝缠着吊在悬崖边，一阵小风吹过就可以粉身碎骨，即便不跌下去也已经被勒得沁出血丝。

而在他斟酌好要说什么之前她的午餐时间就结束了。有编导老师来找她去干活，那一刻她既紧张又好像隐隐松了一口气，对他说了一声“抱歉”后就匆匆挂断电话，铁丝的束缚立刻消失了，可她却依然在悬崖边徘徊不去。

再后来跟他通话就变成了一种折磨。

她会紧张，会感到一种莫名的压力，尽管他从来不会说她什么，依然温柔地配合着她的时间跟她联络。她还在持续地说谎，虽然对他承认自己还在做实习，可是却隐瞒了又换了一档新节目做的事实，当然也不会告诉他她这学期翘了多少课，水了多少作业，只说一切都很好，她都能搞得定。

放下电话以后她的心就空了，每多联系一次那种微妙的断裂感就会变得更强，到十一月的时候她甚至会忍不住哭，电话一挂泪腺就自动开始工作，压抑疲惫的感觉从四面八方朝她扑过来，她完全是寡不敌众。

为什么？为什么会这样？明明一切都在变好，实习非常顺利，何副主任越来越赏识她，他也快要回国了，见面的日子越来越近，可她就是会难过，有时阴郁的情绪会伴随她一整天，闵瑞说她是太累了，等这学期结束就好好给自己放一个假休整休整，等休息好了一定又是一条好汉。

她相信了，于是越来越盼着寒假到来。

他订了 1 月 12 日回国的机票，正好台里的节目是 1 月 9 日录完最后一期，这意味着她可以毫无负担地跟他在一起待一个月。这真让人高兴，更让人激动的是制作结束后台里还给工作人员发了奖金，她这个实习生居然也有，而且是一万九千块的巨款！

一万九千块钱！她哪见过这么多钱？人都蒙了，回过神来以后心又一直扑通扑通跳，忽然觉得这么长时间以来的辛苦没有白费，紧接着就开始想要给身边的人买礼物。她要给父母一人买一个新款智能手机，这样他们就可以更方便地使用社交软件了，她可以给他们发她做的节目视频，让他们看到自己女儿的名字出现在片尾的工作人员名单里。

她还要给肖至买礼物！年初她过生日的时候他送了她一台一万二的相机，后来五月她还了他一个不到三千的耳机，中间有差不多九千块的差额，现在她终于有能力补上了！

买什么好呢？她一直在琢磨，老实说以前都不知道买什么东西可以一口气花出去一万块，得亏在电视台实习的小半年让她长了见识，知道了“奢侈品”的存在，他们部门有一个男编导之前收到了女朋友送的名品手表，高兴都写在脸上了，在办公室整整炫耀了一个多礼拜。

对，手表。手表很不错，很实用又很美观，大牌子的戴出去也体面。

她规划得特别好，完全没想过要用这份辛苦钱给自己买点什么，预算全花在父母和男朋友身上了，1 月 9 日那天一下班就从台里跑到了 A 市最高端的商场，仔仔细细地跑去挑礼物。

第十六章
爱情没有乌托邦

1.

那是她第一次进奢侈品店。

商场里的高级香氛让人头晕目眩，过于洁净的大理石地面像镜子一样能反光，柜台里看起来也没多漂亮的商品在这种环境中身价立刻翻十倍，能穿戴它们的人似乎也一下子变得高贵了，至少跟她这种一身平价货的普通人截然不同。

她有些忐忑，明明是消费者，可进店的时候却怯生生的，接待她的售货员不太热情，可能是觉得她买不起什么东西吧，她就有点不甘心，逼着自己抬头挺胸，用冷淡的表情武装自己，试图表现得从容强势一些。

可这种伪装是很容易被橱窗里那些吓人的价签给击溃的。

十几万、几十万、上百万……一块表而已，价格却比她们家乡小城的一套房子还贵，上流社会就是这样的吗？到底做什么工作能赚这么多的钱呀。

好看倒的确是挺好看的，可那种镶满了钻石的大金表也不适合肖至吧？花哨得像个奇怪的暴发户，学者应该佩戴更典雅内敛的东西。

眼睛仔细地在柜台里搜寻，终于被一个理想的款式牵住了目光——简约高级的黑色皮质表带，透明蓝宝石玻璃表底，厚度适中大小得当，在明亮的灯光下泛着淡淡的光泽。

真好看。她的眼睛亮了，一眼就觉得这块表应该是属于肖至的，于是兴致勃勃地想让售货员拿出来给她看看，没想到对方却语气刻板地说：“小姐，这款手表是我们的经典系列，售价在五万五千元左右，请问您需要试戴吗？”

尹孟熙：“……”

没努力过的人不会懂，只有已经尽了力的人才会理解那种无解的空虚，明明竭尽全力了，可却忽然发现自己能力的上限也最多只能摸到另外一个阶层的脚后跟，天堑一样的鸿沟让她疲惫，同时也让她下定决心要把自己逼得更紧。

要更努力一些，要赚到更多的钱，要给喜欢的人买更好的东西，要不被任何人瞧不起。最后她还是在那家店买了一块表，刚好一万块，陶瓷表链的机械款，其实也很漂亮的，只不过是公认的入门级，结账的时候售货员依然对她表面客气，可眼神却仿佛在说：踮着脚踩着梯子来买奢侈品的才不能算有钱人，猪鼻子插大葱就能装大象了？让人心里闷闷的。

好在 12 号很快就到了。

那天天气不太好，是个大阴天，可尹孟熙的心情却很好，一大早就爬起来收拾化妆。天知道她有多久没化妆了，本以为去电视台实习会变成一个精致的职场女性，可实际却是忙得昏天黑地蓬头垢面，小半年没动化妆品让她的技术都有点退步了，画眉毛的时候手一直抖，好半天才捣腾出一个差不多的样子。

穿上漂亮的小裙子，把精心准备的礼物小心藏在包里打算给男朋友一个惊喜，坐地铁去机场的一路她都欢欣雀跃。走进大厅的时候又渐渐开始感到紧张，莫名的忐忑纠缠着她的心，连呼吸都有点小小的不自然。

唉，干吗这样？难道不应该感到单纯的开心吗？

飞机没有晚点，是准时到的，她在接机口踮着脚抻着脖子张望，就差要像小兔子那样一蹦一蹦地跳起来看了，不久后终于等到了他，英俊的青年永远出挑迷人，尽管只穿着低调的黑色大衣也依然可以被一眼看到，她的心跳得更快，似乎再次找回了小半年前热恋中的感觉。

他也看到了她。深邃的目光微微亮起，是明亮的星星落进了清澈的湖水，她忍不住了，小跑着向他奔过去，与半年前不同的却是这回不敢直接扑进男朋友怀里，跑到近处的时候脚步放缓了，红着脸看他的时候眼神有些试探和迟疑。

“怎么？”他笑了，看着她的眼神像之前一样柔和，“不认识我了？”

“不是。”她有些扭捏，“我……”

也说不清，她支支吾吾的时候，他已经伸手把她抱进怀里了，虽然不像去年正月初六在火车站接她的那次一样热烈，却也有着不可否认的亲昵和温情。他漂亮的手正轻轻抚摸着她的头发，声音低低地在她耳边问：“等很久了吗？”

其实没多久，也就二十分钟，可如果是从七月他走的那个时候开始算就确实很久了，她心里有些委屈，累积的脆弱和难过忽然一起冒了泡，于是闷闷地在男朋友怀里点头，说："好久好久了。"

他就又摸摸她，令人心宽的安慰，她却依然有些不安，大概因为还没有得到一个亲吻。讨好他的想法冒出来，手就偷偷摸进包里想把准备好的惊喜拿出来给他，不巧却正好在他手腕上看到了一块既陌生又熟悉的手表。

这……不就是她前几天在商店里看到那块五万多的表吗？

"这个……"她没忍住，一直盯着他的手腕看。

他挑挑眉，过了一会儿才明白她是在问他的表，就答："过去的那块坏了，买了一块新的。"很随意的语气，像只花了十块在超市里买了一杯酸奶。

她不知道该做出怎样的反应，伸进包里的手也忽然僵住，本来都已经摸到了包装精巧的礼物盒的边缘，那一刻又像是被烫到一样很快松开了它。

"小熙？"他察觉了她神情的异常，有些担忧地叫了她一声。

她这才意识到自己暴露了太多，于是赶紧收拾心情调整状态，甚至拿出了最近在职场上刚刚锻炼出的演技来掩盖自己突然的失落，很逼真地对他笑一笑，说："挺漂亮的，很适合你。"

他皱了皱眉，可能心里也察觉到一点不对，要开口询问时她却及时打了岔，拉着他的手往打车点走，边走还边说："你饿了吗？要不要吃东西？这学期北门那里开了一家很好吃的烤肉店……"

他当时其实没什么胃口，毕竟长途飞行很容易令人感到疲惫，可她辛辛苦苦跑到机场来接他，他也不想让她不高兴，还是强打精神跟她一起回学校吃饭。

"这家是不是还不错？"她看上去兴致勃勃，语气比平日更活泼，一点点刻意，"刚开的时候我跟室友来过一次，觉得这个海鲜汤还不错，你尝尝。"

说着，把汤锅朝他那边推了推。

他就尝了一下，喝汤的样子也漂亮，店里有很多他们A大的学生进出，看到很久不见的肖学长出现也不禁窃窃私语，有的还掏出手机偷偷拍了照片。

他一贯不太在意这些，只专注于身边的人，放下汤勺后就拿起工具帮她烤肉，一边忙一边问："你期末考试结束了吗？是不是还有两门？"

考试……尹孟熙心头一跳，一个从小优秀到大的学生第一次在听到"考试"这个词时感到心虚，短暂犹豫一下后她又对他露出刻意明朗的笑容，应付着回答："嗯，后天考完。"

他点点头，又叹了口气，说："其实今天你不用来接我，多复习一下比较好。"

可不是？要考的两门课一门是专业必修一门是专业选修，专必的老师之前还抓到过她翘课，现在必读书目她才看了五分之一，对两天后的考试完全没谱。

"没关系的。"她继续说谎，"我都准备好了。"

多亏心。他看了她一眼，也不知道是信了还是没信，烤肉发出的"刺啦刺啦"的噪声模糊了她的判断，同时也为她提供了一点虚假的安全感，过一会儿又听到他问："实习呢？已经结束了？"

"嗯。"她像一个学生在接受老师的质询，紧张的感觉更强烈了一些，"9号就结束了。"

他"嗯"了一声，好像有点满意，顿了顿接着问："那下学期呢？还要继续做吗？"她当然想继续做。何副主任刚刚对她产生信赖，她必须抓住机会趁热打铁，否则这段时间不就白忙了吗？

"我还在考虑……"可她却没敢说实话，不知道自己为什么在他的注视下再次选择了躲避，"看下学期的情况吧。"

这回答已经很节制，可他却还是微微皱起了眉头。过去这半年她只在电话里听过他迟疑的语气和委婉的劝导，现在却更直观地感觉到了他对她选择的不赞同，这种感觉很不好，让她更心虚也更孤独。

"好，那就之后再谈。"他把烤好的肉夹进她的碗碟里，语气平平，"先好好准备考试。"

这话像一个缓刑的赦令，虽然解除当下的危机却取消不了未来的忧虑，她知道自己终究要处理这个跟他之间的分歧，如同处理一把悬在自己头顶的匕首。

"好的。"现在她也只能这样回答了。

七点钟从饭店离开，他们一起站在路口等红灯过马路。

去哪里呢？会去他家吗？她偷偷想着，却并没有什么旖旎缠绵的想法，只是期待多一些相处可以使两人若有若无的距离隔消弭，重新恢复成他出国前的状态。他却让她失望了，牵着她的手走向了校区北门，看样子是要送她回宿舍。

她没问什么，只无声地看了他一眼，他可能也明白她的意思，伸手摸了摸她的头，接着低声对她解释："今晚我要先回家一趟，我父母知道我今天回国。"

啊，当然。他都出去半年了，应该要回家见见父母的。

"嗯。"她掩饰着失落，声音变得越来越小，刻意的笑容却变得越来越大。"快点回去吧，叔叔阿姨一定都很想你了。"

2.

然后就是一整天的突击复习。

二十岁的尹孟熙终于在大三这一年体验到了身为学渣的辛苦，蹲在图书馆与其说是在准备复习不如说是在期待奇迹，目标是 24 小时从入门到精通。肖至为了陪她专门从家回了一趟学校，两人还像之前一样坐在一起学习，不同的是他依然在写那些要发在顶尖核刊上的论文，而她的追求却从“门门争 A”变成了“千万别挂”。

低头唰唰唰地翻书，多不胜数的名词解释很难在短时间内灌进脑子里，遇到看不懂的地方就更麻烦，毕竟她这学期翘了那么多课，手头连个像样的笔记都没有，只有打开电脑一个劲儿搜百度，由于害怕被坐在旁边的他发现，看个百科都要小心翼翼。

手机时不时还在振，是台里的同事在找她聊节目后期的事情，她偶尔会打开瞄一眼，重复的次数一多就听到他轻轻敲了一下她的桌子，是在提醒她专心复习。她就赶紧把手机放下，心里局促紧张的感觉更强，明明以前跟他一起在图书馆自习是求都求不来的快乐甜蜜，不知道为什么现在就变得有些折磨人了。

硬着头皮学到大半夜，第二天终于把最后两门课考完。

很多地方她都没复习到，还有一部分虽然翻书的时候看到了可写答案的时候却怎么都想不起具体的内容，于是只好稀里糊涂地凑上去一大段字，指望老师能看在她字多的分上给她一点辛苦分。

别挂就行，哪怕得个 B- 甚至 C……这念头可真堕落，哪是得一等奖学金的优秀学生该有的？空虚的感觉仍在发酵，也许她就是从那时开始自我否定的。

好在考完之后的那几天过得还算舒心。

实习告一段落，他也回国了，两个人每天都约会，吃饭、看电影、逛各种有趣的展。亲密还是亲密的，比如会一直牵手，比如会喝同一个杯子里的饮料，亲吻也有过，基本都是在他送她回寝室的时候，淡淡的亲吻，不像之前那样热烈。

这是正常的吗？

“当然不正常了！”考完试还没离校的闵瑞认真帮忙分析参谋着。

“你们这都分开半年了，再见面不得干柴烈火？那肖至再神仙也是个男人，男人脑子里能没那些事儿？这不正常！尹嘻嘻你要重视！”

尹孟熙也觉得不正常，这几天他们之间总有着一种微妙的距离感，而她想要的是他出国前那种如胶似漆的状态，那时候他很喜欢吻她的，也很喜欢……

“那……那我该怎么办？”她已经有些慌了，不知道问题出在哪里，更不知道该怎么解决问题，“再过段时间他就又要走了……”而且她都一年没回家了，过几天肯定要回去过年，他们相处的时间又要再减少。

“嗐，那还能怎么办？”闵瑞抱着手臂对她挤眉弄眼，“跟他那个啊！”

“我再强调一遍啊，男人的本质都是一样的，你给他一点暗示很容易就上钩，那个过之后你俩也不会再别扭了，肯定甜甜蜜蜜好得跟什么似的。”

“一起去商场吗，姐妹？我帮你挑个性感内衣？”

那还是不必了。尹孟熙可没有穿性感内衣挑逗人的勇气，但她想跟肖至恢复热恋状态的愿望却很强烈，潜意识里也在努力摒除那些隐隐的不安全感，因此闵瑞的话她还是听进去了，打算豁出脸皮给男朋友一点暗示。

这个事情说起来容易，做起来却非常有难度，她脸皮又薄，平时约会的时候根本说不出口。能怎么说？青天白日朗朗乾坤的，就直接说？

愁死人。思来想去还是得迂回，她就想了个办法骗他，打电话说她上学期有一副耳机落在他家，问他能不能在晚上一起吃饭的时候帮她带出来。他当然不会拒绝，说会回去帮她找找，而她其实根本没去饭店，直接偷偷摸摸地提前到房子里去等他了。

他给过她钥匙的，出国前还说她要是遇到什么特殊情况可以到他那个房子里住，她也真去过几次，都是因为实习回学校太晚了错过了门禁时间，现在再去也是轻车熟路，下午四点就提前到房子里点上了浪漫的香薰，化妆的时候刻意化得浓了一点，收拾好以后又看了看自己的衣服，想了想还是到他衣柜里找了一件他的衬衣，大着胆子换上以后脸就一直红着，心想自己今天真是出息了。

紧张又悸动地在屋子里等了一个多小时，脑子里假想的全是他进门时的场景。他看到她这个样子会露出什么样的神情？单纯的惊讶？还是……还是会有一些喜欢？她记得她上一次穿他衬衣的时候他的眼神跟平时很不同，更、更……

啊，好害羞 。她窝在沙发里耐心地等，到差不多六点半的时候终于听到门口传来了一阵脚步声，应该是他回来了。她抿着嘴偷偷笑，心想他还真准时，眼睛转一转又动了要跟他玩闹的心思，于是轻手轻脚地摸到门边上，准备等门开的时候直接蹦进他怀里吓他一大跳。

“啪嗒。”钥匙插进锁孔，当啷当啷地转了两圈，门开一条缝的时候她的笑已经忍不住了，从门边蹿出来想钻进男朋友怀里去，结果却发现进来的人不止他一个，旁边还有一个端庄文雅的中年女人，正用非常惊讶意外的神情看着她。那是……他的妈妈。

3.

应该用什么词去形容尹孟熙当时的心情呢？

“尴尬”？那太轻了，把这个词表达的意义程度往上拉十个台阶也匹配不了她百分之一的难受。不仅莫名其妙出现在人家家里，而且还光着腿穿着人家儿子的衣服……谁会对这样的女孩子有好印象？何况肖至的妈妈还是一个稳重得体的大学教授！

尹孟熙已经不知道自己当时是什么表情了，脸烧得滚烫，估计也是一会儿红一会儿白，恨就恨地上没有一道缝能让她钻进去，还要像那样腆着一张脸僵在原地给人家打量。

肖至大概也没想到会出现这样的一幕，一愣之后很快回过神来，第一反应就是把尹孟熙挡在身后，回头跟她轻轻说了一声：“先回房间换个衣服吧……”

语气中带着温柔的抚慰。她却不可能释怀了，当时只知道窘迫地点头，勉强局促地对肖妈妈鞠一个躬，眼睛从头到尾都不敢看人家的脸，转身跑进房间里把门关上的那一刻情绪就崩了，靠着墙坐在地上把脸埋在手臂里哭。

唉，你说……事情怎么会变成这样呢？

大概十分钟之后肖至来敲她的门了。

她没吱声，还是自己坐在地上，但是不敢再哭，就匆匆忙忙地用手擦眼睛。他停了一会儿才再次敲门，声音从门外传进来，更轻柔：“小熙？”

听不见应答，他就试探性地按下了门把手，房间里一片黑漆漆，只有他开门带来的一点外面的灯光；他看到她坐在地上了，叫她她也不回应，当时似乎叹了一口气，打横把她抱到了床上。

他也没开灯，或许是因为知道她哭过了，此刻不想被人看见，于是就在半明半暗地光线里坐在她床边，抬手轻轻摸摸她的头，低声说：“我妈先回去了，你不用有压力。”

不用有压力，这怎么可能呢？他对她提了那么多次说要带她回去见自己的父母，她都拒绝了，为什么？不就是因为觉得自己不够好，怕被长辈们看不上？

这学期她这么努力地去实习，天天玩命一样熬夜工作，连一直那么重视的考试成绩都舍弃了，不就是因为想变得更优秀得到他们的肯定？

现在呢？被看到这么衣衫不整乱七八糟的样子，长辈心里会怎么想？绝对会把她当成奇奇怪怪不正经的女孩子吧。

她更委屈了，又觉得没脸哭，于是拼命忍着泪意调整呼吸，过了好一会儿又问他：“阿姨说什么了吗？”

“没有。”他回答得很快，正因为这样所以才显得不真实，“她今天只是来这边取几本书，拿完就走了。不要想太多。”

后半句算什么？顾左右而言他？她心里的绝望更多了一点，坐在床上抱着腿不说话了，他就又叹了一口气，慢慢伸手把她搂进了怀里。

“对不起。”他道歉，承认着根本不存在的错误，“我不知道你今天会来。”

这哪是他的错呢？明明是她骗了他，现在这样完全是自作自受。

两个人都安静下去，房间里微微的冷，他帮她裹了裹被子，接着缓慢地斟酌着措辞，说：“稍后我回家一趟跟父母解释一下，晚一点回来，给你带晚饭？”

解释……解释什么呢？她不是不正经的坏女孩儿？他们是正儿八经的恋爱关系？晚一点回来又要做什么呢？陪着她安慰她？还是尴尬地把她今晚本想做的事做完？她已经没有那些旖旎的想法了，原本想跟他拉近关系的，现在反而弄巧成拙把一切搞得更糟，最后还要他来收拾烂摊子。算了吧，她也没脸再面对他，当时就低着头闷闷地说了一声“好”，声音小得像一只秋末快死的蚊子。

他似乎还想再说什么，可她埋着头拒绝沟通的样子又让他无计可施，于是最终只在黑暗里轻轻吻了一下她的额头，走出房间的时候还体贴地帮她轻轻关上了门。她坐在黑暗里出神，听到房子大门一开一合的声音。

“啪嗒。”他走了。

4.

而实际上那晚尹孟熙并没有如约等肖至回来，她在他走后不久就换了衣服自己离开了，等晚上八点多肖至带着晚餐回来的时候房子里已经是一片空荡，只有她之前点的香薰还留有一丝淡淡的香气。

两人的关系也因此变得更加奇怪，明明都有在努力弥合努力靠近，可顽固的距离感却变得越来越强。亲密关系成了不能碰的话题，无论由谁起头都会显得异常别扭，两个人都在不知不觉间被扛住了。

更糟的情况又紧跟着在几天后发生——尹孟熙挂科了。就是那门状况连连的专必，她又是翘课又是点名被抓又是作业灌水又是复习不足，最后老师没有放过她，直接给了一个“F”，鲜红的字体在查分页面上显得特别刺眼，刷到的那一刻她就蒙了，脑子“嗡”的一下，手脚一片冰凉。

当时肖至正陪她一起在饭店吃饭，看到她突然苍白起来的脸就立刻担心地问了一句“怎么了”。她还在盯着手机发愣，没顾得上回答他的话，他沉默了一下还是拿过她的手机看了一眼，于是同样看到了那个触目惊心的红色的“F”，除此之外还有一排的“B、B-、C”。

大三上的平均绩点：2.11。

他沉默着一直看，不说一句话也不问一个问题，她后知后觉地醒过神，才发现自己的底细已经被对方看了个光，说了一学期的谎话此刻全都不攻自破，他紧锁的眉头和渐渐冷峻起来的侧脸让她的心拉响了最后一道警报，潜意识里也知道此前累积的所有微小的矛盾都要在这个时刻聚到一起爆发。

“先跟我回去吧。”他的语气很严肃，一贯温和的眉眼此刻也不再带着笑意，“我们聊一聊。”

再次回到那个几天前才让她“社死”的房子，尹孟熙的神情已经有点麻木了。

她呆呆地跟着他上楼、进门，走到客厅的沙发上坐下，看着他走进厨房倒了一杯温水放在她面前，“嗒”的一声响，明明很轻的，却好像砸在她心上。

然后就是沉默。一直沉默。

为什么要沉默呢？难道你不知道这对我来说是一种难受的折磨吗？

放在膝盖上的手扣得越来越紧，她的脸色也变得越来越苍白，快绷不住的时候他总算开了口，也许是终于听到了她内心卑微的祈求。

“先说说之后的计划吧。”他的声音有些沉，头一次让她听了心慌，“接下来你打算怎么办？准备考研？”

考研？是的，她已经没有保研的资格了，尽管她大一大二的绩点很高，就算被大三上往下拖了不少也还是有3.45，下学期拼一拼未必达不到保研线，可不能挂科是硬性规定，只要有一个F就算综合绩点3.99也没用，现在她要读研究生的话就只能从头去考。

考研……那太难了，能比高考轻松多少？多的是人要上岸，不脱层皮怎么考得上？要备考就必须放弃实习，而她……犹豫了，指甲一下一下刮着另一只手的掌心：“我可以不读研吗？”终于说出了口。

“不读研？”他却不知道她问出这句话需要耗费多少勇气，眉头皱得更紧，看她像看一个不懂事的小孩子，“为什么不读？”

她抿抿嘴，心里的压力更大了一些，想要努力清晰地陈述但结果还是磕磕巴巴：“我、我觉得我们这个专业应用性还是比较强的，读研对工作来说可能也没有太多帮助……我现在已经找到了一份电视台的工作，上面的领导也比较赏识我，我、我想只要我继续好好干，毕业以后留在台里转正应该没有什么问题。考研的话……花的时间精力还是太多了，也不一定一次考上，如果最后考试没成还把工作丢了怎么办？就算读了研究生，毕业以后也还是要找工作，我想我与其花那么大劲去拿这个文凭，不如踏踏实实把工作本身做好……”

颠三倒四，语气也是凌凌乱乱。他却听明白她的意思了。她不想读研，现在就是一门心思要出去工作，而且听上去这个决定她很早就做好了，只是现在才选择告诉他而已。

他吸了一口气，神情变得更幽深难测。她害怕了，时不时地偷看他的脸色，又听他问：“可上一次我们聊的时候，你不是还说会优先考虑读研吗？”

“那是骗我的？还是你最近刚刚改了主意？”

多让人羞愧的提问，她已经感觉抬不起头了，半低着头支吾：“我……”

“你真的确定吗？”他又进一步问，难得显出了一丝强势，“是真的不想读研？还是暂时受到了挂科的打击，不想面对重考这件事？这个决定会影响你一生，我希望你能更慎重地考虑。”

好严厉。他当了太久她温柔体贴的男朋友，以至于她渐渐忘了他还是很好的老师，老师嘛，不会永远春风细雨的，碰上“不学好”的学生也难免要批评两句，他更高明一些，不会用发火的方式解决问题，可眉头一皱就让人压力倍增，好像自己是个多么冥顽不灵的垃圾，连他这么好脾气的人都忍耐不了了。

“我考虑过了……”她试图对他解释，着急地恨不得把心掏出来给他看，“我不是怕困难，我只是真的很喜欢现在的工作。真的，我……”又说不下去了。

他还是看着她，两人间保持着一人位的距离，审视的感觉很强烈，她感觉自己是在做最严格的毕业答辩。

“具体是喜欢什么呢？”他的眉头皱得更紧了一些，“上学期你一直过得很累，一起工作的同事也让你很不愉快，这样的工作具体是哪里吸引了你？”

当然是因为能赚钱。她心里早回答得清清楚楚了，可却知道这样的答案根本登不上台面，于是又开始说谎：“因为做节目很有成就感，看到自己的名字出现在电视上也很新奇……”

“小熙。”而他却打断了她。从认识到现在，第一次打断她。

“你还要继续像这样对我说谎多久？”春夏的山谷忽而走入寒冬，他湖泊一样的双眼像结了冰凌，“隐瞒解决不了问题，只会让情况越来越糟。这是你一定要去做那份工作的原因吗？仅仅因为成就感？”

5.

其实也不是多重的话。他毕竟是个很有涵养的人，永远不会跟谁声色俱厉，可她却觉得自己被整个刺破了，又好像在众目睽睽之下被人完全揭穿，小心遮掩的所有见不得人的心思全都暴露干净，世界上最残酷的刑罚大概也不过如此。

她不想这样的。她不是内心强大的人，永远活在别人的目光里，所以他可以做到不在乎学校论坛上的各种风言风语，可她却会忍不住每天登上去逡巡查看，所有人当中她最在乎的就是他，她想把自己所有好的地方都展现给他看，80 分不够 90 分不够 100 分也不够，一定要好到不能再好才能短暂安心。

可现在呢？他看穿她了，虚高的分数被打回地面，一个说谎精还能达到及格线吗？他大概也猜到她是为了钱了，会嫌弃她追名逐利俗不可耐吗？

原本就很脆弱的心防忽然塌陷，也许前几天意外撞见肖妈妈带来的情绪余波也在推波助澜，她有点控制不住自己了，遮掩崩溃的方式竟然是故作强势，不自觉就要拿出刚刚在职场上学到的虚张声势来对抗他。

“那么你觉得呢？”她第一次反问他，抬起眼睛的样子显得有些叛逆，“你觉得我是因为什么？你心里不是已经有答案了吗？所以我说别的你都不会相信，只会拿你默认的答案来审判我。好啊，那我承认，我是为了赚钱。我是为了钱可以了吗？你满意了吗？”

情况开始脱轨了。她没想到自己会爆发出这么强烈的情绪，更没想到自己会对从头到尾都没做错一件事的他发脾气，他大概同样很意外，树梢间的微风凛冽起来，吹落一地枯萎泛黄的树叶。

“小熙，你先冷静一下。大三的确是一个面临选择的阶段，每个人都要为自己的人生负责，我没有要干涉你的意思，只是希望你能确认自己的心意。我承认我更希望你读研，这样就有更多的时间思考探索，而且你很有做学术的天赋，无论是之前写的论文还是做的项目都很优秀，我不希望你浪费自己的天赋。”

多成熟的人，面对她咄咄逼人的一连串反问也还是能做到就事论事，没有在情绪的影响下说任何不理智的话，她却无法拽住心底那只狂奔的野兽，它正叫嚣着要冲破理性的束缚，发泄她累积在心底那么那么久的疲惫和自卑。

“那只是你的想法！”她完全失控了，声音猛地变大，“我不是那样想的！”

可以了。

“我就一定要按照你希望的方式去做？我之前写论文做项目真的是因为我喜欢吗？不是的！我是为了你！我只是为了让你看到我，为了得到你的注意！”

别再说了。

“我其实根本就不喜欢做那些！我喜欢更新鲜的生活！我需要钱，想跟我那些同事一样买房买车，想让奢侈品店里的店员再也不要看不起我！”

不是这样的。

“而且你为什么会觉得我可以跟你做一样的选择？难道这个世界上所有人都有条件做学术吗？读完硕士再读博，毕业的时候我就快要三十岁了！三十岁还不赚钱！这现实吗？是普通家庭出身的人可以承担的吗？”

“我不想活在幻想里！不想最后什么都抓不住！难道我有错吗？有吗！”

真的不是这样的。所有的委屈和脆弱都埋在心底，暴露在外的却是强硬和凶悍，软绵绵的小兔子终于长出了獠牙，狰狞急切的样子第一个被他看到，所有纯情的美好似乎就在那一刻离他们远去了，变得不伦不类的她也许命中注定就会失去自己最在意的东西。

“小熙……”他看着她的眼神渐渐凉下去，陌生得好像从未认识过她，“你怎么会变成这样？”

第十七章
再见，春日

1.

“陌生”是多致命的东西。

或许世界上的事情本来就是这么讽刺的，明明她是为了更牢地抓住他所以才那么拼命地去工作去赚钱，可最终也正是这样的选择让他觉得她面目全非。

怎么可以这样呢？不是说只要肯努力就会有回报吗？

她真的努力了。很努力很努力了。最后的结果当然是不欢而散。

终止谈话的是她，在他问完那个问题以后就彻底破了防，心里的苦水全要变成眼泪流出来，她就在自己即将变得更不体面之前猛地站起来跑出了屋子。他似乎出来追她了，一度还曾拉住她的手腕，可她很用力地甩开了他，不知道为什么可以做得那么果断那么坚决。然后就买了回家的车票。

没告诉他也没让他送，就一个人拖着箱子在阴郁的冬天坐上了火车，夏日的旷野变成冬日的荒原，同样的风景看上去竟然千差万别。她感到前所未有的孤独和伤感，一个人的时候眼泪总是不受控，用宽大的围巾把整张脸半挡住，然后就像鸵鸟一样躲在里面无声地哭泣。

她已经知道了。她……就要失去他了。

回家以后还是要调整状态。父母已经一年没见过她，看到女儿回来都欢天喜地，尹妈妈一直拉着她的手上上下下地打量，无论怎么看都觉得她瘦了，憔悴了，担心地反复问是不是出了什么事，尹孟熙的回答总是千篇一律——

“没什么”“挺好的”“工作有点忙而已”。

也许成熟的一个侧面就是学会隐瞒吧，她把自己的难过和委屈藏得很好，明明还没真的成为一个社会人却已经先学会了报喜不报忧，连挂科的事都没说，只是旁敲侧击地跟父母表达自己想直接工作的想法，一再强调自己现在的工作有多好，未来的发展有多可观。

“不读研了？”父母的态度却跟肖至一样不赞同，连担忧的语气都一模一样，“保研是多好的机会啊！就这么不要了？再往上读一读吧，硕士跟本科肯定不一样吧？起薪是不是也高一些？现在社会上的学历普遍都高，不读到硕士怎么说得过去……”

尹孟熙能怎么办？只有她自己知道当时的情况有多糟糕，直接就业已经是唯一的出路，她没有其他选择可做了。

“再说吧。”她只好搪塞，实际只是把矛盾延后了，“我先继续工作一阵子。”

接下去就是按部就班地走过年的流程。

亲戚们又来来往往地到家里串门了，婶婶来的时候又跟尹妈妈斗了一通法，由于堂妹的学历和工作被尹孟熙碾压的事实无法改变，婶婶吹嘘的方向就变成了婚恋相关，说她家女儿找到了一个多好的男朋友，长得帅、对她好，家里是开饭店的，在市里有三家连锁呢，一年能挣好多钱。

尹妈妈表面不在乎，等人走了又不免继续在自家女儿身上使劲，催她赶紧对谈恋爱的事情上上心。尹孟熙默默地听着，眼前一遍又一遍闪过肖至的样子，每想起一次心就被撕开一次，血淋淋的伤口露出来，好像都要流脓了。

他也联络过她的，很多次。

一开始是约她见面，在信息里跟她道歉，说他那天态度不好请她原谅。这哪是实情呢？他已经对她足够耐心足够好了，是她先发的脾气，表面上是针对他，可实质上却是针对自己。

后来他也知道她已经回家了的事，大概是去她宿舍楼下问过谁了吧，因此就转而问她是不是安全到家了，打算什么时候回学校，她都没回，乍一看好像是在耍横闹脾气，可其实只有她自己知道那是因为恐惧和无力。

她很害怕见他，尤其害怕他那种像看陌生人一样的眼神，对她来说那是毁灭性的打击，仿佛她这个人从头到脚从里到外都被否定了。陌生的下一步是什么？貌合神离彼此应付？然后呢？分手？她不想听到他说那两个字。

除夕那天她也还是照旧跟家里的孩子们一起出去放鞭炮。

时间要过十二点的时候她就一直盯着手机，至少有一百次点开了他的 QQ 对话框，又至少一百次默默退了出去。零点过 1 分的时候屏幕亮起，是他发来了新的消息：新年快乐。我们见一面好吗？

多守信的人，去年他就答应过她了，说往后过年会多等一分钟让她先发祝福短信，她根本没发，可他却还是按照约定那样做。现在他又说希望跟她见面，羞愧的感觉让她抬不起头，在噼里啪啦的鞭炮声中她哭得满脸是泪，所幸抽噎的声音全被盖住了，倒是罕见的自由。

她不得不回复了，他们总要有一个结果。

她：新年快乐。我大概初八回去。

那太晚了，按道理说他年前就该回美国去上课，但他还是选择留在国内等她，当时就只简单回了一个“好”。

初八那天也去车站接她了，两个人却一下子退回到最初的相处状态，没有拥抱更没有亲吻，尴尬的气氛强烈得让人窒息。他们都感觉到了，却都装作无事发生，他帮她拎着箱子送她回学校，之后就一起在空荡的校园里散步。

“之前是我表达的方式有问题。”先开头的还是他，每说一个字都是明明白白的让步，“我很尊重你的个人选择，如果你不喜欢做学术不想继续留在学校我也不会勉强，直接工作同样是很好的选择，我会支持你。”

还能怎么妥协呢？他已经直接退到最底线了。可她却感觉不到所谓的“胜利”，或许因为她想要的从来不是战胜他而是得到他更多更多的爱。可是怎么才能撤销之前争执时她那副龇牙咧嘴急功近利的丑陋样子？怎么才能让他恢复对她最初的印象？

“谢谢。”没办法，她也只好顺着他的话往下说，“之前我的方式也有问题。”

都道歉了，都是真心的，可尴尬僵硬的感觉却仍挥之不去。

他也沉默下去了，大概同样觉得这样的状况很棘手，两个人的关系正站在一个摇摇摆摆的分界点，即便只吹过一点小风也可以把它整个掀翻。

“我明天要走。”偏偏有一场飓风必须要降临，大洋的距离会让业已存在的裂隙继续扩大，“去那边的学校。”

她僵了一下，悲哀的直觉变得更强，天知道那时她是怎么忍住没哭的，只是闷闷地点了点头。

“好。”她声音很低地回应，再也不像黏人的小兔子，“一路顺利。”

他不知道该接什么好了，初恋的难题就是这样晦涩，那时同样年轻的他根本还没理解导致这场矛盾的真正原因是什么，只好在裂隙的边缘迷茫地打转。

“小熙……”他又在叹气了，其实还跟过去一样喜欢她，但不可否认那种奇怪的陌生感依然蛰伏在他心底。可他还是会拥抱她，尽管那个时候两个人的肢体都有些微妙的僵硬。“我还有几个月就回来了。”他低声在她耳边说着，不知道是单纯说给她听还是同时说给自己听，“什么都不会变。我们都用这段时间好好思考一下，好吗？”

思考什么？思考他们是不是真的合适？思考他们以后要不要继续在一起？

她其实不太懂，只是直觉的哀伤进一步显山露水，说“好”的时候声音很平静，看不见的心底却已经天崩地裂山呼海啸。

然后就又分开了。他去了美国，她继续留在原地，当然也考虑过要妥协，准备考研继续读书，可台里的工作邀约是不间断的，何副主任很欣赏她，甚至私底下还跟她单独吃过一顿饭；她终归放不下这么好的机会，最终还是选择继续实习，同时并没有明确地把这个消息告诉他。

是这个决定导致了最后的分手吗？或许是，也或许不是。

读研或许可以换来多几年的风平浪静，可她骨子里的自卑和不安全感却无法被轻易剔除，名利这么庸俗的东西有时候却反而最让人感到踏实，只有抓紧它她才感到自己站上了坚实的堤岸，也许这就是她跟他之间天然的悖论，选择A就不能选择B，有了甲就必须放弃乙。

新一轮的工作周期再次开始，她继续像上学期一样忙得脚不沾地，一切都好像没有变，只是跟他的联络越来越少，每次打电话之前都会犹豫再三，然后百分之九十都会选择放弃不打。最后只有靠他单方面地打来，也有一多半她在忙工作根本接不到，最离谱的时候一周只说过两句话，一条消息从大洋这边发到大洋那边，等一个回复需要地球自转好几周。

这其实也挺好的，毕竟她现在对跟他联络这件事已经有了心理障碍，总是会不停地揣测他是怎么看她的，知道她选择了继续实习以后会不会更觉得她陌生，觉得她惹人讨厌。消极带来压抑，压抑带来痛苦，最后就是一接完他的电话她的状态就会糟糕一整天，生理性的眼泪根本控制不住，信号一切断她就会哭到上气不接下气。

她好像生病了。因为过度的疲惫，因为过度的孤独。

别人都发现不了，只有深夜偶然听到她在床帐里哭的室友知道事情变得不对劲了，大家都吓坏了，大半夜把灯打开问她到底怎么了，结果就看到她两只眼睛肿得像核桃，揉眼睛擦眼泪的手也瘦得露出了青色的血管。

2.

“到底怎么了？”闵瑞急得声音都拔高了，在凌晨三点的寝室楼几乎可以算得上扰民，“是肖至？他欺负你了？跟你提分手了？”

尹孟熙根本回答不了这个问题，甚至连她自己都不知道这种异常强烈的负面情绪到底来自哪里，于是只好摇头，眼泪却在听到他名字的那一刻掉得更凶。

“尹嘻嘻……”闵瑞真的心疼她，直接爬上她的床把她抱住，任薇薇和汪雪茹也都穿着睡衣站在床下着急地看，都是一样担心她。

“我早就说过了，你这种性格不能玩暗恋。”闵瑞不停地叹气，同时又不停轻拍着尹孟熙的后背，“你太在意他了，恋爱只是生活的一部分，不是生活的全部，你不能被一个男人消耗所有情绪，更不能被他牵着鼻子走。你看看你现在，做什么都要看他脸色。你喜欢实习就去啊，干吗要管男朋友怎么想？挂科了就挂科了，干吗不敢告诉他？他又不是你的父母又不是你的老师，何必这么在意他的感受？人要谈一段好的恋爱，首先就要做好自己，你把你自己都弄丢了，怎么可能保得住你跟他的关系？”

精辟得不能再精辟。尹孟熙也知道闵瑞是对的，唯一不清楚的是她说的“你这种性格”具体到底是哪种性格，很多年以后她才在做一档心理访谈节目的时候听一位专家说到“消极完美主义者”这个词，那是一个做事过分谨慎小心的群体，容不得自己犯一点错误，为了躲避失败总是给自己设定超出自己能力范围的目标，比起“追求完美”他们更大的特点在于“害怕不完美”——根本就是一种病，是强迫症，是过分的“不完美焦虑”。

她就是这样的。本来就在意别人对自己的看法，肖至的看法更不用说，在他面前露出獠牙那一刻，她觉得自己不完美了，接下来是不断地自己放大这种缺陷，不存在的溃败也被板上钉钉，她对自己的否认才是击溃内心的罪魁祸首。

“嘻嘻，我觉得你真的需要好好整理一下跟肖学长的关系了。”站在床下的任薇薇诚恳地劝她，“再这样下去你会伤害到你自己的，这种关系很不健康。”

整理？什么是整理呢？就是分手吗？她不想跟他分开的。可那个时候却越来越意识到，那似乎是一个必然的结局。

人心就是一片肥沃的土壤，复杂的营养成分会让一切掉落其上的种子获得生命，“分手”这两个字一冒出来就是在那里扎下了根，往后每多过一天它收获的阳光雨露就更丰沛，终于到某一个时刻要瓜熟蒂落。

她终于还是对他发出了那条信息：肖至，我们分手吧。

没有富含感情的标点也没有加什么表情包，好像这话说得有多容易似的，可其实发送过后她就哭到崩溃了，气都喘不匀，仿佛世界末日已经到来。

他的电话和信息很快到了，频繁且持续，让她的电话一刻不停地响，她却连接起来回复一下的勇气都没有，把手机关掉躲进自己的世界逃避风暴，没想到的却是三天后他忽然出现在了她寝室楼的楼下，似乎是为了见她一刻不停地从地球另一端飞了回来，匆忙得连一件行李都来不及带在身边。

“小熙……”多熟悉的称呼，一年多前他第一次这么叫的时候她曾心动得不能自已，现在它却变成一把刀子狠狠插进她的血肉，让她知道那些甜蜜和幸福往后再也不会属于自己。

她哭了，完全失控的哭法，声嘶力竭肝肠寸断，即便他紧紧把她抱进怀里也还是停不下来，身体在发抖，并非出于悸动却好像是一种应激。

“到底怎么了？”他执着地追问，刨根究底也想得到一个答案，她却说不清楚，潜意识里还能感觉到他对她的照顾。那句提问没加主语，不是“你到底怎么了”，所以听起来就没那么像指责，而实际上她知道所有的错都是自己的，他不责怪她已经是最慷慨的特赦。

“我不知道……”她没办法了，大脑失去运转能力，只好放任嘴巴自己说自己的，“我真的不知道。我很难受，睡不着、吃不下东西。我一直在哭，我害怕接你的电话，害怕想起你，一想起你就会哭。我觉得我做什么都不对，做什么都没有意义，我觉得我很糟糕。我不应该想着赚钱，可是我很需要赚钱……我们好像不合适。我……我满足不了你的期待，我只会让你失望。配不上你……”

这也许就是她对他最坦诚的一次了吧。所有话都说了，尽管乱七八糟颠三倒四，尽管一些很本质的东西还说不清楚，可直观的感受都和盘托出了，她被压力击溃了，她坚持不下去了。

她不知道他当时听的时候有多沉痛多无力，也许这一年来他感觉到的困厄并不比她少，只是道路就在那里分叉了，他们好像真的要前往不同的方向，然后眼睁睁看着对方离自己远去。

本来有很多挽留的话要说的，从收到她要分手的消息那一刻起他就已经在想办法挽回，飞机落地前的十几个小时足够他整理好思路准备好措辞去抚慰她、劝说她，可此刻她在他怀里绝望痛哭的样子却让他犹豫了。

她的状态很不好。瘦了很多，像是生病了，无论多少次擦去眼泪新的悲伤也还是会漫溢出来。可以前不是这样的，以前她跟他在一起的时候眼睛是亮晶晶的，小小的羞涩，不明显的活泼，会开心地对他笑，好像他可以让她很快乐。

现在呢？现在……我已经让你这么疲惫，这么痛苦了吗？

挽回的立场突然变得不合法，劝导她就意味着要让她继续忍受折磨，温柔的湖泊被猛地投入一块巨石，可为了不淋湿岸边的人它还是要拼命忍着不掀起波涛，在最后的时刻依然试图赠她以粼粼的波光。

“那就先分开一阵子……”他的声音已经哑了，或许是长途飞行带来的影响，也或许那个时候他也险些要落泪，“等你好一点了，我们再见面好吗？”

这是不会成真的话，他们双方都知道的。

体面的分手就应该这样，不要大喊大叫也不要相互指责，年轻的人们用很成熟的方式离别，标志就是做一个虚假的约定构建不存在的未来。

告别的时候也是拥抱着的，她甚至还去机场送了他，称呼从“肖至”退回到“学长”，相处从拥抱亲吻退回到礼貌点头，他好像有些留恋地看了她一眼，深邃的目光是大雾弥漫的山谷，她依然还会在其中迷失，可却不敢放任自己继续在其中流连。

“再见。”他说。

“再见。”她回答。

3.

干净又简单，没有过多的拉扯摧毁体面，只是当他终于转身消失在安检口的时候她还是哭得失去控制，来来往往的人都用惊异的目光看她，而她已经不在乎了，就像末日的难民不在乎废墟继续坍塌。

就这样吧，一个人所能拥有的幸运终究是有限的，能拥有这样一段美好灿烂的初恋……我已经把未来所有的好运都透支了。

接下来要面对的就是一段漫长的分手适应期。

这真困难，在最开始的崩溃悲痛过后她又渐渐开始后悔，平均每天要有五十次冒出想去找他求复合的念头，最后又都被自己无情地制止了。

初恋的力量就是这么强大，就算结束了也要把人折磨得掉一层皮，对那个人的想念始终在心底盘桓不去，她真不知道这一切到底要到什么时候才能彻底结束。

于是只好借更疯狂的工作麻痹自己。

她几乎把所有时间都花在台里了，无论策划还是执行都比正式员工还卖力，台里的老师都说她是一棵好苗子，还开玩笑说她毕业以后一定要来上班，千万不能另攀高枝跑到别的电视台去。有得必有失，她学校的课是翘得越来越多，以至于她们辅导员都专门来找她聊过一次，让她注意平衡好学习和工作，不要影响正常毕业。

消极完美主义者的特性又在发挥作用，她给自己设定的目标渐渐离谱到飞出大气层了，结果倒逼过程，弄得她自己疲于奔命，而她却一直坚持给自己洗脑，说这是努力，这是奋斗，这是年轻人应该有的冲劲，反正就不是错的，反正就不是病态。

就这样过了几个月才慢慢好起来。血淋淋的新鲜伤口慢慢结痂，虽然还是一碰就疼可起码不再那么触目惊心，她的体重也终于慢慢回到了九十斤，失眠的频率也渐渐降低，闵瑞她们都很为她高兴，说旧的不去新的不来，以后她肯定能谈个更合适的，会越来越幸福的。

多微妙的措辞，“更合适的”而不是“更好的”，显然即便是跟她最亲的姐妹也不得不承认世界上没有比肖至更好的人了。

她还会再恋爱吗？还会再像喜欢他一样那么强烈地喜欢别人吗？还会为一本图书馆的书、一袋校医院的药、一份冬日的烤红薯疯狂悸动吗？还愿意掏出自己所有的真心和钱去为对方准备礼物吗？还有力气在寂静的深夜为一个人默默哭泣吗？

不会的。

她已经见过这世上最明媚温柔的春日，往后的日子……就不分四季了。

4.

本科最后一年终于也在各种兵荒马乱中到来了。

入学的时候大家都差不多，要毕业的时候各自的选择就是千差万别。就拿尹孟熙她们寝室来说，她自己是要直接就业，任薇薇则要本校保研，汪雪茹目前计划申请出国留学，闵瑞则是来回犹豫还没决定。

闵瑞父母是希望她能回家乡找份体制内的工作，或者先结婚生孩子再考虑以后的事，闵瑞哪是服管的人呢？两个选项都很排斥，又不喜欢读书做学术，思来想去只能跟尹孟熙做同样的选择，留在A市当打工人。

“那毕业以后咱俩合租呗？”闵瑞兴致勃勃，“反正都一起住这么多年了老夫老妻的，谁也不嫌弃谁嘛。”

尹孟熙当然没什么不愿意的，挺高兴能跟熟悉的朋友继续在一起，当时就同意了，只是闵瑞的工作问题不太好解决。她本科阶段没做过什么实习，绩点又不太高，简历投出去很难被HR一眼相中，尹孟熙想把她介绍到她们电视台她又不愿意，说她们那个工作太苦太累了，她做不来。得亏她在爱美这个方面很有特长，之前还帮一个化妆品品牌做过快闪活动，投简历的时候就专供化妆品快消这一块，一轮下来颇有收获，得到了一个不错的实习机会。

肖至也在这时候结束交流回到了学校。他一直是大家关注的焦点，刚回来论坛上就全是他的消息，流言蜚语满天飞，聊得最多的还是关于他的八卦——

报！X学长和公主疑似再续前缘！有图有真相！

有人发了一张图片。

公主咋回事儿？这是拉着X学长的胳膊了吧？

听说X学长和那个新院的分手了。

什么时候的事？

真的假的？请务必展开说说！

我也听说是分手了，我朋友和他前女友住一个宿舍楼，据说就是上学期分的，前女友在楼下哭得超惨。

青梅竹马真的很强，搞不好最后兜来转去还是他俩在一起……

嗐，其实这俩也挺配的，颜值啊家庭啊啥的。

确实。

X学长这种高岭之花就应该独自美丽好吗？之前那个新闻的也配不上他。

没错，而且听说她还挂科了……

哈哈哈智商啊，跟X在一起谈恋爱还能挂科？

……

乱七八糟的“新闻”又在满天乱飞，尹孟熙明明已经成了局外人，可还是会不可避免地被扯进闲言碎语的讨论。她真的不想关注，可是却控制不住自己的强迫症，就像自虐一样每天都要点进那几个帖子，看屏幕后那些不知姓名的人嘲笑议论自己，看他和唐霏被偷拍到的几张照片。

很模糊，只能大概看到两人的轮廓，应该是她拉住了他的手臂，单凭看也说不清是朋友还是恋人，她却已经感觉到了终极的悲伤，不可逆的失去无法挽回，此刻的她甚至没有资格为此难过或流泪。

也许只有在那种时候她才会更清楚地意识到，她还是那么那么喜欢他。

大四上就在悠长又细碎的悲伤中浑浑噩噩地过去了。

下学期一到毕业的节奏就变得更紧，教务系统上出了一个学分清算，告诉学生他们还差哪些课程没有修。尹孟熙从大三开始就对自己的学业疏于打理，现在不仅绩点只剩 3.21，而且还有几门通选课和大类课漏选，于是不得不在大四下紧急补休，否则就要延毕拿不到毕业证。

她室友也知道她状态不好，一方面是被紧张的实习工作累的，另一方面也因为还放不下肖至。汪雪茹看得很透，而且她的立场一直就跟闵瑞和任薇薇不一样，从头到尾就不支持嘻嘻和肖学长分手，现在一看她缺了一门通选就悄悄登上选课系统帮她囤了一门贾先生的新课“苏辛词研究”，想给他们制造机会。

“你就选这个呗，贾先生也难得开一门新课。”她悄悄劝尹孟熙，“之前你不是还在他的课上拿过 A 吗？现在混个学分肯定容易啊，而且苏轼你又比较熟，考试也容易过！”

这都是说在表面上的话，本质还不是冲着肖至是助教去的？尹孟熙也知道汪雪茹是什么意思，当时第一反应是摇头拒绝，可其实心底最深处还是产生了动摇。她……是想念他的。

“你就选吧，别犟了！”汪雪茹真是比正主都急，“你们之间这个手本来就分得奇奇怪怪的，你自己就不觉得可惜？就去见见他呗，能复合就复，不能复也没什么损失，怕什么？”

怕什么？那太多了！怕内心贪婪的欲望在见到他的那一刻就彻底失去控制，怕自己一会儿要分手一会儿求复合的狼狈样子惹他讨厌，怕那些解决不了的困难卷土重来把她的样子变得更丑更难看，怕……毁掉他心里对她最后一点美好的印象……可最终还是选了那门课。

诚实的欲望是无法违背的，背着书包走进课堂的时候就好像时光倒转回到了大一，她还是那个从南方小城好不容易考到 A 大来的沉默寡言的女孩子，他还是那个所有人都喜欢都议论都偷偷看着的肖学长，甚至那个课堂也还是一样人满为患一座难求，一切都仿佛回到了最初的原点。

她坐在教室后排的角落看他，优越的背影依然令人着迷，漂亮的蝴蝶骨她曾亲手触摸过，直到此刻也还记得他皮肤的温度。可她却不能再试图接近他了，只能在下课的时候看到新入学的大一学妹羞涩又悸动地围绕在他身边。是啊，他身边永远不会缺清纯漂亮的小女孩儿，她们都是干净可爱的小兔子，会用清澈明亮的眼睛看着他，不会染上社会的尘埃，不会被庸俗的名利污染。

她沉默地远远旁观，靠近的勇气被一点一点蚕食殆尽，心中已经做好了一整个学期都不被发现的打算，觉得就把这次单方面的重逢当成一场毕业前的漫长告别也挺不错；他却还是发现她了，就在点名的时候，“尹孟熙”三个字从他口中说出来，那一刻似乎也有些难以察觉的酸涩和沉郁。

“到……”她有些僵硬地举起了手，目光直挺挺地在人头攒动的教室与他隔空相遇，他的眼睛还是那么美丽，也还是会在看见她的瞬间微波荡漾，那是他留给她的特殊待遇，只要她愿意就可以去兑换一笔价值不菲的黄金福利。

“有意愿做期中汇报的同学下课后可以到我这里来报名。”他的声音安静又低沉，明明话是对全班说的，可眼神却一直停留在她身上，“期待大家能有出色的表现。”

她听懂了。那是他对她的试探，也是他给她的机会。

如果她去了就意味着要回归校园，或者至少是想要跟他复合，不去就是依然不肯回头，要从此跟他各走一边。

她多想去啊！如果此刻她还在读大一就一定会去，她会对他摇尾巴，用充满爱意和仰慕的眼睛看着他，可现在她长大了，社会告诉她经济基础决定上层建筑，旧有的问题没有解决，复合的结果也无非是把之前的折磨再重复一遍。

何况她还有那么多的实习工作要做……在拿正式 Offer（录取通知）的关键时期，她根本没有办法抽出足够的时间精心准备一个让他满意的报告。

所以最后她没有报名，他应该很失望吧？

他会用怎样灰暗陌生的眼神看她？她没办法知道，因为他早已被更多积极报名的小学妹围住了，她们之中一定有人有不俗的学术天赋，或者至少踏实勤勉，像几年前的她一样认真努力。

她默默离开了教室，接下去的一整个学期依然被实习占据了全部精力，所能做到的极限也就是不翘他的课而已，平时布置的阅读材料根本看不完，期中论文即便熬了三个通宵去写也只能算是马马虎虎。期末考核方式是闭卷，她尽力把会做的题目都答了，低头看看表发现距离考试结束还有十五分钟，心想这大概就是她跟他最后的告别。

等这十五分钟结束她的学生时代就彻底完结了。

她要从校园走出去，走进一个和他完全无关的世界里，从此再不会得知有关于他的消息，也再没有机会重新改写他们之间的结局。

“嘀嗒——嘀嗒——嘀嗒。”她听到时间在冷酷无情地飞驰，站在教室最前面监考的他就在这样漠然的“嘀嗒”声中离她越来越远，终于考试结束的铃声响起，她跟其他很多同学一起站起来到前面交卷，他伸手接过的那一幕就像一个神圣的交接仪式，她把自己所有的纯情和烂漫交出去，也把自己所有的丑陋和狼狈交出去，他都一一收下了，继而给她一个礼貌地点头。

一星期后她的教务系统上出现了一个公正刻板的“C”，形状就像一个不完整的句号,却偏偏为那场既耀眼又惨淡的初恋画上了一个最最完整的终止符。

就这样吧！我……也要继续往前走了。

第十八章
还是如此荒唐地爱你

1.

远方的阴云酝酿出一声闷雷，再过一阵子窗外就传来淅淅沥沥的雨声，七年后的 A 市说实话也没什么改变，还是一到春天就被拖入漫长的雨季。

“那么您在具体的教学过程中经历过什么困难吗？”

二十九岁的尹孟熙坐在翻修过的小红顶剧场里，用与十多年前相差无几的坐姿采访同一个人，唯一改变的大概就是语气，刻板冷清了一些，不再像当初那样犹豫腼腆小心翼翼。

“主要是沟通层面的问题。”他的变化更少，措辞的方式还是温和又慎重，只是凝视她的眼神比她大一时更深，“每一位学生都有不同的情况不同的特质，作为老师如果不能正确把握就可能影响到他们的发展。”

“可以麻烦您说得再具体一些吗？”她语气平平地提问。

“就比如不是所有学生都喜欢做学术。”他还是看着她，目光没有哪怕一刻偏离，“大学教育应该更丰富多元，目标不是让每一个人都成为学者，而是让每一个人都能自由选择自己想要的生活。”

坐在镜头外的她微微捏紧了手里的稿纸，或许那一刻也隐约听懂了他的话里有话，可她不接茬，就听到他继续说：“几年前我还不明白这个道理，因此犯了一些错误，如果是现在大概就能做得更好，不会再伤害到别人了。”

“嘎吱。”新修的地板发出了一声微弱的杂音。

她愣了一下，脑海中飞快地划过一些旧日的影像，同样的地点同样的人物，是他们一起在半旧的舞台上收拾乱七八糟的道具，目光相遇时暧昧滋生，又因为一声相似的地板杂音而遗憾中断。

想这些做什么？都是无意义的过去。

她抿了抿嘴，正正脸色恢复冷漠，又继续按部就班地低头照稿念：“那您曾做过什么值得后悔的事情吗？比如有没有设想过学术之外的人生选择？”

“没有考虑过其他选择。”他回答，“从事学术对我来说可能也算一种舒适区，我很习惯它的方式，也很喜欢它的节奏，内容本身就充满魅力，成果带来的价值则是锦上添花，能把兴趣作为工作是非常幸运的。”

“但的确有后悔的事……”说到这里他又顿了顿，从镜头里看他幽深的眼睛泛起了一层更浓郁的色泽，像是湖泊被风吹起小小的褶皱，在曲折的时光回廊里荡出沉静深远的涟漪。

“有一个学期，我不该给一个女孩子打 C。”

“嘎吱。”好像又是地板，也好像是她把手中的稿纸攥得更紧了一些。

窗外的雨还在下，带来小小的阴霾和潮湿，杂草最容易在这样的气候中生长，短短几分钟里就在她的心底蹿到过膝高。她的视线有点不清楚，恍惚间好像也与他隔着一层雨幕，过去英俊的青年变成更成熟的男人坐在她面前，似乎正在试图以新的姿态重新侵入她的生活，再次把她狭小的世界折腾得一团乱。

这是在说什么？后悔给她打 C……本质是在后悔没有最终挽回那段畸形残缺的脆弱初恋吗？

她不懂的，摄像机后旁观的魏驰和姚安琪更不懂，只是所有人都感觉到了现场气氛的微妙，他的眼睛似乎只看得到她，其他一切背景和旁白都被抽掉了。

她呢？不知道为什么竟在重逢中想起过去的告别，交卷前的那 15 分钟正不断在她眼前倒带播放，她是没有换台权限的可怜观众，要一遍一遍被同样的内容占据大脑。

后悔？那样脆弱的初恋……又有什么值得挽回的呢？

她的眼眶已经红了，手指在微微发着抖，明明已经是那么久都没有联络过的人，可居然还是有本事轻易掀动她的情绪，甚至此刻他还在凝视她，像是打定主意一定要逼出她的眼泪，一定要让她再次在他面前溃不成军。

你做梦，我才不会让你得逞。

奇怪的坏脾气在悄悄发作，她终归不像大学时代一样柔软又好欺负，跟他打对擂的时候尤其有底气，可能潜意识里也知道他不会把她怎么样，于是干脆就装听不懂他的话，脸板得比之前更紧，像个不解风情的泥塑小人偶。

2.

硬着头皮又采访了一个小时，把人折磨到头皮发麻的外勤终于结束。

镜头一关她就从椅子上站起来了，专业的态度全都丢开，甚至都不想跟受访者打一个礼貌的招呼，扭头跟姚安琪嘱咐了两句收尾的事，转身就想离开这回忆浓度过高的小红顶。

从剧场大门走出去的那一刻她的心情特别复杂，既希望他千万不要来追她，又可耻地期待某些意外的展开。身后传来脚步声的时候情绪的晦涩程度又翻了番，是他来找她了，微凉的手直接牵上她的手腕，没问过谁的意见就把她困在了回廊的拐角，他的天赋似乎可以让强势也显得温柔，真是不可思议。

“滴答——滴答——”她就在雨水敲打玻璃的细碎声音里抬头看他，阴郁的天色使男人的轮廓看上去更深邃，他的手依然紧密地牵着她，彼此身体的距离还不足五厘米，呼吸都像要缠在一起了。

“到底要躲我到什么时候？”他像是要投降了，虽然是居高临下地低头看她，可语气像在请求她，“就真的跟我无话可说？”

她的出息可比原来大得多，过去怎么能受得了听他这样说话？他对她笑一笑她就要风雨无阻地朝他跑过去，眼睛亮得像是落满了天上的星星。现在却可以防住心里的震动，一个干泥土做的壳子把人套住了，冷啊热啊就都感觉得没那么清楚。

“不是早就没话说了吗？”她反问他，神情冷淡，只是说到句尾时声音微微有点打战，“原来就觉得我陌生了，现在跟过去更没有一点像，还说什么？”

什么话？到底是讽刺还是控诉？她是在拒绝他吗？还是在时过境迁后重新诉说当年的委屈，用这样的方式逼他哄她？别扭死了。

“可是我有……”他离她更近了一些，只差一点就要吻上她的嘴唇，高大的男人有宽厚稳健的胸膛，它就在近在咫尺的地方蛊惑她，怂恿她放纵欲望诚实地回到他怀里靠一靠，“我有很多话想跟你说。”

连绵的雨季再美丽也无法胜过他漂亮的眼睛，清澈的湖水似乎被岁月酿成了温暾的酒，百倍的醇香更容易使人心醉。她的委屈变得更多，甚至他对她越好她就越难过，此时又忍不住要对他露出獠牙，摆出坚硬讨厌的样子给他看。

“有意义吗？还能改变什么？我们已经分手七年了，现在谁还认识谁？你的话是说给谁听的？七年前那个尹孟熙吗？还是大一时候的尹孟熙？我已经变得更糟了，比原来还爱钱，比原来还偏执，还不如原来肯出苦力。我烂到家了——你确定要跟这样的我说吗？”

咄咄逼人，张牙舞爪。看上去那么歇斯底里，可眼眶却再次悄悄地红了。

他把她牵得更紧，掌心的温度再次攀升，简直就像当初在电影院初吻时一样滚烫，凝视她的眼神也一样专注，带着比过去更强的穿透力一眼把她看到底。

“是跟你说……”他回答着，好像上一场访谈还在持续，依然会对自己给出的每一个答案负责，“什么时候的你都可以，什么样的你都可以，你从没有什么不好。犯错的人一直都是我。”

骗子，大骗子！她快要被难以命名的情绪淹没，既想哭又想发脾气，厚厚的干泥巴壳子仿佛突然被他敲开一条缝隙，所有冷热都在一瞬间变得十倍清晰。

“可是我不想听你说。”她继续着过分的强硬，就算红着眼睛也要摆出吓人的气势，要让他知道她心如铁石，绝对没有任何一点被动摇的可能，“我不想再回忆起过去的事，不想再费力气去解一个解不开的扣子，不想再见到你，也不想再跟你牵扯在一起。你就去做你的学术，找你的青梅竹马，过你自己喜欢的生活。我也一样赚我的钱，做我的节目，过我自己喜欢的生活。分开七年都没说的话估计也不是一定要说的吧？那就不要浪费彼此的时间了，我们继续照原路往下走不好吗？”

又是不伦不类的话。前几句还像样，越到后面越是阴阳怪气，真正的决断哪是这样？听上去像怨恨他为什么不早点来找她，为什么让七年前的一切发生。

他要解释的，当时就想跟她说什么，她却挣扎起来，用力想要甩开他的手。他罕见地没有顺从她的意志，强势压过温柔，另一只手已经触碰到了她的肩膀，只差一步就要紧紧把她圈进怀里。

“丁零零——”她的手机响了，是一通微信语音电话，她没顾得上看是谁打来的，只趁他犹豫的时机抓紧逃出了他的桎梏，那一刻也不知道是轻松还是失落，复杂的情绪依然没有放过她，连她本人都不能读懂自己的心。

转身快步朝小红顶外走去，恰巧这时魏驰和小姚也都带着设备从剧场出来了，他没有机会再叫住她，预料之中的分别于是再次到来，世界被笼罩进一个无边的雨季，它的开端和结尾都让人无法看清。

别再下了。春天就要过去了。

3.

回台里的路上车内一直静悄悄。

仔细想想每次来A大都是这样，尹老师会变得特别沉默，像是进入了另一个不为外人所知的世界，那位肖老师大概可以出入，可她也不许他靠得太近，给出的态度也最特别，比平时更柔软也比平时更坚硬。

姚安琪坐在前面的副驾驶暗暗琢磨，又偷偷透过后视镜瞄了几眼，发现尹老师那张漂亮的脸依然绷得很紧，眼尾还有一点不明显的红，怪叫人心疼的。

她悄悄收回目光，下意识坐得更直了些，旁边开车的魏驰也是一路臭脸，气氛微妙得有些让人喘不过气了。

回到台里正好到了下班时间。尹孟熙先带着两个小朋友回了办公室，打算把今天拍的素材调出来粗筛一遍，刚走到工位上后期的小刘就过来了，说："孟熙姐，刚才节目中心来了个人，说孙主任请你下班前到他办公室去一趟。"

孙建彬？呵，他还真执着。

今天一大早就给她发了信息，她没回，刚才在小红顶的时候就又给她电话，看她不接干脆直接派人到她办公室来叫了。怎么的？脸都不要了？

尹孟熙冷笑一下，浑身上下的刺都竖起来，当时只说："谢谢，我知道了。"

传话的人离开了，魏驰的眉头又皱起来，说："那孙子找你干什么？我看八成没什么好事儿。你别去！"

姚安琪进台里的时间晚，还不太清楚她的尹老师和节目中心的孙主任具体有什么过节，此时听着魏驰夹枪带棒的话整个人都很迷茫。尹孟熙也不会跟她说什么，只淡淡应付了魏驰一句"没事"，转而说："那你们俩去做粗筛吧，拿不准的留着，我晚点看。"

说着随手从工位的笔筒里拿一支签字笔，随后背上包往办公室外面走了。

魏驰骂了一句脏话，在原地站了一会儿还是跑出去追上了她，黑着脸说："我跟你一块儿去，省得那人再不干人事。"

尹孟熙听言挑挑眉，看了他一眼，说："你忙你的吧，我自己处理就好。"

"为什么？"他却忽然炸了，情绪来得莫名其妙，"你的事我就不能管？那你要谁管？你那个肖老师？"

原来是吃醋。尹孟熙叹了一口气，明明已经没力气哄孩子了却还是要耐着性子安抚他，没想到这小朋友的脾气比她还大，又像机关枪一样继续突突突地输出：“而且你为什么要去？反正都从节目中心出来了，孙建彬还能怎么给你穿小鞋？他多大谱啊值得你这么买他的账？”

谁说不是？被欺负到底的人的确没什么怕的了，她惹不起总躲得起，今天就算不理他也没什么。难道电视台还有比人文纪实更边缘的岗？他总不能派她去物业烧锅炉。

“我已经不想再浪费时间跟谁周旋了。”尹孟熙的声音很凉，浑身的尖刺让她看上去有些难以接近，“他既然要找我，那就正好把该说的话都说清楚。总要有个了断。”

节目中心主任的办公室在25层，位置可比人文纪实这种倒霉频道好得多，尹孟熙坐电梯上去的时候还要先跟外面的秘书打招呼，要她打个电话进去请示才能获得进门的资格。

大概一刻钟以后孙建彬才同意让她进去，估计是对她这一整天都没回复消息的小小报复，她完全不在意，心里只觉得轻蔑，很快神色坦然地进了门。

他早就好整以暇地等在那儿了，一看她进来就从老板椅上站了起来，一边走近她一边说：“小尹来了？来，坐。”把她往大门另一侧的双人沙发上引。

她立刻起了一身鸡皮疙瘩，反胃的感觉就跟几个月前在酒店招商会那次一模一样，这次她已经没什么可失去的了，因此不必再忍着恶心跟他虚与委蛇。

“不用了主任。”她以无懈可击的职业性假笑面对他，眼底一片冰冰凉，“办公室还有同事在等我完成工作，您有什么交代就请直接说吧。”

多直白的拒绝，就差把“滚蛋”两个字直接写在脸上，孙建彬却既不生气也不着急，优哉游哉地点头说了一声“好”，接着重新坐回了自己的办公桌后，只有眼神还一直锁在她身上，像在看一个注定跑不掉的可怜的小猎物。

“人文纪实也这么忙吗？现在都需要加班了？”他装出一副诚恳关心她的样子，“老罗也真是的，一点儿不懂得怜香惜玉，净让你一个小姑娘挑大梁。”

多厚的脸皮。明明是他把她踢出局去坐冷板凳，现在还要边嘲讽敲打边假装宽大，做管理岗可真埋没了这位主任的才华，应该去当演员。

“谢谢主任关心。”她用跟他一样的虚假与他抗衡，“罗老师也教了我很多。”

“是吗？”孙建彬又笑起来，像是很为她感到高兴，“那就好，我原本还一直担心你会不适应那边的生活，现在看是我多想了。”

他顿一顿，又上下看了她一眼，露出沉思的神情，说：“不过你到底还年轻，最近我又考虑了一下，想着或许还是应该给你安排一些更有挑战性的工作。何主任过去也一直是这个观点嘛，多锻炼才能出成绩，年轻人不该过得太安逸。”

哦？尹孟熙心里的冷漠越积越多，其实这时候已经知道他要说什么了，可偏偏还是要装作不懂，就问：“主任的意思是？”

他也知道她是装的，她尹孟熙跟着何亚蓉在节目中心混的时候可没少跟人打交道，会连这点暗示都听不懂？

“小尹，我们也没必要兜圈子，干脆打开天窗说亮话。”孙建彬的耐心渐渐流逝了，中年男人浑浊的眼睛有种特殊的猥琐感，“《永不停步的我们》现在腾出来一个执行制片的位置，如果你愿意，我可以把你再调回来。”

“那不是晓婷的位置吗？”尹孟熙差点笑了，“她跟郑泽合作的时间可不短，跟在您身边也有一段日子了，现在怎么也要调岗？”

这话问得可不圆滑，几乎是直接把那些脏事说破了。她刘晓婷是什么人？但凡是个男领导都要勾搭一下，今天跟这个明天跟那个，两三年就从一个小编导混进了制片组，孙建彬现如今是睡够了她，所以要一脚把她踢开？

“你好像很介意她？”孙建彬眯着眼睛笑，似乎完全不为尹孟熙揭底的话感到难堪，说不准还把这当成了女人间的争风吃醋，觉得她是在拈刘晓婷的酸。

“这就没必要了小尹，你的能力比她强得多，只要肯干就一定比她出成绩。”

这话从表面上听并没有什么问题，可要是从另一个角度解释可要把人恶心坏了，屈辱的直觉一下从脚底蹿到头顶，尹孟熙感觉到自己心底正有种很暴烈的情绪要冲破束缚。

“感谢领导的赏识。”她的声音已经冷得快要结冰，“但我恐怕没她那么豁得出去。”

这回孙建彬是直接笑出了声，看她的眼神既包含贪婪又夹杂怜悯，继续说：“做事情的人可不能瞻前顾后，这个也舍不去那个也抛不掉，最后的结果只能是不断地错失机会。人的一生没有几次机会，错过了会抱憾终身，这些何主任都没有教过你吗？”

机会？什么机会？做他情人的机会？被人戳脊梁骨骂的机会？她正要反呛回去，孙建彬却已经从椅子上站了起来，长在那张丑陋脸上的色欲熏心的眼睛正一眨不眨地盯着她，每靠近一步其中的得意就更多一点，好像她已经成为他的人，要任他搓圆捏扁了。

“小尹……”他在离她两步远的位置停住，说话时的口臭已经能隐约被她闻到，“别犟了，何必呢？我都舍不得看你的才华被埋没，你自己就甘心吗？《永不停步的我们》说穿了还是你的心血，你就真能眼睁睁看着郑泽把它拿走？我愿意给你机会，也愿意看到你发展得越来越好，人在这个社会上都是相互帮忙相互支撑才能走下去，我相信等这次的事情结束了你也一定会感激我。”

说着他就伸出了自己短粗肥胖的手，接着以一种令人作呕的胜利者姿态贴近了她的手背，那坦然从容的样子好像是笃信她绝不会拒绝他，一定会像他之前拿下的无数猎物一样不闹不叫地任他宰割。

这是没道理的自信吗？不是的。他开出了很有诱惑力的条件——重回《永不停步的我们》意味着让她的事业发展重回正轨，只要节目爆了，现在困扰她的一切问题就都可以迎刃而解，财富会有，名声会有，在圈里的地位也会有，从大三那年开始拼命追逐的东西会一一变成现实，阶层跨越不再是遥不可及的梦。

这是她应得的。

她不该再忍受清贫忍受失意，为了得到成功她已经舍弃了太多东西，就连曾经视若珍宝的初恋都因此离她而去，失败的代价她承担不起，那会让她觉得自己奋斗的十年只是一场毫无意义的笑话。

改变一切的机会就在眼前。

只要别动、别挣扎，他要做什么就让他做，闭上眼睛心一横就当是被狗咬了一口，成年人的世界不就是这样吗？多少人这样做过了，她又为什么不可以？

“啪——”她却还是狠狠打开了他的手。

4.

多愚蠢的选择？谁听了都会忍不住嘲一句幼稚的，孙建彬甚至是有些可怜她，看着她的眼神那么轻蔑又那么冷漠。

“小尹，”他的声音也冷下去了，“你可不要敬酒不吃吃罚酒。”

“主任还想给我吃什么罚酒？”尹孟熙也笑了，神情间的冷漠不比任何人少，“难道咱们台里还有比人文纪实更冷的板凳？所谓的敬酒又是什么？把我调回节目中心？郑泽和刘晓婷是什么人我太清楚了，到嘴的肉他们一口都不会往外吐，现在找我回去是为了什么主任你真以为我会不知道吗？”

犀利的反问就像锋锐的刀子，被逼到墙角的兔子急了也要咬人，何况她早就在整整十年的职场沉浮中变成了满身铠甲的刺猬，不撕破脸只是为了保全最后的体面，却不代表她可以容忍别人把她当成傻子。

“你这说的又是什么话？”孙建彬的神情有一瞬间的变化，带一点警惕又带一点试探，“找你回来当然是信任你的工作能力。”

“是吗？”尹孟熙笑得更加讽刺，那一刻她是无所畏惧的，“不是节目本身出问题了吗？”孙建彬的眉头狠狠一皱。

“我最近可听到了一些风声，从第三方合作公司那里传出来。”她毫不畏惧，依然平平静静地陈述，“外景经费不足，给的酬金还不够做设备加固，这个窟窿大概不小吧，郑泽把钱挪到哪儿去了？哦，当然也可能不是郑泽。”她微微一笑，在孙建彬越来越阴沉的脸色中继续分析，“现在被推出来的是刘晓婷，那么这个锅就默认由她来背了？您和郑泽未免也太心狠，这么多年了，她没有功劳也有苦劳。”

轻飘飘又带着调侃的语气，偏偏说的话尖锐得要命，孙建彬真是恨死了这种腔调，只觉得她是学何亚蓉那个老妖婆学到了骨子里。

“小尹，人说话可是要负责任的！”他的声音猛地拔高，似乎是想用领导的威严震住她，“你想暗指什么？”

暗指？用暗指？当初她尹孟熙因为没有配合性骚扰而被一脚踢出了局，《永不停步的我们》那么大一块蛋糕凭什么偏偏就会掉到郑泽碗里？等着抢饭吃的制片人多了去了，孙建彬为什么单单买郑泽的账？要说这两个人之间没有不正当的金钱交易谁信？

现在也是一样吧？招商拉来的资金被郑泽吞掉了不少，而他必然不敢吃独食，大部分肯定还是乖乖向上进贡给孙建彬，预算不足的后果是什么？合作的第三方就是最大的冤大头。比如写剧本的小编剧，付个百分之二十定金就好，后面的钱欠了就欠了，今天拖一拖明天拖一拖，做内容的行业也不景气，为了维持和电视台的合作只能打落牙齿和血吞，剩下的钱不要了就变成一笔烂账，缺口不就有了？

现在郑泽怕事了，也或者是孙建彬怕项目会出什么纰漏，所以着急忙慌地要拉一个人入局垫背。

他们都是什么东西？踏踏实实做过几档节目？那个刘晓婷连编导都只马马

虎虎做过两三年，她尹孟熙却是真刀真枪跟着何主任一步一步从实习生做起来的，孙建彬现在就是看上了她的能力，要让她在经费不足的情况下重新把这个盘子护住，为了怕她疑心还特意再提出潜规则这档子烂事，一样货卖两个价，脏得脸都不要了。

“我没什么想暗指的，只是希望领导不要把我想得太蠢。”尹孟熙沉下了脸，曾经让她在初恋面前显得狰狞丑陋的獠牙此刻也在稳妥地保护着她，“我的东西你们要抢走可以，当初保不住它是我自己手段不够强，但是把饼折腾成锅再反扣回我身上就恕难从命了，我在这个行业也做了十年，总不会是打不还手骂不还口的废物。”

前所未有的强硬。她原本不是这样的，细声细气的小实习生曾经又软又乖，即便被欺负了也会小心隐忍，哪敢随便开麦跟人家呛声？现在她却不打算再忍了，出色的资历是她叫板的底气，真要鱼死网破闹到台长那里也无所畏惧，除此之外今天始终纠缠她的回忆也在顽固作祟，尖叫着要她发泄所有痛苦和委屈，否则就会被掐住脖子活活憋死。

“小尹啊，你真是想得太多了……”孙建彬的态度软下来了，也许已经察觉到她是一块难搞的铁板，狠踢的结果只能是两败俱伤，“那都是你自己瞎琢磨出来的，其他人都没有这么想嘛。我早就说过非常欣赏你，台里的领导也都很相信你的工作能力——这样，你还是先回节目中心来，《永不停步的我们》的事情我们可以再聊。”

再聊？原先不是二话不说就要把她的一切拿走吗？现在怎么了？遇到麻烦然后想到她了？终于肯承认她是最优秀的，只有她能替他们收拾这个烂摊子？

她又想起当年何主任跟她说过的话——“领导要的只是结果，过程怎样从来都不重要”“想让自己过得舒服方法只有一个，就是默默把事情做到最好”“等你足够重要了，剩下的就都是好东西了”。

“谢谢主任的好意，”她眼中的寒冷依然没有消散，甚至变得更加凛冽，“但我目前还没有要回去的计划。”

你当我是什么？招之即来挥之即去的哈巴狗？你们不需要的时候一脚踹翻我的饭碗，现在需要了我就得巴巴地回去给你们善后？

“就让郑泽自己为自己做过的事情负责吧，难得抢到一块蛋糕，就让他试试自己能不能吃得下去。我对现在的节目中心也没有什么迷恋，或许您之前说得没错，我的确太累了，需要休息一阵子。”

她清清淡淡地说，几秒钟内就让一笔潜在的惊人财富从自己指缝间溜走，遗憾的虚无感令人难以招架，可不知道为什么她也感到一阵撕心裂肺的痛快，破坏导致残损，幼稚却又偶然招徕自由，无形的锁链似乎被隐隐破开一个缺口，赋予她一点点逃出生天的可能。

她不想再聊了，于是转身要走出办公室，被她丢在身后的孙建彬却似乎破了大防，大概仍不能接受自己被一个下属这样“忤逆”了，跳着脚大声叫嚣：“尹孟熙我警告你！今天你只要走出这个门往后就别想再回节目中心！我会让你在人文纪实待上一辈子！”

一辈子？听起来可真吓人，但其实也都无所谓了。

我还有什么可以失去的呢？不如……让我帮自己喘一口气吧。

走进电梯按下“1”层按键的时候外面还在下雨。

很大，比几小时前在小红顶时更大，一人多高的观光梯玻璃只是一个小小的窗口，在那之外的广大世界全都沦陷在一场漫无边际的阴雨中，春日的旧疾似乎十分顽固，过重的湿气积累久了总会伤筋动骨。

她已经感到一点疼，从25层一路向下的感觉就像对雨水坠落的忠实仿真，不同的点仅仅是她没有同伴，孤独地凝结又孤独地落下，最后掉在地面上孤独地蒸发。

“叮——”电梯到一楼了。

她面无表情地走出去，晚上六点的电视台大厅依然还是灯火通明人来人往，没有人知道她花了多大力气才好不容易走到这里，就像没有人知道她在几分钟之前放弃了多少唾手可得的利益，某一刻她忽然不知道自己应该去哪里，胜利与惨败之间的失重感正在试图把她撕裂成两半，她必须很努力才能维持表面的得体，不要让周围经过的同事看出她的动摇和麻木。

这样，还是先回家。

她的大脑一片空白，疲惫的一天已经耗尽了她所有的精力，她甚至没有力气到地下车库把自己的车开回去，想了半天还是决定打开软件叫车，边操作边往大门外走，偶然抬头时却在连绵的雨幕中看见一个熟悉的人。

他撑着伞站在雨里，全世界的光和影都沦为陪衬，聒噪的雨水似乎也在一瞬间温柔起来了，无关紧要的场景也充满故事性。时光本身毫无意义，至少远比不上他深邃的目光来得令人着迷，幽深的山谷就该隐匿沉静的湖泊，那一眼雨声潺潺是他，山水迢迢是他，全世界的悲伤与欣喜都是他。

她没有反应，只是愣愣地看着，某一刻觉得他异常陌生，根本不该出现在这里，过几秒又觉得他很熟悉，本来就应该出现在这里，弯弯绕绕来来回回，就像暧昧的初恋一样含混不清，她大概终归是个不成器的人，无论过去多久都还要沉沦在他丝丝寸寸地温情里。

他向她走近了，雨水伴随步伐不断顺着伞的边缘坠落，每一步都像是确凿的命运。

绕开很多路也还是你，错过许多年也还是你，被他紧紧抱进怀里的那一刻她终于还是哭了，有比平时多一百万倍的安慰和松弛，也有比平时多一百万倍的伤心和委屈。

——你还来做什么呢？

我都已经一个人走了这么久，我都已经接受了要永远失去你的现实。

——可你来的时候我又如此欣喜。

就像迷路的兔子终于在偌大的纸牌迷宫里找到唯一一盏亮起的路灯，就像脱轨的火车终于在冰冻的荒芜原野上发现唯一一座指路的界碑。

就是这样……荒唐地爱你。

5.

上次一起淋雨是什么时候呢？

好像都过去很久了。她还记得那个夜晚，游乐园里的烟花异常璀璨，地铁站外的夜雨也格外执拗，黑暗中他给的拥抱和亲吻像是直接烙在人的灵魂上，转眼这么多年过去也还是让她念念不忘。现在也没什么区别，真要说的话也就是地点从他学校外的房子换成了她的出租屋，照顾人的依然是他，作为客人还去找了干毛巾为坐在厅里沙发上的她擦湿掉的头发，动作缓慢而轻柔。

“冷吗？”他声音低低地问，“要不要去换件衣服？”

厅里只开了一盏落地灯，光线有一点昏暗，她半垂着眼睛避免与他对视，却能看到他说话时微微颤动的喉结。

“不用。”她闷闷地摇头。

他好像叹了口气，是她很熟悉的那种无奈，小小的沉默在两人间发酵，平静的海面下压抑着剧烈的情绪起伏，他们都知道的，可又都不能立刻把它说破。

“出什么事了吗？”他在离她很近的地方问，气息温热如同热恋时的耳语，“你看起来……很让人担心。”

担心？他还会担心她吗？

她的睫毛颤了颤，眼睛缓慢地抬起，昏黄的灯光映照着他过分英俊的脸，青年变成更成熟内敛的男人，冰凉的雨水还在顺着他的黑发一滴一滴落下来。

“没有。”她继续摇头，看着他的眼睛却越来越红，主动的倾诉永远不可能出现，可真说要藏其实又完全藏不住。

他都知道的，心跟眉头揪得一样紧，爱人的眼泪是冲垮理性的洪水，他过去就知道它有多么厉害，现在则进一步知道它的保质期有多漫长。她又被他搂进怀里了，潮湿的衬衣也遮蔽不住他怀抱的温热，悬浮的世界再次悄然降落，她知道有人正在试图接住自己。

“我很抱歉……”他在她耳边说着，近得几乎就要吻上她的耳垂，致歉本身却是没来由的，她也知道自己从头到尾都没有被亏欠，可这不妨碍她哭得更凶，也不妨碍她对他宣泄情绪。

“为什么要跟我道歉？”她甚至是在质问他，像一个考试倒数的学生在质问老师，“你又没有什么错。”

没有吗？不是的。过去他也以为没有，后来却渐渐意识到自己需要为这场初恋的失败负多少责任。

他们之间主动付出的一直都是她。跨专业去选文学院的课，在剧社辛辛苦苦帮剧务的忙，放弃团委竞聘跟他一起做挑战杯……他却只是一直默默地接受，最开始是在图书馆默默接受她隐晦的注视，后来又在剧社默默接受她小心的靠近，即便在一起之后他也不够主动，所以那一年她才会紧张地自己从家跑回学校，一到他身边就忍不住委屈地哭出来。

他本该知道她的不安。他们开始的时机不够好，女孩子的秘密在众目睽睽之下被那样残忍地捅破，她的内心该有多局促多伤感？他却没有把她保护好，明明知道她会经常刷学校那个莫名其妙的论坛，却没能理解这个行为真正反映的是她对他人目光的介意，他比屏幕后那些没有姓名脸孔的人离她更近，理所当然会对她造成更大的伤害。

最错的就是这一点，当初他们在她实习的问题上有分歧，他对她说了一句很残忍的那句“你怎么会变成这样”。这算什么？他有什么资格评判她的选择？

“这样”又是什么？简单的两个字却带着鲜明的价值判断，当他这么说的时候就已经不自觉地摆出了一个居高临下的姿态，好像她犯了多大的错，做了多荒谬的选择，其实她只是做了自己一直想做的事情而已。

努力实习有什么错？难道学术就一定比其他工作纯粹高贵？即便真的是一心追求金钱又怎么样？一种生活方式而已，所有选择都应该是平等的。他看她的那种陌生的眼神一定狠狠伤害到了她，所以之后她才越来越多地回避他的注视，最后甚至没有办法再跟他交流沟通。他太粗心了，同时也太专断太狭隘。

“我应该知道的……”他搂她搂得更紧了一些，声音也像淋过雨一样潮湿，“你一直都很累。我让你很孤单对吗？从来没有理解过你的选择，也不知道你有多努力。我以为我不会让你感到不安的，可实际上在不停地犯错……我伤你伤得很重。”

他真的没变。

或许极致的温柔就是这样，它不仅意味着柔声细语温文尔雅，而且更意味着强烈的责任感，似是而非的错误也要确凿地承认，他似乎执意要把她变成一个清清白白的受害者，而他则要笔耕不辍地给自己写下一份满满登登的罪状，最后毫无怨言地在上面签字盖章。

可明明不是这样的，明明做错事的人是她。

让她感到不安的从来都不是他，而是她自己心底的卑怯和偏执。她也知道安全感无法由他人赋予而仅仅只能依然自己争取，所以当初才那么拼命地出去实习，以为金钱是可以保障一切的基底。

可她错了。

金钱没有那么了不起，自卑也没有那么容易战胜，真正笃信自己的人即便不依靠任何外物也可以光彩夺目地站立在一片混杂的生活里，而自卑的人即便腰缠万贯也还是会被其他偶然的因素轻易击溃。

她从一开始就做错了，错得彻头彻尾，错得荒唐不经。

“不是这样的……”现在她只会摇头了，滚烫的眼泪和从他发梢坠落的冰冷的雨水混在一起，奇怪的矛盾和温情，“你不应该对我道歉，犯错的人是我。我一直喜欢你，又觉得不配跟你在一起……当初在火锅店她们把我的日记本抢走我觉得很难堪很羞耻，可是后来又觉得多亏出了这么一件事，否则我可能一辈子都没有胆量对你说我喜欢你。在一起之后的每一天都觉得自己在占便宜……我听别人说你家里的条件有多么多么好，却怕得根本不敢问你具体的情况，因为我知道我配不上，我太普通了，我什么都没有……吵架那天我说谎了。真的，我不是那么爱钱的，我只是想努力变好一点，不想被你的家人嫌弃，也不想被周围的人看不起。我对你说我不喜欢写论文不喜欢做挑战杯也都是假的，我其实喜欢的，我只是……"

只是什么呢？她说不下去了，情绪失控的结果是眼泪决堤，颠三倒四的言语本身也很难被人理解，他却好像都听懂了，搂住她肩膀的手收得越来越紧，好像是在心疼她，也好像是越来越深爱她。

"小熙……"他低声叫着她的名字，顶级文学院最年轻的副教授也会在情绪剧烈起伏时语塞，初恋的意义永远不可能局限于爱情本身，它是时光的一部分，以最强烈的方式在生命最璀璨的地方留下印记，告诉你你一生都不可能遗忘那个人带给你的跌宕四季。

她也不在乎他是否是语塞，分别的七年是沉默的七年，此刻滞留的坦诚终于在时过境迁后找到了宣泄的出口，她没办法再收束它们，只好放任它们横冲直撞肆意妄为。

"我只差一点点就成功了，真的只差一点点……我可以靠自己在这个城市留下来，可以靠自己买到房子。我可以做得很出色，可以让很多人知道我的名字……我真的很努力了。我只是运气不够好……"

又变成孩子气的话，像考试没考好的孩子委屈地对家长倾诉，不是我没有努力，是考试的时候铅笔断了，是放听力的广播声音不清楚，是坐在旁边的同学一直干扰我……他都知道，即便她只说这么短短的几句也还是可以想见这些年她的辛苦，执着的女孩子总是喜欢把自己逼到极致，好像松一口气都是犯罪。

"我知道。"他轻轻抚摸着她的头发，就像第一天在一起一样谨慎又克制，沉淀的珍惜却比之前任何时候都深厚，那是过往的经历赠予他们双方的必然遗产，"你已经做得很好了。"

谁说不是？真的已经很好了，只是这么多年都没有人对她说过这句话，结果导向是最公正残酷的准则，"成功"之前的一切努力都好像是毫无价值的。可事实根本不是这样，人走出的每一步都有意义，她也不是非要得到怎样夸张的赞扬，只要有人能跟她说一句"你已经做得很好了"就可以。

他知道她需要的是什么，曾经亏欠的陪伴和抚慰此刻都兑成百倍的温柔还给她，窗外缠绵的雨声远不如他的耳语令人着迷。她在朦胧的泪眼里勉强抬起头来看他，只能依稀在昏黄的灯光中看到对方深邃沉静的目光，青年时代的湖泊似乎已经不足以匹配它，那里已经有如同“海上生明月”一般开阔和柔情。

“小熙……”他又在叫她的名字，独特的称呼也像海浪一样冲击着她的心。她可以是很多人，在闵瑞口中是“嘻嘻”，在孙建彬口中是“小尹”，在姚安琪口中是“尹老师”，在魏驰口中是“孟熙姐”，只有在他这里是“小熙”，是一个被看破了所有伪装的没有底牌的人。

他就那样硬生生将苦涩和甜蜜融为一体，又以温热的呼吸告诉她缠绵的春日仍在藕断丝连般延续。

第十八章
她的蝴蝶骨

1.

狂热的激情也在同一时刻降临。

滚烫的眼泪被爱人一一吻去，汹涌的海潮早已不容分说将她吞噬。她早说过自己是不会游泳的一条鱼，当初坠进一片无风的湖泊都几乎要被溺毙，如今漂浮在浩瀚的海面就更不可能逃出生天。

他将她狠狠扯了下去，成熟的男人散发着几乎致命的吸引力，有力的手臂紧紧环着她的后腰，灼热的掌心又一寸一寸抚摸着她的后背，被雨水淋湿的衣服是助长情欲的帮凶，弥漫的水汽使一切感官都被千百倍的放大。

亲吻导致迷乱，她不是败给他而是败给自己对他的渴望，身体像有自己的意志一样自动接受他的所有亲昵，手已经在无意识间紧紧攀上他的肩颈。他的头发又冷又湿，直到此刻还有雨水偶然滴落在她的脸颊，某一刻忽而天旋地转，她被压倒在了沙发上，灾难般的海啸向她疯狂席卷，除随波逐流外根本没有第二种选择。

他从没有这样吻过她。

即便是最情浓的时候也都透着节制，现在却好像突然不管不顾了，她却发现自己痴迷于这种强硬，当他啃吻她的脖颈时连指尖都感到阵阵的酥麻。粗重的喘息是脱轨的先声，明明还有很多话没有说清楚，身体却已经渴望先一步倾诉对对方狂热的爱恋。

动人的曲线在被爱人贪婪地占有，她在神魂颠倒中伸手抚摸他的胸口，结果是被对方早已失控的心跳一下一下狠狠地撞击掌心。更强烈的欲望就在此刻升腾而起，她已经忍不住要去解他衬衣的扣子，胡乱扯开一点就看到对方不停上下起伏的喉结，他撑在她身侧的手臂似乎僵了一下，接着那双滚烫的手就越过衣服触碰到了她……

“咔嚓”“啪嗒”——

门口忽然发出响动，刺眼的灯光也在同一刻亮起。

“尹嘻嘻，你回来了吗？”闵瑞的声音从玄关处传来，风风火火热热闹闹，“我买了肥牛和甜不辣，咱俩今天晚上涮火锅吃吧？这怎么一地的水，你把外面的鞋穿进屋里了？你……”戛然而止。

尽管尹孟熙已经在听到声音后第一时间把肖至推开并迅速从沙发上坐了起来，可暧昧的痕迹却不可能在短短几秒钟内完全消除。凌乱的头发、粗重的呼吸、被扯开的衣领，仿佛被捉奸一样惊慌失措的表情……

她都来不及找个沙发垫遮挡掩饰一下，闵瑞就从门口走进了厅里，揶揄的眼神刚在她身上扫了一圈就又看清了刚刚从她身上起来的肖至，调侃于是变成震惊，见多了大风大浪的闵姐也禁不住要瞠目结舌。

“肖、肖学长……”

这个场面有多尴尬呢？基本就跟当年尹孟熙在男朋友家意外遇见他妈妈差不多了。她臊得浑身上下都在发热，过一会儿又听到坐在自己身边的肖至咳嗽了几声，同样难掩尴尬地回说：“……你好。”

闵瑞这时也后知后觉地局促起来，终于意识到自己不该继续留在原地破坏人家旧情人干柴烈火，一边秉承着“不看白不看”的务实思想好好欣赏了一遍肖学长已经被解开四颗扣子的绝美肉体一边缓慢而尴尬地向后退着，嘴里还说：“那个我、我先回房间了。你们继续，你们继续……”

什么继续啊！尹孟熙脸热得可以直接煎鸡蛋，只觉得自己这辈子都没脸见人了，低着头一个劲儿抠手指，听到闵瑞关了房间的门也还是不肯抬起来。突然中断的激情其实还散发着暧昧的余韵，只是此刻两个人都很难让它光明正大地延续，肖至又咳嗽了一声，沉默了几秒钟后又伸手轻轻拍了拍她的后背，低声问：“你的房间是哪一个？”

啊？这个问题，他是要……

“不、不行！”她着急得一个劲儿摇头，刚刚经历过情动的眼睛还是水润润的，“这个房子隔音很差……”

什么话。他听了一愣，才知道她误解了他的意思。他只是想让她回房间换一件衣服，并不是要跟她……

这个反应也让她明白了他的意思，尴尬于是立刻翻番。什么呀，那不就显得她很……

“我不是那个意思。”这次她连脖子都红了，人在沙发上缩成更小的一团，“我没有想……”

他好像笑了，声音又低又轻，修长的手臂再次环上她的后腰，缠绵的亲吻也再次落到她的唇上，欲望的气息以远超过她预计的速度卷土重来，恍惚间又听到他在她耳边叹气。

“是我想……”他在亲吻她的耳垂，另一只手则在轻轻抚摸她烧热的脸颊，“很想。”

这算什么。勾引她？

他好像也知道她很爱他，更清楚自己的眼睛有多让人着迷，所以他要一直凝视她，用充满蛊惑性的深情引诱她无限沉溺。她也的确无法抗拒，轻而易举地坠入他潦草编织的欲望陷阱，被深吻时又听到他问：“去我家？”

多么假惺惺的提问，明明在她回答之前他就打横把她抱起来了，男人的怀抱是惊涛骇浪中仅剩的礁石，她能做的只有紧紧搂住他的脖子，在一片混乱的气息中与他不顾一切地私奔。

去哪里都可以的。我只是想……跟你在一起。

天知道那天他们是怎么回到他家的。

他开的车，一路上快得吓人，激情把两个人的脑子都烧坏了，甚至连在等红灯的时候都会乱七八糟地吻在一起，手一直紧紧地牵着，彼此的掌心都出了一层热汗。

外面一直在下雨，她混乱得连被他带到了哪里都不清楚，只大概知道不是过去那个学校附近的家属楼。从地下车库一进电梯他就把她锁在角落里吻，强势的状态把人逼得腿软，一进家门就更过分，黑暗把一切关于欲望的歹念都撺掇得无限放肆。

“肖至……”不知道从什么时候开始“学长”又变成“肖至”了，分手的时候倒退得那么艰难，现在变回来却又好像很容易似的，也许在她这里他从来都不是什么“学长”更不是什么“肖老师”，仅仅是她喜欢的男孩子，是她柔情似水的恋人……是她的肖至。

他好像听到了又好像没听到，给予她的拥吻还是那样热烈，被抱到床上的时候她再次被属于他的气息包围，极致的心安与惶恐又在同一时刻造访，她觉得自己是世界首富又好像即将倾家荡产。

被占有前的那一刻她哭了，难以解释的眼泪从眼角滑落到他的手背，疼痛的感觉同时留在两个人心上，他们都很明白又其实都不明白。他轻轻为她擦去眼泪，呼吸比窗外的雨声更朦胧，时光的迷宫就在这一刻交叠，让她想起很多年前那个同样美丽的雨夜。

“对不起……”他又对她道歉，触碰她的每一个动作都小心翼翼，好像一不注意就要把她弄碎了。她却只是摇头，表面上好像很宽容博大，其实又一直在用眼泪这种刻薄的工具惩罚他。

“我喜欢你。”她还要用这样辛酸的告白往他身上捅刀子，“一直喜欢你……”

多狠，已经让他流血了，更糟的是记忆中那为数不多的几声“喜欢你”也都像凑热闹一样一起跑出来折磨他，提醒他她的每一次告白都是带着眼泪的。

“我知道。”他已经输到任她宰割，不知道怎么做才能把过去那些斑驳的痕迹都抹去，原来初恋真的可以晦涩到这个地步，即便已经过去这么多年也还是让人无法破解。

“我爱你。”

什么是爱情呢?

本来以为可以放下，可实际却是在七年的分别中一次一次反复想起，最开始的遗憾强烈得刻骨铭心，后来渐渐也被岁月冲刷得淡了痕迹，我以为一切就会这样平淡地结束，可一旦再见到你之前那些虚假的疗愈就立刻失去意义。

我还是想跟你在一起，只想跟你在一起。

你可以不知道很多事，比如当初那个 C 其实并不是我给你打的，比如我曾在分手后的第二年去找过你，比如我每年还是会在初一的第二分钟给你早已不再使用的 QQ 发一句“新年快乐”……

细碎的东西不用一一去讲，就像你也有很多事不会告诉我，比如那把你专门去买可是却谎称是同学的伞，比如那些明明已经打通可又中途挂断的电话，比如更多直到此刻我还被蒙在鼓里的你独自忍受的委屈。

可是有些事情你要知道的。

我用像你一样审慎的方式在喜欢你，很多年前就已经过深思熟虑，平淡的生活无非都在自我重复，总有人要依靠不断的刺激才能坚持走下去。可我不是这样，只要你在我身边的时候眼睛还是明亮的，我就认为我们的生活依然每天充满惊喜。

她像是哭得更厉害了，亲吻他的嘴唇都在颤抖，炽热的情潮不停起伏涌动，初恋的归宿或许就是防备重重又戒心全无。他一直在哄慰她，在她的抽泣声中夺走她的一切，又给她，他的所有，她会偷偷怨恨那虚假的温柔，又被它背后真实的坚定征服得彻心彻骨。

持续的动荡之中只有窗外的夜雨还在恒定地下着，春日的低语就像是她难耐的呜咽，一百一千个晨昏过去也还是缠绵悱恻，寒冷和温暖全在一线之间，或许那就是春雨最令人着迷的地方。

你听到了吗？它说我爱你啊。

2.

床头柜上的台灯亮起，深夜的卧室显得特别静谧。

空调开了暖风，她却还是觉得有点冷，柔软的被子一直裹到肩膀，要窝在他怀里才会觉得好一点。

“还冷吗？”他低声问，温暖的手心在她裸露的肩膀上轻轻摩挲，“把空调再调高一点？”

她没说话，只摇摇头，侧脸贴在他的胸口，暧昧的慵懒。

他忍不住又要低头吻她，激情刚刚褪去，此时的亲昵仍然危险，她就轻轻伸手推了推他，有些含糊地说：“我累了……”

一半抱怨一半撒娇。

他更心动，但还是顺着爱人的意思放开了她，两人的额头抵在一些，呼吸都是情迷。

“那睡吧……”他轻轻摸摸她的脸颊，怜爱的味道已经不能更明显，“关灯？”

这回她点头了，人还是很安静，只是当他坐起来背过身要去关灯的时候有了一些反应，眼睛一眨不眨地盯着他的蝴蝶骨看，一直缩在被子里的手也忍不住伸出来轻轻摸了上去。

“啪嗒。”正好灯在此刻关上了，房间再次陷入一片黑暗。

他察觉了她的动作，语气有些犹疑：“小熙？”

好像又打算重新把灯打开。

“别……”她却阻止了他，手还在他的蝴蝶骨上流连。

“别开灯。”他依然顺着她，不仅没开灯，而且还保持着背对她的动作任由她触碰，并不知道她那时又想起了七年前他们分手的时候，她坐在教室后排看他的背影，漂亮的蝴蝶骨是不大不小的阴影。

她正试图把不好的记忆抹掉，也可能仅仅只是在怀想过去，几分钟之后才平静下去，手也重新缩回被子里。

“好了……”她有点笨拙又有点别扭地小声说。

身边的男人重新转过来，再次伸手轻轻把她搂进怀里，黑暗中他们就像在梦里一样亲密。

“怎么了？”他低声问她，若有若无地吻着她的额头，“在想什么？”

她才不要说，用沉默闹着奇怪的小脾气，幸而他很了解她，就算摆出一副叛逆的样子实际上也还是很乖很柔软，只要追问的时候多加一点诚恳和严肃就会好好对人坦白。

“我们不要再彼此隐瞒了好吗？”他很高明地用自己熟悉的方式劝导她，一点一点把他们的关系推回过去，“七年已经够久了。”

很认真的语气，还带一点伤怀和叹息。

她果然感觉心被戳了一下，好像再隐瞒就是罪大恶极，犹豫了一会儿终于还是妥协，有点零碎地说：“没什么……就是想起以前……”

“以前？”他循循善诱。

“以前上课的时候，还有在图书馆……”她是老实巴交的三好学生，老师问一句她就答一句，“我一直看你的背影。”

“分手的时候也是。你坐在前面跟其他女生说话……还有唐霏……”

……

乱七八糟。

她开始怪自己没章法，怎么一到他跟前就变得这么奇怪，说完以后房间里又静默下去，他很久没说话，不知道是不是觉得她既矫情又麻烦。

她不想再面对，就裹着被子翻了个身，刚转过去他就从身后抱住了她，怀抱很暖，两人的体温又变成相同的。

“以后不会了。”他最会骗人，每说一个字都让人更死心塌地，甚至还会亲吻她的后背，好像对她的迷恋也跟她对他一样多，“我们结婚吧。”

啊？简单的五个字飘散在空气里，被空调的暖风一吹又飞得到处都是，她人都僵住了，像被施了魔法一样一动不能动。偏偏他还在吻她，从耳后到脸颊，不知道什么时候她又被转回去直面他，亲吻落在唇上，共享同样错杂的呼吸。

“尽快见一下父母……”蛊惑的话语就在她耳边，“然后就定下来好吗？”

好吗？他过去也常这样问她，表示征询的措辞显得特别尊重人，好像决定权都在她这里；现在他的方式也没变，可她却莫名觉得这种询问只是一个形式，实际她怎么回答都不是很重要。

“我……”她有点慌了，“我们……”

“怎么？”巧妙的追问就像施压。

“太快了……”她硬着头皮回答，也难为在这种被吻得神魂颠倒的时候还能保持思考，“结婚应该要很慎重。”

他们毕竟已经分开了七年，漫长的时光足够改变很多事，他们都不知道彼此经历过什么，又怎么能依靠这种半生不熟的关系走入婚姻？

“我们还不够慎重吗？”他却叹息着反问她，温柔包裹着强势，“都已经这么久了。甚至之前我一直在想，假如那时候我们能再草率一点，是不是就不会走到分手那一步？”

啊，这……她不知道该怎么接了，人总不能去假设什么，否则遗憾和伤感就会跳出来瞎折腾。

“还是之后再说吧。”她只好僵硬地回避闪躲，“慢一点。”

他又沉默下去，黑暗中她看不清他的神情，只是直觉他应该在沉思。

“让你担忧的点是什么呢？”果然他又问了，像做学术一样由表及里，抓住一个小点不断向下挖，“你觉得我变了？”

他？当然不。消极完美主义者永远都是觉得自己有问题，她现在也只是不确定自己是不是准备好了。

当初分手是为什么？不就是因为她自卑？既有的条件不足以相互匹配，失衡最终导致下坠。现在又好到哪里去呢？她刚刚拒绝了孙建彬的提议，《永不停步的我们》已经不可能再做，节目中心也很难再回，如果真的在人文纪实耗上若干年，她的事业又要等到什么时候才会有起色？

她不知道自己是不是已经足够坚强，不依赖这些外在的标准也可以坦然地跟他在一起。

“我困了……”于是还是搪塞他，逃避这种向下的事做起来总是很容易，“想睡。”

他已经懂了，知道她介意什么也知道她在躲避，她该庆幸那时候时间已经很晚，否则他一定不会那么容易搁置沟通，黑暗中男人的声音更加低沉温热，她感到他又在自己额头上落下一个轻轻地吻，被珍惜的感觉充盈到有些奇异，过几秒又听到他说：“好……晚安。”

晚安？又是一个久违的词。

她有点恍惚，不真实的感觉又强烈起来，比起松一口气她心里更多的还是感慨，不敢相信这个人又回到自己身边了，像过去一样紧密地拥抱她，又像过去一样柔情地在她耳边说“晚安”。

“晚安。”她努力忍着眼泪回。

可……这真的可以睡得着吗？事实证明她的心比她自己以为的要大得多。

她不仅睡着了，而且一整晚连个梦都没做，一口气睡到上午八点多，要不是有电话打进来手机一直狂响，估计还能继续睡。

迷迷糊糊地想找个东西遮耳朵，摸了半天也就摸到了他的手。他叫了一声她的名字，大概早就起来了，声音已经很清醒，帮她把手机从床头柜拿到手边，又提醒她：“是你妈妈打来的。”

她困得眼都睁不开，窝在他怀里动也不想动，朦胧间也不是很搞得清状况，都没来得及反应自己是睡在哪儿了就胡乱拿过手机按开免提，闭着眼睛含含糊糊地接：“喂？妈……”

“熙熙？你还在睡觉吗？”尹妈妈的声音从电话那头传过来，嗓门特别高，“今天不是周五吗？你不用上班？”

打从节目中心离开以后尹孟熙的时间观念就没那么强了，人文纪实也没几个准点打卡的，晚到十几二十分钟不是什么大事，她就随便应付了一句，意识还没完全清醒。

“行行行，你多休息休息也好。”尹妈妈叹着气，转头又安排起来，“不过饭还是要按时吃的。早饭吃了吗？午饭打算什么时候吃？”

“没呢，一会儿吃。”尹孟熙难受地揉揉头，又往身边男人怀里钻了钻，“午饭12点以后吧。”

“好，那你记得把午饭时间空出来啊！”尹妈妈的兴致听起来很高，“你彭阿姨人好，又帮你找了一个男孩子，在企业里面做工程师，很体面的……”

啊？尹孟熙本来舒舒服服地躺在肖至怀里，温柔的男人还一直轻轻抚摸着她的头发，听到这里动作却忽然顿住了，另一只搂在她腰上的手也微微收紧。她一个激灵瞬间清醒，一睁眼就对上他难得没有什么笑意的眼睛，尴尬的感觉再次冒出头，她觉得气氛有点不对劲。

“熙熙？”尹妈妈可不知道自己女儿此刻微妙的处境，还在电话那头着急地喊人，“你听见没有啊？我告诉你这次可不能再耍性子了啊，前几天那个做金融的都跟你彭阿姨告状了，说你跟另外一个年轻的小男孩儿关系不简单。唉，那个孩子是谁啊？做什么的？认识多久了？能不能处处看？”

尹孟熙一边听着妈妈层出不穷的盘问一边眼睁睁看着肖至的神情越来越不对，大清早摊上这种事未免过于刺激，简直就像台里的直播事故一样挑战心脏，她扛不住就把免提关了，手机贴到耳边小声说：“妈，我不去，我、我今天特别忙，中午有会根本走不开。”

当面扯谎十分熟练，脸不红气不喘，完全就是一只学坏的小兔子。

那边尹妈妈好像还在表达不满，她马马虎虎支吾两句就说急着起床上班把电话给挂了，抬头的时候发现他还在看她，神情严肃得像抓到学生作弊的老师。

所以我刚才为什么要开免提？尹孟熙有些沉痛地想。

3.

吃早餐的时候气氛依然很微妙。

他当然是不会对谁摆脸色的，对她尤其温柔体贴，在她洗漱收拾的时候简单做了一点早餐，麦片粥、吐司煎蛋、热牛奶。她赶时间吃得很匆忙，也没来得及仔细参观他的房子，只大概知道挺新的，是那种少说一平七八万的高档社区，装修还是熟悉的黑白灰，简单大方。

“一会儿我开车送你，”他看了她一眼，大概想劝她吃慢一点，“不用着急。”

“不用这么麻烦吧……”她有点不自在，眼神也有些闪躲，“我自己过去就行了。”说完以后才觉得这样会显得态度太硬，又找补，“你应该也要去学校吧？我们分头走就好。”

“我上午没有排课。”他的视线没有从她身上移开，“送你也没什么麻烦的。”

她不知道是不是自己的错觉，总觉得他当时那个眼神多少带了点审视的意味，这让她又有了一些压力，低头喝粥的速度更快。

“哦。”她妥协了，回答的声音很小，“那，谢谢。”

恋人间的复合大概就是这么一件复杂的事。

速度太慢会消耗热情，速度太快又让人难以适应，激情的保质期总是短暂，一夜冲动过后七年的裂缝还在那里，该生疏还是生疏。

陌生的东西有很多，譬如此刻他开车送她上班的场景就是以前没发生过的，昨天情欲上头她还没有清晰的意识，现在冷静下来了才顾得上观察他开车的样子，娴熟而稳健，单手扶方向盘的样子显出一种特别的矜贵，这是他生来就有的气质，当然也有一点外在条件的加成。

这辆车，大概比她的二手车贵上三四十万。

她默默做着算术题，比较的习惯还没有彻底改正，发愣的时候又忽然听到他叫了她一声，这才赶紧回过神扭头看他：“嗯？”

昨晚下了一夜的雨，今天早上终于出了太阳，春日的明媚总是让人心情愉悦，他的侧脸沐浴在暖色的日光中，显得格外柔和治愈。

“我们的事，”看他说的话却不是那么宽容，“你打算什么时候跟家里说？”

旧事重提。昨晚用装困逃了一次，眼下也不知道找什么借口才能躲掉，她非常被动，就说：“过一阵子吧。”

“好。”他很聪明地选择了迂回，退一点又进一点，“相亲的事……”

这很显然是一种敲打，尹孟熙也察觉到他很介意，于是立刻说：“我肯定都会推掉的，之前那些也不是我自己想去，都是家里安排。”

他“嗯”了一声，也看不出是满意还是不满意，沉默了一会儿又说：“但如果你不说自己已经有男朋友，阿姨应该还会继续帮你介绍。”

对一个已经保持单身状态七年的人来讲，忽然又听到“男朋友”这种词难免是要愣一下的，心底里还不敢相信自己又重新有了一段恋爱关系，而且对象还是自己的初恋。

他正好看到她那个愣怔的表情，眉头微不可查地一皱，一边回过头去继续开车一边迟疑地问：“我们不是重新在一起了吗？还是你觉得昨晚是……”

点到为止，他终归还是没把“一夜情”这种不像话的词说出口。

她又一愣，才知道他误解了她的反应，连忙解释：“没有没有。我们是重新在一起了！”

这话让他的眉头微微舒展，车里的气氛也缓和了一些，他像是松了一口气，又绕回去说：“那么你会跟家里提吗？”

提吗？他都问成这样了她还能怎么拒绝，多说一个“不”字都是丧尽天良，于是只好妥协说：“会的，等我妈下次给我打电话的时候就提。”

这回他确实是满意了，甚至还点了点头，想一想又追加了一个问题：“之前我们分手的时候你跟家里是怎么说的？”

显然他已经在想以后正式见岳父岳母的事了，担心长辈对自己印象不好，现在就开始做准备。而实际上，她的父母根本就不知道有他这号人……

她更不自在了，莫名感觉自己像那种劣迹艺人，每多跟记者聊两句就会被多扒出一段黑历史，头皮发紧的感觉更强了一点，支吾的语言泄漏心虚：“我、我没怎么跟他们提过……”

这个“怎么”加得很妙，职场人多少还是有点子说话艺术在身上，乍一听好像还是提过，只是提得不多；可他就是做文学研究的，文字上这些弯弯绕绕的小把戏怎么会看不破。什么叫“没怎么提过”？提过就是提过，没提过就是没提过，如果真说过分手做父母的怎么可能不关心到底？不会容她“没怎么”的。

“小熙。”他吸了一口气，过了好一会儿才很认真地问她，“你是不是从来没跟家人提过我？”

完了，他生气了。尹孟熙手心凉了个透，明明昨天在小红顶面对他还是气势汹汹咄咄逼人，谁想到只一夜过去她就变得这么谨小慎微唯唯诺诺，可见人只要理亏就注定抬不起头，她还是脸皮不够厚。

现在没话讲了，沉默就是默认，她只能坐在副驾驶上专心致志地抠手，车里的气氛简直就是冻住了，她忽然希望赶紧再下一场雨，这样起码雨水敲打车窗还能发出一点声音，不至于像现在这样一片死寂。

幸运的是电视台大楼已经进入视线，再有三四分钟她就能下车逃跑，等最后一个红灯的时候她听到他叹了一口气，硬着头皮扭头看他，才发现他也在看着自己。他的眼神看起来有些黯淡，像是大海忽然退潮，“小熙，我也是会有不安全感的。”

车子开到电视台大楼门前时她情绪很低落，想跟他说什么又不知道该怎么开口，所以一直保持沉默。推开车门要下去他又把她叫住了，问她几点下班他过来接她，她本能地就说：“不用了，我晚上有会，时间没准。”

其实是实话。他们台每周都有总结会，先是各频道各部门自己开自己的，结束以后还有全台盘点，手上有项目的要单独汇报，拉拉杂杂一大堆事儿，晚的话到九十点都有可能。他却误解为她暂时不想跟他见面，因为早上才刚刚听她用开会的借口搪塞她妈妈，当时眼神就更晦涩了一些，但还是点头跟她说了一声“好”，目送她进了大楼才开车离开。

她能感觉到他的视线一直落在自己身上，一直到拐进电梯才终于散去，那一刻她感到一点轻松，但更多的却是……伤感和愧疚。

不安全感？她让他伤心了吗？

心情复杂地走出电梯拐进办公室，坐在门口的小姚一眼就看见她了，眼睛亮亮地跟她说“尹老师早上好”，又说昨天采访的粗筛她已经搞完了，有些不确定的素材要她再过目。

她说好的，让她稍后带U盘到她工位上来，刚走到自己座位上坐下魏驰就不知道从什么地方冒出来了，眼睛绿油油地一直盯着她看。

“你没换衣服？”他好像有些生气又有些幽怨，“昨天晚上去哪儿了？”

他真是眼尖，管得也是真宽，她懒得搭理自己低头开电脑，他绕到她另一边追着问：“不是跟孙建彬有关系吧？我昨天晚上被王宏逮了没去他办公室门口蹲点，但我听芃芃说你就在那待了不到二十分钟。他没把你怎么着吧？”

这小孩儿，嘴碎事又多，但人确实仗义，她有点感动，淡淡地说：“没有，说了两句工作上的事。你忙你的去吧，今天不是还要跟吴老师出外勤吗？”

而他一看她没生气就更蹬鼻子上脸，继续围着她问：“那你到底为什么没换衣服？昨晚没回家吗？”

这明显踩线了，姚安琪拿着U盘过来的时候正好撞上尹老师撂脸：“工作场合只谈工作我跟你说过多少遍了？我没有跟别人聊自己私生活的兴趣。”

好凶。姚安琪悄悄吐舌头，站在边上话都不敢说，对魏驰也是有点同情。他还没放弃追尹老师啊，尹老师明显跟肖老师比较来电，他为什么不能试着……

琢磨的工夫魏驰已经被冲走了，黑着脸背上设备往办公室外面走，尹老师叹了口气，转头看向她的时候神情温和了不少，招招手说：“搬把椅子坐过来吧，我们一起对。”

姚安琪回过神，莫名觉得今天尹老师状态不错，自己的工作热情也瞬间高涨，兴冲冲地点头：“哦哦好的！”

到中午饭点，罗华这个频道负责人终于端着一杯咖啡晃晃悠悠地走进了办公室，从尹孟熙旁边经过的时候，伸手敲了敲她的桌子，笑眯眯地问：“忙呢？”

尹孟熙抬起头，看到这位名义上的领导还是礼貌地站起来问好，罗华随意地摆摆手，说：“上午去见了个朋友，聊天的时候还提到你。午饭吃了吗？要是没吃可以到楼下去找她一起吃，估计现在人还没走。”

尹孟熙一愣，不知道罗华说的是谁，他笑了笑，已经一边掏出手机一边往自己的座位上走了，末了还背对着她晃了晃自己手里的咖啡，说：“不喝这个的那位。”

4.

急匆匆跑到电视台楼下的轻食店，尹孟熙果然在靠窗的位置看到了许久不见的何主任，还跟多年前一样留着干净利落的短发，只是着装更休闲轻便了一些，不像之前在台里工作时那么严肃板正。

她不知道为什么忽然有点感动，看到对方就像看到了亲人，稍微调整一下情绪走到吧台点了一杯热巧克力和两份谷物饭，等东西做好才端着去窗边找人。

何主任也很快看到她了，眼睛微微一亮，笑着说：“你啊，随便聊聊就算了，怎么还点东西？”一声“你啊”就透出亲近，她是一路把她培养起来的领导，也是她珍贵的朋友和导师。

“罗老师说您没吃饭，正好我也没吃呢。”尹孟熙在何亚蓉对面坐下，脸上难得带了一丝轻松的笑，“随便叫了一点，也不贵。”

熟稔得很。何亚蓉摇头笑笑，还是接受了她的好意，拿起杯子喝了一口热气腾腾的巧克力。

“最近怎么样？”她看上去永远那么气定神闲，“跟老罗还合拍吗？”

这问题可不好回答，讲得浅了显得生疏，讲得深了又容易给人添麻烦，何主任已经退休了，没道理再为她这种不争气的后辈操心。

“都挺好的。”她于是习惯性地遮掩，“罗老师人很好。”

这话却骗不了眼光毒辣的何主任，她太了解她也太了解整个圈子，一眼就能看出自己亲手带出来的小朋友在说谎。

“是吗？”她轻轻放下杯子，眼中依然带笑，“我却听说你遇到了一些麻烦。”

这就是揭底了，摆明是早已听说了她的处境。会是谁说的呢？罗华？

尹孟熙有些尴尬。

何亚蓉淡淡一笑，随手把杯子放到桌上，又叹了口气说：“我虽然退下来了不能直接帮什么忙，但总还是能听你发发牢骚，小朋友没必要在我面前逞强。”

尹孟熙这些年在台里当惯了“尹老师”，如今再听到“小朋友”这样的称呼难免会感到心情复杂，既觉得格外温暖怀念，又觉得自己没什么长进。

“也就是那些事……”她半低下头抿了抿嘴，“我跟孙建彬有一些冲突，他把我从节目中心踢走了，昨天又重新找我说想把我调回去做《永不停步的我们》，我拒绝了，他就威胁说要让我在人文纪实待一辈子。”

话说得简简单单，可谁都知道这背后的挫折有多么伤人。

何亚蓉的神情却还是淡淡的，大概她在这个圈子里待得太久也见得太多，在她眼里这只能算一件不大不小的事，困难肯定是困难，但也谈不上多惨烈。

“你觉得老罗怎么样？”她忽然岔开问。

“罗老师？”尹孟熙一愣，没想到话题会转得这么突兀，“他……”

“怎么想的就怎么说，”何亚蓉摆摆手，“没什么好顾虑的。”

尹孟熙也知道何主任是个就事论事的人，就算跟罗华有不错的私交也不会介意听几句实话，因此斟酌着说：“罗老师现在可能没把主要精力放在台里。”

够委婉了，实际是天天盯股市，甩锅摆烂一条龙。

何亚蓉一听就笑了，说她“滑头”，接着又拿起杯子喝了一口巧克力，状态静下来，看起来像是有些感慨。

“老罗啊，原来也是个很能干的人。”何亚蓉慢慢回忆着，“他是我大学时候的后辈，毕业后我们去了不同的单位，后来才在台里又碰见，你应该知道2009年那个叫《匠心》的专题纪录片吧？”

当然了解过，业内评价非常高的片子，还得过学院奖。

“那是老罗做的策划，一直到筹拍阶段都是他在负责。”

啊？这真让人惊讶，没想到现在看起来那么吊儿郎当的罗老师年轻的时候居然做出过那么漂亮的项目。可……

“罗老师的履历上好像没有这一条……”尹孟熙的眉头皱起来，“《匠心》的制片我记得是蒋平平老师，后来调去北京台了。”

“是啊，”何亚蓉微微一笑，“你觉得这是为什么呢？”

为什么？难道……

“老罗也是个不太走运的人，”何亚蓉叹了一口气，没有继续吊人胃口，“当初跟台长有矛盾，项目做到一半还是被踢了，他脾气比你差得多，原本也想闹，最后还是被压下去，上面为了平息事端就给了他一个频道负责人的位置，冷板凳一坐十几年。他是伤了心了，在那之后就没认真做过什么事，从四十出头一直耗到现在。值吗？他原来也犟，硬着脖子说值，可其实自我放逐到底是什么滋味儿只有他自己明白……他后悔了，所以今天才会找我过来跟你聊。”

听到这里尹孟熙更是愣住了，完全不敢置信：“罗老师他……”

“他散漫惯了，都不知道该怎么正经跟人聊天。”何亚蓉的眼神透着慈爱，既像个前辈又像个长辈，“但他很欣赏你，不想让你走他的老路。”

尹孟熙不知道该说什么好了。

“人这一辈子很短，几个选择就可以决定一生。”何亚蓉继续说着，年龄赋予她深沉的智慧，比起做主任时的锋芒毕露此刻的她看起来更温和宽厚，“我跟你罗老师都希望你能振作起来，不要做让自己后悔的事。”

“是的，你受委屈了，孙建彬那些人最后也不见得会受到惩罚，职场是很残酷的地方，善恶有报在这里可能说不通。但你没必要管这些，守住不能让的那条底线，剩下怎么高兴怎么来。可以灰心，可以疲惫，可以干脆不做了，只要确认自己未来不会后悔，怎么选择都没问题。”

不会后悔？这真是太艰涩的命题，谁能说得准以后？后悔的代价需要一生去抵偿，逃避的结果一般都不会太好。

“我不想放弃。”尹孟熙的睫毛微微发颤，“也不能放弃。”

这是预料之中的答案，何亚蓉的神情也毫不意外，再次把手里的杯子放下，她坐得离她更近了一些，说：“那就不要放弃。相信我，孩子，你走到任何地方都会发光，节目中心没有那么了不起，人文纪实也没有那么糟，踏踏实实，静下心来好好学习、好好做，你会得到更好的结果。即便没有也没关系，就把这段日子当成一个调整节奏的假期，总有一天你会明白，名声和金钱就像猫的尾巴，你越追着它跑它就越要从你眼前溜掉，别管它，做好该做的事，它会自己乖乖追上来的。”

下午回到办公室，尹孟熙在自己的工位上一动不动地坐了两个小时。最开始混乱的思绪在脑子里横冲直撞，后来渐渐又像抽丝剥茧一样恢复条理，她的视线变得更加开阔明亮，笼罩在自己头顶好几个月的阴云忽然开始消散。

不，不只是这几个月，是几乎十年。

她被那条猫尾巴绕晕了，追逐成为一种本能，而实际上有的时候她甚至忘了自己为什么需要它。

做《永不停步的我们》就那么开心吗？不过就是一档户外明星真人秀，同样的东西市场上多了去了，她无非就是换了个包装换了个切口，本质都是换汤不换药。

多找几个明星有什么意义呢？拉一个组的人在户外跑跑跳跳又有什么意义呢？她真的喜欢这些内容吗？十年二十年之后，她可以真的很自信地把这个节目拿出来展示给自己的后辈，告诉他们这是她的作品她的思想吗？

所有追问必须是自己发出的才有意义，从没有哪一刻她能那么冷静地审视自己和自己的职业生涯，那么慎重地思考自己的未来和过去，有一些答案呼之欲出，而还有一些需要她花更多的时间不断追寻。

她又扭头朝大办公室最里面的位置看了看，罗华还坐在那里，依旧皱着眉头盯着自己的手机，或许是股市又绿了吧。她犹豫了很久，终于还是深吸一口气朝他走过去，站在他面前的时候她其实还没想好要说什么，但是在他抬头看她的时候她又知道了。

“罗老师，”她的神情很坚定，“之前报给您的那个A大宣传片的方案我还想再做一些修改，周一会再交一个方案上来，如果您方便的话不知道能不能给我一些建议？”

多奇妙。

明明上周她刚从A大回来的时候还跑来找他说要退出项目组，谁想到区区几天之后就又转了心思决定好好做了。罗华的神情有些微妙，似乎有些怅惘又有些欣慰，一贯散漫油滑的脸上也难得露出了一丝真心的笑，点点头说：“行啊，你先出底稿。”

尹孟熙点点头，那一刻忽然感到浑身上下充满力量，转身回自己的工位之前端端正正地给对方鞠了一躬——像个受教的晚辈，也像个认真的学生。

她很擅长学习也很擅长努力，她不害怕从头再来。

开完所有例会，时间已经接近晚上九点。打开手机发现有几条未读的微信，都是肖至发来问她什么时候下班的。她抿了抿嘴，心底的犹疑还是在，要关掉对话框的时候眼前却忽然闪过七年前分手的场景，那时她也是一样回避他的联络，最终使彼此擦肩而过。

如果这次她还不做任何改变，又凭什么指望结局会跟过去不同？她闭了闭眼睛，手指在“语音通话”的按键上逡巡了很久，反复纠结徘徊过后终于还是按下了它，等待接通的提示音立刻响起，她与他的联结随之变得更加紧密。

“喂？我下班了。”她在电话接通的那一刻抢先说了话，“你……想一起吃点宵夜吗？”

5.

他同意了。其实仔细想想打从认识以来他就没拒绝过她的任何要求，当时不仅配合她的突发奇想而且还提出要到电视台来接她，她说不用，省得一来一回耽误时间，他们可以直接在餐厅见。

到餐厅已经是九点三刻。他为了让她方便就把餐厅选在了她家附近，而他开车过来却要半个多小时，好在挑的那家粤菜馆环境口碑都不错，不算太亏，他坐在靠窗的位置等她，她一进门就看到了。

他真的很好看。学生时代就很出挑，现在的气质更成熟内敛，说实话比原来更迷人，周围无论服务生还是用餐的客人都会若有若无地打量他，这种熟悉的场景和氛围也真是久违了。

“等很久了吗？”她快步走到他对面坐下，还不忘伸手捋一捋自己略微凌乱的头发。

“没有，刚到。”他换了一身衣服，跟早上的不一样，深灰色的休闲西装衬得人特别英俊，“看看要不要加点别的菜。”

她其实一点儿也不饿，今晚见他也不是为了要吃饭，接过他递来的菜单只随便扫了两眼，说够了不用再加。

“不知道是不是打扰到你休息了……”她有点不好意思，为自己突然的邀约，“时间有点晚。”

他原本在给她倒茶水，一听她这么说就抬起头来看她一眼，轻轻叹一口气。

“跟我不用这么客气。”他连神情间的无奈都和过去一模一样，“到底还要说多少次才行。”

真的挺多次了，一开始认识的时候，有点暧昧的时候，刚刚在一起的时候……他总是让她不要对他那么客气。

小小的快乐从心底沁出来，也许在单纯的甜蜜之外还有一种更恬淡的温馨，她抿着嘴努力没笑，只轻轻“哦”了一声。

“那你最近忙吗？”她又在他把茶水递过来的时候试探着问。

“还好。”他回答，看着她的眼神很柔和，“这学期排课不多。”

“可小姚说你特别忙。”她忽然皮了一下，“之前约采访都约不到。”

这分明是小傲娇，要他承认他对她的特别，别人来约采访就是“没空”，她来问他就是“不忙”。

他听出来了，也察觉到她今晚的心情难得的好，恋人的愉悦总会特别具有感染性，他眼里的笑意于是也变得更浓郁了。

“之前不知道会见到你。”他满足了她的小心思，坦诚地说了实话，“知道的话就同意了。”

她很满足，这次是真的笑了起来，两个人的眼神绞在一起，白天分开时那种小小的别扭在悄无声息间消失。

“那明天呢？”她又问，“明天有没有安排？”

明天是周六，按理说两个人都不用上班的。

他挑了挑眉，想起明天约了一位刊物的主编，但她这么问明显是明天有事找他，想一想还是说：“没有。怎么了？”

这时服务生来上菜了，把他点的八宝粥和虾饺皇端上桌，她一直抿着嘴不说话，等服务生离开了才悄悄抬眼看了他一下，脸颊红红的，好像在做思想斗争。

他被弄得也有点紧张，又问：“出什么事了吗？”

她摇摇头，手里捏着勺子把碗里的粥舀起来又放下，来回重复了好几遍才又抬头看他，有些艰难地问：“早上说的见父母的事……如果你觉得可以的话，明天要跟我一起回家吗？”

这完全是预料外的展开，他的确没想到她会忽然这么说，怔愣从眼中一闪而过，他惊讶得甚至忘了要给她答复。

她就有点慌了，担心他是不愿意，抿了抿嘴又说：“如果你觉得现在还不合适的话，那……”

“好的。”他打断她，眼睛亮起璀璨的星星，碧波荡漾的水面春和景明波澜不兴，语言的雕饰是不必要的，他只用眼睛就可以告诉她他的惊喜。

“怎么回去？飞机？票买好了吗？”

多急切，他甚至不知道她家在哪儿，过去恋爱的时候她都不肯跟他说，可一说要去就立刻安排起来，碗里热乎乎的粥也没她的心暖。

“火车吧，我家那边没有机场……”她嗫嚅着，脸颊变得更红，“我们就当天去当天回，周末我还要加个班。”

这话……像是百忙之中抽空带他见个家长似的。

他也不嫌弃她草率，已经掏出手机准备订票了，低头询问她时间的样子看起来温情脉脉，很多年没有过的悸动和欣喜在与他重逢后便频繁光临，让她知道自己这一生原来真的是非他不可。就……很爱很爱你。

一顿夜宵拖拖拉拉吃到快十一点，离开的时候马路上都没什么人了。

他当然要送她回家，两个人安安静静地牵着手在路上走，她已经二十九岁，而他再过几天就要三十二岁了，不知怎么居然还都像学生时代一样纯情。

送到楼下是不行的，还要陪着她等电梯；甚至送上了电梯也不行，还要陪着她一起坐上去，一直稳妥地送到家门口，春夜的曼妙全在这里，一个小小的楼道也够浪漫满溢。

"那我明天来接你。"他低头跟她说着，声音轻得连感应灯都没亮起，她却觉得这样的音量最好，再大一点就要惊破美丽的梦境。

"好。"点个头也是缠缠绵绵，两个人的手指还勾在一起，温柔的月光丝丝寸寸地透过窗子洒在他们身上，明明是两个人的影子看上去却好像不分彼此。

他终究还是忍不住要低头吻她，比昨晚这个时候稍稍冷静一点儿，可心跳的速度却一点儿不减。她也同样被吻得意乱情迷，渐渐粗重起来的呼吸已经暴露了她对他毫无抵抗力的事实。

"不能跟我回去吗？"他又在引诱她，比七年前过分得多，"正好明天一起去车站也方便。"

她其实很心动的，但还是轻轻窝在他怀里摇头，说："我真的要加班。"

她得赶在周一之前把优化的宣传片方案做好，跟他回去，什么都做不成。

他叹了一口气，吻她吻得更深，好一阵才肯放她回身拿钥匙开门。她也同样舍不得他，进个门也磨磨蹭蹭，也许是因为那晚的气氛过于美妙，她也难得做出了一些大胆的决定。

"你等我一下。"她很小声地贴在他耳边说，"我拿个东西给你。"

话说得不清不楚，气息又很暧昧，导致他一度以为她在诓他，实际会进门拿一套衣服然后跟他回家。没想到她出来的时候手里真的拿了一个小盒子，像礼物一样包得很郑重，一时还看不出是什么东西。

"这是？"他有些意外。她也没立刻回答，明明东西是要给他的可却一直抱得很紧，淡淡的月光映照着她的眼睛，他能感觉到她很紧张又很犹豫。

"小熙？"温柔的抚慰是他给的，可勇气却需要自己积蓄，她真的费了很大很大力气才突破了自己心底奇怪的障碍，当着他的面打开了那个被放在角落里很久很久的小盒子。是一块手表。没有金也没有钻，只是漂亮的陶瓷表链，简约且略微过时的款式，在月光下泛着淡淡的光泽。

“这个……”她的手有点发抖，“送给你。”

他不会知道的，多年前她是怎样兴冲冲地拿着自己挣到的第一笔大钱跑进奢侈品店买下它，又是怀着怎样期待又忐忑的心情把它带到机场准备送给刚下飞机的他，只是最后她在他手腕上看到一块更名贵也更漂亮的表，它便成了一个再也送不出去的礼物，在分手后漫长的七年里一直躺在她抽屉的角落，像一个无法言说的秘密，也像一个不能触碰的伤口。

这些琐碎她都不会跟他分享，可他却能察觉她当时的声音有种异样的紧绷，礼物半新不旧的样子似乎是一种提醒，让他很自然要去思考它的来历。

“这是给我的？什么时候买的？以前吗？”

她都不回答，眼圈默默地红了，沉默的委屈令他心痛，想做的唯一一件事就是把她紧紧圈进怀里。她却因此更难过，大概人一旦被哄就会变得更娇气，积压在心底那么多年的情绪忽然找到了出口，本没必要说的话也都要跟他倾诉。

“你交流那年给你买的，本来要送给你，可是那个时候你买了一块更好的，这块太便宜了，我送不出手……”说完就真的哭出来了，不知道为什么居然会比七年前更脆弱，模模糊糊的解释已经足够让他推断出前因后果，他可以想象怀里的女孩子曾在自己不知道的地方独自忍受了多少孤独和伤感。

“怎么这么傻？”他已经没办法了，重逢之后这种心被狠狠攥住的感觉频繁出现，他无法缓解这种疼痛和酸涩，正如他无法抚平她延续这么多年的伤口。

她感觉到他情绪的起伏，连一贯平稳的呼吸都变得不规律，同样的波澜给她以微妙的安慰，让她敢于开口向他提问：“你喜欢吗？”

喜欢这份迟来的不那么完美的礼物吗？

喜欢这个胆怯的不那么完美的我吗？

他没有回答，却再次深深吻住她，或许甜蜜的尽头总是酸楚，他们反复在这样的循环中打转，又不断发现着爱情更令人惊喜的面目。

“喜欢……”他在温柔到有些忧伤的月色里回答她，“永远都喜欢。”

第二十章
如梦，不是梦

1.

次日是个大晴天。

肖至买了十一点的车票，约好九点半来接她，但尹孟熙还是七点不到就起来了，犹豫着要不要提前给爸妈打个电话说一下她今天要回家的事。

按道理是该说，可是这个事情解释起来又很复杂。怎么开口呢？“爸、妈，其实我大学时候背着你们偷偷谈过一个男朋友，分手七年现在复合了，未来可能结婚所以带回来给你们看看”？

感觉不太妙。纠结一阵还是打了个电话过去，却没提男朋友半个字，只说自己下午要回家，说个事儿就走。她爸妈吓死了，还以为女儿出了什么大事，几秒钟内甚至想歪到她得了什么绝症要跟他们见最后一面，逼得尹孟熙再三保证不是什么坏事才暂且安心。

为了准备下午这场硬仗，尹孟熙决定多吃点东西养精蓄锐，挂掉电话以后就去厨房做早餐，豆浆机的声音把房间里的闵瑞吵醒了，大美女迷迷糊糊地边摘眼罩边往外走，看着尹孟熙忙活的样子就问：“搞什么啊尹嘻嘻，大周末的你起这么早？”再一问才知道她今天要回家，而且还要带着肖至见父母。

闵瑞一听彻底不困了，巴掌拍得啪啪响，“你俩这节奏我是真的服，当年谈恋爱就不声不响，复合也跟搞地下工作似的，现在谈了没几天又要去见家长。怎么地，感情之前分手是分着玩儿的？”

尹孟熙其实也觉得很魔幻，说实话到现在人也是晕晕乎乎的，仔细想想跟那个人在一起的每一天都超乎她的预计，也许正因为她太爱他了，所以失去了对很多事的掌控力。

可又能怎么办呢？何况好像也没什么不好的。

恋爱的酸臭味非常刺鼻，闵瑞已经忍不住要捏鼻子，一边摇头一边调侃：“没出息的小丫头片子，半点姐的风范都没学到。唉，不过你跟学长结倒是也不亏，别的不说就说那肉体，啧啧。”

九点半肖至准时到了，车停在楼下等，她一下去就看到后座放着几个包装精美的袋子，没忍住多嘴问了一句是什么。

“给叔叔阿姨的礼物。”他回答，神情多少有点歉疚，“时间有点紧没来得及好好准备，不知道长辈会不会喜欢。”

这……他们昨天晚上才决定要回去，十一点商场肯定都关门了，所以他是一大早去准备礼物了？

“不用这么麻烦的。”尹孟熙摸了摸鼻子，“我爸妈也不是很在意这些。”

他当然不会听这种劝，只是让她帮忙看一下有没有什么不合适的，尹孟熙就从后座把东西抱到前面打开看了一下，一套看上去就很精致贵重的茶具，一套她一个媒体人都没在广告上看过的护肤品，唯一比较熟悉的是一个按摩仪，另外还有一些高级洋酒。

这加起来得多少钱啊？

“酒我不确定叔叔喝不喝，先准备了。”他边开车边解释，“如果不需要就放在车上不带回去，另外给阿姨的那个……”

他一个个地讲，她却都没怎么听进去，眼睛一直盯着他放在方向盘上的那只手看，白色衬衫的袖子微微向上，完整地露出她昨晚才送给他的那块手表，陶瓷表链在阳光的照射下显得更加别致漂亮，她的心情特别复杂微妙。

他偏过头看了她一眼，也注意到她在看表，当时就微微笑了一下，问：“合适吗？”

她知道自己被抓包，脸悄悄红了，撇撇嘴有点小别扭：“款式有点过时了。”

“会吗？”他挑挑眉，“我很喜欢。”

短短几个字也说得像表白，她一边抱怨他骗术高超一边又忍不住悄悄翘起嘴角，眼睛也又变得亮亮的，就像学生时代一样清纯可爱。他看到了，眼中的笑意更加明显，腕上的手表也在闪闪发光。

正点坐上火车，他们第一次一起回她的家乡。

这趟车尹孟熙自己坐过很多次了，对沿途的风光早已十分熟悉，只不过之前回去要么是暑假要么是寒假，上班以后更只剩春节年假这一次机会，所以见到的只有冬夏两季的景色。

现在却是春天，绿意盎然的草地铺满视线，与夏日的旷野和冬日的荒原都不一样，它写满了未完待续的美妙，告诉所有看到它的人它还有无尽的生命力等待展现，比热烈的盛夏更让人充满期待。他并不知道以前的她曾在这条路上怎样哭过笑过，她也无意把那些琐碎的过往一一说给他听，过去的一切好像已经没那么重要，熠熠生辉的未来才最让人期待。

下午四点多到站，她就拉着他轻车熟路地打车回家，在职场奋斗的七八年虽然还不能让她在寸土寸金的A市买下房产，却足够让她帮父母在家乡买一套更好的房子。大概两年前吧，她拿了五十几万的存款出来帮家里置换了一套新房，在市中心最方便热闹的地方，大概一百七十平方米，小区的环境很好，物业配套服务也很到位，父母住得很舒服。

进小区以后她就感觉到他有一点儿紧张了，人比平时更沉默，到了新的地方也不会四处看看，好像一直在想事情，她看他这样不知道为什么心情反而轻松了起来，眼睛弯弯地看着他一直笑，他就很无奈，坐上电梯后还问："你到底希不希望我过关？这事跟你没关系？"

她更开心也更得意，一回家就莫名感觉有了主场优势，可以随便欺负他，但她也不想表现得太恶霸，因此又在电梯门开之前搂住他的胳膊轻轻晃，是重逢以来从未有过的松弛和自然。

"你最好了。"她半是玩笑半是认真地跟他撒娇，"他们一定会喜欢你的。"

到了家门口，尹孟熙虽然有钥匙但还是选择了按门铃，尹妈妈的声音很快从门里传出来，一边往门口走一边笑呵呵地抱怨："哎呀你这个孩子，有钥匙还按什么门铃……"

说着门就打开了，尹妈妈的笑还挂在脸上，没来得及仔细看看几个月没见的女儿就先看见了站在她身后英俊矜贵的男人，于是表情又僵住，问："这是？"

尹孟熙抿抿嘴，终于还是没有回避这个问题，十多年来第一次清清楚楚地对自己的家人介绍他。

"妈，这是我男朋友，肖至。"

女婿上门见家长这种事，实践起来总会遇到一些困难。

岳父不用说，肯定会用挑剔甚至带有敌意的眼光来审视这个准备拐走自己小棉袄的年轻人，即便是相对好说话的岳母也会在最开始充满警惕心，不把一切细节盘问到底绝不会善罢甘休。

“熙熙啊，你也真是……”尹妈妈跟尹爸爸一起坐在客厅的长沙发上，一边假装埋怨女儿一边不断暗中打量着跟她一起坐在另一侧的肖至，“带人回来也不提前跟我和你爸说一声，家里连个水果都没准备。”

尹孟熙也知道这就是一个开场白，实际她妈也不是真怪她，所以就顺着应付了一句：“我们今天晚上就走了，想着不用那么麻烦。”

果然尹妈妈的眼神一直锁在肖至身上，压根儿没往她这边扫，而肖老师的外形条件当然不可能让人不满意，尹妈妈一边看还一边若有若无地点了点头。

“小肖是做什么工作的？”她越过自己闺女直接问肖至了，“是演员吗？”

估计是结合了尹孟熙的工作性质，以为肖至是她在电视台认识的什么明星。

“不是的阿姨。”肖至礼貌地回答着，得体的举止彰显着出众的涵养，“我是老师。”

“哦，老师啊！”尹妈妈的语气有点迟疑，满意度似乎有所下降，“什么老师？在哪儿教书？”

“在A大，”肖至回答，“A大文学院。”

“哦，大学老师啊！”尹妈妈的眼睛又亮了，“巧得很巧得很，我们熙熙也是A大的。你们读书的时候认识吗？”

这是一个很关键的问题。在回家的火车上尹孟熙就跟肖至大概对了一下，觉得没必要告诉父母他们曾经在一起又分过手的事，毕竟来回解释很麻烦，也容易让长辈担心，不如就说大学时代只是普通朋友，最近做项目又联系上才慢慢产生好感。肖至当时就不太同意，觉得不应该对长辈有所隐瞒，尹孟熙也觉得让他跟她爸妈撒谎不太合适，于是就决定自己来负责这一段鬼扯，就抢话说：“我们那时候……”

“认识。”没想到他却先一步回答，语气严肃又认真，“我们是彼此的初恋。”

尹孟熙完全是措手不及，而一直以为自家闺女从来没谈过恋爱的尹爸爸尹妈妈则是瞠目结舌，一直不说话的尹爸爸甚至大声爆了一句：“什么？”

尹孟熙都慌了，转头看向肖至的时候却发现他的神情特别坚定，成熟的男人可以为自己的一切言行负责，回避矛盾大概永远都不会是他的选择。

“我们在一起两年，后来分开七年。”他继续诚实地坦白着，不加一点儿修饰遮掩，“最近因为工作上的一些接触重新恢复了联系，发现彼此依然还是爱着对方，所以希望能以结婚为目的再次交往。”

客厅里安静得吓人，短短几句话却包含着过大的信息量，尹孟熙人已经麻了，真担心自己的父母会接受不了当场情绪失控。

“那你们当初是因为什么分开的？”一片沉默过后，尹爸爸极其严肃地问。

2.

同样的问题也在几天后尹孟熙跟着肖至去拜访他父母的时候被问到了。

那天她比他紧张得多，而他却不会像她一样幸灾乐祸，不仅早早告诉父母会带女朋友回家让两边都能有个准备，而且还提前好几天陪她挑选给自己父母的见面礼。

即便这样上门的时候她也还是很忐忑，车子开进别墅区以后心就一直狂跳，他无奈地牵着她的手安慰：“他们都很喜欢你，如果问起什么来我也会回答，不用害怕。”

有什么用？他哄他的，她慌她的，基本是两不搭嘎。而实际他的父母真的很和气。肖妈妈是A大的教授，如今还是历史系的系主任，尹孟熙之前就见过的，是一个非常端庄知性的女人。肖爸爸看起来也很儒雅，但气质明显还是跟学者不一样，更贴近她在电视台采访过的那些商界大佬，平和而稳健。

他们一起在家里用了晚餐，气派豪华的别墅难免让人拘谨，可餐桌上愉快轻松的氛围终于还是慢慢让尹孟熙放下了包袱，起码可以好好跟长辈们聊几句天。他们同样问到了之前她和肖至分手的事，只是比起一直对此一无所知的尹爸爸尹妈妈，他们对她的歉疚好像更多一些。

“这都要怪肖至。”肖妈妈一直叹气，“他一定没把你照顾好，让你受了很多委屈。”

“跟人家恋爱就要好好负责任，不能马马虎虎敷衍了事。”肖爸爸也在旁边责怪自己儿子，“当初谈了那么久都没把人带回家来，你让人家父母怎么想？”

很严厉。这些指责显然都不该由肖至承担，毕竟一直拖着不肯见家长的人是她，她就要解释，可最后还是被他截断。

“对，当时是我做得不够好。”他依然保持着把所有过错都揽在自己身上的习惯，回答长辈的同时眼睛又一直看着她，“以后都不会了。”

简单几个字却像最可靠的承诺，而几天前他在她父母面前的解释又比这仔细得多。

“过去是我太粗心也太狭隘。”他诚恳地回答着她父亲的问题，“在小熙毕业前我们对彼此未来生活的规划产生了一些分歧，她当时忙实习忙得非常辛苦，可我却一直没能理解她那么努力的原因。

“她是非常习惯付出的女孩子，又一直很少对别人说自己遇到了什么困难，作为男朋友我本应该主动去发现一些问题，知道她缺乏安全感，知道她很累也很委屈，知道她想获得理解和鼓励……而这些我当时都没有做到。

“但现在我知道了。

“会更认真地去听她的想法，会更尊重她喜欢的生活方式，会尽最大的努力给她安全感。我非常希望可以跟小熙一直走下去，更希望能有幸照顾她一生。”

全是怪他自己的。

说起来这个事情也很搞笑，因为他们两个似乎总是热衷于相互认错，不仅私底下你争我夺，而且在彼此的长辈面前也是寸步不让，比如现在她又在他父母面前抢话说了。

“不是这样的。”她很坚决地否认了他的话，“他从来没有让我受过委屈，更没有对我不负责任，是我一直觉得自己不够好，担心叔叔阿姨会不喜欢我。大三的时候他让我专注学业其实也是为我好，只是那个时候很多事情我都没有想清楚，做的都是很傻很草率的决定……”

她的情绪波动比他更厉害，当时说着说着眼眶就红了，肖妈妈和肖爸爸急得一个搂上她的肩膀一个帮忙递纸巾，让肖至都没什么空间去哄人了。

“傻孩子，我们怎么会不喜欢你？”肖妈妈的眼神特别慈爱，一下一下轻拍着她的后背，“其实你们原来恋爱的时候我就知道，当时你们新闻的胡院长还没退，我问他的时候他就跟我说你是个特别优秀特别好的孩子，我们一直都期待能早点在家里见到你。你们分开这么多年的确很可惜，但事情过去了就过去了，重要的是未来。你可不知道，跟你分开以后肖至消沉了多久，有一段时间书都不读了惹得他导师发了好大一通火，后来别人想给他介绍女朋友他也都拒绝，我和他爸爸还以为他要就这样一辈子不结婚……”

去未来公公婆婆家吃一顿饭，不单收获了一个长辈给的大红包，而且还意外得知了一些此前不知道的消息，回家的路上尹孟熙兴致特别高，坐在副驾驶上一直缠着肖至问问题。

“你当时难过了很久吗？书也不读了？贾先生跟你发脾气了？他是怎么说

的？谁要给你介绍女朋友啊？唐霏呢？她没有一直追你吗？”

肖至一边开车一边叹气，也看出来她心情特别好，在庆幸见家长进展顺利的同时又不免埋怨父母话太多，面对她的追问也是难得选择了搪塞，说：“就大概那样……失恋嘛。”

她才不满足，心里一块大石头落地后状态特别轻松，连带着人也比平时活泼，明知道他不太想多说却还是一个劲在问。

“那这七年你都没跟别人在一起过吗？为什么？还有要是我们没复合怎么办？你会一直单着吗？”

没完了。他以前都不知道她话这么多，两个人的亲密感在无形间又往上升了一层，他有些无奈又有些甜蜜，最后回答的时候却全变成克制的感慨。

“没跟别人在一起过，因为会一直想起你，也再没有过喜欢谁的感觉。恋爱结婚这种事总不能勉强……就单着吧。”

他好像一直有这样的天赋：用很平淡的语气说很简单的话，结果却频频在她心上留下深重的痕迹，一天天一月月一年年，过去很久她也会记得，记得这个人给的所有温情和细密。

就像他们之间的爱情——平凡的生活看上去好像并没多么刻骨铭心，可失去之后才知道谁都无法代替。就像冬夏之间短暂的春日，似乎永远气候不显，可又的确酝酿满目生机。

见过家长之后两个人的恋爱节奏就变得更快了。

结婚的事已经提上日程，两边父母都在催，尹妈妈几乎是每隔两天就要给女儿打个电话确认她和肖至相处的情况，生怕出什么意外。

“你们打算什么时候领证？是不是这段日子就要去了？熙熙，我跟你说啊，小肖那个孩子我非常满意，你说你大学时候怎么就从来没跟我们提过呢？但凡你把人带回来一次说不定现在孩子都有了！说到孩子，你婶婶昨天又带着她外孙女儿上咱们家来了，话里话外老打听你的事，我说你有对象了，一表人才特别优秀，她非不信。我跟你说你办酒席的时候必须得给她留个位置，让她好好看看我是不是吹牛说大话！”

尹孟熙很头疼，现在每次接电话都要耗很久才能挂，必须反复保证自己和男朋友恋爱进展特别顺利才能艰难过关。电话刚挂他父母那边又来消息了，隔三岔五就叫她回家里吃饭，一坐上饭桌也是明里暗里催婚。

“小熙啊……”肖妈妈一直拉着她的手，语重心长，“结婚的事情你们考虑得怎么样了？打算什么时候领证？我和他爸爸是希望你们上半年就能把事情办了，你看你们感情这么好，再拖下去也没必要了是不是？仪式上的事情你们都不用操心的，他爸爸会找人安排。当然，亲家的想法也很重要，我们也想尽快跟你父母见见面，以后都是一家人了，要多熟悉多走动……”

急切程度完全不输她妈妈。

尹孟熙也愿意结婚的，只是之前肖至隐晦提起的时候她都含蓄地回避了，因为最近确实工作很忙，A 大那个片子在调整方案重新做，除了拍素材以外还要串线索，她是铆着劲儿要搞出点成绩让何主任和罗老师安心。

“阿姨，我上半年工作真的挺忙的。”她既歉疚又诚恳地解释，“手头一个片子五月底要交，之后可能还要再立一个新项目，我们领导还在帮我争取。”

肖妈妈一听这话就有点忧愁，心想这一个一个项目的拖下去得到什么时候才能把事办了？正打算再开口劝劝，一直坐在旁边默默听着的肖爸爸又开了口，问：“孩子，你是在 A 市电视台工作是吧。”

“是的叔叔。”尹孟熙乖乖点头，“人文纪实频道。”

他点点头，像在琢磨什么事，过一会儿又问：“台长是谁？还是洪军？”

尹孟熙有点蒙，不知道他为什么忽然问起这个，又点头：“是的。”

“我跟他是很多年的朋友了。”肖爸爸眉头一松，笑容还是那么和蔼，“工作上的事情你不用担心，有什么困难都可以跟叔叔讲，片子如果来不及做可以缓一缓，之后如果要立新项目我也可以帮上一些忙。”

这个展开实在有点突然，搞得尹孟熙半天回不过神，仔细想想又觉得有迹可循，毕竟肖爸爸本身就是做文化产业的，跟她们传媒口有联系也很正常。只是“未来公公认识台长”这种事还是有点太过玄幻，或许世界上的事本来就是这么奇妙，不顺的时候会一直不顺，一旦顺了又会有些过头。谁能想到她这一辈子居然也有可能变成有后台的关系户呢？

尹孟熙的心情颇为复杂，一方面觉得叔叔阿姨对自己很好盛情难却，另一方面又实在不想让婚姻影响自己的工作。她在这个圈子里已经奋斗了整整十年，从来都是清清白白靠自己解决问题，如果一结婚就依靠婆家，那……

她抿抿嘴，不敢自己回绝长辈就只好偷偷给坐在身边的男朋友打眼色，肖至看了她一眼，不知道是不是想起了过去的一些事情，眼神也显得有些微妙。

“爸，妈。”他叹了一口气，“结婚的事我和小熙会商量着办的，一直催她也会有压力。工作上的事我也希望她都能按自己的想法去做，身边人管太多就是干涉，还是一切尊重她的意思吧。”

3.

尹孟熙知道的，那时肖至是想起了一些他们分手前的场景。

遗憾的过去是一道森严的警戒线，稍一靠近就会发出清晰的提示音，他是一朝被蛇咬十年怕井绳，现在对她的工作和生活都不敢插手太多，唯恐她觉得不舒服又要提分手，甚至连求婚都不敢直接求，一直模模糊糊地在外围试探，一旦察觉她有婉拒的意思就立刻把话吞回去。

她能感觉到他的努力，心里也一直很感激，但结婚什么的她还是想再往后拖一拖，起码等自己的事业状况再好一点。现在 A 大这个片子她已经回炉重造了，罗老师看了她的方案也挺认可，而且又给她提了一些很好的建议，如果成片反响好她就有机会申请立一个纪录片的新项目，选题的大概方向也有了，就做博物馆相关，正好跟她大学时候做的挑战杯相互结合，不算完全没把握。

小小的工作组再次转起来，这次肯卖力气的终于不再只有姚安琪一个人，她也是直到这时候才真的意识到曾在节目中心闯荡出一番天地的尹老师业务能力有多突出，同样是做宣传片，同样是要结合党政宣传和文化历史，她抓的线索就是比别人稳，从民国时期老校长贺继文创办学校展开叙事，将老照片中的人物形象建模复刻出来，观众直接代入老校长的视角观察文学院百年发展，历史的纵深感一下子拿捏住。正好还把十年前学生剧社排演《怀火》话剧的影像资料用上了，顺道宣传了一波 A 大的艺术教育，一个切口踩 N 个点。

她对尹老师的崇拜与日俱增，天天跟在她后面问这个问那个，尹老师也不小气，有什么都会跟她说，偶尔还会有些感慨地看着她，说她很像过去的她。

“我？”姚安琪害羞地挠挠自己的头，脸都红了，“我这么菜，哪儿比得上尹老师……”

尹老师就笑笑，别的话也不多说，只偶尔在她熬夜加班的时候叮嘱她保护好身体，平衡好生活，又在她情绪短暂郁闷的时候鼓励她，说只要把事情做好了，该来的都会来的。

四月中旬她们又去了一趟A大宣推部。陈部长看了一遍她们调整后的方案，这次终于眉开眼笑心满意足，对尹孟熙的态度十分和蔼，话里话外都在说她不愧是他们 A 大的校友，怀着对母校的感情做项目那效果就是不一样，唯一的担心是项目进度，怕来不及在六月院庆前出。

“我们会确保进度的，请学校放心。”尹孟熙微笑着给出承诺，金牌制片的厉害之处除了在于把握内容还在于与甲方交际，“五月中旬之前会交初稿，到时候还麻烦各位老师多提意见。”

从综合楼出来，外面正是一个明媚的春日。

他们还有一些校内名人雕塑没拍，尹孟熙就让小姚和魏驰一起去了，熬夜赶方案对接近三十岁的人来说已经有点顶，等这个片子做完她估计要好好睡上两三天。一个人走在熟悉的校园放松，身边经过的都是青春烂漫的小情侣，她看着他们心情很愉悦，同时也忽然特别想见肖至。

他应该在学校的吧？昨天晚上通话的时候他也说他今天有课来着。

她抿着嘴偷偷笑，明明可以发个微信问他在哪里，却偏偏要舍近求远登上学校的教务网站下载这学年的课程表，一通搜索找到他的名字——“中国古代文学史（中）副教授肖至周三 3—4 第二教学楼 107”。

找到了。如果他讲着讲着课突然在教室外看到她，会是什么表情呢？

兴致勃勃地跑到二教，二十九岁的尹老师变得像个小女孩儿一样幼稚，重新装潢过的教学楼在熟悉中又带着一丝陌生，她来到这里既像探险又像朝圣。

很容易地找到 107，她透过窗子看到了正在教室里上课的他，简单的黑色西装外套就足够显出他的出挑，英俊的肖老师比多年前的肖学长更成熟也更有魅力，她依然还是会为他千百次的心动。

竖着耳朵听一听，他在跟学生们讲馆阁体的声律技巧，不管多生僻的知识他都很熟悉，而且还能用很平易的方式讲解给他人听。她很喜欢做他的学生，但还是更喜欢做他的恋人，多灿烂隽永的诗歌也不如他夜里的一句“晚安”动人，此刻她已经想把他从讲台上拐下来索要一个温暖的抱抱了。

正琢磨要不要隔着窗子对他挥挥手，身后却传来一阵“嗒嗒嗒”的高跟鞋声，她下意识地扭过头一看，又见到了明艳美丽的唐霏学姐，她看着她的神情有些惊讶又带点敌意，说不太清。

犹豫要不要打招呼的工夫对方已经先向她走近了，看看她又看看教室里上课的肖至，表情多少是带点苦涩，过一会儿又主动问她：“有空一起坐坐吗？”

一教离二教不远，顶楼的学生自营咖啡厅还在，只是装修升级在露台上置了大阳伞，上课时间没什么人，尹孟熙跟唐霏一起坐在那里，一人点了一杯咖啡。

“要结婚了吗？”先开口的是唐霏，问话的语气很平静。

其实还没定呢，可在她面前尹孟熙心里总难免警铃大作，下意识就说：“快了，已经见过父母了。”

唐霏点点头，看上去倒不太意外，拿起咖啡喝了一口，有点感慨又有点苦涩：“转来转去的……最后还是你们在一起。”

多有趣，同样的感慨尹孟熙也在上个月发出过，那时候她还以为肖至跟唐霏在一起了，偷偷在心里酸人家青梅竹马。

“什么时候办婚礼？到时候别忘了请我去喝喜酒。”唐霏一边说一边伸手撩了撩自己美丽的长发，“说起来你俩当时在一起还有我一份功劳。”

这话是潇洒得让尹孟熙意外了，她还以为唐霏至今都对肖至……

“你以为我还喜欢他？”她笑着反问了一句，像是知道她在想什么，尹孟熙没接话，神情依然戒备。

唐霏也不太在意，兀自捧着自己的咖啡杯出神，也许那时也想到了一些过去，语气变得有点飘忽。

“还喜欢又怎么样？终归还是犟不过他。”

“他那个人，谁都说他好脾气，温和、体贴、能迁就人，可其实骨子里是很执拗的，不在意的事都可以由着别人，但真正在意的就会坚持到底。我喜欢他一天，他就惦记你两天，我追求他一年，他就想念你两年……跟谁较劲一样，挺没意思的。”

这些都像自说自话，尹孟熙没地方插嘴也不确定唐霏是否需要她的反馈，沉默的时候又看到她笑了一下，话锋一转说：“不过我也算报复过他了，当年让你吃了一个 C。”

啊？尹孟熙一愣，大学时代最后的记忆重新浮到眼前，教务系统上的那个 C 打掉了她最后一点儿争取复合的勇气，让她以为他已经对她失望透顶。

“这是什么意思？”尹孟熙的眉头皱紧了。

唐霏耸耸肩，一副很坦然的样子，说：“别这么看我，我不过是推了个波助了个澜，要怪还得怪他自己。当初你跟他提了分手，之后一整年他都很消沉。你也知道他对学术有多热衷，那一年却连这个都不做了，很长一段时间没有成果出来，让贾先生对他非常不满。后来下学期你选了先生的课，他的状态就更不好。你当时就没有发现吗？他一直在等你回心转意。贾先生一开始不知道他怎么了，以为他就是一时浮躁心思没放在学业上，后来是我告诉先生真正的原因，说他因为你提了分手一直走不出来，他是先生最得意的学生，所以最后先生对你也有一些迁怒吧。”

“所以……”尹孟熙都听蒙了，“当时那个C……”

“是先生给你打的。”唐霏好像感到了一丝痛快，“他当时专门去抽了你的卷子，看到肖至给你打了一个B+，他觉得他在徇私，同时大概也想帮他了断，就给你打了一个C。”

所以他从来没有觉得她糟糕？也从来没有用这种方式拒绝跟她复合？

“他还去电视台找过你，大概在你毕业一年后吧。”唐霏继续说着，眼睁睁看着尹孟熙的脸色变得越来越苍白，语气变得有些讽刺，“听郭跃说他正好看到你跟一个小明星勾肩搭背，一副早就忘了他走进花花世界新生活的样子。”

小明星？她根本不知道是谁，却不怀疑唐霏这话的真伪。他们圈子的风气的确是这样，社会习气比学校复杂得多。他……

“可他还是喜欢你。”说到这里唐霏又笑了，那么遗憾又那么无可奈何，“别人的好他都看不到，谁的真心他也不在乎，一开始我以为他是在等你，后来又觉得好像不是。”

“他大概也不是非要一个结果，就是单纯没爱上除你以外的其他人而已。”

轻飘的“而已”两个字却在她心上留下沉重的撞击，以为的事实不过是虚假的幻象，实际他给予她的春日从未有过哪怕一刻的寒冷，她却为了逃避荒芜而与满目的葱郁背道而驰，在自伤的同时也在他心上了留下伤痕。

“所以你俩就别折腾了。”唐霏的声音又传进耳朵里，抬头看时她已经放下咖啡从座位上站了起来，“要结婚就赶快，拖拖拉拉地耽误自己也耽误别人。”

她转身向远处走，也许当时也有些哽咽，可告别过去的姿态很美丽，依然能看出高傲和得体。

“他很爱你……别辜负他。”

4.

回二教找他的时候课已经下了，但肖老师身边总是难得清净，有好几个女孩子脸红红地围着他问问题，比他当年读研究生时有过之而无不及。

她抱着手臂在外面等，本来也没打算刷存在感，他却在偶然抬头时看到了她，山谷间微风吹拂，涟漪在水面上一圈圈荡开。

“不好意思，今天先到这里吧。”他有些抱歉地对那几个学生说，“如果还有其他问题可以给我发邮件。”

说完就向她走过来了，后面的学生都很惊讶，一边窃窃私语一边偷偷朝站在教室门外的她打量，紧接着又在她们肖老师伸手牵住她的时候发出一阵惊呼。

啧——这场面也是有点熟悉。

他不知道她心里的小九九，只一路牵着她往教学楼外走，春日的阳光十分灿烂，就像他深邃的目光一样明亮。

“怎么忽然过来了？”他的心情好像很好，“来谈工作？”

她“嗯”了一声，乖乖让他牵着，走路的时候贴他贴得比平时更紧。

他察觉到一点儿，但不是很确定，低头看了看表，时间已经是中午十一点三刻，想了想问她：“一起吃午餐吗？有几家过去的店还开着。”

像是要带她怀旧。她却摇摇头，还有些扭捏地轻轻搂上他的手臂，周围往来的学生偷看也不管，反正已经打定主意要把他们的肖老师拐走。

“不想吃……”她轻轻地说，“能去你办公室吗？”

“嗯？”他挑挑眉。

她的脸已经悄悄红了，眼睛水汪汪地看着他，说：“想跟你单独待一会儿。”

这种黏人的架势可真是久违了，上回见大概还是她大二的时候，他咳嗽了两声，手心微微发热，回答她：“好。”

然后办公室的门一关她就把他抱住了。软绵绵地靠在男朋友怀里，什么叛逆的反骨都被抽得影也不见，小兔子本来就最喜欢黏人，而她要喜欢他一辈子。突然的依恋让他受宠若惊，同时一颗心也被磨得特别软，正打算摸摸小兔子的耳朵问问这是怎么了，她却先一步踮起脚吻住了他。

很动情的吻，有一点儿急切又有一点儿笨拙，甜蜜和伤情都融为一体，悸动的直觉是那么强烈，原来无论发生过多少次亲昵她都还是会像最初一样被他迷得身不由己。

“在这里？”他的气息也开始发烫了。

“这里的隔音……可能比你家还不好。”

什么呀！她脸红了个透，一边摇头说“不是”一边窝在他怀里打他，他笑了，声音像微热的酒，还牵住她的手轻轻吻了一下。

“怎么了？”他的手指在她的手背上轻轻摩搽，“出什么事了？”

还是觉得她反常。

她摇摇头，声音又酸又甜，跟学生时代一样青涩腼腆：“就是忽然很想你。”

他挑挑眉，似乎很惊讶，由于过去她每出现反常的表现都意味着两人间出现了问题，此刻心里也难免感到一些不安，开口询问前她却又紧紧抱住了他，所有的钟情都在这里，千百倍的深刻和绵密。

“我会很珍惜你的。”她语气严肃得像在发誓，“不会再胡思乱想，不会再丢下你一个人逃跑，不会再让你伤心。我想永远跟你在一起，每天都见到你，十年二十年三十年……一直到我死的那天。我爱你，非常爱你。我们结婚吧。”

她从来没有像这样对他表白过。

即便是重逢后最动情的时刻也只有一句“我喜欢你”。“喜欢”与“爱”之间那道小小的缝隙似乎为她攫取着虚假的安全感，好像不说那个字她就不是非他不可，就可以遮掩那些强烈到让人失控的感情。现在她却对他说了，怎样的孤注一掷都不能偿还他沉默的温情，原来温暾的春日也可以具有这样的攻击性，把她所有的防备都击溃，让她不得不给他失落的四季。

他都听到了，可却一直沉默着不说话，她依偎在他的胸口，感觉到他的心跳正在变得越来越快。然而他抚摸她后背的手却还是很轻柔很审慎，过一会儿又松开她，从西装外套的口袋里掏出一个小小的盒子。

打开一看，是一枚奢华璀璨的钻石戒指。

她当场失语，看了看盒子上印的 logo（标志）一时间都估不出它到底值多少钱，震撼的同时又觉得惊讶，结结巴巴地说：“你……你怎么带着这个？”

摆明就是求婚戒指。

“想跟你提很久了，只是一直没找到合适的机会。”他叹了一口气，眼神一直凝在她身上，“其实都带一个礼拜了，想找你心情好的时候拿出来。”

多讨人喜欢的话，她已经被哄得又哭又笑，一边悄悄抹眼泪一边又假装抱怨他：“哪有你这样的，随身带这么贵重的东西也不怕丢了？”

“不会丢。”他低下头又吻了她一下，每说一个字都是话里有话，“重要的东西……都不会丢。”

她听懂了，被珍爱的感觉美好得让人心颤，而他还在一点一点帮她擦泪，之后又将那枚戒指一寸一寸地戴进她的无名指。尺寸正好，分毫不差。

“喜欢吗？”他轻轻吻了一下她的手指，询问的语气带点不确定，“因为不知道你喜欢什么样的，所以就买了比较简单的款式……”

简单？倒的确是挺简单的，就是这个钻的个头有点过大了……

“那要是不喜欢怎么办？”她心里的快乐多得就要漫出来，下意识的撒娇信手拈来，“你可以旁敲侧击问我一下嘛。”

“真不喜欢？”他皱皱眉，像是有些自责，“不过这个应该也可以换，或者再买一个你喜欢的？”

什么鬼，哪有人求婚戒指重复买……

“骗你的。”她已经又笑起来了，小兔子的耳朵高高竖着，抱紧他的时候还要一刻不停地摇尾巴，“我很喜欢，你给的我都喜欢。”

由于这个钻戒客观上实在太大太闪，她一上车就被刚刚结束拍摄的小姚发现了，年纪轻的小姑娘不太会掩饰，当场就“哇”了一声，说：“尹老师你的戒指……这是结婚戒指吗？”

刚把设备放进后备厢的魏驰一听人都毛了，猛地从前排回过头盯着尹孟熙的手看，她被两个小孩儿盯得有点不自在，但还是点头：“嗯，是。”

魏驰的脸立刻变臭，姚安琪则又“哇”了一声，仔细想想似乎今天早上从台里过来的时候并没在尹老师手上见到这么大个戒指，于是心里就冒出了一个大胆的猜测。

“尹老师，”她兴奋地一直眨眼，“这是肖老师给您的吗？你们要结婚了？”

多不可思议，明明来的时候还只是男女朋友，回去的时候变成未婚夫妻了。

“嗯。”尹孟熙的脸颊微微泛红，难得在同事面前也露出了柔软含蓄的一面，“就这段时间吧。”

他们已经聊好了，今天就跟各自的父母说一下结婚的计划，然后月底两家人正式见一见，五月初领证，六月办婚礼……盘算刚进行到一半，坐在前排的魏驰却忽然爆出一声：“什么？”同时一直扭头瞪她，表情活像自己被绿了。

“你要结婚？”他看起来又震惊又生气，“有没有搞错？这才见了几面就要结婚！”

姚安琪吓得一哆嗦，立刻缩在副驾驶上不敢说话了，心想魏驰这人是真的虎，就算喜欢尹老师也不能这么直接啊？毕竟是顶头上司。而他这种炸也就只能吓吓小姚，对尹孟熙则是完全不见效。

她本来还笑盈盈地，现在直接抱起手臂沉下了脸，眼神很凶语气更凶地说：“你开车吗？不开就下去，我还赶着回台里开会。”一点儿面子没给。

坐在旁边的姚安琪本来还以为他脾气上来要顶一顶，谁想到他默默瞪了尹老师一会儿后就又转回来了，一边发动车一边无能狂怒，叫嚣："我开！我开！"

回了台里以后他也一直生气。尹孟熙会都开完了，回办公室却发现他人没在，小姚说看到他拿着一包烟下楼了。她叹了口气，给他打电话，结果一直不接，亲自下楼以后又看到他跟个二流子一样蹲在电视台门口的马路牙子上抽烟。

这小孩儿。她无语，抱着手臂朝他的方向走，他也看见她了，却只是蹲在原地换了个方向继续抽，根本不搭理人。

"你素材过完了吗就跑下来抽烟？"尹孟熙也不惯他，开口就是训人，"这个片子进度有多赶你不清楚吗？"

他还以为她是来哄他的， 结果劈头盖脸就挨了一顿批评，脸差点气歪，破罐子破摔原地放赖："我没心情！你不是要结婚了吗？找你老公给你过！"

什么混话。尹孟熙都气笑了，看他就像在看小朋友摔玩具，可就算是小朋友的爱也很珍贵，他给她的善意同样一直令她感激。

"魏驰，别这样。"她的语气放缓了，倒是难得的轻柔，"你知道我们不可能，也应该看得出来我很爱他。我跟你没有成为爱人的缘分，时间不对地点不对什么都不对……爱情是很苛刻的东西，谁都没办法骗谁的。可我确定我们有成为朋友的缘分，可以是工作上的朋友也可以是生活中的朋友。六月我可能要立一个新项目，如果你还愿意继续跟我合作，我会非常开心地邀请你加入这个项目组。"

这对魏驰而言其实是非常难得的机会。

纪录片跟普通的宣传片的不同，不仅体量大得多，而且对质感把握和调度能力的要求也高得多，以他现在的资历不可能主控，需要跟在经验丰富的导演后面学习。尹孟熙在节目中心工作十年，圈子里能拍的导演一多半都认识，项目只要立了制作一定不会差，对魏驰来说是一个珍贵的学习机会，也是一个难得的拓宽人脉的机会。

他知道她在带他，同步也在带姚安琪，碰上这样的领导是后辈们的福气，他当时却嗤之以鼻说"老子不去"。大概又过了小半个月才终于慢慢转过弯儿来，心想：爱情已经丢了，要再不捞个事业那真是血本无归，于是自己给自己找台阶下，三天两头在尹孟熙跟前晃，说什么如果她特别需要他帮忙的话他也不是不能搭把手。

尹孟熙作为一个大人当然不会跟小孩子计较，安抚过魏驰以后就全心全意地投入到了手头的工作里，片子送到剪辑室改了一版又一版，她一直在旁边盯着，就差直接在台里过夜。

这已经属于报复性工作了，似乎打算一口气把这几个月来的消沉低迷都抵消，卖力程度完全吓到了罗华，疑心是不是自己和何主任给她的压力太大把孩子逼坏了，背后还偷偷给何主任打过电话，让她想办法给孩子做做心理疏导。

“她就那样，不用管她。”何主任在电话那头却是笑呵呵的，“瞧着吧老罗，我们节目中心出来的人可不是白给的。”

节目中心的人是不是白给的罗华不知道，但节目中心最近出事了却是实打实的。五月上旬《永不停步的我们》正式开播，全媒体平台都在宣传，声势造得很大，一开始收视率也可以，毕竟请了那么多明星流量，关注度本身就差不了。结果录制到第四期现场就爆雷了，据说是户外保障措施没有做好，一个运动器械出了安全问题，在嘉宾尝试任务挑战的时候直接断裂把人从两米多高的位置直接甩了出去，据说艺人已经骨折，后续必须手术治疗。

这个事情一出台里的反应就是先捂消息，但录制不是在封闭场馆进行的，外围有不少明星的粉丝在观看拍摄，很快现场视频就被放到了网上，接着立刻爆了热搜，粉丝要求节目组和电视台出来声明，解释事故原因并赔偿艺人损失。

这可是天价的赔偿，除了艺人本身受到的伤害以外还影响到他后续影视剧的拍摄还其他综艺商演的出镜，一系列赔偿算下来根本是天价。钱还是小问题，重要的是事故追责，一开始背锅的是第三方公司，被指是他们提供的设备质量不过关，但后来节目中心本身又被扒出拖欠劳务费，同时对现场环境的检测和维护也不到位，责任更大。

现在的情况就是台长已经被惊动，要求彻查《永不停步的我们》制作组内部的资金明细，给社会一个交代，尹孟熙作为最初项目的策划还被叫过去调查了一次，但因为她做的时候招商还没招到，根本不可能涉及资金问题，所以很快就撇清了干系，就剩孙建彬和郑泽在那儿狗咬狗。

这俩人一时半会儿也撕不明白，反正全台上下都在看戏，基本要么是眼红郑泽升得太快的，要么是不满孙建彬个人领导风格的，里里外外没一个人帮着他们说话，一面倒都在等人出事。

这些无聊的是是非非尹孟熙已经不在意了，她关注的只有自己的工作和生活，五月热搜上全是这事儿她也没怎么刷，一心扑在自己的宣传片上，终于在下旬做出了自己满意的东西，交到A大宣推部一审，各级领导老师都很满意，提的意见也就是字幕大小，学校logo位置这种小事儿，稍微改一改就能好。

她干净利落地收了个尾，总算能从剪辑室里出来了，同时也终于想起自己还有个未婚夫，而且下个月就要跟他结婚了。

这一个月来关于婚礼的事基本都是肖至和他父母在忙。

尹孟熙的贡献非常有限，也就是在定制婚纱的时候挑了个款式，去店里量了个尺寸，其他包括什么婚礼场地、捧花样式、酒水餐点安排她都一点儿没管，等交完片子肖至都安排得差不多了，也就剩婚礼请柬还没写完。

她当然很愧疚，工作结束放假的那几天就跑到他家里去，自告奋勇承包了剩下的所有婚礼请柬，扬言会一个人把它们都写完。

“还是放着我来吧。”他叹气，坐在客厅的沙发上拆新请柬的包装，“你去睡一会儿，最近太累了。”

她还是怕他心里不舒服，老实地摇头，乖乖贴在他身边坐下，小心翼翼地伸手搂住他的胳膊：“我不睡，都睡饱了。”她还要在他肩上轻轻地蹭，“让我写吧，总要有点参与感嘛。”

原来她也知道自己没怎么参与。他笑着看她一眼，还是把请柬和笔都让给她，她开开心心地接过去，挽起袖子就坐在了客厅厚厚的地毯上，小心翼翼地把崭新的请柬展开，落笔写的每个字都认认真真。

“我很久不写字了。”她一边写一边忐忑，“这样看好像有点丑。”

他低头看了一眼，咳嗽一声，接：“挺好的，不丑。”

她听出了安慰的意思，撇撇嘴又去扒拉前面几张他写好的。他写的就很漂亮，端端正正的小楷，并没有很凌厉的笔锋，相反显得圆润中正，收笔时多用顿笔或提笔，看起来特别挺拔干净，衬得她更菜。

有点丧气地把他写的请柬合上，她一边像小学生一样横平竖直地写字一边跟他闲聊：“你以前还学过书法吗？”

他闲着没事就坐在她身边削苹果，随口回答：“小时候的事了，现在退步很多。”

她“哦”了一声，说起书法又想到了自己六月份要立的纪录片项目，可能就是要往博物馆书画这个方向做，当下就又扭过头兴致勃勃地跟他说：“之前不是说可能要立一个新项目嘛，我就想做书画这个方向的。到时候你可以来做我的专业指导吗？有报酬的那种。”

肖至挑挑眉，似笑非笑地："报酬？"明显是不太稀罕。

"主要是帮我嘛。"她开始行使自己作为未婚妻的特权，侧身靠在他腿上晃啊晃的，"这个专业性太强了，我自己又没办法凭空做。"

他已经削好了苹果，切一小块喂到她嘴里，她甜蜜蜜地吃了，还伸手轻轻勾着他靠近她脸颊的手指。

"好不好嘛。"她继续撒娇。

"到时候看你表现吧。"他似乎被缠的心情很好，深邃的目光充盈着淡淡的笑意，"如果结婚以后还像最近这样天天见不到人，那你就想办法自己做。"说着还伸手捏了捏她的脸。

这真是一个恶习，从学生时代起他就总喜欢捏她，她却喜欢极了这样恬淡的亲昵，靠在他身边觉得整个人都放松下去了。

"知道了。"她脸红红地在他喂她吃下一块苹果的时候偷偷亲了一下他的手，"我好好表现嘛。"

然后她就兢兢业业地写了大半天请柬，从早上十一点断断续续写到晚上八点，中间两顿饭都是他做的，而她吃饱喝足以后还有一厚沓没写。

"我跟你一起吧。"他笑了，帮她揉揉酸掉的手，"剩下的一人一半。"

"不行。"她又拒绝，兔子固执起来也很难搞，"也就还剩三十来张了，我今晚就能写完。"

他无奈地叹口气，看她坚持也就没再跟她犟，看看表又说："我一会儿有个视频会，大概十点才能结束，你累了的话就先睡，不用等我。"

她心想她这种阴间作息怎么可能十点就睡，但还是乖乖点头说"知道了"，过一会儿他就拿着电脑进了书房，她一个人趴在客厅的茶几上继续写写写，温暖的灯光笼罩着她，静谧的夜晚柔和又美好。

良辰已定，吉日待访。

我有薄酒，以谢良朋。

山河为誓，以我适彼。

敬备喜筵，随候尊驾。

清晰的笔画一一落在纸上，许多模糊琐碎的过往就这样慢慢被兑换为确凿完整的未来，她与他之间好像已经发生了很多事，十几年的岁月漫长到几不可考，可其实说穿了，故事本身也很简单，不过是她自以为要在无边的湖泊中无力下坠，最终却被温暾的春日稳稳托起。

她微微笑着，纸上每一个字都像是命运的馈赠，春夏之间的气候太过宜人，安静的空间让她紧绷了很久的神经慢慢舒缓，那个人好像就是有这样的魔力，只要靠近就可以治愈她所有的伤痕，让世界上所有的孤独和伤感都离她远去。

写完最后一张请柬他的会议却还没结束，她把纸笔都收好，一个人坐在厅里的地上玩手机，玩着玩着人也犯困，或许是累积的疲惫还没完全纾解，居然不到十点就趴在茶几上睡着了。

淡淡的纸墨香围绕着她，像在轻柔地哄她入梦，将睡未睡的那个时候却又听到“吱呀”一声轻响，大概是他从书房里出来了，小小的响动也显得缠绵温情。

她迷迷蒙蒙地抬头去看，当先看到了一双美丽的眼睛，好像在很久很久之前就曾在一片璀璨的光芒中专注地凝视她，她所以为的一切偶然只不过是一种被遮蔽的奇妙注定。

她知道的，那不是梦境。

——正文完——

番外

他的小初恋

肖至的初恋开始于他二十一岁的九月。

那年A市特别热，他又刚好被院里的副书记抓去迎新，从早上八点就在摊位前坐着，预计要一直坐到下午五点。她来的时候还是上午，太阳特别大，九月过分明媚的阳光把女孩儿的眼睛照得很亮，透明得好像一眼可以看到底。

“你好，欢迎来到A大。”这是他一生中对她说的第一句话。

她没反应，只看着他发愣，回过神以后就开始脸红，把录取通知书从书包里掏出来的动作特别局促，看起来像只被人揪住尾巴的小兔子。递给他时还不忘要用两只手，很乖很有礼貌，一看就知道从小就是很让老师省心的好孩子。

可惜她跑错了摊位，人是隔壁新闻学院的，走的时候一直鞠躬跟他道歉，郑重又刻板。他说没关系，转头接了下一位排队同学的录取通知书，心想往后应该不会再见到她了。

但其实很快就又见到了。她选了他导师的课，还报名要做期中汇报，大一的本科生很多都比较热情，因为做汇报可以刷脸拿平时分对他们之后保研申请出国有帮助，但其实大家做的效果一般都不太好，一方面因为他们还小，学术积累不够，另一方面因为太功利，做事情沉不下心。

可她很认真。他经常会在图书馆看到她，抱着很厚一摞书在自习室闷头苦读，一个人来又一个人走，几乎每天都待到图书馆闭馆，本以为会是三分钟热度，没想到她一直坚持了半学期。

文学当然是飘逸有趣的东西，可文学研究却是沉闷枯燥的，数不清的典籍要一本一本看过去，可能十本八本里都没有你要找的东西。他见多了耐不住性子的人，即便是读了硕博的同门之间随意糊弄的也大有人在，她却难得沉得住气，多少让他有些欣赏。

后来的报告她果然做得很好，他公正地给了最高分并在班上夸奖了她，她好像很高兴，一双眼睛亮亮地盯着他看，就像被清澈的湖水洗过一样干净。

而报告结束以后她也还是继续出现在图书馆。

她很安静，一直都是沉默地做自己的事，只是偶尔他会察觉她的视线，轻飘飘落在他背上，很快又没有痕迹地移开。他不是很确定，偶尔会觉得是自己想多了。可后来有一天发生的事让他知道那不是幻觉。

那天下雨了，他没有带伞，本来打算问问室友方不方便来图书馆救个急，想了想觉得太麻烦还是算了。闭馆的时候他往一楼走，她就跟在他身后，到门口时好整以暇地掏出两把伞，一把自己拿着一把递给他，说是她同学的，正好可以借给他用。他没有多想，回去以后却在室友的调侃中发现了那把伞上还贴着的一枚簇新的标签，于是才意识到那把伞是她临时冒雨跑出去买的，并很快回想起她把伞递给他时左右两边都湿透的袖子。

他忽然有点无措。并不是没有被谁喜欢过，也不是没见过他人或明或暗的表示，可像这样无措，的确是第一次，或许因为她太沉默也太纯净，像是根本不介意自己的付出被浪费，也或许……他在那个时候就已经对她有些不同。

第二天他又在图书馆见到她，她却生病了。

本来就很瘦的一个女孩子，趴在桌子上缩成一团就更显得小，他担心她有什么问题就走过去拍了拍她，结果却发现她发烧了。肯定给他买伞时淋到雨了。

他心紧了一下，说不清单纯是歉疚还是同时掺了些别的，当时也顾不上分辨，把人叫醒后就带着去了校医院。她特别乖的，一路跟着他走，让看医生就看医生，让拿药就拿药，跟他道谢的时候恨不得给他鞠躬，严肃刻板到让他觉得可爱的地步。

所以后来她问他要 QQ 的时候他同意了，明明之前很多学妹问他要他都婉拒了。他记得特别清楚，当时她的眼睛一下子就亮起来，接着又有点泛红，好像被人欺负了，又好像被人安慰了。真的就很像小兔子。

可她并不经常联络他。那大概就是她的性格，清清淡淡，小心谨慎，前后只给他发过一次红包，还是为了还他之前在校医院替她买药的钱；他请她吃了烤红薯，她好像很开心，可是之后不知道为什么忽然从他跟前消失了，图书馆也不再去，只偶尔能在课堂上远远地看见。

这是为什么？他没有恋爱过，也不懂女孩子的心，而实际上更困难的却是理解自己。他对那个女孩子到底是怎么想的，喜欢吗？还是仅仅只当是个值得欣赏的学妹？他不确定，作为助教主动去联系一个大一的小女孩儿好像也不是很妥当，所以后来他没再试图联系她，只是如实给她的课程论文打了一个“A”。

没想到下学期一开学就又碰见了。

那一年好像在搞什么校庆活动，他室友郭跃是学校剧社的社长，六月份要出一台献礼剧，寒假里就来找他写剧本。她是校团委的，正好被分到剧社来跟宣传，选角那天他坐在小红顶剧场后排看，她就意外地跟着郭跃一起从门外走进来，一见到他还是最开始那种懵懵懂懂的样子，隐约……又有点伤心似的。

伤心？为什么？他那时其实有点担心她，怕她是家里出了什么事，后来闲聊的时候也有意多问了几句，她说一切都好，却显得兴致缺缺，好像并不是很想跟他说话。他是有点无奈的，也不知道是不是上学期哪里冒犯了她。可她的确不像是在生气，跟他说话的时候还像之前一样乖，做访谈之前又跑出去给他买饼干，说很喜欢他写的剧本，理解他在一些独白中寄寓的隐喻，他答应拍几张宣传要用的照片时她也很开心，围着他转来转去又悄悄对着他脸红。

很复杂。她不太容易懂，但有些时候又意外傻气，比如在剧社里她本身是个编外人员，按道理跟着拍拍照做做采访也就行了，可实际是一会儿被道具组抓一会儿被后勤组抓，像个小陀螺一样在前台后台转个不停。

她还很认真，就像之前写论文做报告一样认真，似乎总有跟别人学习的热情，忙了累了也不抱怨，甚至不要求别人知道事情是她做的，沉默又踏实的样子很讨人喜欢。

“这新闻的小学妹真是不错……”有时郭跃在寝室里也会提到她。

“你说他们团委怎么就这么会招人，我们剧社就没这么靠谱的小朋友。要是能把她留下就好了，过段时间就能接韩芸巧的班……”说到韩芸巧他又犯了愁，继续道，“你也劝劝唐霏吧，能低调就低调点，天天跟剧务组较什么劲？”

唐霏跟他从小就认识，因为两家都有人在学校工作所以之前住在一个家属院，最近似乎正因为一些私人恩怨跟剧社道具组的同学闹矛盾，搞得彼此都有些不愉快。他也打算跟她谈一谈的，洪阿姨一直嘱咐他多照顾她，他也担心她因为太高调而给自己惹上麻烦。可还没等找到机会开口她就在排练厅跟剧组同学打起来了，他到小红顶的时候现场一片狼藉，唐霏坐在后台哭，说韩芸巧推她打她，跟好几个剧务组的人一起针对她。

她一直是这样，从小就很容易跟别人起争执，事情发生过后又总觉得是别人的问题。他已经给过她很多次建议，可惜都收效甚微，站在朋友的立场有时候也不便说得更多，他每次都会停在一个让彼此都不难受的位置。

“肖至，你陪我去校医院吧。”那天唐霏又对着他哭，“我胳膊都刮破了。”

她是在对他撒娇，他也知道的，毕竟从中学时代起她就对他说过好多遍想要在一起的话，可他只当她是从小一起长大的朋友，也从不想给她错误的信号。

“让你朋友陪你去吧。”他回避着她直白的视线，也回避着她直白的心意，“我留一会儿收拾一下场地。”

……

结果正好碰到她。安安静静的女孩子，做什么都不出声，所有人都走了，就她一个蹲在地上一点点捡被摔得乱七八糟的各种道具碎片，他叫她的时候还把人吓了一跳，手指割开一个口子。

“学长？”她睁大眼睛看他，像只讨人喜欢的小兔子。

他忽然就觉得心里一软，想伸手摸摸她的头，跟她一起坐在民国风的道具沙发上帮她涂药，又莫名觉得她很适合那个富有年代感的布景。

她的手很小，白皙又细腻，一开始微微透着凉意，后来在他手心里待久了就变得温热潮湿起来。她的脸也越来越红，一下一下偷偷看他，以前那些让他看不懂的变来变去的小态度忽然就变得明确了，在他心底留下清晰确定的感觉。一点点含蓄的甜蜜，以及一点点小小的庆幸。

她好像也很高兴，从小红顶出来的时候眼睛亮亮的，跟在他身边乖乖地走，还郑重其事地对他保证之后会经常去图书馆。之后果然在资料室看到她，内向的女孩子一直坐在他身后不远不近的位置，微微躲闪的视线让他心中隐隐发痒。

也许，他可以主动向她走近一步。他只犹豫了几秒就开始相信这是一个好主意，拿起手机给她发信息，问她要不要坐到自己身边来。她很快就抱着书包来了，坐在他身边的时候耳朵都是红的，捧着她的专业书半天也不翻一下，他其实有点想笑，但还是假装严肃地让她好好看书，幸亏她那时候才大一没什么社交经验，否则一定也会发现他翻书的速度也比平时慢得多。

闭馆的时候他们一起从图书馆往外走，她难得大胆一次，说要请他吃饭给他过生日，在学校旁边那家小小的宁波菜馆里他们坐得很近，黄鱼面的香气在后来他们分手的那几年里时时出现在他的记忆里，她干净得好像透明一样的眼神一直落在他身上，那么胆怯又那么勇敢地告诉他："明年，我会送你礼物。"

他不知道那算不算是一句告白。

如果真的是……他确信他们在那一刻就会成为恋人。

后来却发生了一个意外。他们的话剧顺利公演，结束以后大家一起去海底捞聚餐，他想叫她一起去，但团委那边好像还有工作要她做，她那天看起来兴致不高，好在最后还是答应要来，他就让她到之前给他发个信息。

他和剧社的其他人一起先到了火锅店，吃到一半唐霏却把他叫了出去，出门前左右的同学都在胡乱起哄，他心里已经感到一阵淡淡的不适。

"你是喜欢上别人了吗？"出去后唐霏立刻质问他，情绪看上去非常激动。

"那个大一学新闻的，你对她有好感？今天一整天你都在看她！你以为别人都看不出来？肖至！你怎么能这样？"说实话那个时候他被问住了。

他一整天都在看她？是这样吗？好像并没有，又好像的确是的……

所以他才总会很快发现她在搬很重的器材道具，所以他才总会很早发现她前一天晚上有没有睡好，所以他才能在她什么都不说的时候察觉她情绪的低落。

好像真的一直在看她。

短暂的怔愣却似乎让唐霏更为愤怒，看他的眼神仿佛他是什么搞劈腿的渣男，他不想跟她做这些无谓的争吵，也许当时的口气也因此变得过于生硬了。

"唐霏，我们只是朋友。我不认为你有立场以这种方式来关心我的个人生活，我们的关系问题也在以前就说得很清楚了。别做越界的事……我不希望我们最后变得很尴尬。"

可越界的事终归还是发生了。一回店里他就看到她来了，跟剧务组的同学在一桌，酒过三巡之后大家都有点上头，尤其男生之间都推推搡搡的，后来不慎撞倒了她的书包。他正要站起来去帮她捡，一个一直跟唐霏关系不错的女孩子就先高高举起了一张照片，大声问："'喜欢你！'哟，学妹这是喜欢谁呀？"

那是一双手的特写。是他的手。直到很多年以后他都还是记得当时的感觉，尽管在她眼里他一直是个成熟从容的人，但其实在面对初恋时也跟她一样手足无措。那一刻是令人心动的，即便他们早已有过小小的暧昧和心照不宣，可被说破的秘密还是有些青涩而独特的甜蜜，注定要让人长长久久地记在心底。可在那一刻过后他又感到对她的心疼，也许因为那时他就已经感觉到了她的内敛和敏感，越诚恳干净的人越容易受伤，而那一刻她已经在众目睽睽下流血了。

她跑出去了，而他一心只想拥抱她，在街上追上她以后他也的确那么做了，突然升温的感情让他有些难以招架，很多还没来得及考虑好的细枝末节在那一刻也显得不重要了。

“如果你愿意的话……”他对她说了自己有生以来最冲动的一句话，“我们就试着在一起，好吗？”

她同意了。一边哭一边点头，一边揉眼睛一边看他，递给她三明治就小口小口地吃，递给她牛奶就乖乖巧巧地喝，可爱得让人忍不住叹息。送她回寝室楼的时候她一步三回头，好像舍不得他走，他其实也舍不得的，但担心表现得太黏糊会让女孩子觉得被冒犯，所以一直装得很冷静，还很体面地隔着她宿舍楼的玻璃门跟她挥了挥手。但其实那一整晚他都没睡着，起来看书也看不进去，明明平时很不喜欢刷手机的，那天却一直打开 QQ 看个不停。可爱的小女孩儿在聪明和不聪明之间徘徊，被他发现来来回回出入他的 QQ 空间，一个一个红色的“+1”图标是令人莞尔的甜蜜记号，每多出现一次都让他更多了一些恋爱中的实感。怎么这么可爱的。

郭跃回来得很晚，顺便帮他把她的书包带回来了，一进宿舍就累得躺平，说好不容易把发脾气的唐霏给劝回了家，又好不容易把一群醉醺醺的壮汉安排回了宿舍，问他小学妹怎么样了，是不是还伤心呢。

伤心肯定还伤心的，但可能……他斟酌着没回答，郭跃却看出他表情不对，噌地从床上弹起来，问他：“好家伙，你俩不会干脆趁着这事儿在一起了吧？”

他还没问过她的意见，不确定是不是可以把这个事情说出去，所以当时就没接话，可是眼里的笑意藏也藏不住，郭跃又还有什么不明白的？

“真行……你说说你，本科单了三年，谁想到研一跟个大一的小妹妹在一起了。不过也挺好，省得你这一天天招蜂引蝶搞得那些学妹都跑来问我你 QQ 号……诶，不对，那我以后还能在表白墙上卖你 QQ 号吗？”

恋爱就这样突兀地被按下开始键。

初恋是令人感到陌生的，他不知道作为男朋友一般应该做些什么，也不知道跟一个内向腼腆的女孩子怎么相处才最好，当时又是期末季，她的学业压力很大，能做的好像也就只有陪她吃饭陪她熬夜自习，没什么有趣的。

她却好像很容易满足，每次他在她宿舍楼下等一会儿，她下来的时候眼睛都会特别亮，跟他一起去食堂吃饭好像也很开心，走路都比平时更轻快，像蹦蹦跳跳的小兔子。

他发现自己特别喜欢看她高兴的样子，不明显的小痕迹最值得探索，甚至在上课、写论文、改本科生试卷的间隙也会经常想起她，想工作结束以后带她去哪里吃饭比较好，想一起自习的时候如果给她带个咖啡她会不会惊喜。

可惜暑假很快来了，她要回家了，要分开的那几天她表现得特别黏他，干净漂亮的眼睛一直黏在他身上，没过一会儿就要委屈地偷偷看他一下。

那时候他想，也就分开不到两个月，不会多难受，是小女孩儿在小题大做。可其实在她走以后他才突然觉得生活变得空落落的。假期的校园总是没什么人，他作为教师子女本来也都很适应，那一年的夏天却突然觉得 A 大特别大，空荡荡的食堂、空荡荡的图书馆、空荡荡的操场……让人做什么都提不起劲来。

每天她打来的电话成为一天中少有的亮色，她会细声细气地说“喂”，甜甜蜜蜜地叫他“学长”，事无巨细地告诉他她每天做了什么吃了什么玩了什么，让他感觉她就在他身边。他不知道是不是自己的错觉，这样细水长流的相处偶尔会让他觉得他们已经在一起很久了，让他觉得未来一直这样就是很好的事。

下学期找机会跟她多相处一下吧。不知道她对挑战杯感不感兴趣……如果喜欢的话就可以一整年在一起做项目了。他还没来得及在电话里跟她说这个事，就发现她一个人偷偷坐火车跑回 A 市了。

那天他本来在学校开组会，一听说她车快到站了就赶紧往外走，赵鹏他们问他去干吗，他就说：“我女朋友来了，去接她。”

“你真有女朋友？”孙卓很惊讶，“我还以为学校论坛上都是胡说的呢！”

论坛？他从来不看那些东西，也不在意上面写什么，后来想想这真是一个严重的错误，如果他早知道那上面的舆论会给她带去那么大的压力，也许后来的他们就不会像那样越走越远了……

在车站见到她的时候他能感到自己的心特别宁静。

她拖着箱子向他走过来，明亮的眼睛是春日灿烂的熙光，不用笑也不用说话，安静地待在一个空间就足够让他明白什么是初恋。他确信那一刻他想拥抱她，想摸摸她的头问小女孩儿自己一个人坐车累不累害不害怕，后来想想又觉得这样显得太急色，要不还是算了。可其实最后也没能忍得住。

把人送到寝室楼下的时候他还是抱她了，慢慢地、小心地，少女柔软的发丝散发着淡淡的香气，纤细的腰肢一手就可以轻轻圈住，心动的感觉温暾又真切，原来他真的已经很想她了。可她却哭了。

完全在他意料之外，事前预料不到，事后也想不出原因，也许二十一岁的他真的还太不成熟，完全无法读懂一个女孩子细腻敏感的内心。

“我很想你……”她很委屈又很伤心地告诉他，“我喜欢你。”

结婚之后的某一天她又想起了当年这个事，那时候她怀孕了，比学生时代更爱跟他闹脾气，睡前窝在他怀里一直扒拉旧账，问他：“你记不记得我跟你表白过几次？”

他愣了，回答：“没有吧……”

她很不满，伸手打了他一下，翻身坐起来命令他：“不对，你好好想想。”

他就叹了口气，只好也跟着坐起来，一边下床找外套给她披上，一边又一次一次认真地数，试探着回答：“三次？”

她撇嘴，抱起手臂：“哪三次？”

“海底捞那天一次，大一暑假我接你回学校那天一次。”他顺着她的意思一一回忆，顺手又往她身后垫了个靠枕，“复合那天一次。”

她听了以后又不说话，默默瞪了他一会儿，忽然骂：“渣男！只有渣男才会让女生反复表白。”她不高兴地看着他控诉，过一会儿又躺下缩在被子里，“而且我每次都哭了，这合理吗？”

当然是不合理的。二十一岁的他想了一整晚，还是不明白她到底为什么会哭，他想他或许的确没有恋爱的天赋，所以才不知道该怎么哄女孩子开心。

最后只好硬着头皮去尝试，就像学术试错一样笨拙，坦诚地告诉她他的无知和粗心。幸运的是她很宽容也很好哄，只经过短短几句谈心就不再抗拒他的靠近，还答应要一起做挑战杯，每天都很认真很卖力地跟他去工作室，那光景又让他想起她大一做汇报写论文的那个样子，专注的人本身就在闪闪发光。

也许以后他们可以一起做学术？如果正好都留在A大任教就最好，一生都可以过得安宁幸福。这个念头一冒出来他就被自己惊到了。

一生？好像有点太遥远了。可初恋的确就是这样让人难以招架的东西，一点点小小的变量就能对结果造成极大的影响。

这次的变量是她穿的一条绿裙子。

她很少穿裙子，以前的穿着看起来会更像一个乖巧的中学生，那天却难得打扮了一次，从宿舍楼出来的时候明亮到微微晃了他的眼。她很适合绿色，看上去有种青涩的甜美，像初春枝头新发的第一棵芽，温柔又充满生机。

他发誓他绝没有见色起意，但工作室里其他男生频频偷看她的目光也的确让他感到有些不快，所以那天晚上他带她一起翘班了，两个人偷偷去电影院看电影。荧幕上光影闪烁的爱情故事好像曲折离奇，黑暗里观众席上的他们却只是一对很平凡的初恋情侣，吃爆米花时触碰在一起的手指引起平凡的悸动，转头看向对方的眼睛也倒映着平凡的光亮。他亲吻了她，只有那一刻是不凡的，浅尝辄止的计划被令人沉醉的甜美吊销，对这个女孩子的喜欢好像一瞬间被放得十倍大，而她也在给他心动的回应，柔软的手臂轻轻搂上他的脖子，也许那一刻他已经决定要跟她过一生。

我应该在那时就告诉你我有多喜欢你的。也许那样，后来我们就不会分开。

热恋似乎就是在那一吻后开始的。

他变了很多，跟她在一起之前明明觉得一个人的校园生活很好很方便，有了她以后却觉得一个人上课工作写论文有些单调无聊，偶尔一个人待着就会想她在做什么，特别想念的时候还会去找她，去教室接她下课或者去团委接她下班，她每次都很开心，那段时间也比平时更活泼，拉着他的手一跳一跳，看着他的眼睛像装着闪光的星星。

她也总会给他惊喜。明明是被他拉进挑战杯项目组的，做的也是跟她的专业完全不相关的方向，可她却一门心思全扑在上面，比孙卓赵鹏他们还要认真。会背着他加班，会瞒着他熬夜，甚至在他不知道的时候放弃了团委竞聘，放弃了竞争国奖，一切都只是为了帮他多完成一点他的理想。

他大概真的有点理想主义，不单单是对学术对工作，也是对生活对未来，或许在他越喜欢她的时候就变得越盲目越专断，自以为是地觉得她也会跟他一样对学术感兴趣，甚至默默在心底替她把未来做好了安排。

那年寒假回家的时候他第一次跟家人提起了她。

他妈妈本身就是A大历史系的教授，在学校里其实也早听说过他谈恋爱的事，还背着他偷偷去跟新闻学院的院长打听过他的女朋友。

“老胡说了，那个孩子很优秀也很踏实。”他妈妈笑眯眯的，看起来不像有什么意见，“人也挺好的吧？就是听说比较内向……”

顿一顿又问：“她家里是做什么的？”

做什么？他没问过，因为很早就感觉到她不是很爱跟他提自己家里的事，甚至之前假期回家她都不让他帮她买车票，也不告诉他她具体是哪里人。他能隐约察觉到她的介怀，也无意让她难过，何况说到底无论她的家庭是什么情况他都不是很在意，他喜欢的是她本身，而不是附着在她身上的什么条件。

“既然谈了就好好对待人家，别不负责任。”他爸也说，“未来的事情也要多想想，小孩子不能只顾眼前。”

他点头，知道父母都是讲道理的人，想了想又跟他们说：“她学术做得挺不错的，成绩也很好，我们可以一起继续读几年书，以后留在学校教书也不错。”

“嗯，女孩子待在大学里是挺好的。”他妈妈听了连连点头，“环境单纯不复杂，自己也能过得舒服，到时候我应该还没退，可以帮着找找职位……”

说到这里又顿了顿，眉头微微皱起来，看了他一眼，说：“不过你得跟霏霏好好说说，上个月我还碰到洪丽呢，说霏霏在家老是哭……”

爱情是很排他的东西，何况是最令人记忆深刻的初恋，他没办法考虑别人的感受，唯一能做的就是保持好距离不让对方产生误会，做好自己该做的事，爱好自己该爱的人。

所以海底捞那件事发生以后他再没主动联系过唐霏，两人现在见面也就是在导师的课上，各自也没什么话说。但他跟自己女朋友话多得很，假期回宁波的时候一直想她，晚上陪长辈夜钓说话的间隙也忍不住要避到旁边给她打电话。

“喂？”她细细轻轻地声音从听筒里传出来，寒冷的冬夜似乎也因为这一个字而温暖起来了。

“已经休息了？”他询问的时候眼里带着自己都意识不到的笑意。

“没有。”她小声回答，“是我爸妈睡了。”

她好像有点避讳提起自己的父母，也或许只是避讳在父母面前提起他，上个暑假他就感觉到了，那时她为了防止被家人发现还特意挂了他的电话。

他那时没有多想，只觉得是小女孩儿害羞，或者是家教很严父母不同意她太早谈恋爱，因此从来没有专门问过她的打算。他知道她对这段感情是认真的，从没有过任何怀疑任何不安全感，那通电话的最后她还第一次叫了他的名字，并郑重其事地告诉他——“我会努力的，会努力做到最好的。”

他也会努力的。往大里说会努力为他们的未来做准备，会努力让她一生过得舒心快乐，往小里说会努力让她过一个开心的生日，准备一份她喜欢的生日礼物。他已经想好了，她好像很喜欢摄影，那他就送她一套不错的器材设备，专业里用得到，也符合她的兴趣爱好，另外当天的约会可以安排在 A 市刚开的那家主题公园，他之前看到她给去那里玩儿的同学都点了赞。

除夕当天他就给她打电话了，跟她说“新年快乐”，又问她什么时候回学校。她根本不知道，开口问的时候他有多么汗颜，还担心自己这么催着见面会让她有压力，幸而她的声音听起来很高兴，还答应说很快就会回来找他。

这一次去火车站接到人的时候她终于不哭了，看到他就快乐地跑过来，一下子扑进他怀里。他的心一下变得很满，抱紧她的同时又觉得不满足，后来居然荒唐得把她堵在火车站的墙角吻，他的初恋用水光朦胧的眼神看他，可爱的脚尖高高踮着，连可爱的小耳垂都是粉红色的。

他们一起过了一个很开心的生日，她在游乐场里就像春游的小学生一样兴奋，跑来跑去地到处玩项目，排队的时候也一直拉着他叽叽喳喳地说话。他真喜欢她那个活泼快乐的样子，把冬天也变得像春天一样灿烂，晚上一起在主题城堡吃饭的时候他把他准备好礼物送给了她，本来以为她会更高兴更开心，却没想到……好像不是那样。

她忽然沉默下去了，吃蛋糕的时候一直回避他的目光，可又不像是在生气，因为在回程的地铁上一直安安静静地窝在他怀里。费解的感觉再次浮上来，他重新对她感到困惑，地铁站外连绵的夜雨也像在回应这种茫然，他忽然不知道怎么做才是对的。可偏偏她又在那个时候给了他最热烈的爱情。

她跟他一起回了他家在学校附近的那个教师公寓，黑暗里他们浑身湿透，她紧紧拥抱他的手冷得像冰。可她仰头亲吻他时的呼吸却是热的，他感觉到自己心底自私的邪念正在急速地膨胀，把她压倒在床上的那一刻大脑已经被过度的亢奋搅成一潭浑水。

“现在还可以反悔……”他听到自己虚伪至极地对她说，“你确定吗？”

她不说话，只搂住他的脖子沉默地吻他，那一夜窗外的雨声他记了一辈子，明明是最悸动浪漫的时刻，可后来不知道为什么却又显得有些悲伤。

我到底为什么没在那一刻说“我爱你”？分开的那七年，我曾一遍又一遍反复地问自己。

接下来的那一个学期大概就是他们最甜蜜的一段日子了。

每天都在一起，时不时还会一起住，爱的放纵令人神魂颠倒，细碎的温馨同样令人目眩神迷。他发现自己有了新的爱好，就是跟她一起逛超市逛家具城，今天给她买套新的洗漱用品，明天给她添几个挂衣服的衣服架子，后天再换一套新的厨具和她喜欢的那种花花绿绿的餐盘，一个空荡简陋的小房子就这样慢慢变得具有烟火气。

他们就像新婚的小夫妻，一边谈着热烈的恋爱一边过着平淡的日子，绵密的幸福感总会让人感到踏实，他确信自己已经不想再有任何变动，只想就这样跟她一起走进婚姻，再一起走到生活的尽头。

只是升博之前他还要出国交流一年，本来是打算直接出去读博的，预计要花三四年，可有了她以后他的想法改变了，只有交流经历也可以，虽然在寻找教职时会显得缺乏优势，但他可以用其他学术成果来填平这个不足，这样他们分开的时间就可以缩短，然后早点结婚早点定下来。

她却依然对此感到抗拒，在他离开前也一直表现得很不舍很焦虑，他于是终于慢慢意识到她是一个缺乏安全感的女孩子，而那个时候他却以为只要不做让她伤心的事他们之间就不会出问题，却不知道一切已经渐渐变得不可挽回。

他们都变得很忙。他是忙着适应新环境，国外的培养体系和学术氛围跟国内差别很大，导师的研究方向也跟他的兴趣并不完全一致，每天光是尝试接受新的东西就耗费了他大量的精力；而她也变得特别忙，忙着去外面的公司实习，他刚听到的时候觉得很诧异，一方面因为她才大二升大三，实习稍微有点早，另一方面也因为他早已默认她未来要留在学校里，那么到外面实习就更显得不必要。何况她做得很累也很不开心。

电话那头总是传来她疲惫的声音，到晚上十一二点还在外面没回学校，他担心得课都上不下去，频繁给她发信息确认她的安全；她的状态也很不好，似乎和工作中遇到的人不太合拍，每天都有很多委屈和不愉快。

“小熙……”他真心地劝她，“休息一下吧。”

明明没有必要这么着急这么受罪，可以用更舒缓的节奏生活，可以让他帮她更多一点儿。她却不肯，还是坚持要去做这个实习，有点固执又有点失控。他们联络的时间越来越少，他打过去的电话常常不通，偶尔通了也会被她匆匆挂断，他心里已经隐隐有些不安，又隐隐觉得这样的她有些陌生。

后来终于熬到学期结束飞回国内。她到机场接他了，小半年没见人瘦了不少，但看到他时眼睛还是一样亮，从远处跑向他时看起来那么快乐又甜蜜，可走到近处时步子又放慢了，看着他的眼神有些犹豫和迟疑。

他心里微微一紧，但还是装作没有发现这小小的异样，用调侃的语气问她：“怎么了？不认识我了？”

她这才跑过来窝进他怀里，拥抱的那一刻他的心短暂地放下去，想念被满足的安适感强烈到让人有些感动。她却走了神，直直盯着他手腕上的表发呆，问：“这个……”

那时他根本不知道这个傻气的女孩子偷偷为他做了多少事，也不知道她为了送他一个礼物独自一个人忍受了多少委屈和辛苦，初恋的美好都是她送给他的，而那些酸涩她却都留给了她自己。

“戴过去的那块坏了，买了一块新的。”他用很清淡的语气在她心上留下了一道新的伤口。之后发生的所有事都不走运。

距离带来的隔阂在悄无声息地发酵，半年的分别让他们在相处中都变得小心翼翼，他感觉到她有些变了，身上不再有原来那样的学生气，常用的社交软件从 QQ 变成微信，和她联络的人有一大半都是他不认识的。

淡淡的陌生感让他感到微妙的不适，而她对待他那种微微小心局促的态度更让人无奈，她大概也很想解决这个问题，因此那天才在他们那个小公寓里等他想给他一个惊喜，可最后却正好被他妈妈撞见，他能感觉到她那时情绪紧绷得像要崩溃了。

“对不起……”他在黑暗里轻轻抱着她，自己都感到这样轻飘的安慰是于事无补的，“我不知道你今天会来……”

果然她的眼泪没有停，也没有回复他一句话，一瞬间她好像把自己埋得更深了，他想伸手拉住她，可绿意盎然的春天却好像已经渐行渐远。

“你们现在相处的时间还不是很长，做事情还是应该考虑后果……”他妈妈事后也找他说起过这件事，神情看上去欲言又止，“而且，我听他们胡院长说她这学期状态也不太好，继续这样的话以后再往上读可能会有困难的……”

的确很有困难，她挂科了。他其实早就感觉到她这学期没把心思用在学习上，全在做那个实习，可也的确没想到会直接到挂科的程度。挂科意味着什么？意味着她直接失去了保研资格，要想继续往上读必须立刻开始认真准备考研。

“先说说之后的计划吧。”他们重新回到那间公寓，而他努力心平气和地跟她谈心，“接下来你打算怎么办？准备考研？”

她一直低着头，好像抗拒跟他对视，不知道从什么时候开始她不再像最开始恋爱时那样快乐了，明亮的眼睛黯淡下去，游离的样子好像对他的感情已经渐渐消散。

“我可以不读研吗？我现在已经找到了一份电视台的工作，考研的话花的时间精力还是太多了，何况就算读了研究生，毕业以后也还是要找工作，我想我与其花那么大劲去拿这个文凭，不如踏踏实实把工作本身做好。”

他几乎无言以对。从没有哪一刻他那么不能理解她，而实际上那也是他一生中最专断的时候——初恋让人变得盲目，总以为替对方打算越多就越能证明他爱她，可其实不是这样，爱是尊重，爱是懂得，爱是欣赏她欣赏的一切。

“你还要继续像这样对我说谎多久？”他不断加深着无法弥补的错误，实际上那时他并不是如她所想的那样在生气，而仅仅只是感到茫然和无力，“隐瞒解决不了问题，只会让情况越来越糟。”最后果然糟到谷底。

“你心里不是已经有答案了吗？所以我说别的你都不会相信，只会拿你默认的答案来审判我。”她爆发了，用他从未见过的强烈的方式表达着她的痛苦。

“那你觉得呢？你觉得我是因为什么？为了钱可以了吗？你满意了吗？我就一定要按照你希望的方式去做事？我写论文做项目真的是因为我喜欢吗？不是的！我是为了你！我只是为了让你看到我，为了得到你的注意！我其实根本就不喜欢做那些！我喜欢更新鲜的生活！我需要钱，想跟我那些同事一样买房、买车，想让奢侈品店里的店员再也不要看不起我！你为什么会觉得我可以跟你做一样的选择？难道这个世界上所有人都有条件做学术吗？读完硕士再读博，毕业的时候我就快要三十岁了！三十岁还不赚钱！这现实吗？是普通家庭出身的人可以承担的吗？我只是不想活在幻想里！不想到最后什么都抓不住！难道我有错吗？我有吗！”

他哑口无言。断裂的感觉在虚空中爆开，那一刻他的确感到再也抓不住她，现实与理想走向了两个截然相反的方向，而他似乎也在那道裂缝中看到了某个一锤定音的答案。

“小熙……”最错误的话就在这时脱口而出，“你怎么会变成这样？”

她不会知道的，分手后的那七年，他曾无数次梦到过这一幕。

他说出了那句不可饶恕的话，紧接着她眼里那最后一点儿完整的东西也跟着破碎了，明明谁都不想伤害那段美好干净的初恋，可最终又都眼睁睁看着它支离破碎。你为什么要那么说她？为什么你看不出她已经很努力了？

她应该得到夸奖的……至少应该有个人告诉她，“你已经做得很好了”。

后来呢？她终于对他说“分手”了，在他回美国以后，简简单单的几个汉字出现在手机上，她甚至吝啬于让他知道她说这话时的情绪和语气。他不断地给她打电话，心底的困惑和明白几乎是一样多，一边不明白他们之间为什么会走到这一步，一边又觉得这样的结局像是理所应当。

她是真的狠，一通电话都没接，到最后完全关机不给他留一点儿希望。以前明明不是这样的，以前她是柔软可爱的小兔子，说几句话就会脸红，看着他的眼神总有淡淡的依恋，在那个雨夜让他以为她已经愿意跟他过一生。

他终于还是忍不住要去找她，就算隔着半个地球也要去，就算他身上还压着很沉重的学术任务也要去，就算明知道会得到怎样一个结果也要去，他整整两天没睡，紧急买机票飞回国，去学校找她的时候心底是死寂的，明明外面是个很好的春天，可却让他感到那么萧索。而她则让他心痛。

“我不知道……”她哭着回答他的挽留，脆弱消瘦的样子让他知道她比他更痛苦更无助。

她说：“我真的不知道。我、我很难受。”

她说：“我睡不着，我吃不下东西，我一直在哭。”

她说：“我害怕接你的电话，我害怕想起你，我一想起你就会哭。”

她说：“我觉得我做什么都不对，做什么都没有意义。”

她说：“我觉得我很糟糕……我不应该想着赚钱，可是我很需要赚钱。”

她说：“我们好像不合适……”

她说：“我……我满足不了你的期待，我只会让你失望。”

她说：“我配不上你……”

不是这样的，他不是想要这样的。

他很喜欢她，喜欢到早早开始设想与她的未来，喜欢到为她改变自己的人生计划，喜欢到想一直把她保护在自己的舒适区，不想她被外面的混乱世界改变。可实际，他让她很痛苦。

她甚至像是生病了，脸色惨白的样子让他觉得她下一刻就要倒下，从没有什么时候他觉得自己那么残忍又低劣，竟然要这样把一个女孩子逼到穷途末路。

“那就先分开一阵子……”他说着彼此都知道是谎言的假话，“等你好一点了……我们再见面好吗？”

她说了“好”，可在那之后就再也不肯回头。

他不知道自己是怎么在美国待的剩下那半年，该发的论文一篇都没发出去，申请的学术项目也没能顺利结项，指导他的教授似乎非常惊讶，认为他并没有展现出应有的学术水平，最终也只能说一声“what a pity”（真可惜）。

遗憾？的确很遗憾。

他还很后悔，反复想当初是不是就不应该去交流，如果他一直陪在她身边也许事情就不会脱轨到这个地步，可想到最后也知道那是自欺欺人——他与她之间的症结并不在这场为期一年的分别，而藏在一些更深更隐蔽的地方。

后来她在毕业前的最后一学期又选了贾先生的课。

在选课名单上看到她的那一刻久违的惊喜感再次在心底蔓延，他以为她终于愿意再重新考虑他们之间的关系，但后来课上她不断闪躲的眼神和敷衍潦草的作业告诉他她只是来这里跟他道别。他都不知道小兔子是这么狠心的，直到期末考试结束前的最后一秒都在期待她能再直视一次他的眼睛，可她终于还是离开了，义无反顾，没有留恋。

他那时大概也变得有些懦弱了，最后几天只远远看着她和她的同学们在校园各处拍毕业照。初恋大概就是这么玄妙的东西，明明曾是彼此最亲密的恋人，可以一起分享秘密的夜晚和温柔的清晨，可在最后的时刻却又比谁都遥远，连说一句“前程似锦”都办不到。

他还要在这个熟悉的校园继续守着。而她，已经要去一个与他无关的世界。

接下去的那几年日子越发难过。

他清楚地感觉到自己正在变得游离，虽然每天还是按部就班地做着该做的事，可是又好像对什么都兴致缺缺。学术也还在做的，可有一段时间怎么都出不来成果，贾先生打他从美国回来后就一直对他有些不满，攒了一段时间的脾气终于在某天一起爆发了。

“你到底是怎么想的！”他大声斥责他，“去了美国一趟把心思玩散了？还是谈恋爱谈得脑子不清楚了？分手了？怎么了，分手了就不做事了？分手了就忘了自己想要什么了？你的人生目标是什么？是在学术史上留下自己的名字！如果继续这样浑浑噩噩下去那你也不用留在学校浪费时间了，出去跟着你父亲挣钱不好吗？肖至，你在浪费你的天赋！”

他从没受过如此严厉的批评，而即便是这样强烈的方式也没能让他立刻恢复清醒，原本充实的生活好像一下子变得很空洞，一切既像是悬而未决又像是已经尘埃落定。

"我真服了，没想到那个嘻嘻这么厉害，能把你折腾成这样……"郭跃也一直劝他，"哥们儿，真没必要，初恋能有几个成的？你俩没缘分，算了就算了。我说句不好听的啊，话糙理不糙，天涯何处无芳草，忘掉一段感情最好的办法就是开始一段新的，追你的那么多，咱再谈一个得了。你说你跟她之间又没经历过什么生生死死大苦大悲，真的，很容易就忘了。"

他也以为可以很容易就忘了，因为她就忘得很快。

他知道她没有离开 A 市，两个人如果想见其实随时都可以见得到，但她一次都没有再回过学校，甚至删了他的 QQ 断绝跟他的一切联络。他却没她这么干脆，在她毕业一年后心里仍存着要复合的念头，于是终于还是去电视台找她了，说起来还是借了家里的关系，去那里做一个文化类节目的短期顾问。

也的确如愿见到了人，而她已经完全没有学生气了，扎着干练的马尾，抱着厚厚的台本跟旁边的工作人员说话，演播厅里往来的都是跟大学里气质迥异的人，也有外形突出的明星艺人，他看到她跟他们在一起时很开心，一个男孩儿伸手搭上她的肩膀她也没有拒绝，大概真的已经喜欢上别人了。

应该这样的。郭跃说的对，他与她的初恋并未经历过什么跌宕的起伏，无非和世界上所有无疾而终的感情一样由朦胧的好感开始，最后以令人疲惫的苦涩收尾，现代都市中的男男女女理应都把所谓爱情看淡一些，最重要的是自己，第二重要的是下一个恋人，之前发生的一切都不该再具备意义。

他也真的不是在刻意留恋她，那次之后就再次回到自己的生活里去了，写论文、做项目、申教职，评职称……一切都在按照原本的轨迹向下运行，新鲜的伤口慢慢变得陈旧，结痂之后也就不会再疼，他慢慢可以舒缓地想起她，可以在那些令人伤情的结局之外偶尔回忆那些小小的甜蜜。

只是好像始终没有再进入一段新关系的热情。

整整七年，他身边有许多人来来往往，唐霏仍旧在对他示好，洪阿姨也经常叫他去家里吃饭，甚至在他正式任教之后带的女学生也有不少往他办公室的门缝里塞过情书，他却依然还是会持续不断地想起她。

她的眼睛好像更明亮一点。

她穿绿色的裙子好像更漂亮一点。

她偷偷看向他的视线好像更讨人喜欢一点。

她悄悄脸红的样子好像更可爱一点。

她在灯下为他查资料、跑到图书馆外帮他买伞、从出站口里面跑向他的身影好像更让他留恋一点。

……

很多点，很多很多点。不太重要的，不太显眼的，一点一点堆叠起来，结果就在他记忆里生了根，让他觉得好像没必要再接受一个新的人了。

“那你以后呢？以后怎么办？”父母有一段时间总会这样问他，“再也不恋爱了？也不结婚？是因为还想着那个女孩子吗？还想去找她？那你就去找她吧……总不好一直这么耽误下去……”

找她？他已经很久没有那么想了。

初恋总会过去的，春天过去要过夏天，夏天过去要过秋天，人的一生总会被时间推着往前走，过程中的一切得到和失去都是注定的馈赠，他已经从二十岁变成三十岁，总不至于连这点道理还搞不懂。

他已经走出那个春天了，更早就已经放下那个春天里的人了。可这个逼真得几乎骗过他自己的谎言在重新遇到她的那一刻就立刻被粉碎了。

那是七年后的春天，阴雨连绵平平无奇，他像之前的很多个学期一样在带本科生的宋代文学课，余光却在窗口看到一个熟悉的身影。一回头，她就站在那里，有关初恋的一切记忆就在那一刻海啸一样向他扑来，外面还是细雨淅沥，他的心底却已大雨滂沱。

是她，变了很多的她。

更成熟也更稳重，更干练也更美丽，似乎只有对他的态度变了，平平淡淡的，漠不关心的。有那么几个瞬间他甚至怀疑自己是记忆错乱了，其实她从没有跟他在一起过，那些细密温柔的美好只是他无端臆想的结果。

她身边还出现了别人，一个很年轻的男孩儿，看着她的眼神总让他感到几分熟悉，原来就跟过去刚读大一的她看他是一样的。世界上不会有人永远年轻的，却永远都有年轻的人，就像这世界上不会有永远热烈的感情，却永远都有感情在热烈着。可他根本不想让她走。

以为已经熄灭的感情在她出现的刹那就又冒出了火星，他才知道原来他从没有真的放下过她，只是把想念当成习惯最后连自己都意识不到了。她单方面的疏远是没用的，他甚至已经没有耐心了，立刻、马上，他要知道她是否也会像他一样怀念那段遗憾的初恋，又是否会跟他一样想要再次牵起对方的手。

他跟她身边的工作人员要了她的联系方式，似乎正好能与多年前她问他要QQ号时形成意义深远的对照，等到电话接通的那几秒漫长到难以计量，而她回答他的声音又遥远得难以想象。

“跟别人在一起了吗？”他迫切到顾不上打任何铺垫了。

“你问这个干吗？”她却还在迂回地反问他。

“所以真的跟别人在一起了？是跟你一起工作的那个人？”他感到自己的心正在下沉。

“他今天对我表白了，说喜欢我。”她残酷地继续加重砝码。

“那么你答应他了吗？”他不想再跟她兜圈子，只想要一个确切的答案，她说“没有”他就上天堂，她说“有”他就下地狱。

“没有。”她回答，声音已经有点哽咽了。

“为什么没答应？”他却没有满足，也知道自己在咄咄逼人，“你不喜欢他？其他人呢？也不喜欢？”

她沉默了好久，就像他们分开的这漫长的七年一样久，他就像在等待审判一样煎熬，在她微微不平的呼吸声中感到空前强烈的想要紧紧拥抱她的欲望。

“不知道，不想跟你说了。我再也不要跟你说。”

微微带着褶皱的声音，他知道那个时候她已经哭了，酸涩的感觉让人喉头发紧，那一刻他根本说不清自己是在痛苦还是在庆幸。

唯一确定的是他还爱她……甚至更爱她。

他接了一向不喜欢的媒体采访，想办法让学校把地点改到对他们来说都有特殊意义的小红顶，在她哭着对他发脾气表示拒绝后依然去电视台外面等她……什么不像话的事都可以做，只要能够留住那个脆弱美丽的初春，真的什么都可以做。

她又哭了，好像真的有流不完的眼泪，他真不知道事情为什么会变成这样，明明最不想伤害的人就是她，偏偏又只让她一个人受尽委屈。

“我喜欢你……”她又一次哭着对他说出这句话，悲伤的雨季早已将他们一同淹没，她美丽的黑发铺满他的床，某一刻他甚至希望那就是世界末日。

“一直喜欢你……”多让人心碎的话，原来爱情在最浓烈处会变成这么苦涩的东西，心跳快到濒临毁灭，他知道那时裹挟他的不是令人癫狂的激情，而是暴烈之下依然对她温暾审慎的初恋般的爱意。

“我知道。”他其实也在黑暗中落泪了，从始至终都不像她以为的那样好整以暇从容不迫。

“我爱你。”

像春天一样。

像雨季一样。

周而复始地，年年月月地……爱着你。

而这次复合直到婚后很多年都在持续性地引发她的懊恼。

“我当初就不应该答应得那么快。”她经常皱着眉头这么说，语气特别严肃，“再吊你一会儿就好了，我爸妈都说，得到的太容易就会不珍惜……”

还要吊一会儿？他们认识十几年才结婚，中间光分手就分了七年，还能怎么继续吊？都快把人吊死了。

他真无奈，可又的确拿她没办法，此刻听人家提起岳父岳母还要仔细想想是不是自己哪里做得不好得罪了二老，里外盘查一遍，能想到的唯一祸因也就是上周末把女儿时时放在爷爷奶奶家多了几个小时。

他叹了口气，心想这周末要不就跟爸妈说不送时时过去了，这样在岳父岳母家待满两天或许就能缓解二老的不满，正思考怎么说更容易让把孙女当眼珠子的父母接受，就听到她在旁边半真半假地抱怨：“看吧看吧，就是不珍惜了，现在听我说话都走神……”比学生时代还爱闹他。

他笑起来，伸手把人搂进怀里，一边轻轻摸着她柔顺的长发一边反问：“怎么不珍惜？不珍惜还整天给你做节目？再胡说八道我不去了。”

那是她生完时时后重返职场做的第一档节目，做博物馆文化主题，其中涉及唐宋的部分拉了他去做专业顾问，还要他出镜露脸。

她一听这个果然立刻就乖了，小兔子的耳朵微微垂下来，美丽的眼睛重新亮起温柔快乐的光，一边伸手搂住他的脖子轻轻蹭一边细声细气地说：“哎呀，我说着玩儿的嘛，怎么还生气呢……”

他怎么会对她生气呢？他只希望她永远明媚，永远充满力量，即便一生中难免要在春天以外的季节经历酷寒暑热，回过头时也依然能看到有人在一个温情脉脉的雨季里长久地等着她。

那个人会告诉她的——现在又是春天了。

——全文完——

后记

《春台既明》是一个写在夏天的故事，可写完之后很久我都觉得自己在过春天，偶尔在家待着会幻听外面在下小雨，可能这也是这个故事给我的感觉，温暾细密，清淡安静。

它首先当然是一个暗恋故事。

从类别上来讲，这种故事的写法一般有两种，一种着重写“恋”之前的“暗”，一种着重写“暗”之后的“恋”，前者酸一点，后者甜一点。

我写的大概是第一种，花了很大力气从嘻嘻的视角记叙一段暗恋：她是怎么在人群中一眼就喜欢上了一个男孩子，然后花了多长时间沉默地追逐他的背影，即便在恋爱中心里也总是藏着小小的卑微和酸楚。暗恋，是一个不对等的关系，我希望能把它描述得更真实一些。

但它在我看来其实也不只是一个暗恋故事，更是一个记录嘻嘻个人心灵探索历程的纪录片。

我不否认她对肖至的爱是很干净很纯粹的，但最初触发它的机制也很难讲与肖至象征的某种文化符号完全无关。

十八岁的她从不知名的南方小城来到繁华的大都市，连陌生的方言都让她感到高不可攀。

一个单薄的个体第一次见到更大的世界，这时候出现在她面前的他代表了很多东西，她在这段关系中的自卑绝不仅是暗恋导致的，对自身生长环境和未来预期的不自信才是根本原因。

学生时代的恋爱甜进心里，但这种甜也同时充满千钧一发的危机感，我们跟嘻嘻一样都知道她还没有解决那个最根本的问题。

更糟糕的是她在试图解决它的过程中过多地放大了经济因素的重要性，这导致她努力的方向和自己的初心背道而驰，同时也让她和肖至越走越远。

因此在我看来《永不停步的我们》这个节目带给她的挫折其实反而是新生的契机，狂奔的事业突然被按下暂停键，这个失落的空档给了她一个机会去反思自己。

我个人非常认同何主任的“尾巴”理论。

人可以在乎名利却不可以被它牵着鼻子走，越追越得不到，越追越会让自己面目全非。

真正让人得到快乐的其实是对自我的满足，这种满足无法被货币这种一般等价物替代，它更贴近本能，更贴近一个人天然的欲求。

所以嘻嘻的成长在哪里呢？

我希望不是“以前没钱现在挣大钱了”“以前是小尹现在是尹老师了”，而是一种心灵的富足。

真正自信的人即便一贫如洗什么都没有也可以很从容地过自己的生活，而过度在意他人视线的人即便腰缠万贯也过得不快乐。

我希望嘻嘻可以得到更多自由，不再一心想着赚钱，而是在工作中更真实地表达自己的思想，享受生活本身的快乐，成为一个开开心心白白胖胖的小宝贝。

同时，在这一次的出版文稿中我第一次在番外里加入了肖老师的视角。

前面从嘻嘻的视角看待这个故事，很容易觉得肖至是一个一直在关系中游刃有余的人，永远成熟温和从容得体，好像永远不会像嘻嘻一样患得患失进退两难。

但视角一切，感觉就不一样了，原来“初恋”真的是一个很讲究平等的东西，会要求每个人拿出同等的真心和纯情，又在遗憾中让大家付出同等的伤怀和介意。写的时候我自己都会感慨——

“哇，学长也太纯情了吧？”

“哇，他真的好喜欢嘻嘻啊！”

“原来他这么早就想到要结婚了吗？”

“这哥看到小魏绝对慌了吧？”

……

也是因为写了这篇肖老师视角的番外，我才感觉自己离肖至这个人物更近了一些。

他像是一个跟我相处很久但其实刚刚才熟络起来的朋友，在暴露了那些彷徨无措、迷茫纠结的侧面后，我发现自己越来越喜欢他、欣赏他。

另外，还想跟读者们分享一下我个人对“春台既明”这个书名的解释。

“春台”一词出自《老子》，“众人熙熙，如享太牢，如登春台”，嘻嘻名字里的“熙”就来自这里，它本身有“明亮”的意思，对应标题里的“明”，同时“孟”是农历一季的第一个月，有“春天的开初”的感觉，也跟“春”很适配。

肖老师的话，“至”表示的是一个“已经”的状态，这个字一方面代表他的人生已经达到了一个相对完满理想的阶段，同时也跟“既”是同义。

“春台既明”连起来的意思差不多就是“现在已经是春天了”，表示希望两个人在经历过一些遗憾和挫折后都能来到温暖柔和的季节，希望未来的一切都能是生机勃勃的，是温和开阔的。

最后，最想表达的还是对读者朋友们的感谢。

我一直说《春台既明》是一个我很顺着自己的故事，用我喜欢的方式，写我喜欢的东西，营造我喜欢的氛围。

所以它就像一个私密的小世界，每个地方都充满了我个人的喜好。

进来这个小房子的大家就像是我很亲密的客人，可以看到我在沙发上铺的花花绿绿的小垫子，看到我在杯子上贴的奇奇怪怪的小贴纸，喜欢它就像喜欢我一样令我感激，感觉是能一起分享生活的好朋友！

超级感激每一位耐心造访的朋友。

希望这里真的给过您一个温暖宁静的春天，也希望您生活能够圆圆满满一切顺利。

桃籽儿

2023年6月19日于上海

图书在版编目（CIP）数据

春台既明 / 桃籽儿著. — 南京 : 江苏凤凰文艺出版社,
2023.9

ISBN 978-7-5594-7749-1

Ⅰ. ①春… Ⅱ. ①桃… Ⅲ. ①长篇小说—中国—当代
Ⅳ. ①I247.5

中国版本图书馆CIP数据核字（2023）第085268号

春台既明

桃籽儿　著

责任编辑　白　涵
特约编辑　梨　锦　夜　斓　靳　丽
封面绘制　小黑牙
装帧设计　曾六六
责任印制　刘　巍
出版发行　江苏凤凰文艺出版社
　　　　　南京市中央路165号，邮编：210009
网　　址　http://www.jswenyi.com
印　　刷　北京盛通印刷股份有限公司
开　　本　880毫米×1230毫米　1/32
字　　数　367千字
印　　张　11.5
版　　次　2023年9月第1版
印　　次　2023年9月第1次印刷
标准书号　ISBN 978-7-5594-7749-1
定　　价　48.80元